INK

文學叢書

237

尋找家園

高爾泰◎著

目次

卷二　流沙墜簡

卷三 **天蒼地茫**

自序

這是一本在流亡中寫作的書。

飄泊天涯，謀生不易，斷斷續續，寫了十來年。

十來年沒過過生日。七十歲那天，很偶然地，在桑塔菲附近的高山上度過。寥寥長風，莽莽奇景，感到是最好的慶祝。和小雨談起一些往事，我說，假如我現在是一個嬰兒，或者是一個嬰兒的病危的母親，對於自己的、或自己死後孩子所面臨的如此人生，一定會感到無比地恐懼。現在都過來了，能不感激命運？

何況除了活著，還有更多。更多之一，是意義的追尋，化作了文字。早年冒這個險，是因爲心靈的需要。窒息感迫使我用手指在牆上挖洞，以透一點兒新鮮空氣。空虛感迫使我盜竊黨產，想偷回一點兒被奪去的自我。機會很少，「作品」更少。字跡是贓物罪證，保存比寫作更難。少而往往失去，常不得不從頭來起。能有些許殘餘，都是命運的恩賜。

但是，這只是我個人的幸運。許多比我優秀的人們，已經消失在風沙荒漠裡面。屍骨無存，遑論文字？遑論意義？從他們終止的地方開始，才是我對於命運之神的最好答謝。但是走到這一步，腳下已沒了路。坦克當前，鐵窗斷後，一切又回到零度。

流亡十幾年，飄泊無定據。海洋郡日夜海風松濤，煩透了古典主義的寧靜。偶住紐約，受不住鋼骨水泥森林裡那份現代主義的機械、效率、和結構性的剛硬冷峻。拉斯維加斯紅塵滾滾，白天黑夜理性非理性大街上和高樓裡都很難分清。無數流動交織的邊緣，疊現出後現代主義模糊的面影。但是解構的語境，解不開「輕」的沉重。總是在尋找意義，看到的卻只有霓虹。煙花萬重後面，是荒涼無邊的太空。

十幾年來，眼看著人類失去好幾百種語言，地球失去好幾萬種生物，新世紀與第三波恐怖主義同來；眼看著同情心，愛和被愛的需要，對自由、正義和更高生命價值的渴望等等，也在和森林草原冰川礦脈等等同步萎縮；眼看著專制政權黑幫化，知識分子寵物化，文藝學術商業化，生化核彈普及化；眼看著歐盟要賣武器給中國，北大清華學生們敲鑼打鼓爲「九一一」歡呼；善良溫柔的阿拉伯婦女爲了捍衛自己的石刑、面罩、和無權地位，而爭當人肉炸彈……我只有驚訝。

瞪著驚訝的眼睛（顯出智力的限度），看世事如魔幻小說。看自己的過去，也覺得像是夢遊。在黨的無微不至的關懷下，我的全部經驗、知識和觀點，都局限在一個狹小閉塞的範圍。沒有書籍，沒有資訊，沒有朋友，獨鑽牛角。在許多我認爲理所當然的東西，如因果律，質量不滅定律，歷史不會倒退，眞理只有一個，正義必定戰勝邪惡等等一再被證明是不正確的以後，還在以天下爲己任舍我其誰，還在「以爲眞理在手，不由別人分說」，非夢遊而何？無知是內在的黑暗，引導我在外在的黑暗中摸索，非夢遊而何？

夢醒時分，我知道了什麼叫做混沌。知道了我藉以呼吸的「有序」，很可能是自欺欺人的童話。在核恐怖平衡的鋼絲繩上，隨著無數人類從未經驗的事物如反物質、隱秩序、基因工程和所謂「文明的衝突」等等進入「視野」，我發現自己由於定向思維的宿疾，腦子生鏽，又感到呼吸困難。

寫作《尋找家園》，又像是在牆上挖洞。這次是混沌無序之牆，一種歷史中的自然。從洞中維度，我回望前塵。血腥污泥深處，浸潤著薔薇色的天空。碑碣沉沉，花影朦朧，藍火在荒沙裡流動……不知道是無序中的夢境？還是看不見的命運之手？畢竟，我之所以四十多年來沒有窒息而死，之所以燒焦了一半的樹上能留下這若干細果，都無非因爲，能如此這般作夢。眞已似幻，夢或非夢？我依然只能，聽從心靈的呼聲。

聽從心靈的呼聲，是不問收穫的耕耘。不問不是不想，凡事不可強求。現在和同齡人溝通都難，遑論與E世代新新人類？遑論從難友們終止的地方開始？在這網路眼花繚亂，聲、光、色、影像飛旋，「文化消費」市場貨架爆滿的年代，在這資訊滔滔，文字滾滾，每天的印刷品像潮水一樣漫過市場的日子裡，我一再囑咐自己，要寫得慢些，再慢些。少些，再少些。

想不到《尋找家園》前兩卷能在大陸出版。想不到雖然經過審查刪節，還能得到那麼多陌生的知音。特別是，年輕一代的知音。「自由鳥永不老去」「來自另一個世界的孩子」……都是莫大鼓勵。最使我感動的，是余世存的兩句話：「原來高爾泰就是我呀，或者說我們都是高爾泰。」奴隸沒有祖國，我早已無分天涯。集體使我恐懼，我寧肯選擇孤獨。在流亡十幾年之後，聽到遙遠故土新生代的這些話語，好像又復活了一個，已經失去的祖國。

那些人爲刀俎我爲魚肉的生態，家破人亡顚沛流離的命運，曾使我經常有一種在敵國作俘虜的感覺。這種感覺在超高溫下凝固，超低溫下凍結，乾硬如鐵，支撐著我們的脊梁和膝蓋，使我們得以在非人的處境中活得稍微像個人。但是像個人樣，也就是同非人的處境——我們的生存條件或者說祖國的疏離。

有一次我到出生地高淳看望姊姊。兒時家山，已完全變樣。在那個安置折遷户的公寓樓裡，她指著鄰家堆滿破爛雜物的陽台上一個曬太陽的老人，告訴我那就是五八年監管「階級敵人」的民兵隊長，直接虐殺我父親的凶手。可能睡著了，歪在椅背上一動不動。看不清帽沿子底下陰影中的臉，只看見胸前補丁累累的棉大衣上一灘亮晶晶的涎水，和垂在椅子扶手外面的枯瘦如柴的手。但是僅僅這些，已足以使我對這個人的幾十年的仇恨，一下子失去支點——同時，我也就更遠地飄離了，那片浸透了血與淚的厚土。

偷越國境，只是外在流亡的開始。在那之前很久，我已經在內在流亡的途中，把一切都看作了異鄉。有人說我出國前後，文風判若兩人，從激烈到平淡，表明叛逆者經由流亡，學會了寬容與妥協。這是誤解。寬容妥協是強者的特權，弱者如我輩，一無所有，不是可以學得來的。是在無窮盡的流亡生活中所體驗到的無窮盡的無力感、疏離感，或者說異鄉人感（也都和混沌無序有關），讓我滌除了許多歷史的亢奮，學會了比較冷靜的觀看和書寫。

能夠完成這本書，要感謝國際作家議會的幫助，更離不開妻子小雨的支持。我是一個生存能力極差的人，在國內混不到安全，在國外混不到飯吃。寫作稿費極低，是消費不起的奢侈。如果沒有她長期付出精神和體力的雙重透支，爲我承受著種種難以想像的生存壓力，我根本就沒有可能坐下來寫書。如果沒有她每天下班回來給我看稿子刪掉許多躁氣、火氣、「沒味兒」和「小家子氣」，我要寫也絕對寫不到現在這個樣子。正如我們所尊敬的作家李銳所說，這是我們共同的作品。現在能一字不改地在印刻出版三卷足本，我深深感恩。

卷一

夢裡家山

夢裡家山

我的故鄉高淳，位於江蘇省西南端與安徽省交界的地方，恰好是「吳頭楚尾」。地勢東高西低。東部是茅山山脈和天目山山脈的銜接處，山高林茂，俗稱「山鄉」；西部爲丹陽湖、石臼湖、小南湖三湖所環繞，溪河交錯，葦岸無窮，俗稱「圩鄉」。最早的縣治固城始建於公元前五四一年，比楚威王築石頭城置金陵邑（前三三三年）還早二百來年，可稱古邑。

到我出生的時候，固城早已荒廢，縣治淳溪鎮也只是一個僅數千戶人家的小鎮。鎮上只有一條三公尺多寬、青石板鋪面的彎曲小街，俗稱老街。兩旁店鋪係明清建築群，樓宇式雙層磚木結構，挑簷、斗栱、垛牆、橫桁鏤窗。油漆剝落幾盡，裸露著灰色的木頭。在街上走，有一種憂鬱的感覺。還有一條「半邊街」，另一邊是水市，是這一帶歷來盛產的大米、魚蝦、竹木、桐油、土布、野禽、羽扇、茶葉、菸葉、苧麻等等的集散地，每天晌午前後，都有一陣子熱鬧。正如我父親高竹園先生在一首詩中所說，「水陸兩楹市聲喧」。一到傍晚時分，復又歸於寂寥。

淳溪鎮位於小南湖西岸，沒有城牆，但有城門。出東門就是湖，越過葦岸邊大片大片的野菱菰蒲白蘆紅蓼，可以望見湖上帆影點點。天氣好的時候，還可以望見湖那邊隱隱約約的一髮青山。這裡那裡，時不時的，會有成群的野鴨、茭雞或水鴿子突然飛起又很快落下。南面是一條河，叫淳溪河。沿河綠楊如煙，煙樹中白牆青瓦的老式民居夾雜著銀灰色的草屋，淒迷沉靜。

河上有一座七孔石橋，叫襟湖橋，橋欄上的石獅很生動。橋頭有一寺塔，叫聚星閣，第一層石頭門樓，第二第三層皆六角形木結構，飛檐十二，凌空欲去，更生動。二者都是始建於明嘉靖二十年（一五四一年）的古建築，保存完好。解放後，襟湖橋已改造爲汽車可以通行的公路橋，聚星閣也已拆除。那鐵鑄的寶瓶形塔頂有烏篷船那麼粗，落地後無法運走，一直橫在那裡。大躍進時砸碎，餵土高爐餵了很久。

位於淳溪鎮東面的小南湖，又叫固城湖。由於中生代燕山運動後期的地層斷裂，小南湖東岸的原始湖岸線幾成一條直線（它現在已被圍湖造田弄彎了）。直線那邊，平行地、但不均勻地分布著馬鞍山和十里長山的山脈，這些山脈到湖邊上就斷了，成爲懸岩峭壁。主峰大遊山由砂岩、火成岩及石英砂岩組成，海拔一八七公尺，林深石黑。八年抗戰時期，日軍占領了淳溪鎮，我們全家逃難，就躲在大遊山中。

所有這些山脈，全都被森林覆蓋。山上幾乎全是松樹，山下則是毛竹和雜樹，主要是橡樹、楓樹、棗樹、棠梨樹和毛栗子樹。棠梨極酸，沒法吃。橡子極澀，也沒法吃，但是很好玩。各棵樹上剛落下的橡子，形狀花紋都不同，帽蓋也迥異，有的像栗子，有的像包緊的松球，有的像打開的松球，有的像很小的倒毛雞。剝出來光彩潤澤，不亞於泉水裡的雨花石。有一陣子，姊姊們愛收集各色橡子，我也跟著揀，揀了還要給取名字，大頭、海頭、阿扁、阿細、羊羊、馬公之類。可惜放在匣子裡面，很快會乾枯褪色，幾天後再打開時，全都變成了晦暗的土黃色。

好在樹林裡有趣的東西很多。即使灌木的叢莽，也都是無盡藏的寶庫，那裡面有覆盆子、漿果、草莓、甜心草……。我喜歡一種淡紫色的小花叫蜜糖罐，摘下一朵，花托處會滲出一滴乳白色的液汁。你吸一下，小苦微甜，有股子清香。野生動物很多，有時聞得見狐狸或者野狗的氣味，知道牠就在附近，但是看不見。我能看得見的，都是些小傢伙，野雞雛兒之類，一個個絨球一般，嘰嘰叫著跑得很快，一忽兒就不見了……。有些山裡的孩子，捉得到麂子、獐子、獾，我捉不到，但是知道牠們的存在，就感覺到野風拂拂，生活更加有趣。

不過這是半個世紀以前的世界，現在已經沒有了。現在高淳的地貌，已經完全改觀。在圩鄉，由於圍湖造田，八十多平方公里的小南湖只剩下大半，二百六十多平方公里的石臼湖只剩下小半，三千多平方公里的丹陽湖整個兒變成了田野。由於人口爆炸，淳溪鎮的面積擴大了至少十倍，把附近的許多村莊都呑沒了。一排排五、六層整齊劃一、互相擠得很緊的公寓樓，代替了昔日小院橫斜的老式民房。街道拓展得很寬闊，河被兩邊夾緊，變得很狹。水泥築成的碼頭上人擠人運輸繁忙。河上機動船團團冒煙突突作響。下水道很多，河水濃稠腥臭，漂浮著油污垃圾。河上已經有兩座公路橋了，從橋上望出去，即使在夏天，也難得看到一點兒綠色。固城湖湖管會和江蘇省漁業廳投放的三十多個網箱裡，頻頻有魚兒全部死光的記錄。

山鄉的變化更大。大躍進全民煉鋼時，樹木都被砍伐一空，所有的山全部光禿。水土流失嚴重，以致許多地方幾乎寸草不生。七九年開始重新造林，但可以造林的面積已經很小。許多原先是森林的地方，這時已變成農田和村莊。原有的村莊迅猛膨脹，同時又增加了許多新的村莊。從因競相開採石頭而襤褸不堪的山上望出去，村連村店連店，廠礦企業處處冒煙，一派城郊景象。特別新房屋都是紅磚砌成的，蓋房頂的材料，也用方形的紅色平瓦，代替了從前那種半圓形青灰色小瓦，望上去特別扎眼。縱橫交錯凹凸不平的公路和土路上，以及因水質汙染而渾濁不堪的河道上，卡車、小型拖拉機、三輪摩托和機動船擁擠吵鬧，捲起陣陣黃埃，噴出團團黑煙。

回到故鄉，極目四望，恍惚中竟不知身在何處。兒時家山，早已經不存在了，變成了我心靈中的一個虛無縹緲的夢境。

祖母的搖籃曲

抗日戰爭爆發，高淳淪陷時，我們一家逃難到了湖陽，後又轉移到了山鄉，在大遊山腳下一棟孤伶伶的茅屋裡住下了。我最早的記憶，就是在這次轉移的路上。半夜裡醒來，發現自己睡在一個籮筐裡。另一個籮筐裡睡著我的妹妹，父親挑著我們急速地走。後面跟著母親和姊姊，揹著包包，踏著影子，頭上是高高的月亮，一片腳步的聲響。

屋是土牆，茅簷極低，遮住了木櫺小窗的一半。裡面很黑，但是冬暖夏涼，黑暗中有股子溫馨，我喜歡。屋在斜坡上，後面是山，前面可以望得很遠，直到藍色的天邊，我喜歡。山上鬱鬱森森，稍有風雨，連山的松濤就像湖水一樣，我喜歡。山下的雜木林中，有不少栗子樹，還有一棵銀杏，據說有一千多年了。栗子、白果撿不盡吃不完，我喜歡。

屋是本地一戶農民丟下的，他們搬到下面的村莊裡去了。年久失修，屋頂上都長滿了雜草。幾個村上的人，幫我們翻蓋了屋頂，加固了牆壁，刈除了四周的草莽，平整了室內的地面。母親、祖母帶著兩個姊姊，開墾出一片菜畦，種上了各色蔬菜。父親在附近砍竹，砍得手上都是血泡，用四堵竹子籬笆，圍成了一個院子。抱來一隻小狗，養了豬、羊、雞、鵝，又買了五畝半地，成了不折不扣的山裡人家。

山下有許多池塘和村莊，相隔或三里五里，或十里八里，中間水田旱田相錯，灑出去一望無際。最近的村叫儒童寺，約百來戶人家，下行三華里可到。後來父親把地租出去，在村上開辦了一所小學，叫儒童寺小學，招收了二十來個學生，在公堂屋裡上課。消息傳出去，四方遠村的孩子都來上學，人數增加得很快。公堂屋擠不下了，搬到祠堂裡面，大姊和二姊都去幫忙，教小孩子識字。後來三個人忙不過來，又聘請兩個教師。一個叫高志良，瘦小文雅，善珠算，兼管總務。一個叫趙劍寶，懂詩詞，還諳武術。帶來一對石鎖，課餘常常拋弄，在地上砸出一個一個的深孔。

分了高級班、低級班，課程都是三門，國語、算學、常識。常識包括歷史、地理、自然。教材都是父親自編的。父親常說，要是沒有戰前辦學的經驗，這個書他還眞教不下來。

姊姊們回到家裡，除了批改學生作業，還要編草鞋、耙柴、拾蘑菇、挑野菜、撿地木耳、割豬草、採桑葉……到時候還得幫著母親和祖母經紗織布，繅絲煮繭……。我呢，就放個羊。我家原有十來隻羊，因爲招狼，後來不養了，只留下一隻高大的香灰色公山羊，叫阿來。我每天放學回家，帶著阿獅（狗叫阿獅），牽牠到山坡上放一陣。牠吃草，我躺著望遠，編故事，作白日夢。夕陽晚風裡，聽松濤喧響。

回家吃過晚飯，等碗筷撤走，桌子擦淨，姊姊們就把一摞一摞學生的作業本搬上來了。我也要做作業了。大姊、二姊、我，各占一面，還有一面是父親。妹妹不做事，專門搗蛋。一盞油燈，四個人共用。菜籽油燈用兩根燈心草，黃豆油燈用三根燈心草，棉籽油燈用四根燈心草。棉籽油點燈火焰最小，即使用四根燈心草，也還是不亮。但不能再多，再多就燒起來了。

燈火的陰影裡，坐著母親和祖母。夏天裡用蒲扇給我們趕蚊子，冬天裡母親縫衣服或做鞋子，像有夜眼似的。祖母把陶製的手爐用礱糠煨著，放在腿上烘火。祖父死得早，祖母一生辛苦，那放在爐上的雙手，枯硬粗糙如同樹根。爐灰裡埋著栗子，或者白果。裡面噗噗一響，她就會說，平平一個，福福一個，別人沒有。平平是妹妹，福福是我。

別人也不是沒有。姊姊們常在灶膛灰裡埋一些各色堅果，還有山藥紅薯之類，我和妹妹常去掏吃。有時我去掏已經沒有東西了只留下一股子香氣，就發痞。如不接受安撫，母親就會對姊姊們說，別理他，同他纏不清，平平過來，別學壞。我一個人站在那裡晾著，感覺很不好。這時祖母就會過來解圍，給一點兒吃的叫我去做作業。當然，晚上還得再做。

如果天氣特別冷，做完作業，母親會做一點兒小吃，酒釀呀藕粉呀湯圓呀什麼的，熱氣騰騰。我們稀溜稀溜地喝著，立即就暖和了。祖母睡得少，等大家睡下以後，還要把燈挑到只剩一根燈心草，紡一會兒棉紗。徐緩轉動的紡車，薄暗中望過去像一朵模糊的花。那柔和的嗚嗚聲，就成了爲我們大家催眠的搖籃曲。松聲如潮，高一陣低一陣，像是在爲它伴奏似的。我想，如果我當時能預知祖母逝世以後發生的一切，可能會在這柔和的複調音樂裡面，聽出一種淒厲的調子吧？

父親在學校上課，常說日本侵略中國，就像蠶吃桑葉。在家裡他也常說，我們是因爲不願意做亡國奴，才逃到這裡來的。只有逃跑，他感到慚愧。他說他有個好朋友叫李狄門，拋下家小到大後方抗戰去了，那才是有種的漢子。我們聽了，都有幾分遺憾，因爲父親不是英雄。但同時，也有幾分慶幸。他要是做英雄去了，我們都怎麼辦哪？

沒見過鬼子，沒見過血腥，沒見過烽火，每天享受著森林的清香、泉水的甘洌和無盡藏的山果野味，在一塵不染的沙路上踏著松花去上學，戰爭變成了一個抽象的概念。我有時不免要想，在那個民族災難深重的年代，我們是過分地幸運了，後來的遭遇，就算是一種補課吧？

大刀會

儒童寺小學門臨大路，大路通向五里以外的沛橋鎮。沛橋鎮濱臨沛橋河，兩江三湖的船隻，都在那裡停留。因此沛橋的茶館，成了這一帶的新聞中心。村上天天有人上沛橋，挑著青豆芝麻山黃鱔地木耳之類去賣，少不了泡泡茶館，回來時帶點兒新聞。新聞零碎，且不及時，但是數量一多，也可以拼出點兒大致的圖形。

日軍的暴行，駭人聽聞。但他們的勢力範圍，僅限於高淳縣城和幾個較大的市鎮據點，有時從那裡出來一下，「掃蕩」，搶糧，燒殺一陣就縮回去。尤其山鄉一帶，從不久留。在山鄉，平行地存在著兩個中國人的政府。下壩的東皇廟有一個「江南行署」，是國民黨政府。靠近溧水縣的洪藍埠一帶，有個「蘇南行署」，是共產黨政府。兩黨也各有一個「高淳縣委」，分別設在青圭塘和曹塘。屬下的「工委」、「特委」、「兵站」、「工作站」、「辦事處」等等，和他們的武裝「新四軍」、「挺進隊」、「四十師」、「游擊大隊」、「忠義救國軍」等等，這裡那裡流動不息，弄不清誰是誰。可以聽到他們與鬼子「駁火」的消息，也可以聽到他們互相「駁火」的消息。

村上的人們，不在乎黨不黨，什麼消息都一聽了之，照樣地晝出耘田夜績麻，無爲而治。有個公堂屋，沒人管，塞滿了各家的斛桶水車織布機搖籃甚至棺材。村上的許多人家，中堂屋裡都放著一口或兩口棺材，是屋主為自己和老伴身後準備的。生前也不是空著，可以裝糧食乾貨，或者被褥蚊帳，蓋頭上簑衣笠帽隨便放。這不是因為他們很禪意很老莊，對死亡沒有恐懼，而是風俗習慣如此。有些人家東西多，家裡放不下，就放到公堂屋裡來了。外來的人到村上辦事，如果走進公堂屋，看到的就是這些東西。

凡是有陌生人進村，大抵都是來要糧的。誰撞上了，就任意把他們領到某一個長輩老人那裡。老人找幾個人商量一下，各家攤一點兒，集中起來，派個人用手推車推到某個指定的地點，問題也就解決了。但是有些難題，他們解決不了。比方秋收前，日偽軍、挺進隊、新四軍三方都來要糧，只准給自己不准給其他兩方，他們就沒轍了。

處理這類問題的，是村上幾個「秀」字號的人物。「秀」是「秀才」的簡稱，泛指讀過書能識字的人。高淳的方言，山鄉圩鄉不同，都無「先生」二字，「秀」字代之。「張秀」、「李秀」、「王秀」，都是尊稱。村上有個光棍漢，酒癮很大，常醉臥牆根。愛吃狗肉，常屠狗。一字不識，但插秧插得特好，快、直、行距株距均勻，成活率高，眾所不及，人稱「秧秀」。我父親教書，人稱「高秀」，但他是難民，村上的事沒人找他。「秧秀」呢，也沒人找。找得最多的是「方秀」。

方秀是個矮子，很矮，大家背後叫他方矮子。他有兩個老婆，在村前頭開了一家小雜貨店，供應村上的日常所需：火柴、鹽巴、茶葉、針線、草紙、明礬、鹵鹼、燈心草、黃菸、水菸、白酒、醬油、蚊香、奇楠線香、仁丹、冥錢、做冥錢用的錫紙……應有盡有。小老婆站櫃台，大老婆打雜。門外擺著桌凳，可以坐下喝點兒。備有五香肚絲、臭豆腐乾拌花生米，給你下酒。但是村上的人買東西，還是喜歡上沛橋。說沛橋的東西便宜，酒也釅些。

方秀談判的結果，村上人也不一定接受。有一次，他答應給日僞軍交糧，沒人肯出，收不起來。他揚言不管了，東壩據點的日僞軍揚言來「收」，大家無法可想，風聲鶴唳，也只有聽天由命。唯一的反應，是大刀會集合，操練了一次，似乎也給人些許安慰。好在後來，日僞軍沒來。

從理論上來說，大刀會是一種會道門，帶有民間宗教的色彩。但是實際上，它只是一種農民武裝。村上人的宗教觀念十分淡薄，玉皇大帝、佛菩薩、狐仙、馬甲、關公、姜子牙……都信，等於都不信，實際上是無所謂信不信，就同他們在家裡放口棺材，無關於生死觀一樣。參加大刀會，是因爲大刀會傳到了這個地方。就像山陽邢村人參加紅槍會，是因爲紅槍會傳到了那個地方。

村上大刀會的老大叫方慶，矮、瘦、龜背、猿肩，胸部微凹，脖子細長，又愛剃個光頭，越發顯得弱小。但卻力大無比，舞動他那把據說是六六三十六斤重的大刀，颼颼地都是風聲。他那把刀別人只能拿著看看，能舞的也舞不了幾下。據說他的看家本事還不是刀術，而是扁擔花和板凳花。扁擔花是用扁擔作武器的功夫，板凳花是用長板凳作武器的功夫。長板凳舞起來，四條腿就像千百條腿，使人眼花繚亂。教大家用這些日常用品自衛，也是大刀會的傳統會務。

不過大刀會的主要武器還是大刀。大刀有長柄有短柄。保城圩一帶是短柄，儒童寺一帶是長柄。帶著紅纓，就像京戲裡關雲長使的那種。幾乎每家都有一把，平時不磨也不練，同釘耙鋤頭鍬一起靠在牆角落裡，老是礙手礙腳。直到有人吹起號子，才被迅速拿起。號子有牛角的，有錫皮的，有銅皮的。村上的是後者，頗似軍號，聲音急切悲壯，百靜中突然響起，驚心動魄。

村上的青壯年漢子，幾乎全是大刀會員。他們輪流保管號子，拿到號子就是派到放哨任務，上山下地都得帶著它，以便發現情況就吹。人們一聽到號子就拿起大刀，到公堂屋門前的打穀場上集合。集合後有個儀式，我沒見過，估計就是發功。他們說完了就憤怒異常，只想衝殺敵人，而且比平時跑得快跳得高力氣大，過後就不行了。這話不假，有一次我看到他們出發，全都光著上身，頭纏杏黃布，手持紅纓刀，一個個眼露凶光臉色鐵青，盯著前方直衝。隊形散亂而方向一致，虎虎生風。我從門縫裡看著，牙齒格格地直打顫。後來他們沒遇到敵人回來了，一個個又都變成了我所熟悉的隨和農民。

這裡面有一份神祕，我弄不清。父親說，如果將來有機會，研究一下從黃巾起義到義和團的資料，可能會得到一些啓發。這個工作，我一直未做。我只是知道，並因此感到遺憾，那份神祕的力量，仍然敵不過現代槍炮。大刀會每次攻打日軍都失利，傷亡慘重。四九年後更被鎮壓，早在五十年代就消失了。

兒時偶像

一天，父親帶了一個曬得很黑、滿臉皺紋、高大但有點兒駝背的漢子到家裡來，住了好幾個月。

他叫俞同榜，原籍蘇北，祖先逃荒到了江南，就在富庶的魚米之鄉淳溪鎮定居下來，至今已經好幾代了。在淳溪鎮上，這種人家很多，全都世世代代以船爲家，主要以捕魚、打野鴨、賣酒釀和刀傷膏藥爲生。有時也耍耍雜技，弄弄槍棒和氣功。一般都懂武術，諳水性，衣著隨便，江湖落氣，同斯文小心、整潔規矩的本地人對比鮮明。本地人瞧不起他們，同他們不往來，世世代代互不通婚。他們始終保持著江北原籍的語言和風俗，自成一個獨立的社會，被統稱之爲「揚州佬」，他們的家，則叫做「揚州佬船」，似乎地位微賤，儼然二等公民。

我們家臨河，大門外隔著幾株楊柳樹，就是「揚州佬船」聚泊處（他們歸舟晚泊，都有定點），所以同他們很熟，同緊靠園門的那幾條船更熟。每年春節，鎮上家家都要做糖，船上沒有大鍋灶，不做糖。母親和祖母做糖時，總要給船上也做幾份，不外是麻條、歡團、花生糖、黃豆糖之類。他們用魚、蝦答謝，青魚、刀魚、鱖魚、鯿魚，都很鮮活。父親常說，這些人性格豪爽，不像我們淳溪鎮人，心裡頭小菩薩很多。他一直想要教船上的孩子們識字，但他們不想學。據說，船上的孩子剛生出來就先當頭澆一瓢冷水，即使冬天也不例外。說是從此就不怕水了，說怕水的過不了這一關，養大了也是個麻煩。

俞同榜的船，並不是離我們家最近的。一個大風雨之夜，他們家翻了船。夫妻倆救起了三個孩子，翻正了船，打乾了艙，摸起了沉在水底的鍋碗盆勺，還追回了漂走的舢板……雨過天亮時，居然損失不大，照樣出湖打魚去了。大姊繪聲繪影地告訴我們，那天她起來的時候，滿院子陽光，晾著很多濕淋淋的被褥，直往下淌水，一股子怪氣味，就是俞同榜家的。父親說，生存能力之強，高淳人沒法子想像。

淳溪鎮淪陷的時候，俞同榜沒有逃跑，僥倖也沒有遇難，目睹了日軍的燒殺姦淫。在日偽統治下賣魚賣蝦，老實本分、無聲無息地過了好幾年。一天，他正搖著舢板準備回家，三個醉醺醺的日本兵要他靠岸，叫把他們送到某處。到了湖口，他把船踩得掀起來，用槳拐頭（蕩槳的支架）一下一個打死兩個，另一個拖入水底淹死。日、偽軍搜捕得緊，他輾轉逃到了大遊山下儒童寺村上。在我們家住了幾個月，後來到蕪湖去了，他說那裡有他幾個老鄉的船。

他有點兒口吃，很少說話。零零碎碎的，我們從他的口中，知道了一些老家的事情。日本人如何放狗把人咬死，如何把嬰兒拋到空中又用刺刀去接，如何在沿河一帶，放火燒掉沒被炸毀的房子。父親的私立淳南農業倉庫和私立淳南實驗小學全部付之一炬。我們家八間房子被燒掉六間，滿樓藏書灰燼無存。園牆倒坍，園中花木凋零。只有一架忍冬十分茂盛，一年一度開滿鮮花。

俞同榜走後，我們很想念他。他教會了姊姊們編織魚網，並替她們用竹片削了夠用幾年的網梭；他還引導我跨進了武術的門檻，教會了我一些初步的功法，並引起了我的興趣。這是一宗恩惠。五十年後我在監獄裡面對獄霸的鐵拳時，正是這宗恩惠，幫我解脫了困境。

抗戰勝利以後，他曾到淳溪鎮來看望過父親一次。當他和父親說話的時候，我就站在旁邊，目不轉睛地盯著他看。因爲，他是我心目中最偉大的英雄。

人・鬼・神

村上許多人，常要去推木香。

西行百來里，是安徽廣德，深山老林。林中有些樹，是稀有的香材。曬乾磨成粉，叫做香屑。沉香屑、檀香屑、楠木屑、什麼什麼屑都很値錢，本地人統稱木香，採伐、加工，裝在用篾條筍殼編的簍子裡，卻運不出來。於是有左近的農民，用獨輪的手推車去推。推出來賣給市鎭上的香鋪，賺一點兒血汗錢，就是所謂「推木香」。

我很想跟他們去玩玩，父親不許，說路上有土匪。我問他們見過土匪麼，說見過。什麼樣子？同我們一樣，土匪也是人麼。殺人嗎？殺我們幹嘛？木香搶了沒用。怎麼沒用？推出來不是可以賣錢嗎？吃得來這個苦，就不當土匪了。確實，這活兒很苦。一簍木香大小如汽油桶，很重。一邊一個綁在手推車上，橫寬達七市尺，重量全憑中間的輪子支撐。爲保持平衡，推車人腹、背、腰、腿、腳、手、臂都得協同使勁，不能稍懈。山路崎嶇，況有百里之遙。許多人回來，都閃了腰。在村上，你只要看到誰腰上貼著狗皮膏藥，就知道他推木香回來了。

那時候，無論在農村還是市鎮，香和柴米油鹽一樣，都是生活的必需。鄉下人進城回來，籃子裡少不了有幾股香。買香不叫買，叫「請」。請回來就用紅紙包好，放在堂前供桌上香爐燭台的旁邊。初一十五、趕廟會、上墳、紅白喜事……都要燒香。大遊山、茅山、麒麟山裡的許多大廟不用說了，村邊田間無數無人看管的小廟，香的消耗量也都極大。山神、土地、狐仙、蛇王、關帝爺、財神爺、紫微星君、火光菩薩、福祿壽三星……都有廟，有些廟小得只有斛桶那麼大，也都被香煙燻得烏黑，牌位上看不出字，不知何方神聖。山腳下有一塊石頭，塗滿雞血黏滿雞毛，半被香灰埋沒，更不知是何方神聖。知與不知，無妨燒香如儀。

一般小廟裡，往往只有牌位，沒有塑像。只有土地廟裡有塑像，一般是土地公和土地婆兩個。但在茅山那邊，所有的土地廟裡都只有土地公沒有土地婆。而在麒麟山那邊的土地廟裡，一律都有三尊塑像，一個土地公兩個土地婆。相傳兩地土地公賭博，一方輸了賠不起用土地婆頂了帳。這雖有些荒唐，但畢竟是神們的事情，也神聖不可糾正。人們依例供奉，照樣燒香磕頭。

香市旺盛不衰，香鋪供不應求。許多小鎮都有製香業。有一次跟父親到沛橋去，曾到一家香鋪後面的工場張望。裡面高溫如同烤箱，塵粉飛揚如同濃霧。濃霧裡赤膊光腿的人們，個個與泥塑無異。只有眼睛和牙齒發白，汗水淌出虎斑。那個苦呀，有甚於推木香。

從人們把多少生命力投入製香業，可以看出神鬼世界的分量。鬼神和宗教信仰無關，它產生於人性的需要。父親不信鬼神，入鄉隨俗，也十分認眞。年年歲暮，都要請鬼神來作客。先是「請祖宗」。同請活人一樣，葷素十二道菜，還有酒。來客都是近幾十年內先後過世的親人，在前一天晚上燒香紙預約了的。以往相依爲命，現在泉路杳茫。一年將盡，大家在一起吃頓飯，重溫一下無常的天倫，也表示一下生者的思念與孝心。客雖無形無聲，主亦恭肅謹敬，別來多少事，都在不言中。

請過祖宗不久，春節就來了。大除夕家家都要請神。一張方桌，神坐三面，朝大門的一面空著。上列香爐燭台，下繫繡花桌圍，桌圍前放一蒲團，供家人磕頭。家家請神都是三道菜，整隻豬頭，整隻留著三根尾羽的公雞，整隻帶鱗鰭的鯉魚。都是事先醃製好並曬乾了的。蒸熟後貼上紅紙剪花上桌，紅燭高燒，爐香繚繞，氣氛熱烈隆重。但是誰都不知道，所請究爲何神。母親說，反正佛菩薩不會來，他是吃素的。那麼是誰呢？父親說誰也不是，神祇太多，座上不過是一個象徵。我想了，不管是誰，都是一副好牙齒。否則，那三道乾硬如鐵的菜，怎麼啃得動？

過了大年就是元宵節，叫小年。還要給神們供燈。大年請的是大神，小年供的是小神。燈杯比酒盅還小，光焰如螢如豆。放在門角落裡的是供門神欣賞的，放在鍋台上的是供灶公欣賞的，放在便桶旁邊的是供紫姑欣賞的……。我也幫著放，糧囤下，水缸邊，石臼上，紡車旁，雞籠高頭，豬欄前面……隨便放。放在哪裡，就表示哪裡有神。二姊問我，哪來的雞神？哪來的豬神？我回答說，牛鬼蛇神都有，怎麼雞鴨豬羊就該沒？大姊連說對對對，阿貓阿狗檯子板凳都該有。這不是開玩笑，沒有神就沒有放燈的理由，也就沒有黑夜裡滿屋子星星點點的那份美麗開心。

事實上中國的許多神，都來自《封神榜》、《三國演義》之類的小說家言，流傳成了一個波普爾所說的「世界三」。不像鬼，起碼有個前世今生的因緣。人們對神，有時候很不敬。比方耍弄起灶公爺來，簡直就是把人家當作無知小兒。相比之下，對鬼的態度，就要人情味兒得多了。臘月請祖宗、清明上墳，飯菜都比較新鮮好吃。秋涼時還要到山野裡拋撒烏飯，供那些沒有後代祭祀的孤魂餓鬼食用。飯染成黑色（烏飯草染的，無毒）是作爲標記，告訴那些有人祭奠的鬼魂不得爭食，用心亦可謂細致周到。

幾年後抗戰勝利，我們家回到圩鄉的城裡，還一直保持著山野裡的某些古風老俗。即使在解放後那些恐怖黑暗的年代，家中只留下母親和二姊兩個專政對象時，每到歲暮，也都要在深夜裡閂上門，偷偷地祭奠一下過世的親人。每次請祖母和父親回家吃飯，她們都要哭。共同經歷的一切是如此之不可思議，生前無法相助死後也無可告慰，「見」了也唯有哭。

不過這是後話了。

清道士

村上有一種人，叫做「馬甲」，是普通的農民，也是人鬼神之間溝通的渠道。他可以出借自己的肉體，讓自己的靈魂離開他，讓某神靈或某鬼魂進駐其中，用他的嘴說話、用他的手打手勢、用他的肢體舞蹈。用完走了，他自己再回來，又成爲普通農民。某人想見死去多年的外公，某人要向某個不小心衝撞了的狐仙請罪，某人被某「東西」纏身言語錯亂家人要迫它離開……他都可以辦到。流傳著許多這方面的小故事，大都忘了。要是記得，現在流行心靈學，說不定還有用呢。

「馬甲」各村都有，有男的有女的。我們村上的一個是男的，我沒見過他作法的樣子，只見過他平常的樣子，與常人無異。他的兒子何囡囝是我的同班同學，戴銀項圈，頭頂上梳一根向上翹著的短辮子，紮著紅頭繩，陰陽怪氣的，很刁。同學們都不喜歡他，我也不喜歡他。他的小名也很怪，叫「富屌」，不知何故。富屌的父親同時也是村上的赤腳醫生。村上人沒處看病，有事就找他。他有時建議你到蛇神廟裡燒個香、許個願，就好了。有時到你屋裡念一通咒，含一口水到處噴一噴，慢慢也會好起來，但不一定。有時不好反壞，村上人就翻山越嶺，到後高去請清道士。

後高在這一帶小有名氣，不是因為有清道士，而是因為村邊有兩個小丘，據說是春秋戰國時代羊角哀和左伯桃的墳，未知確否。清道士叫侯一清，闖過江湖，一劍風塵。現在兒女都大了，回老家受供養，卻又閒不住，常常出門遠遊。瘦高個，黑巾袍，長髯。如果不是有個鷹鉤鼻子顯出某種世俗的精明，可以說他仙風道骨了。每年端午節前，他都會來，賣雄黃、畫符；端午節家家都要掛符、灑雄黃酒，沒他還不行。來了他就借我們家的被褥，在學校裡開個鋪過夜。有時在我們家吃飯，一杯在手，高談雄辯。他什麼都懂：符咒、武術、風水命理、奇門遁甲、氣功，還有岐黃之術。會推拿，會針灸，也解藥理。他背袋裡有些中草藥，所過之處，時下針石，有點兒像走方郎中。對於那些眼看治不好的病人，他一面作法驅邪和給藥治療，一面也為他看好墳地的風水，萬一不治亡故，葬得好有利後代興旺發達，也是一種安慰。他常自誇能未卜先知，從這一點來看，倒也未必。

他送給父親一本線裝書《醫方集解》，父親說非常有用。他教會了我畫端午節的符。我才知道，原來畫符很容易，就是在黃紙上用大筆狂草寫「正心修身」四個字，字字相連，連成一體，同時口念「太上老君急急如律令敕」，邊念邊畫，畫完再用紅筆在黑色符兩邊把這句話寫上，蓋一個「太和元氣」的章，就行了。我沒章，只好畫一個章，他說也行。我問他用這個符給人治病行嗎，他說不行，遠水救不得近火。看病有看病的符咒，不同的病有不同的符咒，要學得專門學，學著玩玩不行。

他教會了父親打太極拳。他也教我，我嫌動作太慢，沒學。後來他教了我一些棍術，還從家裡帶來一根齊眉棍送給我。江湖上把作為武器用的棍棒稱為齊眉棍，因為它的長度，要求豎起來與使用者的眉毛同高。這種棍以白蠟樹料的爲最好，所以齊眉棍又叫白蠟棍。白蠟樹生長極慢，極難得，一般都以青棡木代替。青棡木雖堅牢卻缺乏彈性，震手。他送我的這一根，是眞正的白蠟棍，旋絲、多節、沉重，擲地有金石聲。斧頭砍上去，只有一道淺印。他說這是他在郎溪找到的，横架起來可以吊三百斤米，彎得像把弓，米放下來，又彈直了。我得之，欣喜欲狂。可惜太長，舞動不便，便找村後頭四寶木匠，給鋸得和我的眉毛一樣高。他鋸了很久才鋸斷，說這傢伙牢得不得了。但是從此以後，棍子越練越短，後來發現原來是我自己長高了。爲此，我痛心了很久。

蘭姊的標本簿

我的大姊高淑蘭，是我們姊弟四個中最白的一個，也是最文雅、最靈秀、最愛幻想和最容易動感情的一個。有些詩詞，她反覆地念，有些歌，她唱著唱著就哭起來了。但是只要有可笑的事，比如我衝著她扮個鬼臉，她馬上就會笑。父親說，她的小楷，比我和二姊的都好，主要是有股子清氣。她的缺點是怕苦怕累，重活髒活都幹不漂亮，二姊不得不常常替她掃尾。她的膽子很小，不敢抓螞蚱，不敢碰蠶寶寶，在外面看到蠶寶寶那樣的胖蟲，總要尖叫。她比我大九歲，每次穿過黑暗，總要拉八歲的我作伴。還有就是任性。有一次，趙士泓給她看他手抄的清詩，其中有一首鄭板橋的詩：「說與里中新婦知，高堂姑舅鬢如絲，嗔時莫使嬌癡性，不比在家作女兒。」她不喜歡，竟嘩地一下把這一頁撕掉了。趙是我們學校的老師，後來成了我的大姊夫，他們怎麼好起來的，我不知道。

大姊一天到晚精神抖擻，什麼都要過問，對什麼都有濃厚的興趣。晚上辨識星星，秋天看巧雲，放風箏、放燈，都賊認眞。特別是見了奇形異狀的草葉、樹葉、花，都要大驚小怪，都要採下來，夾在一個又厚又大的本子裡並寫上發現的地點和時間。根據常識課裡的植物講義，她把不同的葉子和花分為七大類：十字花科；毛茛科；石竹科；薔薇科；豆科；芸香科；大戟科。並取其第一字的近似音拼成一個句子，「石貓石象頭云大」，她說這樣好記住。她說，這不是弄著玩的，將來要寫一本《江南植物誌》。

不過她這個本子裡，也不全是植物標本，還有許多剪紙圖案。木刻印刷的門神灶君、京劇臉譜之類，五顏六色、花裡胡哨摻雜其中，圖樣的下面也寫著搜集的年月日地點，和一些簡單的說明。如：「坐帳花，中間是青蛙。」「五毒背心，中間是雞公，吃五毒。」「月中桂，兔兒爺，搗藥保平安。」「天官門神，黑臉尉遲恭，白臉秦叔寶。」……她最喜歡的是幾張不同的《春牛圖》，因為她是屬牛的。她的這些圖樣，我後來在其他地方再沒見過。

她很想擁有兩個本子，但是沒有可能。戰爭時期，又在山野荒村，紙張奇缺。她這個本子，是用整張草紙訂的。草紙本是手紙，棋盤般大，土黃色，粗糙吸水，厚而易爛。小學生練書法費筆，我學畫覺得很好，但是用來訂書，那就很糟糕了。她是用苧麻皮加桃膠一張張黏起來的，書脊比書厚一倍。但是夾上標本以後，反而平了。光是撕麻皮這道工序，她就花了一天的時間。為了讓她訂這個本子，很久我們都沒有用紙。

這個本子，她不許我自己動手翻看，我要看時，她就一頁一頁替我翻。翻得很慢、很小心，怕破。有時我不耐煩她太慢了，堅持要自己翻，她就會叫一聲：媽！一聽到這個聲音，我就立即消失，免得麻煩。過後她會來找我，說：看不看？看我就替你翻。

後來她同趙士泓結婚，到山那邊保城圩的趙士泓家去了。去時把這個本子，用布小心包好，帶上了趙家抬來的花轎。趙家是老式大家庭，「高堂姑舅鬢如絲」的那種。大姊一過去就後悔了。不，她一上轎子就後悔了。坐轎子不舒服，她堅持要下來走。她平時愛爬山，這次要經過半山，她更願意步行，一定不肯再坐。大家都堅持不許，趙士泓也過來力勸，說是「不作興」，「沒聽說過」。大姊哭著撞打轎子，沒用。不管轎子搖得多凶，還是吹吹打打抬過去了。那邊張燈結綵，鑼鼓喧天，人出人進，亂得我頭發暈。堂前十幾桌人吃飯，勸酒勸菜，猜拳行令的聲音，震耳欲聾。

我坐在二姊的旁邊，問大姊在哪裡？二姊說在「新娘子房」裡。

我擠出中堂，去找大姊，亂哄哄老是摸錯門。好不容易才找到「新娘子房」，房裡卻沒有大姊。一群男孩擠在門邊探頭探腦朝房裡望，房裡有四、五個女孩，圍坐在新油過的地板上玩羊脛骨。家具都是新的，桌上有許多鏡子和玻璃器皿，閃閃發光，一股桐油味，濃得就像在船艙裡。雕花大床旁邊，坐著一個旦角戲子，戴著亮晶晶、顫巍巍，枝形吊燈一般結構複雜的珍珠帽，穿著大紅繡花，滿是亮晶晶飾物的錦緞長袍，坎肩上瓔珞飄飄。背朝門低頭坐著。我非常失望非常著急，不知再到哪裡去找大姊，不覺自言自語地叫了一聲「大姊」。

那戲子回過頭來。我從搖搖晃晃叮噹作響的飾物深處，發現了大姊的臉。臉上滿是淚水，眼睛鼻子通紅，顯然一直在哭。我走過去，叫了一聲「大姊」！大姊摟住我，哭出聲音來了，說，「我要回家！」

這時，那幾個女孩子都站了起來，瞪著驚奇的眼睛定定地盯著我們看；門外的男孩們更是來勁，看得張開了嘴。其中的一個回過頭去，大聲喊道，「快來看呀！」就像在動物園裡圍觀的人們看到睡著的珍稀動物站起來走動時一樣。我不好意思了，覺得不適當地扮演了可笑的角色，趕緊掙脫，扭頭就跑出去了。在此後的一生中，我常常想起那個時刻，感到那時沒有多陪大姊一會兒，和她說說話，反而丟下她跑掉，是不可寬恕的。

回家後，二姊常常帶著我，還有阿獅，翻過大遊山，到保城圩看望大姊。每次見了，大姊都要哭，都要說「我要回家」。阿獅也總是圍著她直轉直搖尾巴，一次又一次直立起來撲到她身上。

父親的學校裡缺老師，父親要她回來教書，給趙家說，可以有薪水。但是趙家不放，說家裡缺人，忙不過來。祖母去世時，大姊回家奔喪，就住下來不肯走了，直到快要生孩子時才回去。回去生了個男孩，他爺爺趙仲翔給取了個名字，叫學賢。

抗戰勝利後，我們全家回到淳溪鎮老家，大姊只好留在保城圩了。來往的路遠了，見面的機會也少了。每年春節，她和姊夫都要帶著學賢來拜年，住那麼幾天。學賢叫我「娘舅」，叫二姊和妹妹「姨娘」，中規中矩，一副文質彬彬的樣子，還帶著書來，白天很少玩，呱啦呱啦念書，晚上給姊夫背書，姊夫拿著書，學賢背朝他，背著雙手，叉開腳，一面高聲背誦，一面兩腳輪流起落，全身有節奏地左右搖晃。父親說，這是過去私塾裡的一套，非改不可。姊夫說沒辦法，回去爺爺要考。

四九年後搞土改，趙仲翔被定爲地主，經過幾次鬥爭，和老太婆先後去世。土地房屋被全部沒收，家產蕩然。抄家時，大姊一再要求把那個草紙標本簿留給她，未獲准，被拿走了。她不聽姊夫勸阻，一再找農會和工作組的人去要，後來竟然感動了一個什麼人，還給她了。已經一塌糊塗，乾枯的葉子破碎散落，拼都拼不起來了。她重新用布包好，放在了衣箱裡面。分到一點地，兩間草屋。草屋是一門三間，他們住兩間，另一間留給了已分到地主瓦屋的原住戶，以便飼養他分到的牛和羊。大姊是屬牛的，姊夫和學賢都屬羊。與牛羊同住，不知是巧合還是緣分。

他們在這屋裡，一住就是三十多年。一九八九年我到了南京，和小雨一同去看望他們時，已經認不出他們了。很難相信這兩個佝僂麻木、反應遲鈍、目光渾濁的老人，就是當年活力四射、興趣廣泛的蘭姊和英俊強健、生龍活虎的士泓。學賢已是中年漢子，還沒找到老婆，讀的書早已忘光，完全成了文盲。說到他時，兩個老人都異口同聲叫苦，說他食量太大，把家都吃空了。空是眞的，家中除了兩張竹床、鍋灶水缸和一些農具板凳以外，什麼都沒有。我看了直感到驚恐，無法想像他們的日子是怎麼過的。所有的東西，包括補丁重疊的蚊帳都是同一種陳舊的黑褐色，只有閣樓上的一堆稻草是新的，閃著黃澄澄的光，異常觸目。那是燒飯用的燃料。隔壁畜欄裡並無牲畜，但那濃重的畜糞尿的氣息，和腐菜爛草氣息，都日夜盤據在這小小的烏黑的空間。

他們說，三十多年了，早已習慣了。

我問到那個標本簿，大姊說，文化大革命那年，被抄家抄去燒了。說裡面有許多封建迷信的東西，要他們交代放著想做什麼，鬥爭了好幾次。我問學賢爲什麼不學一門手藝，他們說學不會了，念書念呆了。

後來我失去自由，旋又逃亡海外，再也沒見過他們。一九九五年初，在紐約上州一個湖邊森林中的小木屋裡，收到二姊從國內寄來的一封信，告訴我大姊去世了，享年六十九歲。給大姊夫寄了點兒錢去，他回信說，他已經四十多年沒寫過一個字，現在給我寫信，連筆都不會拿了。

阿來與阿獅

我剛滿十歲的時候，一九四五年深秋，有一位父親從前的學生李樹棠先生，從城裡專程尋來，告知日本投降的大好消息。

第二天一大早，父親帶著姊姊和我，到祖母墳上祭掃。說嬤嬤沒等到這一天，知道了也會高興的。說現在要準備上路，回遠方的家鄉去了。在山裡長大，我覺得山裡就是家鄉。知道要走了，有點兒惋惜。但是我也相信，那邊必會更好，要不，幹嘛急著搬家。

回來吃過飯，父親就和李樹棠一同走了，說先回去看看。從此他常在兩地之間來回。學校的事，交給了高志良。家裡的生活變得忙亂起來，大包小包的，準備搬家。我無須忙，但還得照常上學。放學回家，還得照常放羊。還是阿來，那隻高大的香灰色公山羊。

三年前，大姊出嫁那時，家裡人來人往很熱鬧。有人說要宰羊，我偶然聽到，大吃一驚，連忙牽了阿來躲進樹林。大人們找到我時，我堅決不肯回家。直到他們答應不宰羊才罷。所以我們家一直有阿來。後來我們不關牠了，把項圈也去掉了，牠就在屋裡屋外自由地走動。當我們坐下時，還常常要過來舐我們的手，吃我們放在小桌子上的花生米和炒黃豆。

慣。

牠好像知道有狼，從不離家稍遠。我每天放學回家，陪牠到山坡上吃一陣新鮮草，已經成了習慣。

現在我們要走了，帶不走牠，那邊也沒處放養，在上路以前，給牠拴上繩子，牽給了村前頭的一個孤老婆婆作伴。老婆婆用豆餅餵牠，牠不吃，要跟我們走。我幾次回頭，牠都一直望著我們，一動不動，繩子拉得很直很直。

我們很難過，決心不管怎麼樣，都要把阿獅帶走。阿獅是山鄉的土種狗，沒受過訓練，但極忠誠勇猛，六、七年來已經成了我們家庭的一員。逢年過節，大人按照風俗習慣給我們分發節日的食物，像除夕的元寶肉、端午的粽子、中秋的月餅之類，都必有牠的一份。

走的那天，村上人用獨輪車幫我們把東西推到沛橋鎮，在那裡上船。歲已雲暮，寒風凌厲，浪濤拍岸，船搖晃得厲害。阿獅怎麼地也不敢上船。我們強行把牠拖上跳板，牠抵死不走，一放手就跳回岸上。折騰很久，最後父親把牠抱上船按住，船家拆了跳板，牠才安定下來。湖上浪很大，我們都暈了船。牠也躺著不動，不吃不喝，想必也暈了船。

進城後，我插班上學，同城裡的孩子們不合群，打架、曠課、留級，壞名四播，獨往獨來。只有阿獅，一直是我眞誠的好朋友。小學六年級時，我寫了篇作文《我家的狗》，老師看了直搖頭。但我自己喜歡，投寄到《中央日報》的「兒童周刊」，居然花邊刊出。稿酬是一本連環畫冊，《木偶奇遇記》，極有趣。

一九四九年，百萬雄師過大江，沿河一帶人家，家家住滿了解放軍。阿獅天天吠叫不息，終於被一個兵刺死了。那天我放學回家，沒有阿獅撲上來，感到怪怪的。一聽說就大哭大鬧，扭住那個兵不放，用腳踢，用頭撞，還咬破了他的手。他不還手，努力掙扎。別的兵捉住我，放走了他。我動彈不得，感到自己在索索地抖。父親、母親、二姊三個人合力把我拉進房間，堵住門不讓出去，我還是抖個不停，牙齒格格直響。

晚上，進來四個兵。一個是住在我們家的，他介紹那三個人：錢參謀錢志龍、二連長鄒鳴章、三連長劉仁田。他們說他們是來賠禮道歉的，已經批評教育了那個兵（說了個名字，我沒聽清）。說一個人不好不等於大家不好，大家是好的，隊伍是好的。二連長來拉我的手，我把手藏到背後。他又問我愛不愛打槍，說可以教我打槍，我不答。二姊代答說我愛畫畫，特別愛畫大畫。他們說他們正好要畫宣傳畫，紙、筆、顏色都有，畫多大都可以。說要請我到連部去畫，問我可願意，我不答。錢參謀說，不反對就是同意了，星期天再來請。我相信他們是一頭兒的，決心不去。

但我很想畫大畫。星期天，跟著通訊員去了。按照他們的要求，把一幅報上的木刻版畫，放大到兩公尺高。畫是黑白的，一個兵揹著槍迎面走來，下面用紅色寫著「將革命進行到底」幾個大字。貼在街心裡，都說畫得好。我不快樂，心裡怪怪的：不知道這是不是，背叛了最好的朋友。

淳溪河上的星星

從山鄉到圩鄉，從自治區到淪陷區，不過一湖一山之隔，景觀大不相同。戰後的淳溪鎮，到處是瓦礫堆。特別是日軍登陸的城南沿河一帶，更是廢墟連著廢墟。較完整的房屋，集中在昔日的老街、從東到西的一條狹長區域。街上依然熱鬧，新開了幾家專賣輕工業產品的商店，那時叫廣貨店，玻璃櫃台特別觸目。日本人在城東頭築了一個汽車站，一個油庫，一條通南京的汽車路，是以前沒有的。

老街上也有不少被炸毀的房屋，裸露著大片空牆，牆上塗滿「仁丹」廣告和「建立大東亞共榮圈」之類的標語。牆下的瓦礫堆上，排列著農民和漁民挑到城裡來賣的各色蔬菜，和魚蝦野鴨、茭雞水鴿、菱角藕茨菇荸薺之類，都很新鮮。大斗小秤討價還價，市聲鼎沸。沒有人注意到標語的存在，更沒有人想到，應該把它們塗掉。標語作爲人文景觀，也成了一種自然景觀，在人們無心的漠視裡被更深地埋葬。

城南的廢墟，七高八低，長滿灌木雜草，開著各色野花。原本是水中的蘆葦，也搖曳在當年的人家，覆蓋得看不到一片磚瓦。無數苔侵蘚浸爬滿藤蔓的斷牆殘垣，嵌裝在燒焦熏黑粗細不等的梁杜之間，有的帶門有的帶窗，有的還帶著當年懸掛相片框子或者黏貼年畫的痕跡。白天蜂蝶紛飛，夜晚鼬狸出沒，蟲聲連成一片。進去捉蟋蟀的孩子們，或者重建家園的人們挖開瓦礫，有時可以發現一個黑色的帶著綠色銅鈴的銀環，那是嬰兒的項圈。或者一個綠鏽斑駁如同頭盔的銅罐，蓋頭上有鏤空的花紋，那是老人的腳爐。骷髏朽骨，亦時或一見。

逃離的人們絡繹歸來。有時早晨上學去的路上，看到有幾個大人小孩在扒拉瓦礫的地方，晚上放學回來時，已經立起了一個小小的窩棚。有些窩棚逐漸地變成了房屋。月夜裡望出去陰森可怖的廢墟地帶，逐漸地有了愈來愈多的燈光。有些窩棚裡不管多麼擁擠雜亂，還供奉著死者的牌位，牌位前一燈長明，象徵著生者恆久的悲傷。但悲傷就是悲傷，並不孕育出思想。像俞同榜那種敢於在淪陷區擊殺日軍的平民英雄，回來了沒人敬也沒人謝，人們各忙各的，對他都冷冷淡淡。

我們在城南河邊的家，毀於日軍的炮火。最可惜一樓藏書，兵後灰燼無存。只有院子裡堆放雜物的兩間老屋沒有完全倒塌，牆雖洞豁，梁柱還支撐著屋頂。父親用從廢墟裡清理出來的磚石壘起四堵牆，裡面用蘆扉隔出四個房間，成了我們臨時的家，倒也溫暖舒適。我和妹妹在城區中心小學上學，二姊在那裡教書。父親清理廢墟，工程如山。前後屋基上的瓦礫清除以後，母親都撒上了油菜籽，花開時一片金黃。母親還養了一大群鴨子，每天放到河上。

戰前，父親有一個「私立淳南農業倉庫」，一個「私立淳南實驗小學」。用前者賺得的錢養後者，試行他的教學法，發表了一些實驗報告，想走出一條路來，因戰爭爆發而中斷。戰後歸來，二者皆已蕩然無存。實驗小學所在的藥師廟，主體建築是木結構，飛檐斗栱、雕梁畫棟，一炬成灰。唯餘半段長廊，供老僧截廊而居。父親失業在家，常到他那裡喝茶。那時父親寫了一些詩，記得其中的一首是：「紫藤鋪綠上紗櫺，暑夏風廊畫曲肱，往事追尋陳跡杳，無言默對舊時僧。」

淳溪河聯接固城、丹陽兩湖，河面寬緩，水中荇藻豐茂，魚蝦成群。沿河一帶的人家，家家都養了大群的鴨子，爲防黃鼠狼偷襲，關鴨的籬笆一直插到水中。我們家也是。鴨們無須餵食，每天放到河上，一直要吃到湖口，吃得不知道回家。於是一到黃昏，各家的主婦都要到河邊喚鴨。用雙手在嘴邊圍成一圈，朝著暮靄沉沉的河面上湖口的方向，發出「伊豆伊豆伊豆豆豆豆……」的聲音，有的柔和有的急切，遠遠近近重疊呼應。須臾河面上出現了龐大的鴨群，嘎嘎地叫著，愈近愈吵鬧。次第分成小股，各回各的家去了。

每天我放學回來，晚飯以後，愛跟母親一起，到河上喚鴨。那時的河，特別好看。水面鋪著斜陽，橘汁般一片金紅。漸漸地金紅變成了玫瑰紅，又變成了紫羅蘭色。鴨子剛一歸籠，魚兒就開始跳躍，潑拉拉直竄，顯得特別歡欣。激起的波紋上閃抖著灰藍的天光。這時，母親會拉著我的手，指給我看天上那些最初的星星，告訴我它們的名字，給我講它們的故事。

我至今認得那些星星，記得它們的故事。它們也出現在北美的天空。看到它們，我就想起母親。

留級

淳溪鎮北門外，平緩的山坡上，有一古建築群，叫「書院」，山亦因名「學山」。清光緒年間有「就學山書院改設高淳鎮學堂」的記載，從那時起一直是學堂。日軍入侵，炸毀燒毀不少。其殘餘部分，就是戰後的高淳中學和城區小學所在地，也就是我逃難歸來上學的地方。

我在城區小學插班五年級。班上的同學，都是城裡人，大小店鋪老闆們的兒女，都會說幾句日語，有的還會唱日本歌，倪奴阿奴倪尕古，阿到古之尕沙上，不知道是什麼意思。坐在我旁邊的一位同學，給我看一枝灰桿子的鉛筆，上面有一排符號，我不識。他說，這是哎海賴次刀鉛筆，你懂嗎？

初到校的那天，他們對我的歡迎非常之熱烈。一位同學抓住我的帽子拋向天空，大家爭著去接。一拋一拋掉到地上，大家就爭當足球去踢，直到上課鈴響。我拾起帽子，已經一塌糊塗，頂上的絨球也不知掉到哪裡去了。那是母親專爲我入學編的毛線帽，我還是第一次戴毛線帽。

在班上，我年齡最小，又是鄉下來的，土頭土腦。加之一個耳朵有點聾，反應遲鈍，所以大家喜歡拿我開開心。比方說在背上貼個紙條，用粉筆畫個王八，或者剛要坐下時抽掉凳子之類。他們在一起時，高談闊論，眉飛色舞，我很想參加進去，但插不上嘴。即使是暑假到河裡游泳，也是他們成群結隊在河灣裡撲騰，我一個人在木排外邊水深流急的地方撲騰。我不敢到人多的地方去，怕大家把我拖腿按頭嗆著玩兒。我被嗆過一次，難受極了。

那時學校裡，下午第一節課後，老師都要帶學生去參加「重建校園」的勞動。把從瓦礫堆裡挑選出來的比較完整的磚頭，搬到一個指定的地點，整整齊齊碼好。曾經發生過幾起遺留的炸彈炸死人的事，所以我們搬磚頭，來去都排著單行隊，一個跟一個，走指定的路。去時空手走一條路，回來時每人搬幾塊磚頭走另一條路。路是羊腸小道，穿過叢莽瓦礫堆，彎彎曲曲七上八下。有一次空手走時，我發現沒有老師帶隊，覺得我們這麼規規矩矩走，太冤枉了，便舉起雙手，又提起一隻腳，用一隻腳跳著前進。雖然非常彆扭非常吃力，但覺得只有這樣，才能對得起眼下的自由。不料班主任徐奪標老師就走在我的後面，一聲斷喝，我差點兒跌倒。勞動完了集合時，徐老師把我叫到隊伍前面教訓了一頓，然後對大家說，壞孩子調皮搗蛋，你們不要學，使我在同學們面前，又矮了一截。

二姊是我校的老師，對我同樣嚴厲。那天降旗儀式以後，我所盼望的放學時刻到來時，訓育主任劉伯卿老師宣布遲半小時放學，打掃校園。他說家裡有事的，可以請假。我早就想著放學後帶阿獅到湖邊去玩兒，便走上前去，說：我家裡有事，我請假。劉老師還沒答話，二姊就走過來了，說，家裡有什麼事？我不開口。劉老師又問，家裡有什麼事？我還是不開口。二姊說，越來越不老實了，哪裡學來的？劉老師說，今天不打你，掃地去。歸隊時，同學們都嘻嘻地笑。此後好幾天，他們見了我，都要問一句：家裡有事嗎？

班上年齡最大的同學朱開泰，是一家大文具店老闆的兒子，全校踢毽子踢得最棒的一個，能連續打三十幾個後跳，引來許多同學圍觀。那天他打跳時，橡皮從口袋裡跳出來，滾到我的腳前。他來拾時，我不知爲什麼想也沒想就一腳把橡皮踢了開去。他指著我的鼻子，說，蓋個鐵聾子。我想也沒想就同他打起架來。這一架打了很久。班主任徐老師聽到報告急忙趕來時，他正伏在地上，我正騎在他背上。我沒發現徐老師到來，繼續用巴掌揍他的後脖子，被徐老師看見了。

那時學校裡，到校後和放學前，都要舉行升、降旗儀式：全校師生集合在操場上，由江永芬校長帶領，念「總理遺囑」。他念一句，大家齊聲跟著念一句，念畢徐徐升旗，或降旗，同時唱「國歌」。歌唱完，旗就升到頂或降到底了。所謂「國歌」，實際上是國民黨的黨歌：「三民主義，吾黨所宗……一心一德，貫徹始終。」我喜歡「貫徹始終」四個字，因爲唱到這裡，就要解散了。那天降旗儀式以後，唱到這裡沒有解散，訓育主任劉伯卿老師訓話。我沒聽，不知說了什麼：說著他把我和朱開泰叫到司令台上，問哪個先動手，叫朱開泰歸隊，叫我站好，低下頭，按著我的頭連續猛揍我的後脖子。說，後脖子挨揍，味道怎麼樣？我很痛，但沒哭，斜著眼睛瞟了一下台下，瞟見許多女同學用手帕捂著嘴竊笑，還瞟見二姊高老師鐵青著臉朝我怒目而視。

第二天到校，發現班上同學們看我的眼光中，除了幸災樂禍之外，還有一點兒怕兮兮的神色。沒有人再當面嘲笑和捉弄我，也沒有人再叫我鐵聾子了。想不到在山鄉翻山爬樹胡打海摔練出來的那點兒體力和靈敏度，居然給我帶來了做人的尊嚴。哈！從此我「動物凶猛」起來。畢業後升入初中，基本上還是原班人馬。學校換了，老師換了，同學依舊。中學裡不興體罰，打架數次只記小過一次，我就更野了。

漸漸地有人來牽線，介紹我同其他班級某個打架有名的同學「比試比試」。這種比試是縣中的地下傳統，早有先例。都是相約在放學後，回家前，在北門與學山之間的陳家山墳地進行。對方都是大孩子，我是吃虧的時候居多，但不肯認輸，死纏爛打，經常衣衫不整皮膚青紫甚至頭破血流回到家裡沒法交代。有一次我這樣回到家中，全家正圍著桌子吃飯，沒有等我也沒人理我。我砰的一聲把書包一丟，拿起碗就盛飯吃，父親對妹妹說，讓開點兒，英雄好漢來了。我不言語，大口就吃。父親說，多多地吃，吃大了背上刺一條青龍，好到上海灘上夜總會裡去看大門。我不言語，但心裡吃了一驚。

越想越覺得沒趣，但我絕不認錯。那時候，越是大人不許做的事，越是要做。不是想做，總要反在裡頭才痛快。後來我已經不愛打架，很少打架了，也還是常常要在回家以前，故意把泥巴塗在臉上做成剛剛惡鬥一場的樣子，使他們氣得罵人傷心得嘆氣急得團團轉。

那年我被記小過多次，品行成績丁等。按規定不得升級，成了全校唯一的留級生。老師警告我，再得一次丁等，就要被開除學籍了。

時來運轉

那時候，從沒想到過前途之類的問題。不愛上學，祇揀有趣的事情做。偏僻小城，生活單調，孩子們樂事很少。放學後三三五五，接龍、跑角、踢毽子、鬥蟋蟀……我來自山野，和城裡的孩子不合群。打架、留級，更被同學們疏遠。一個人無所可玩兒，就看書。

高淳縣中有個老圖書館，藏書極爲豐富，戰火中得以倖存。管圖書的叫周典綱，是個工讀生，鄉下來的，同我很好。許我不按規定，逕自入庫找書，並可比別人多借幾本。我從小愛書，戰時在山鄉，難得有書，連黃曆都覺得有趣，翻來翻去。第一次看到那麼多的書，興奮得挖耳撓腮。從此一摞一摞借了看，越來越不愛做功課。尤其留級以後，功課都是重複，我厭煩死了。常在上課時偷著看書，因此常被老師突然叫名，站起來，被問一句：我剛纔講的什麼？

我希望我能像隱身人一樣，無形無影。但是身體扎實，很重，一頭亂髮，鈕扣不全，無可逃遁。漸漸地，怕上某些老師的課了，一怕就越怕，越怕膽子越大，開始逃學。

當時的校園，極爲荒蕪，到處長著草。操場後面有個小丘，小丘那邊荊棘灌木叢生，是一大片茂密的榛莽，傳說裡面有日本鬼子留下的地雷和炸彈，沒人敢進去。我用棍棒打出一條小路，通到榛莽的深處，用茅草做了一個鳥窩那樣的東西，躺在裡面看書、想心事。頭頂上枝葉交錯，擋住了人們的視線，但不擋陽光空氣。

四周是濃重的草木的氣息，腐草的霉味夾雜著野花的清香。在蜜蜂的嗡嗡，和山丫雀不息的聒譟中，可以聽到遠方上下課的鐘聲，和裁判在球場上吹哨子的聲音。時不時，有同學三三兩兩，在小丘上奔跑追逐。有時還停下來指指點點，朝我這邊眺望。他們看不見我，但我看得見他們。這一點最使我開心。

躺在鳥窩裡看書，是大快樂。沿著一行一行的文字，我從鐵鑄的現實中逃遁而去。大考小考班主任成績單全沒了，有的是海闊天空萬水千山：宇宙洪荒遠古的傳說奇幻突兀，神仙精靈奇士佳人雄麗高寒。不同的書是不同的世界，五光十色。也不是毫無選擇，比方說，喜歡《安徒生童話》，不喜歡《格林童話》。喜歡《水滸傳》裡的大碗酒大塊肉，不喜歡《紅樓夢》裡那種一小碗蓮子粥還吃不下，祇吃半碗的嬌嬌氣。喜歡泰戈爾的散文詩，不喜歡他的小說。不喜歡就不看，翻翻就還掉去。

快樂自由，不是全天候的，因為要下雨。雨後的鳥窩，好幾天都乾不透。曾經用芭蕉葉子，和從學校裡偷來的木板在上面搭了個遮棚，既暗且悶，又把它拆了。雨天來了沒處躲沒處藏，祇好硬著頭皮回教室去。好在班主任江永義老師比較溫和，不罵人。只有一次，他在黑板上寫了句「朽木不可雕也」，指著我說，你就是。後來我來去自如，沒人管了。同學們已經看慣，也不再大驚小怪。這年我考試不及格，又留了一級。高淳城裡，難得有留級生，一連留兩次級的，我是唯一的一個。我因此在鎮上出了名。父親說，他經過某小巷，聽見人家在屋裡罵孩子：「你再不學好，就要變成高爾泰了。」

一九四八年，學校裡先後來了好幾位新老師，都是外地人，用標準國語講課。高淳人不大聽得懂他們的話，管他們的話叫「蠻講話」。他們也不大聽得懂高淳話，作派和本地老師不同：外衣像披風那樣搭在身上，走路大步流星，和學生一起掃院子出牆報打籃球不分尊卑。你可以問他們任何問題，都會正面回答，回答不了也不會說你刁鑽古怪胡思亂想。

外地來的老師高介子教我們的地理課。有一次，他描述無數星球在眞空裡運行的宇宙，使我想到下鵝毛大雪時的天空。他說宇宙眞空不同於燒杯裡的眞空。那裡面既沒有引力強度也沒有電磁強度，什麼也沒有。他說那裡面星球和星球之間的距離，是用「光年」來計算的。我舉手，提了個問題：什麼也沒有，怎麼量距離？他說「光年」是用時間來計算的。我問什麼也沒有，哪來的時間。他說所以空無也是相對的，沒有運動著的物質，也就沒有時間和空間。

我完全糊塗了：不知道物質和時空這二者何以同一。在我的想像中，物質是有限的，時空是無限的。我也弄不清有限和無限之間有什麼界線。數學課本上有個概念叫「無窮大」，又有個概念叫「無窮小」，我老覺得這兩個概念沒有區別。一次數學老師高淳人邢壽松上課，我問，都無窮了，還能分什麼大小？他說正經教給你的功課你不好好學，偏要反在裡頭調皮搗蛋，還是個不老實麼。

問別的老師，也都說我胡攪蠻纏。我也問過我的父親。他說他不知道，他說你想要知道，祇有長大了自己去研究。要麼研究數學，要麼研究哲學，要麼研究物理學。但是做研究，你得有學問才行。你現在連個年級都跟不上，當留級生，初中都不得畢業，還有希望做研究嗎？依我看，這些問題你先放一放，先做個好學生再說。我怕聽好學生這三個字，不管是誰，說這三個字，就是批評我。

這次高老師也說，有些問題，祇能存疑。但是他說我的問題問得好，對大家說，這位同學肯動腦筋，大家要向他學習。哈哈！這可是破天荒第一次啦！有同學說，高老師新來乍到，不知道我是留級生，不知道我的名字。要是知道了，絕不會這麼說。我想，肯定是這樣。

想不到，還有第二次。在一次全校師生大會上，新上任的教導主任、外地來的老師李東魯做報告，提倡多讀課外書，反對「分數主義」。說只知道啃課本的學生不是好學生。「讀死書，死讀書，讀書死」，分數再好沒用。這話我愛聽，心裡想，這傢伙，跟我是一頭兒的。沒想到，接下去他提到我的名字，表揚起我來了。他看了圖書館的借書登記簿，把我作爲榜樣提出來，號召大家學習。說我一個學期看了多少多少課外書，乖乖，還有數字。我努力克制自己，別讓嘴巴嘻開來，嘻開來就會咧到耳朵跟前，那多不雅。

學校裡舉行了一系列全校比賽。集體的比賽有歌詠比賽、拔河比賽、籃球比賽和牆報比賽。個人的比賽有講演比賽、數學比賽、作文比賽和美術比賽。我得了後兩項比賽的第一名。頒獎儀式很隆重，開了全校大會，周校長親自主持，發給我一枝鋼筆、一個筆記本，還有一打鉛筆、一個速寫本。拿回家，第一個見到的是母親。她說，你時來運轉了嗎？

時來運轉，壞學生變成了好學生，但我還是我。學校裡出現不少學生團體：讀書會、戲劇社、詩與畫社……等等。出牆報，演文明戲……都是新事物。我參加了讀書會，但不喜歡那些《鐵流》、《高乾大》一類的書。更不喜歡那種一個人念，大家聽，然後輪流發言交流心得的閱讀方法。不聽勸阻，堅決退出了。轉到詩與畫社，同大家一起讀艾青、田間、《木刻手冊》，還是不喜歡，又不聽勸阻，堅決退出了。勸阻我的，都是那些喜歡我的老師，因爲我不聽話，又都不喜歡我了。

後來我才知道，城小校長江永芬老師、縣中校長周振東老師，和這幾位新來的外地老師，都是共產黨的地下黨員。解放後，江校長被打成反革命，死於監獄。周校長被打成反革命，坐了十一年牢，出來後一直在家養病。高介子老師被打成右派，勞改二十一年，平反後當了江蘇作家協會主席，和江蘇人民出版社社長，一九八九年離休。李東魯老師在當時是他們的領導人，也是高淳一帶地下黨的負責人，不知道爲什麼，一直沒有得到晉升，直至在高淳離休，還保持著他的山東口音。

跨越地平線

小時候，我常坐在山坡上，望著天地交界處那一髮似有似無的藍色發呆。夢想著有朝一日，能越過那藍色的邊界，踏上未知與未來的起點。我想像那跨越將不是跨越，而是飛翔。直到有一天，不知不覺越過了它。

那年我十四歲，要到蘇州美專上學。先坐輪船後坐火車，路上要走三天。初出遠門，家裡的一切，都是爲我上路做準備。父親籌錢，母親打點行裝：裁衣服、做鞋子、縫被子、燻魚、曬蝦、醃菜、泡蒜、炒米花，做芝麻糖、花生糖和各種蜜餞……邊做邊給我說各種事情：天冷了要自己知道多穿衣服，熱了要知道脫；下雨天出門，要穿膠鞋，別穿布鞋，布鞋子泡了水，幾天都曬不乾，你就沒鞋穿；睡覺要直著睡，別橫著睡，把別人踢醒了，要罵你；別忘了剃頭洗澡，衣服髒了就要換，換下來的衣服要馬上洗，洗衣服要先抹上肥皀，泡一會兒再搓，要挨著搓，別東搓一把西搓一把……我常常聽著聽著就走了神，不知道還說了些什麼。

準備的東西，多得沒法拿。母親一股勁兒往包包裡塞，塞得我揹不動了，又往外拿，拿掉一些，掂掂分量，又拿掉一些。讓我一次一次試揹。總覺得東西太少包包太重。

後來父親對她說，行了，讓他吃點苦鍛鍊鍛鍊也好。又對我說，只怪我們窮，有錢我送你去了。

上輪船的那天，父親交給我一份備忘錄，裡面寫著我在路上可能遇到的困難和解決辦法。出了輪船碼頭找不到去火車站的路怎麼辦，下了火車如果是半夜裡怎麼辦……這樣的十幾條，都是講過了的，我覺得都不是問題。在碼頭上，他們拜託一個同船去當塗的熟人陳師傅照顧我，叫我要服他管。母親給他說，這孩子海得很，別讓他在船幫子上亂跑。又給我說，船上風大得很，別到艙外面去，窗子裡一樣看景。又對陳師傅說，這孩子愛看景，你就帶他坐在窗邊吧。

汽笛響了，跳板撤了，母親隔著水喊：多寫點信來，一到那邊就寫個信來。我也想大喊一聲知道了，但好像淚水已湧上了眼睛，一喊就會掉下來似的，只能點點頭。船員來趕乘客進艙，下到裡面，從舷窗再伸出頭來望時，碼頭已隔得很遠，但還可以看到，父親和母親在向我揮手。不知不覺，淚水又湧上了眼睛。船在馬達聲中抖動，河岸緩緩後退。不久，平時到過的最遠的地方都過去了。風物依舊，新世界不新，好像舊世界的延伸，只是沒有了家。

黃昏時分，船在石臼湖上航行。千里水天一色，上下是新月。回首來路，落日殷紅。我靠著舷窗，想家想得厲害，計算起還有幾個月放寒假來了。在家裡想出去，想不到一出門就想回家。更想不到，從此飄泊天涯，欲歸無計，萬里西風瀚海沙。

蘇州行

我們家有個親戚叫田清泉，在上海畫年畫和月份牌，很賺錢。見我能畫，要帶我到上海他的畫室裡當學徒。我想去，父親不許，只得作罷。父親愛畫畫，也愛教我畫畫。但他反對我專門學畫，說藝術是玩兒的東西，靠它吃飯就沒意思了。他要我在家鄉讀完高中，再出去上大學，將來教書，做學問，著書立說。但我不爭氣，逃學、打架、一再留級，他無可奈何，終於勉強同意，讓我外出學畫。但不是到上海，而是到丹陽。丹陽有個正則藝專，是大畫家呂鳳子先生辦的，頗有名氣，答應破格收我（我中學沒畢業，故錄取須破格）。

那時我二姊在蘇州東吳大學進修，帶了一些我的畫去，給蘇州美專校長顏文梁先生看了，顏說我「是個料」，也答應破格收我。二姊連續來信，力主我去蘇州。她說呂是國畫家，顏是西洋畫家。現在革命時代，什麼山水花鳥菩薩羅漢統統都過時了，學中國畫沒前途，只有學西洋畫才有前途。又說蘇州是歷史名城，蘇州美專所在地滄浪亭是園林名勝，風景如畫，對學畫更有好處。父親說，她說得有理，事情就這麼定了。

一路上的風景，並沒有多少新鮮之處。河岸，公路和田野，房屋和街道，人群……甚至我從沒見過的鐵路、火車和高層建築，都好處平凡無奇似曾相識。

我一點兒也不喜歡蘇州，特別是不喜歡蘇州園林。置身在名滿天下的蘇州園林之中，我渾身都不自在。百折的迴廊九曲的橋，在上面走連步子都邁不開，何況它並不通向哪裡，轉來轉去又回到原處。鑽假山洞更是如此。人工堆砌的假山就像玩具，漏明窗、月亮門、水榭花塢無一不假。在裡面轉來轉去連自己也像是有幾分假了。

二姊說，我這是土包子沒文化的話，叫我別再說了，說了教人瞧不起。還說山裡的石頭只是石頭，經人加工就成了文化。人類就是這樣在不斷加工改造自然界的過程中創造了文化的。聽了我才知道，原來文化這東西，也不過是一大堆的虛假。從此我不再喜歡文化。

同學們大多來自蘇滬杭一帶，清秀單薄，文雅溫和，語音軟圓，愛聽評彈看越劇，我同他們格格不入。我也不喜歡我們那個設立在地下室裡的畫室，不喜歡在那裡面畫那些石膏做的「基本形」：球形、立方形、圓柱形和圓錐形。更不喜歡我們的班主任和素描老師，當他站在畫架前給我修改作業的時候，我盡量不去看他那戴著金戒指修飾得無懈可擊的白手。

素描是主課，每週上五個半天。我不明白，這麼價子左看右看，橫比豎比把東西描摹下來，究竟是爲了什麼？既然越像眞的越好，有了照相機爲什麼還要畫家？想來想去連「畫」是個什麼東西都迷糊了。總之我不想學了。

到東吳大學找二姊，要求她幫我轉學到丹陽正則藝專去。她不肯，說我毫無道理純粹是胡鬧；說正則是個什麼樣子你也不知道；說家裡沒錢由不得你這麼瞎折騰。父親來信說，世界不是爲你量身訂做的，你不學會適應世界，遲早要碰壁。

日復一日，我頑固堅持我的要求，最後他們軟了，幫我轉學到了丹陽。爲此他們節衣縮食，又花了一筆學費，我都沒往心裡去。臨走那天，二姊送我到火車站，買了兩個果醬麵包給我吃。那是我第一次吃果醬麵包，覺得好吃極了。

正則藝專

寧滬線上位於鎮江和無錫之間的丹陽市，是一座毫無特色的小城。正則藝專所在的白雲街，是一條毫無特色的小街。戰後才從重慶遷回原址的私立正則藝專，是幾棟灰色的二層樓房，也毫無特色。但它擁有幾位赫赫有名的教授，特別是呂鳳子先生和楊守玉先生，吸引了許多來自全國各地的學生。

呂鳳子是學者型畫家，精通理論，以畫羅漢和菩薩著稱，詩、畫、印並重，是當時畫壇的重鎮。他所創辦的正則藝專，論畫極重意境，崇尚「文人畫」傳統的功力和品味。成為名校，不是偶然的。我去時，他已很老，不再親自上課，只當名義上的校長。穿著老式長衫，有時到畫室裡轉轉，有時拄著拐杖，在荒涼的校園裡散步。矮小，瘦削，微微有點佝僂。眼鏡的黑色邊框很粗，就像是粗墨線畫的。

楊守玉是個很老的老太婆，終身未婚，索居獨處。她所創造的畫種「亂針繡」，是用針線代替畫筆和色彩，在布上作畫。無數不同色彩不同長短的絲線，不規則地相互橫斜交叉錯綜重疊，近看一片混沌無序，遠看人物風景生氣洋溢光影迷離。畫法有點像印象派的點彩，但要用點彩法臨摹它根本不行。它的每一幅都是獨特和不可重複的。無論是深巷裡牆高頭落日的餘暉、燈影暗處的裸女、雨中的樹或者陽光下灼灼生輝的一團黃花，都像是不久就會消逝的東西。猛一看你感覺到的不是肌膚而是肌膚的溫暖與彈性，不是雨水而是雨水的清冷和馨香，不是花團而是花團的快樂的喧嚷。再細看，又都沒了。這很難。楊氏門生雖多，仍難免感到寂寞，有句云，「急管繁弦聽無聲」。

她唯一的傳人呂去疾先生，是鳳先生的長子，五十多歲，筆名大呂。也確實是黃鐘大呂，不但亂針繡青出於藍，油畫、雕塑、大潑墨無不絕倒。據說藝事尚專，博則難精，我想那是才小者言。才大者若韓愈、稼軒、達文西、杜尚輩，都能興寄無端，忽豆人寸馬，忽千丈松，何羈於專？先生教畫，很少講具體技法。看某生畫，他會說色彩能發出聲音，陰沉有陰沉的響亮，那些用灰不溜湫的啞巴顏色來處理藍調子的人，成不了大畫家。看某生畫，他會說畫畫是一種快樂，過程就是目的，要能隨時停下都是好畫。那種畫時沒有快樂，直要到畫完了才算苦盡甘來的畫家，是平庸的畫家。看某生畫，他會說，小青年怎麼就結殼了？藝術的生命是變化，結了殼就完蛋了。我聽之悚然，刻骨銘心。

其他老師，也都各有千秋。程虛白先生講構圖學，愛用書法做比喻，要我們從字形結構的變化吸取靈感；黃涵秋先生教書法，講的卻是音樂，一三五和弦和二四六和弦，還有武術的招式和舞蹈的動作，說書法就是紙上的舞蹈，和無聲的音樂；張祖源先生講美術史，說史家們忽略了源遠流長的指頭畫，說著當場就展紙磨墨，畫給我們看。那指甲畫出的細線輕悠而富於彈性，手掌摸出的墨痕波詭雲譎，確有筆不能到之處……這種不拘一格揮灑自如的學風，我在別處再沒見過。

正則學制，分二年、三年、五年三種。我在五年制，叫做「繪繡科」，到四年級可選學油畫、國畫、雕刻，也可選學亂針繡。亂針繡是正則的王牌，繪繡科就是為它設立的，別的院校沒有。但它太難，只有幾個人選學，練就一套從畫布正反兩面同時反向穿刺的技巧，速度之快，就像兩隻手都在高頻率顫抖。但是繡出來的作品，呂去疾先生說，只能算是工藝品。他們到頭來，還是選學了別的，否則不得畢業。但我們班上的同學，都想走這畏途，想成為這門絕技的第三代傳人，很用功。每個人畫好的畫，都要釘在牆上，互相觀摩品評。畫室牆上一排排新作，呈現出一股子欣榮進取的氣氛。畫室日夜不關，晚上十點以前，總有人在燈下作畫。我那時十五歲，是全校年齡最小的一個，畫名挺好，頗受注意，所以也不再撒野，變成了規矩學生。

每天晚上，我都在畫室裡看書。正則的圖書館裡，有很多我愛看的書。管圖書的是兩個老太婆，一矮胖一瘦高，都終身未婚。她們介紹我看了不少世界文學名著，看了還要問感想如何。有一次我去還《大衛科波菲爾》，她們問怎麼樣，我說很美很生動，但不深刻。她們說怎麼啦？我說比方說，最後密考伯先生當了澳大利亞的治安法官，好人有好報皆大歡喜。但是英國人有沒有權利統治澳大利亞這樣的問題，就沒有一個人想到。如果是俄國作家，是一定會弄個人出來問一下的。她們嚷嚷起來，一個說我不會看書；另一個說文學要的是美不是深刻；一個說深刻是思想的事，思想是哲學的事同文學沒有關係；另一個說怎麼沒有關係，你說尼采是詩人還是哲學家？於是她們兩個人對嚷起來，眼睛瞪得大大的，花白頭髮一豎一豎的。一會兒又和好了，借給我一本尼采的《查拉斯圖拉如是說》，和四本羅曼羅蘭的《約翰克利斯朵夫》。

讀書畫畫很快樂，生活卻十分艱苦。學校提供宿舍、伙房和餐廳，但伙食自理。沒有自來水，打開水到老虎灶，洗衣服到井邊。有一個由高年級同學組成的學生會，管伙食，貪污是公開的祕密。每月二十元伙食費交出去，頓頓一菜一湯不見葷腥，大家毫無辦法。有錢的外出下館子找補，我呢，一聞到老師家裡炒菜飄過來的油氣肉味就很饞，就想家。衣服髒，被褥膩，都在其次，主要是經常地都有點兒餓。這個感覺，不是很好。

那些高年級同學，十分積極活躍，下了課總把我們叫去，唱革命歌、跳集體舞；聽戴大紅花參加軍事幹校的同學演講；給抗美援朝志願軍寫慰問信；到大街上舉行露天的主題漫畫展覽……豐富多彩的活動搞得熱火朝天。有一次，他們把我帶到丹陽紗廠，讓在工人俱樂部牆上，畫幾幅大宣傳畫，每幅有十幾平方。說幫我請了假了，畫完再回學校，然後就走了，我連他們的名字都不知道。反正我愛畫大畫，工人食堂又吃得好，大魚大肉不限量，我就畫。畫完回到學校，他們買了一包花生米給我吃。我拿到畫室，和大家同吃。大家問，給你錢了麼？我說什麼錢？他們說丹陽紗廠請人畫畫，給的報酬很高。我說哦。這個感覺，也不是很好。

一九五二年，我上到二年級下學期了，國家整頓教育系統，調整院系，改造私立學校。關於正則藝專，或說要被撤銷，或說要併入蘇州美專，或說要改爲南京大學藝術系，或說要和東吳大學、江南大學、文教學院四校合併，成立江蘇師範學院。一時間人心惶惶，教師無心教，學生無心學，畫室裡經常空無一人。呂去疾先生代理校長，叫大家安心學習，別理會小道消息，誰還聽得進去。

後來四校合併的消息得到證實，呂去疾先生拒絕接受，要求保留正則藝專，事情拖了很久。那些高年級同學發動罷課，在校園裡遊行，要求「把學校還給人民」；組團到東吳、江南等校參觀，回來後連續召開全體同學大會，介紹那邊的好處。說四校合併以後，師資有多麼雄厚，圖畫有多麼多，校舍是東吳的有多麼好，改爲師院以後公費培養，不交學費不交伙食費肉吃不完，等等，都是事實。同學們很起勁兒。我覺得不很有趣，後來就不參加了，天天一個人到二樓畫室看書，也沒人管。空無一人的畫室裡，到處是灰塵。牆上的畫有的掉在地上有的歪斜了，幾扇開著的窗在風裡搖擺，時或伊呀一聲，像人說話。外面人聲雜沓，我往畫架後一躲，打開書，就什麼都聽不見了……

鳳先生不再出門，校園裡已看不到他的蹤影。有時可以看到呂去疾先生，一副憂思重重的樣子。一天，他上樓來關窗子，翻了翻我堆在窗台上的書，說，我家裡也有一些書，你可以來翻翻。從他家我借到不少好書，《貝多芬傳》、《米開朗基羅》之類，還有許多印刷精美的畫冊。有一本美國小說《石榴樹》，單純、質樸、開朗幽默，我很喜歡。他叫我別還了，說譯者呂叔湘是他堂哥，這書他有好幾本。他的家狹小簡陋，塞滿了書籍、畫框和木雕。許多亂針繡作品，就這麼連框子碼在牆角，也沒個防塵防潮的處置。我不明白，他幹嘛不弄得好點兒。

一年後，正則藝專已不復存在。我和班上的幾個同學一起到了蘇州，成了四校合併以後、在原東吳大學校址新成立的江蘇師範學院的學生。鳳先生也來了，成了江蘇師院的教授，並住進了校園。仍然不上課，仍然穿著老式長衫，戴著黑邊眼鏡，時或在校園裡曳杖獨行。呂去疾先生留在了丹陽，被任命爲公立學校江蘇丹陽藝術師範的校長。藝師在正則的基礎上興建，國家撥款，資金雄厚，住房和生活條件都有了巨大的改善。但任務是普及而不是提高，方向和性質完全變了。

二十七年以後，一九八〇年，我在北京中國社會科學院哲學所，收到年逾八十的呂去疾先生的一封信，邀我到丹陽去參加一個前正則的校友會，商量重建正則的事。烈士暮年，壯心不已，使我感動莫名。那時我正在密雲水庫，搞一個所謂「項目」，沒有可能前去，只好寫了個信，伏維恩師鑒諒。

時光荏苒，世事滄桑。從那時起，不知不覺二十年又過去了。近十年來飄泊在大洋彼岸，面對西方藝術光怪陸離萬化千變的潮流，有時想到那個不惜千針萬線要織出瞬間感覺的時代，總不免感慨系之。

唐素琴

一

在蘇州上學時，我們那個班，不但是全系，也是全校的先進模範。每個學期，都要得到一面校政治部頒發的絳紅色絲絨錦旗，上書「三好集體」，全班引以爲榮。得這榮譽，不是偶然，五個班幹部起了積極作用；他們個個政治覺悟高，學習成績好，朝氣蓬勃幹勁十足，是同學們的知心人。

我那時十八歲，是班上年齡最小的一個。從小隨便慣了，自由散漫，跟不上那個團結緊張嚴肅活潑的趟兒，成了班上的包袱。班幹部唐素琴負責幫助我。她比我大三歲，同我說話的口氣，就像我的姊姊。我小時候服從姊姊慣了，只要她一開口，不管說的什麼，也不管對不對，就本能地小學生般頻頻點頭。當然，是否照辦，又當別論。

我怕洗衣服，邋裡邋遢，有礙集體形象，屢教不改。團支部書記程萬廉替我申請到一筆「困難補助」，買了一件新的棉大衣給我，把我那件滿是油畫顏色的破大衣抱去，丟到垃圾桶裡去了。我很感謝，他說不謝，這是組織的關懷，你要是知道感激，就勤洗勤換衣服；我努力了一陣，但未能永遠堅持。不知不覺，新大衣又弄髒了。

一天，我發現，床底下那一堆氣味難聞的髒破衣服，洗得乾乾淨淨，補得整整齊齊，疊得方方正正放在那裡，一股子肥皂和陽光的清香。一打聽，才知道是唐素琴幹的。在畫室裡遇見，我向她道謝。她說還要再替我洗。我說別別別，我自己洗。她說你要是不過意，就自己洗。又說，不會洗，我來教你。

這個星期日，我們同洗了一上午的衣服。我由於過分用力地揉搓，右手中指、食指和無名指的背面，都搓脫了一層油皮，紅兮兮的，滲黃水，痛了很多天。此後，我們常常和其他同學一起，擠在潮濛濛的洗衣間裡，一道洗衣服，邊洗邊說說各種事情。有一次我告訴她我很想家。我說家裡窮，沒錢，還給我寄錢，我很不安。將來掙了錢，一定要多多地給他們。她說錢你還得清，情你還得清嗎？我說情嘛，只能在心裡感激，怎麼還呀？她說你要是出息了，讓他們爲你高興、爲你自豪，那就還了。我說前途由組織安排，自己做不得主，怎麼個出息法呀？她說所以嘛，你要追求進步，靠攏組織，啊是呀[1]？

有一次，她問我，聽說你每天睡覺，都不鋪褥子，睡在硬板上，是不是要學拉赫美托夫呀？我說怎麼，你還知道有個拉赫美托夫嗎？她說又沒禮貌了，你以爲只有你一個人知道，啊是呀？我說，沒見你看書麼。她說，你以爲別人看書，都要跑到你眼皮子底下來看，啊是呀？我考了她一下，才知道她著實看過不少書。

但是她說，她最有興趣的是數學。從小學到中學畢業，她的數學成績，一直是班上的第一名。本想工作兩年，考清華理工科，但組織上根據需要，安排她來學美術，她就來了，高高興興地來了。她說，要是我不服從，組織上就會安排別人來學。許多人連這個機會還沒有呢。都說祖國的需要就是前途，確實是這樣，你說啊是呀？

正確得可怕。

我說，你的思想眞好呀！

她說，你說是不是麼？

二

那時全國一盤棋，所有的美術院校、美術科系，教材和教學方法都是蘇聯來的：獨尊觀察力和精確性，排斥個性和想像力，嚴格的技法規範和操作程序都無不是爲了客觀地再現對象，以致十個學生畫一個老頭，畫出來十個老頭一個樣，就像十個不同角度的同一照相。我不想學了，要求轉系，誰勸都不聽，最後系主任蔣仁找我談話，說他留學法國十幾年，什麼流派都見過，摸索一輩子，才知道蘇聯的現實主義藝術最先進。你們不必走彎路，是趕上好時代了，不要身在福中不知福！

我在正則藝專時很敬愛的呂去疾先生，到蘇州來看望他的父親，聽到這個「事件」，派人把我叫去，說，你要跟上時代，別這麼橫在裡頭，看著像個怪物！人都是公家的了，還個性個性地嚷，影響多不好！對我們也不好！你看看四邊，有像你這樣的麼！我聽了，很困惑。這些話，不像是他說的。

回到班上，唐素琴問我，想通了沒？我說，我眞的不知道，究竟出了什麼事。她說，這就是說還沒想通，是吧？現在全班都在爲你著急，你倒沒事人一樣。學習不是個人的事……我說你別說了我知道了是革命任務。她說怎麼啦不對嗎？我說我沒說不對，也不是不想學畫……她說我知道你要說這不是畫畫是照相。就算是學照相吧，多學一門手藝就多留一條活路，也好麼。現在不是你花錢學，是國家花錢培養你，你不想學也得學，幹嘛不好好學？

正確得可怕。我默然。她又說，現在全校都在爭當三好，第一思想好，第二學習好，你這一鬧，兩好都沒了。要是這個學期的錦旗讓別的班奪去，大家都會怪你，你好意思？我默然。意識到動彈不得別無選擇，也就按照教的學起來：直起胳膊量比例，彎起胳膊定位置：眯縫起眼睛看整體，瞪大眼睛看局部；注意層次比較，注意塊面分析，注意解剖透視，注意區別固有色和環境色、質量感和空氣感……並逐漸從這裡面得到樂趣。老師和同學們都爲我高興，都誇我進步很快。這年的錦旗，還是我們的。程萬廉總結經驗，有好多條，其中的一條是：先進帶後進，大家齊上進。

三

三好的第三，是身體好。作爲先進集體，一年一度在全校運動會上的團體總分，就十分重要。這是我們班的弱項，大家都很重視。每次報名，五個班幹部都要帶頭。唐素琴參加中距離，得過一次八百公尺第四名。她本來有條件跑得更好：個兒細高，腿長有彈性，跑起來動作協調，像羚羊。但她不練，勸她練練，她不，說，我沒錦標主義。直到快要開運動會了，才臨時準備一下。她更重視的是動員大家參加比賽。某某某，你個兒大，擲個鉛球吧；某某某，你腿長，跑個三千公尺好不好？……你要是同意，她會說對不起我已經給你報了名了。你要是不同意，她會說幹嘛不？反正你不參加比賽還得參加看，坐都坐累了，不如去活動活動；去吧去吧，我已經給你報了名了。你要是怕失敗不參加，她就說比輸了也比不敢比的人光榮，何況不一定輸；試試吧，不試白不試，我給你報了名了。

參加短跑的同學很少，她就在一百公尺項下，塡上了我的名字。第一次比賽，我是穿著球鞋跑的，不知道有跑鞋那種東西。跑了個第四名，被體育系系主任陳陵看中，給了我一雙釘子鞋，要我每天早上，提前一小時起來學跑，他來教我。除起跑、衝刺、變速跑以外，還要我練舉重、跨欄、單槓雙槓、跳高跳遠、負重越野等，寒暑假不許中斷。這樣一年以後，我得了一百、二百兩個第一，成績破省紀錄，平全國紀錄。回到看台時，全班同學的臉一個個笑得像盛開的花，唐素琴的臉更像太陽般放光。

陳陵先生說，這僅僅是開始。他要推薦我到市體委當專業運動員，受正規訓練。唐素琴反對，問我幹嘛去，我說練好身體麼。她說什麼都沒單是個身體好有什麼意思？比賽來比賽去單是比個體能有什麼意思？要比就比智慧，比創造，同愛因斯坦、達爾文比，同列賓、蘇里科夫比，比不上就別說比。你力氣再大，大不過牛，跑得再快，快不過馬。三、四十歲以後，年輕人都蓋過你了，你再同誰比？

正確得可怕！但我這次不聽了，決心要逃避正確，胡攪蠻纏。我說我追求的是快樂不是偉大，我說競技狀態是一種人生境界你不懂，我說體能的開發是創造也是貢獻……她笑著說，別貧了。我繼續貧，說人家把終極眞理都告訴你了你還要智慧幹什麼？比智慧、比創造就是自由主義，不是說要反對自由主義嗎？她不笑了，四面看看，厲聲說，別說了。

四

時值一九五五，我們正面臨畢業分配，肅反運動來了，校園裡氣氛突變。從那些哥德式建築爬滿常春藤的雕花樓窗中，時不時傳來一陣陣可怕的吼叫和拍桌子的聲音；那是老師們在開鬥爭會，鬥爭「胡風分子和一切暗藏的反革命分子」。一到夜晚，就有人巡邏放哨；在傘狀羅漢松的陰影下，在鐘樓圓柱後面，在樓道拐角燈照不到的地方，在校園邊界濱臨蘇州河的古老城牆上，都有人拿著棍棒，靜靜地盯著你看，猛抬頭見了，嚇一跳。再一看都認得，是學生中的黨團員和積極分子。

到教師中有人被捕、有人自殺、有人隔離審查（其中有陳陵老師）的時候，運動也在學生中展開了。我們是畢業班，沒放暑假，日夜開會。先是學習《人民日報》上關於胡風材料的按語，和社論《必須忠誠老實》，然後揭發交代問題。平時很熟悉的同學們，臉上都有了一股子說不清道不明的陌生味兒。一天，在樓道裡遇見我們班上的女同學董漢銘，她同我招呼的前半句還和往常一樣熱情，中間忽然停住，下半句沒出來，倏爾臉色變了，大聲說，你別胡說白道的好不好？說著扭頭就走了。我追上去，擋住她，說，怎麼回事？講清楚。她白我一眼，長辮子一甩，繞過我走掉了。來不及驚訝，我發現所有的同學，都變得怪怪的。遇見唐素琴，她也裝作沒看見我，低著頭看地下，加快腳步，匆匆走過。

一天，全班和往常一樣，在教室裡開會，二十七個人圍坐在課桌拼成的會議桌四邊。程萬廉拿出幾張紙來念，什麼個人自由的程度是一個社會進步程度的標誌，什麼十九世紀俄國民主主義者的優點是能聯繫社會制度的根本看問題……怎麼那麼耳熟？原來那是我以前寫給中學同窗劉漢（時在華東師大上學）的信，不知怎麼，到了我校肅反辦公室。程被叫去，摘抄了一些，在同學中傳閱，已經有一些日子了，我竟然一點兒都不知道。

幾個人同時站起來，喝問是不是你寫的？你哪裡不自由了？新社會哪一點不好？……我初出蛋殼，不知道厲害，兩眼望著頂棚，嘟嘟囔囔地說，我腦子裡想什麼是我的事，別人管不著。爆發出一陣不齊聲的激動怒吼，使我十分驚訝。靜下來時，唐素琴發言，她說我們每個人，都是屬於國家的，不是屬於自己的，因此每個人都有義務接受監督，也有權利監督別人。問你想什麼，就是問你立場站在哪一邊，站在革命的一邊還是站在反革命的一邊，這是頭等大事，怎麼能說管不著。大家這是挽救你，你要放明白些。口氣很硬很冷，不像她的聲音。

這樣的會，只開了一次。莫名其妙地，同學們又恢復了昔日的友好。

一天，院黨委書記兼院長楊巽找我談話，說他看了那些信，認爲是思想問題，不是政治問題。說他已經給肅辦打了招呼，肅辦已經撤銷了我的案子。說我很有才能，但是思想問題嚴重，不解決沒有前途，遲早要出問題。既然是追求眞理，就要從實際出發，先調查研究再下結論，不可以從定義出發，先下結論再找論據；說他相信，我只要認眞多讀馬列，多了解中國近代史，多調查研究現實狀況，一定會得到正確的結論。我那時小，狂不受教，辯駁頂撞，使他失望。多年後閱歷漸長，回想起來，才知道感激，才知道慚愧。

他在文革中被整得很慘，復出後，任南京師範大學黨委書記兼校長。一九八九年春天，我到南京大學任中文系教授，和妻子浦小雨一起，拜望了這位保護我安全地度過了人生道路上第一次風暴的老人。那時他剛離休，住在靈隱路六號。鬢髮已一色銀白，對新思潮新動態瞭如指掌，視野開闊，談笑風生。說起三十四年前舊事，記得一清二楚，還記得我賽跑得了個第一。胸中塊壘難平，偶爾也寫點舊詩，開卷蒼涼，一股子夢回吹角連營的況味。可惜當時沒有抄錄，依稀記得的，只兩句：然否鴒爲語，成虧昭鼓琴。不過這是後話，扯得太遠了。

那時我們班上，下一個被審查的，是唐素琴。她父親是國民黨的將軍，她必須說清楚家裡的事，說來說去過不了關，人瘦了許多。鬥爭會上，臉色蒼白眼圈發青，卻清潔整齊莊肅從容。據說蔣介石給她父親送了一把軍刀，她說她不知道，沒見過，大家不信，一直開會，她一直不知道，只好算了。和她同時，我們班上受審查的，還有杜吾一、張文時、葛志遠，都沒過關。當我們按照統一分配的方案，走向各自的工作崗位的時候，他們四個被送到無錫一個叫做「學習班」的地方，繼續接受審查。據說，各院校各科系畢業班尚未結案的審查對象，都被集中到那裡，查清了問題，才能分配工作。

五

我被分配到蘭州。後來在蘭州收到她一些信，知道她的問題「搞清楚了」，被分配到常州中學教美術，帶班主任，很忙，但忙得起勁兒。她說，孩子們很可愛，也很喜歡她，她很快樂：有決心，也有信心，當好人類靈魂的工程師。她寫道，誰說當教師沒奔頭，孩子們的奔頭就是我的奔頭。翌年，一九五七年，她當上了「模範教師」，大會上市長授獎，戴大紅花。寄來的照片喜氣洋洋。我有時煩起來，會向她抱怨生活的單調乏味。她就會說些小我只有在大我中豐富，愛生活才能創造生活之類的話，依舊正確得可怕。

那年暑假，反右運動開始，我們失去聯繫。兩年後，五九年，我在酒泉夾邊溝勞教農場，被押回蘭州畫畫，住在友誼賓館，仍歸公安部門管理。一天，省公安廳廳長辦公室的一個人，到友誼賓館來，交給我一封信，竟然是她的。信很短，告訴我她被打成右派，開除公職，勞動教養，現在江蘇北部的濱海農場。

我的回信同樣短，用管教幹部的眼光看了兩遍，確信不會被扣留，才寄出。兩個月後，回信來了。她說兩年中，爲了打聽我的下落，她給蘭州十中的校長、蘭州市教育局局長、甘肅省教育廳廳長都寫過信，都沒回信。後來給我的姊姊寫信，才知道我在酒泉，一連寫了幾封信到夾邊溝勞教農場，都石沉大海。絕望中才想到，把信寄給甘肅省公安廳廳長，請求他幫助轉達，不抱多大希望，竟意外地聯繫上了。

她寄到夾邊溝農場的信，我一封也沒收到。收到這封信，也純屬偶然：恰巧碰上好人，他們知道我，而我正好又在蘭州。否則，那麼多勞改單位那麼多犯人，哪裡找去？誰會去找？

想到我生命微賤，如草芥螻蟻，居然有人想著，滿天世界尋找，如此執著，百折不撓，十分感動，也十分感激。但是，她信中有幾句話，又使我十分困惑。她寫道：「……在這些困難的日子裡，你的形象一直在我的心靈中燃燒，像一朵靜止不動的火焰。」這是不容誤解的信息，我不知道怎麼回答。

我問自己，我愛她嗎？回答是，愛的。但那不是男人對女人的愛，而是弟弟對姊姊的愛。當然，她很美麗。但是對於那種愛來說，美麗沒有意義。弟弟不會在乎姊姊美不美麗，兒子不會在乎母親美不美麗，學生不會在乎老師美不美麗。反過來也一樣：小耗子也可以說，我醜，但我媽愛我。

我想來想去，別無選擇，只有說眞話。

她回信說，我知道，我理解你，你還是那樣，你一點兒也沒有變。信寫完後，又在紙的左上角，補充了一句話：請你記著我。這句話的意思，直到一九六三年，我才明白。

六

一九六二年左右，有一個短暫的寬鬆時期，她和我都被解除了勞動教養。我到敦煌文物研究所工作，她在濱海農場就業。翌年春節，我回江南探親，要在南京轉車，相約那時，到白露洲她家中看她。列車上人擠得像罐頭裡的沙丁魚，過道裡、座位底下，甚至貨架上都塞滿了人。列車誤點，變成了無點。她到下關車站接我，沒接著。幸好我以前去過她家一次，依稀記得路，自己找了去。

黃昏時分，在幽暗的深巷裡走著，許多往事來到心頭。一個目光清澈明淨，羚羊般活潑美麗的女孩子的形象，伴隨著蘇州河邊樹林疏處的哥德式建築，充滿油彩氣味的畫室，水氣瀰漫的洗衣房，敞亮安靜的圖書館，清朗的陽光裡在體育場上空自由舒卷的五彩綢旗……交織成一片青春、希望、光和色的世界。

開門的正是唐素琴，我幾乎認不出她了。憔悴佝僂，顯得矮了許多。皮膚乾皺，鬆弛地下垂，頭髮焦黃稀疏，眼眶紅腫和糜爛了。睫毛有的黏在一起有的翻上去貼在肉上，以致兩眼輪廓模糊。照面的一剎那，她呆滯的目光裡並沒有流露出歡喜，只是毫無表情地把我讓進屋裡。說，路上吃苦了吧？露出一個灰暗無光、略帶綠色的銅質假牙，很大。

我打了個哆嗦。

她前天還在農場，昨天剛回來。和她母親一起，張羅我吃了晚飯，洗了澡，要我馬上睡覺。說擠了四天火車，一定累壞了，有什麼話，明天再說。第二天，我們一同出去走走。她穿著一件土布的破舊棉襖，原先大概是黑色的，由於風吹日曬，肩背等處變成了灰黃色，腋下仍很黑，其他地方則介乎黑灰之間。這件衣服穿在她身上顯然是太過於寬大了，她解釋說，這是農場發的衣服，號碼不對。我問她那件墨綠色呢子短大衣呢？她說在農場換了吃的了。

在中國地圖上，濱海農場位於東南海濱，夾邊溝農場位於西北沙漠，相隔萬水千山，但卻驚人地相似：飢餓、疲勞、死神的肆虐，都無二致。甚至風景也相似，四周都是一片白茫茫的鹽鹼地。比較起來她們那邊稍微好些。起碼她們冬天還發給了棉衣，起碼她們還有許多人活著農場至今存在。但是我在夾邊溝只待了一年多，她在濱海待了五年多，吃的苦沒法比。她一度得了精神分裂症，自殺過一次。農場的一個醫生愛她，救活了她，還治好了她的病。她說，都說這種病不能根治，但我一直沒有復發過。

聽她說自殺過，我想起了信上的那句話：「請你記著我」，又打了一個哆嗦。

說著我們轉上了大街，在一家小鋪子裡要了小籠包子和酸辣湯。默默地吃了一會兒，她問我能在南京住幾天，沒等我回答又說，希望我能多住幾天，她有許多話要同我說。我告訴她我很想和她多談談，但我已經十多年沒回家了，急於去看看爸媽，回來再來看她。她說，好的，什麼時候走？我說，我想明天走。她沒說話。往回走的路上，沉默了很長一段時間，她突然說，我知道你不愛我，我理解你的心情。你這樣是對的。

我說，是嗎？我有種負罪感，覺得自己自私冷酷，是個混蛋。

她說，你是說你做不到假裝愛我，是吧？你不覺得這樣說是侮辱了別人嗎？

我說我是說我自己。她說知道你是說你自己，你這是假定，我需要別人由於憐憫我而為我犧牲。這不是太傷人心了嗎？

我想不出話來為自己辯護。

我不是怪你，她說，我知道你。你還是老樣子，一點兒也沒變。你也別為我不開心，我用不著。濱海農場那個醫生還在追我，人不壞，個大，溫和，也比較正派，就是抽菸改不掉，也難怪。我可以同他結婚。他老家青島，我們回青島去，生活不成問題。

我問了一些細節，感到可以放心，如釋重負，很感激那位醫生。

快到門口時，她站住了，問，你在想什麼？我一愣，說，沒想什麼。感到自己的聲音裡，有一種空洞和不誠懇的調子。

她笑了，說，你用不著為我不痛快，一切都很好。你回家去團聚，他到我們家來，大家都高高興興過個春節，多好！

我回到高淳，才知道家中只剩下母親和二姊兩個人！相對眞如夢寐，舊事說來驚心。她們收到過唐素琴的信，信上家裡人的口氣，她們一看就覺得很親。說到這次在南京見面的事，二姊說你看她處境這麼難，處理得多麼好！多麼地大家風度！你呢？你能嗎？

第二次到唐素琴家，見到了那位醫生。魁偉、沉穩，靠得住的樣子。二十天中她家添置了不少東西，陰濕的老屋裡，點綴上許多光鮮的顏色。她和她母親換上新衣，人都精神不少。加上炊氣蒸騰魚肉飄香，炒菜鍋裡吱啦吱啦地響，原先那股子淒涼勁兒都沒了。

我不由得長長地舒了一口氣。

七

三年後，我在敦煌，剛結婚不久，收到她從成都寄來的一封信，和一個本子。信上說，她婚後不久，就離婚了。拉過板車，拾過煤渣，撿過垃圾，什麼苦活髒活賤活都幹過，只差沒要飯了。因爲有一個堂哥在成都一家工廠當總工程師，母女二人到了成都，在工廠裡當臨時工。

她說醫生人不壞，但同他沒話說，養成了寫日記的習慣。她說，我寫的時候就是在跟你說話，不知道你可願意看看？看過還我好嗎？

是那種三十二開硬皮橫格的本子，字跡時而工整時而潦草，有時幾天有時幾個月一則。有一處提到「無愛的婚姻」，她寫道……常常要想到陀斯妥耶夫斯基《罪與罰》中朵尼亞嫁給盧靖的那一段。其實我的情況，和朵尼亞完全不同。她必須犧牲很多寶貴的東西：她的青春、她的美麗、她的尊嚴與自由、她愛別人和被別人愛的可能性，以及為崇高事業而犧牲的機會。可我有什麼可以犧牲的呢？我的一切都早已被剝奪和摧殘得一絲不剩，我早已沒有什麼可以犧牲了……

在另一處，她寫道：從前看菲格涅爾的回憶錄《獄中二十年》，覺得很可怕，她在獄中計畫未來時，總是忘記把獄中的歲月計算在內，總以為自己出獄時還像入獄時一樣年輕、強壯、美麗。二十年後，少女已成老嫗，又見陽光，情何以堪！特別是二十年中世界也變了，她視為神聖的信念已成荒謬，她為之做出重大犧牲的事業已煙消雲散，以致她出獄後成了誰也不理解誰也不需要的多餘人，孤伶伶迷失在陌生的社會裡。現在看來，這算什麼！我們這些人，甚至還沒有學會從政治的角度看問題，就已經在五年中失去了她在二十年間失去的一切，結果不是不被理解、不被需要，而是被憎恨、鄙視和踐踏……

讀著讀著，我不由自主地一陣陣顫抖。珍重寄還時，我在信上說，同死去的同伴們比較起來，我們還是幸運的。至少我們還可以讓各種體驗豐富我們的生命，從旁觀察這不可預料的歷史進程。我告訴她我已結婚，我和我的妻子李茨林兩個，都希望她做我們共同的朋友。

那是一九六六年四月的事。不久文革爆發，我又成了階級敵人，茨林下放農村，死在那裡，再一次家破人亡。估計唐素琴也在劫難逃，這一次她已經沒有可能，像肅反運動時那樣，清潔整齊，莊肅從容，保持做人的尊嚴了。我想像，她會像所裡的女畫家們那樣，被打得披頭散髮血流滿面。我擔心，她會被打死。

我想錯了。作爲臨時工，她在工廠的底層，躲過了這場災難。母親去世後，嫁了一個勤勞本分的工人，生了一個壯實聰明的兒子，把家建設得很好。我呢，帶著女兒高林，顛沛流離，吃盡了苦頭。

二十年後，我到成都四川師範大學教書。和妻子小雨、女兒高林一起，到他們家作客。三室一廳的公寓住宅，收拾得舒適整齊，一塵不染。她丈夫非常熱情，自豪地指給我們看他親手打造的家具，又親自下廚，炒的菜非常好吃。兒子是個體戶，搞時裝設計，財源滾滾。她本人當了政協委員，銀髮耀眼，目光清澈明淨，好像又恢復了昔日的光彩。

席間說到社會上的種種，母子兩個爭論起來。兒子說她思想老朽，說完站起來走了，大皮鞋在地板上砸出一連串的響聲。她平靜地說，幾十年折騰來折騰去，什麼文化價值都折騰完了，你拿什麼去說服他們？現在的年輕人錢最要緊，他們窮得只剩下錢了。

我說不用說服，聽其自然吧。說不定，他們比我們更能對付這個政權。她說，政權問題不是那麼簡單的，這麼大的國家，這麼多的人口，文化素質又這麼差，一民主就亂，亂起來不得了。要是你當了領導，你怎麼辦？

正確得可怕。我不覺又像小學生一般，頻頻點起頭來。

1 啊是呀：江蘇方言，意為「是不是呀？對不對呀？」

湖山還是故鄉好

一

抗日戰爭以前，父親寫《傀儡戲考源》時，曾全國各地跑資料，每經旬不歸。回來常說，高淳這地方，山高湖大，人文薈萃，民風淳樸，比哪裡都強。刻了一顆章：「湖山還是故鄉好」。字畫上蓋，也作藏書印。

戰時，在大遊山中避難，他魂牽夢縈地想家，有詩云：「六年未見襟湖橋，高閣長虹久夢遙。」戰後歸來，小城一片焦土，他辦的學校和倉庫變成了廢墟。家裡八間兩進房子，只剩下後院裡堆放雜物的兩間小屋在瓦礫堆裡歪著，經過修補，可以暫蔽風雨。最是一樓藏書，灰燼無存。父親說，房子可以再做，書是搜不齊了。特別是有些本地人自刻的集子，水平不比許多大名人的差，可能這就絕版了。

小屋門前，一株忍冬猶存，盤在瓦礫堆上，與艾草藤蔓爭榮。父親、母親和二姊三個，合力把它扶起來，搭了一個涼棚。又清理了瓦礫堆，把磚頭、青石板、柱礎和沒有燒透的梁柱木板分類堆放，爲重建家園作準備。意外地發現了那顆印章：「湖山還是故鄉好」。父親得之，一日三摩挲。

父親有個朋友，叫李狄門，和我們家是世交，我稱他伯伯。戰爭爆發時，他要父親和他一起到大後方去，父親不肯。他一個人去了，參加了國民黨，在陝西當了幾年縣長。回來後失業無事，常來找父親談天。涼棚下擺一張小方桌，拖兩把竹椅，燒一壺茶，一談就沒個完。

李伯伯再三建議，要父親出去闖闖。父親不聽，後來他一個人走了，先到南京江寧中學，後到上海復旦大學教書，把家也搬到上海，不回來了。在上海頻頻來信，力勸父親也去。說大丈夫志在四方，死守在高淳那個小地方，一輩子都不得出息。

父親是一個——用母親的話說——書呆子，他說他就喜歡這「高淳小地方」。還說任憑弱水三千，我只取一瓢而飲。李伯伯說你先出來看看，試試，不喜歡還可以再回麼。父親說，那我也得先把房子造起來再說。

二

戰後百業蕭條，物資缺乏，做房子談何容易。首先得要有錢，父親沒有。爲了賺錢，他就去賣油餅。菜籽、棉籽、黃豆、芝麻榨油後的餅狀殘渣，統稱油餅，是餵牲口和肥田的好東西。農村很需要但難以買到，油坊裡積壓的存貨又不能及時出清。他批發出來，雇一艘烏篷船，運到鄉下零售。獲利無多，但很辛苦。

風裡來雨裡去，常幾天不回家。隨時賺得的錢，隨時買造屋的材料。青石板、柱礎、圓木、爿板、磚、瓦、石灰、洋灰、砂石……都得在不同的地方購買。每次買一點兒，運回來要碼好蓋好，以防風雨偷盜。笨重難弄的，還得請人幫忙。那些年我成了問題兒童，打架、逃學、留級。母親常說，你爸瘦了、黑了，手腳都硬了，太吃苦了，你不要再惹他著急了。

幾年苦下來，終於可以開工造屋了。園子裡搭了帳篷，盤了臨時爐灶，一天好幾桌人吃飯。木匠、泥瓦匠、小工、來幫忙跑腿的親朋鄰里，都不敢稍有怠慢。臨時需要什麼，三寸釘、五寸釘、角膠、鉚……都得趕緊辦到。父親和母親熬夜熬得眼睛通紅。我們放學回家，只覺得亂哄哄不辨東西南北。

房子造起來，還不能馬上居住。許多板頭板腦破磚碎瓦需要清除，七高八低的地面需要夯實鋪磚，裸露著磚頭的牆壁需要墁泥抹灰，梁、柱、樓板、隔板和地板都要刮灰泥、打砂紙、油桐油……母親說，爲了這房子，你爸命都不要了。

房子不大，三間兩層。中堂無樓板，裡面兩層高，氣宇軒昂。地基挖得很深，石頭澆灌。下半截牆也全是青石板砌的，不怕水災時的風浪和浸泡。前門臨河，越過河堤下幾十棵老柳樹，可以望見湖口，和湖那邊的一髮微茫。霜晨月夕，氣象萬千。父親說，晴雨不讓西子，風露勝似洞庭。

一九四九年初，快到春節了，我們全家搬進了新屋。取下滿屋子的紅色賀聯，在中堂掛上了一幅李伯伯畫的《歲朝清供圖》。那是他裱好了託人帶來的。有「竹園老弟新屋落成誌喜」題款。印章是父親舊句，「湖山還是故鄉好」。他特地新刻的，也帶來了。這句詩就有兩顆章了。一顆青田石的是父親刻的，另一顆雞血石的是李伯伯刻的。畫兩邊對聯，白底黑字，上聯「梅花繞屋香成海」，款「竹園先生」。下聯「修竹排雲綠過牆」，款「右任」，是于右任先生寫的。父親怕雨季發霉，字畫都裝了鏡框。

進屋那天，忙到天黑。吃晚飯時，父親叫我們看外面，說這就是唐詩上說的，先生卜築臨清濟，喬木如今似畫圖，現在天下大亂，人心惶惶，這樣的好房子，哪裡找去!?

母親環顧我們三個，笑著說，你爸還知道有個天下大亂?這些年仗越打越近，漲價漲得像瘋了一樣，都說是要共產了，他可是來造房子!沒想到他還知道，世界上有個天下大亂!

父親說，越亂越得要有個房子住，你們說是不是?

我們無言，嘻嘻地笑。

三

抗戰時期，我們家在大遊山裡避難時，買了五畝半地營生。後來父親辦學教書，土地租給了別人。四九年，解放軍南下過境，留下一批人協助地方建政，進行了土地改革。把我家的成分，定爲「小土地出租」。說父親是「開明紳士」，讓他做了「人民代表」，在縣上的工商聯領工資，參加那裡的「政治學習」。二姊在城區小學教書，也成了「模範教師」。父親很高興，說，比國民黨好多了。

一年後我離開家鄉，到丹陽上學，天天想家。那年放寒假以前，收到二姊的信，說爸媽和她，都要我別回家過年。因爲我們家的成分，已經被改爲地主;並被勒令搬出新屋，回到後院那兩間小屋住下了。政府在新屋中堂砌了一堵牆，分別租給了孫、谷兩家人，由「高淳縣房產管理所」酌收房租。我如果回去，就是地主子女，有可能就出不來了。

我建議去問問土改工作組，不是小土地出租嗎，怎麼變成了地主？二姊回信說，工作組早已解散，人都走了。現在是本地幹部管事，凶得說不上話。總之你別回來就是了。

從那時起，我十幾年沒回家。家中發生的事情究竟是怎麼發生的，我弄不清楚。父親這個地主，五七年又成了右派。右派帽子怎麼會戴到一個已經戴著地主帽子的人頭上，也是一件弄不清楚的事情。我所能確切知道的一點只是，三間新屋人見人愛，是一切災禍的原因。

五八年夏天，縣上在東平殿廣場建築司令台。正值大躍進高潮，參加勞動的居民群眾情緒昂揚，等不及窯裡的磚頭冷卻，就著地、富、反、壞、右出窯。父親在毒日頭底下，揹著灼熱沉重的磚頭趕路，沒能支持得住，從跳板上跌下來死了。他是世紀同齡人，時年五十八歲。

背上的衣服焦黃，黏連著皮膚上破了的水泡，撕不下來。母親和二姊收屍時當眾大哭，被指控爲「具有示威的性質」，現場批鬥，成了「階級鬥爭的活教材」。

四

二姊因此被劃爲右派，開除教職。回家和母親一起，打零工度日。

也好，當別的老師和廣大市民一起，圍湖造田大煉鋼鐵，日以繼夜戰天鬥地，在接踵而來的大饑荒中餓得衰弱浮腫的時候，她和母親兩個因爲沒有資格參加群眾運動，在屋前屋後種了許多瓜菜，養了一群雞鴨。雖也只二十來斤定量，倒也沒有挨餓。

但是政府修築了一條公路，正好從我們家小屋和被占新屋之間的院子通過。從早到晚汽車拖拉機來往不息，揚起煙塵滾滾，直往屋裡灌。載重的大卡車經過時，地面和牆壁都要抖動。六三年初我南下探親，在門窗緊閉的小屋裡，老是擔心屋頂上的瓦片會掉下來。

母親還保存著一些父親的遺物，書稿、筆記、字、畫、自刻的印章。其中有那兩顆「湖山還是故鄉好」。文革中幾度抄家，這些全都沒了。幾件老式家具，也被革命群眾拿去破了四舊。二姊因對房子被占流露過不滿情緒，幾經批鬥，被吊銷了城市戶口，同時收到一份蓋著「高淳縣軍事管制委員會」大紅印章的「房屋沒收通知書」。

這是關於那棟新屋的唯一一份官方文件。如果它是合法的，那就是說以前的侵占和出租是非法的。否則它所沒收的就是高淳縣的，亦即它自己的，而不是我們家的房子了。孰是孰非，也弄不清楚。總之二姊去了一個叫做秦家圩的地方，當了農民。後來母親也跟著去了。隨之交通局爲拓寬馬路，拆掉了那兩間搖搖晃晃的破舊小屋。

五

七十年代末，黨中央「撥亂反正」。二姊獲得平反，讓回淳溪鎮教小學。工資雖不補發，工齡可從四九年算起。學校裡給了一間宿舍，在三年級教室的隔壁，出入要經過教室。母親同她合住，被吵得頭暈腦脹。上書上訪陳情說理，要求縣上歸還住房。幾年下來，一次次寫的申訴材料，加起來足有尺把厚了，毫無結果。

我常年在外，又笨，家裡的事，無可奈何。每次南下省親，進入那裝滿聲音的斗室，看到那厚厚一摞廢紙又增厚了幾許，都不由得動魄驚心，感到無能也是一種不孝。

想找縣上的領導談談，見不著。辦公室說領導很忙，有事找信訪辦（群眾來信來訪接待辦公室）。那是二姊回回碰壁的地方，我去也一樣。據說有後門，但沒錢，不知怎麼走。想來想去，想到了張仲良。

張曾是甘肅省委書記，五七年指名把我打成右派，五九年又指名把我從夾邊溝勞教農場，調到蘭州籌辦「十年建設成就展覽」，我因之免於一死。時值「大躍進」，張為了取悅毛澤東，不顧人民死活，致死三百多萬人，被調離甘肅，當了江蘇省委書記，是我在江蘇官場中認識的唯一者。試著聯繫了一下，居然頗友好，約到南京瑯玡路他家中見面。他癌症臥床，依然精明銳利。讓省委辦公廳主任湯天英以他的名義，給高淳的第一把手、縣委書記邢華平寫了個信，囑「盡快落實政策」。讓我帶著，去找邢。

縣委辦那人還是說，書記很忙，有事到信訪辦說去。我掏出信，請他轉交，就走了。沒走多遠，他追上來，氣喘吁吁，滿臉堆笑，說書記有請。

書記快人快語，說這事早就該解決了，忙得沒顧上，我們馬上解決。請轉告張書記，請他放心，我們馬上解決。問我有處住麼，說要是不方便，就到縣委招待所住，不要見外。說高教授多年不回來了，走以前得聚一聚才行。美不美，鄉中水，親不親，故鄉人麼。最後四句，古詩中有。沒想到，他還會這個。

六

回來我們扶著母親，到城南淳溪河邊，去看了看父親造起來沒住上幾天的那棟新屋。轉眼四十多年，新屋已變成老屋。透過斑斑綠苔，可以看到外牆上革命標語的殘跡。一邊的窗子油漆剝落，另一邊的窗子漆著鮮豔的天藍色；反映出兩家住戶不同的風格。後院舊址，變成了公路。前門口造起許多房子，連棟連片，兩公尺外就是對門人家，看不見河了。縱使視線依舊，風景也不是當年。河被兩邊的房子擠得很窄，湖被圍湖造田推得很遠，原先是湖口的地方，現在是工業區。煙囪林立，不見一棵樹。

儘管如此，也是萬幸。母親連聲念佛，二姊頻抹眼淚。我回到北京，也能比較安心了。

但是歸還房子的事，手續非常複雜，辦起來非常緩慢。二姊每次去催問，都說是正在按程序辦，辦好了就通知你。這樣拖了一年多，張仲良逝世，縣上口氣立即變了，說，該你的不用你說，不該是你的你怎麼鬧也沒用。

一位《人民日報》的朋友，建議我寫個材料給他，他讓報社的信訪組去辦。此舉果然靈驗，高淳縣政府辦公室立即回信給《人民日報》，說房屋沒有歸還的原因，是「房改時平方公尺計算方法不明確，待請示上級明確後即可處理，進展情況及時向你們匯報。」顯然他們已經做好了下台階的準備，只要報社再過問一次，問題就解決了。

但不知怎麼了，報社沒再過問。母親等不及，在西舍小學二姊的宿舍裡去世了。我用展覽會上做模型的材料，做了一個帶閣樓和迴廊的小房子，把她的骨灰匣放了進去。二姊說，媽媽到底有房子住了，引得回來奔喪的大姊和妹妹都哭起來。

九十年代初，在建造濱河路的拆遷工程中，父親千辛萬苦造起來，但沒住上幾天，反而招來家破人亡之禍的那棟房子，歷盡滄桑，終於被拆掉了。聽到這個消息，我長長舒了一口氣。那感覺，就像夏衍《舊家的火葬》中寫的：隨著一棟老屋的燒毀，一段沉重的歷史就此灰飛煙滅，他反而感到一陣輕鬆。

寫作此文時，我已住在美國。中國的圈地運動方興未艾，頻頻傳來老百姓因房屋被拆求告無門自焚抗議，或者成群結隊進京上告被警察抓回原籍看管的消息，不覺輕鬆又變成了沉重：那一場花樣繁多的人肉盛宴，拖的時間也實在是太長了。

卷二

流沙墜簡

別無選擇

一九五五年夏天，百來個被「統一分配」到西北「支邊」的大學畢業生，在蘭州一條小街的一家小旅館裡，住了將近一個月，等待再分配。每天沒事，到處閒轉。

蘭州是一座古城，伊斯蘭風格的房屋，大都是用泥土建築的。從城邊的皋蘭山上望下去，除少數新建的灰色樓房外，千門萬戶一色蒼黃。有點兒像中東的阿拉伯市鎮，又有點兒像美國中部桑塔菲那樣的印第安小城。日夜奔騰的黃河，咆哮著沿城流過，把浩蕩河聲散布到城市的每個角落。

沿河有許多巨大的圓形水車，從容地緩緩旋轉，灌溉著兩岸的果園。兩岸果園綿延數十里，春天繁花似錦，夏天濃綠重蔭，秋天千樹萬樹沉甸甸都是果實。冬天積雪不消，幾個月一片銀白。黃河結了冰，汽車、馬車都可以從冰上過去過來。來年解凍後的冰凌子，互相磕碰擠壓，格格有聲，一直要漂流到四、五月裡才消聲匿跡。

居民以漢族爲多，雜有許多少數民族。周邊的少數民族，也常來此集散，賣他們的野味、瓜果、毛皮、香料、藥材、烤羊肉串……和形形色色精美絕倫的手工藝品。街上沒鋪瀝青，坑坑窪窪，狗、羊、雞、豬不知讓路。東一堆西一堆的建築材料和工地垃圾之間，地攤相接，貨物琳琅滿目。本地土特產和外省輕工業品相與雜陳。汽車、馬車、驢車、拉拉車、自行車和行人互相吆喝閃避。馬幫、駱駝客、車把式、筏子佬推推搡搡停停走走。回族、藏族、裕固族、東鄉族、維吾爾族、哈薩克族和全國各地「支邊」來的漢族做買賣，語言手勢南腔北調，服飾異形五色雜而炫耀。晴天黃塵滾滾，雨天泥漿飛濺。繁忙混亂中透著一股子新興之氣。

西北石油資源的開發，使蘭州成爲新興的工業基地，面貌日新月異。七十年代末我重到蘭州時，一座高樓煙囪林立、有二百多萬人口的現代化都市，已代替了那鄉土氣息和歷史韻味都極其濃厚的破落小城。從皋蘭山上俯視它，煙塵深鎖，灰濛濛如同雲海，有時連高樓的頂端都看不見。黃河水不再結冰，三九寒天淌著油污和泡沫。那些趕不上生活節奏、轉得很慢的水車，一個都不見了。這是五十年代的我們，怎麼也想不到的。那時我們走馬看花，淺嘗了許多新奇、髒亂和不便之後，就都哪裡也不想去了。成天在旅館裡打撲克，下象棋，或者躺著看書。又沒好書可看，百無聊賴，度日如年。

一天，有通知下來：甘肅省教育廳廳長劉海聲要接見我們。什麼叫「接見」，我不知道。跟著大家上了卡車，顛顛簸簸來到一個什麼單位的禮堂。下面坐著好幾百人，都是全國各高校分配來了以後，又再分配到教育系統的應屆畢業生。台上長桌子後面，坐著幾個人，據說中間的一個是廳長。其人瘦而皮膚鬆弛，一直靠在椅背上看桌子，面無表情。好像他同我們一樣，百無聊賴，度日如年。

先是坐在他旁邊的一個人起來講話，歡迎大家來到甘肅，介紹甘肅概況，和美好的發展前景。接著廳長致歡迎辭，稱讚我們能無私地聽從祖國召喚，希望我們落地生根，爲壯麗的事業奉獻如火的青春。說時兩眼精光四射，就像換了個人。說完往椅背上一靠，耷拉下眼皮，又恢復了原樣。

接著學生代表上台講話，感謝首長的關懷鼓勵，表示絕不會辜負黨的期望。其中的一位，發言特氣派，給我印象特深。直到現在，我還記得那聲調：「……我代表——（停），全體同學——（停），向——（停），首長們——（停），堅，決，保證，完全地——（停）無條件地——（停），服從——（停），統，一，分，配——」

我的同班同學汪希曾也是學生代表。他說他是黨員，帶頭要求到祖國最艱苦的地方去。準備的油畫顏料，多是土黃、生赭。來了才知道，赭、黃用不完，綠色不夠用。這裡的綠，不亞於我們江南。不，比江南還好。這麼多這麼大的瓜果蔬菜，生來都沒見過。這麼香這麼美的羊肉泡饃、牛肉拉麵，生來都沒吃過……這麼好的地方，牛都拉不走我。老死甘肅，我無怨無悔。大家給了他一陣掌聲和笑聲，連一直面無表情的廳長，也抬起上眼皮看了他一下。

代表表態畢，宣布分配方案：都在蘭州各個中學裡教書。我同其他十一個分別來自四川、貴州、廣東、廣西、南京和上海的同學，包括那位發言特氣派的同學一起，被分配在黃河北面的蘭州市第十中學。回到旅館，各學校派來迎接新老師的人，已經在門廳裡等著了。

雪泥鴻爪

蘭州十中位於黃河北岸，一個叫做鹽場堡廟灘子的山坡上，應該說是郊區了。地名既難聽，風景也難看。新蓋的三層樓校舍，像一個灰色的火柴盒，孤伶伶兀立在無數低矮破舊的土屋之上。土屋鱗次櫛比，往下一直延伸到河邊的果園。果園的綠色衹限在河邊，並不向外蔓延。在水車灌溉的範圍之外，寸草不生。從河邊沿著狹仄的土巷曲折上行，約兩華里可到我們學校。再從學校往上走，土屋漸漸稀少，再上去就是山了。山與房屋同色，是光禿禿的土山，山上沒樹沒草沒石頭。山後面還是山，都是這種山，從最高峰望出去，千山萬山一派蒼黃，單調醜陋之中，有一種雄奇獷頑。

山腳下屋頂構成的黃色斜坡上那個灰色小塊，就是我們學校。剛剛新建，十六個班級近千學生，全是初中一年級，年齡參差不齊。我那時十九歲，不少學生比我還大。教師大都是本地人，有從各個中、小學抽調來的老教師，也有應屆畢業的高中生，個個課程表排得滿滿。我們一行十來個外地人分配進來，立即就投入了工作，任務都很重。我教全校的美術，每週十六節課，也就是每週重複十六次講同樣的內容，批閱近千份作業。除了吃飯睡覺就是工作，整個變成了工作機器。

教研室和教師宿舍都在三樓。一個房間住兩個人。和我同住的，恰巧是在接見會上發言特氣派的那位，叫孫學文，上海人，華東師大歷史系畢業，大我五歲。高鼻梁上架著金絲眼鏡，服裝合身，嗓門洪亮，儀表堂堂。每晚都要把褲子摺疊得平平整整，壓在枕頭底下，保持第二天穿起來前後都有一條筆直的褶痕。床底下一長排皮鞋，雙雙擦得鋥亮。

早上鈴一響，他就一躍下床，打開留聲機，放上一張舞曲唱片，跟著哼起來。穿衣疊被梳洗擦鞋動作快速，而且合乎曲子的節拍。完了還要踏著舞步轉上幾圈，才關掉唱機拿上碗筷出門去。到門口總要回頭，向我大叫一聲：快點兒，開飯了！接著就是一連串硬底皮鞋踏著水泥樓梯下樓的聲音：嗒嗒嗒嗒，清脆響亮快速。

這樣一個人，卻有很多書，而且都是好書。世界歷史一類，裝滿三大木箱，許我借閱。這些書他都認眞讀過，密密畫著紅線，批注也見解不俗。同他談話，可以得到不少啓發。他說雨果和狄更斯不了解法國革命；他說對德國而言，罪魁禍首不是希特勒而是俾斯麥……，諸如此類。不論正確與否，都是他自己的看法，很難得的。他說他的畢業論文是探討洋務運動，很多有意思的問題，衹來得及說了個大概，想什麼時候有空了，要寫一本書，深入地探討一下。

有一次，我提到那次發言，問他爲什麼說是代表全體同學，未經授權，一個人怎麼能代表全體。他說那是臨時支部的安排。他雖然不是黨員，已經遞了幾次入黨申請，組織上要培養他。他說他的父親是舊職員，又是基督徒，雖已過世，仍影響申請的批准，他得嚴格要求自己才行。他早已不信教了，現在是無神論，徹底的唯物主義。他說首先說服他的，是費爾巴哈的《宗教本質講演錄》。我相信。

五七年反右運動中，由於他的揭發，我失掉了許多文稿和一本日記。但在我被打成右派、開除勞動教養以後，他也被打成了右派。剛被點名不久，就從三樓上跳下去自殺了。二十一年後聽到這個消息時，我眞難以想像。他那充沛的精力和開朗樂觀的性格，以及在單調枯燥、機械而緊張的生活中活得有滋有味的能力，留給我難忘的印象。

我們這十來個外地人，一時沒能融入本地人的社會，自成一個鬆散的交往圈子。在這個圈子裡，除我以外都是共青團員。其中一個是黨員，叫謝樹榮，二十五歲，我們都叫她謝大姊。四川人，川大生物系畢業，教生物，兼任共青團教師支部書記，做思想工作特認眞。說話時，由於眞誠，由於理想主義的照耀，眼睛裡閃著純潔神聖的光芒，令人感動。我不信她的說教，但是我也感動。

有一次，黨總支書記兼校長雷煦華找她談話，給她「介紹對象」，說對方是「上級首長」，你只要同意，現在就可以用他的錢。她愣了，好半天說不出話來。最後說，雷校長，你這，同你的職務很不相稱。說完就走了。到門口，回頭又說了句「可恥」。出來越想越氣，到我們宿舍來說，臉發白，直抖。輪到大家來給她做思想工作了，都說這事沒什麼不好，看得起你才找你，你不同意，也就算了，別氣。她還是氣，要求調走。爭取了很久，都不行。「反右」以後，又「反右傾」，她被打成「右傾機會主義分子」，下放勞動，不想走也得走了。七十年代末我重到蘭州時，一位朋友給我看了一封她寄自西藏的信，說人生眞沒意思，活得很累很累，卻不知爲何。

我的同班同學汪希曾，被分配在城南的西北中學。兩校相距很遠，又都極忙，難得一見。那天他來看我，一見面就激動地喊道：「蘭新線通車了你知道嗎!?」喊時兩眼放光。原來西北中學靠近鐵路，他每天半夜裡醒來，聽到火車突突突突（他學得很像）向西進發，就強烈地感覺到我們偉大的祖國正在蒸蒸日上勝利向前，就心花怒放樂不可支。他說時，手舞足蹈春風滿面。我知道他是眞誠的，他就是這麼一個人。在五十年代，這種人多的是。我當了右派以後，同他失去聯繫。後來聽說，他一度當了西北中學的教導主任，「文革」中被揪鬥，得了精神分裂症，不知去向。

《論美》之失

那年我十九歲，工作很忙很累，生活單調，不快樂，不明白為什麼自己的命運，要由一些既不愛我、也不比我聰明或者善良的人們來擺布。為什麼他們有可能擺布我們，而我們沒有可能拒絕。久之形成了一種，對於權力的憎恨。

蘭州的發展變化，可謂日新月異，看著我也相信，國家的經濟正在起飛。但是我知道，為了這個起飛，無數人付出了自由作代價並將繼續支付，因此我無法相信，這樣一種用一代人作肥料去滋養另一代人（據說是）的事業是正義的事業，因此也無法相信，那隻以此為理由強制地給每一個人分配角色和任務的看不見的手，代表著唯一的眞理。

周圍沒有一個人這樣想，我感到孤獨。每週五天，在食堂吃過晚飯，騎兩個小時自行車進城，到「中蘇友好協會」辦的俄語夜校去學俄語。夜深回到學校，就蒙頭大睡。許多想法沒處說，憋得慌，總想找個什麼人談談。以前讀過羅曼羅蘭的三部傳記，和他的《約翰克利斯朵夫》，很感動，以為知音，但我找不到他，給他的譯者傅雷先生寫了一封長信，談我的苦悶，寄請出版《約翰克利斯朵夫》的平明出版社代轉，也是瞎碰。

收到回信才知道，平明已併入新文藝。信能寄達，也屬偶然。在回信中，傅雷先生說，辯證唯物主義和歷史唯物主義，都早已回答了你所提出的所有問題。比如精神與物質，經濟基礎和上層建築，包括道德、藝術、意識形態和社會制度等等之間的關係，都說得很明白，早已經不是問題了，怎麼還要問？你口口聲聲追求眞理，眞理早就被證明了，就在眼前，你卻視而不見，難道是聰明的嗎？

像文書在打通思想，越想越沒趣，越想越不服，越想越堵得慌。沒處發洩，就用筆在紙上自言自語起來。開始是點點滴滴，雜七雜八。文化的價值，道釋儒優劣乃至時空有無等等都有。後來把有些問題的想法集中起來，弄成個系統，就像寫文章了。知識無多，沒專業訓練，更不知天高地厚，怎麼想就怎麼寫，體驗到一種快樂，一種生活的意義。

業餘時間很少，都耗在這裡面了。第二年，一九五六年，有了《論美》。那時我國的一切，都以馬列爲指導。美學也不例外，都是從唯物主義原則推導出來的客觀論和反映論，強調美是不以人的主觀爲轉移的客觀存在。我不認同。我認爲美和美感分不開，因人因事因時因地而異，因此是主觀的，表現性的。論證這一點，我越寫越自信。越寫越有一種挑戰權力意志的興奮。俄語也不學了，工作只是應付，心不在焉地吃喝，心不在焉地對答，眼前的一切彷彿虛幻，而虛幻的東西倒變成了實在。望著樓窗外憂鬱的風景，直覺得滿天涯煙草斷人腸。

寫出來很得意，用有格稿紙整整齊齊抄了兩份。一份投寄到北京《新建設》月刊社，一份想找幾個懂得的人給看看。蘭州大學中文系系主任舒連景先生第一個看了此文，說題目太大，他說做文章題目越小越好做，要是只談一幅畫、一首詩、一處景或者一件文物的美，容易深入也容易展開，言之有物讀來也親切。題目大了，吃力不討好。我唯唯。心想大教授尙且如此，夫復何求？有一種

「地老天荒無人識」的感覺。

後來聽說，西北師範學院院長徐褐夫是個大學問家，原先是蘇聯莫斯科大學哲學系教授，赫赫有名。我喜歡「褐夫」這個名字，很文化，很平民。心想沒準兒這個人能看懂我的文章，就帶著文稿去找他。師院所在地十里店在黃河上游，很遠。那天風沙瀰漫，搭班車到那裡時，已是下午。渾身上下撲滿塵土，衣冠不整，灰頭土臉，去敲院長辦公室的門。開門的人堵在門口不讓進，說徐老很忙，有事找系主任談。我說我是校外的。他說校外的？碰地一聲關上了門。

我再敲，他再開、再關。我又再敲。出來一個有點兒駝背、禿頂白髮的矮小老人。說，我就是徐褐夫，找我有什麼事？我說請你看一下我的一篇文章可以嗎？沒等他回答就把稿子捧上前去。他遲疑了一下，接了稿子，看了一下題目，又看了一下我，說，好的，我看看。兩個禮拜以後，禮拜五，你再來，好嗎？

兩週後再去，還是那人開門。我擺著一副戰鬥的姿態，他卻滿面笑容，說請進。老人心情極好，問我哪裡人，爸爸媽媽是做什麼的，還說我有才華，能寫，但觀點是錯誤的，是「十足的馬赫主義」，早就被列寧批倒了。問我看過列寧的《唯物主義和經驗批判主義》沒有，叫我一定要好好看一看。然後從桌上推過來一疊字紙，說，具體意見我都寫在這裡了，你回去看看。有什麼問題，我們再討論。

這個八千多字的意見寫得棒極了。其對信念的執著，邏輯說服力，以及淵博的哲學史和藝術史知識，都使我十分敬佩。雖然它也和其他文章一樣，有一個馬克思列寧主義的前提，但我沒有那種權力意志的感覺。很敬佩也很感激，但沒有接受批評，回信說還要想想。後來洪毅然先生（西北師院教授，徐褐夫先生介紹的朋友）告訴我，我拒絕幫助，徐老很傷心。那時候，真想不到，徐後來會被打成反黨反社會主義的右派分子。一九六〇年我第二次去看望他時，他已是一介平民，纏綿病榻，不久就去世了。這是後話。

一九五七年二月，《論美》在北京的《新建設》上刊出，編者加了按語，表示不同意我的觀點，說是遵照黨的雙百方針刊出，「以供討論」。並預告下一期將刊出批評我的文章，「希讀者注意」。轉來一封朱光潛先生的信，是給我個人的，說我的觀點是唯心主義，重溫一下列寧批判馬赫的著作，對我有好處。接著，同年三月，該雜誌發表了宗白華先生的《讀論美後的一些疑問》，和侯敏澤先生的《主觀唯心論的美學——評論美》。隨之《文藝報》、《哲學研究》、《學術研究》、《學術月刊》等雜誌相繼刊登了對我的批評。一致說我是唯心主義。先是說五星紅旗的美來自新中國的偉大成就，你能說它不是客觀的嗎？後來說馬列主義就是在同唯心主義的鬥爭中成長起來的。再後來的說法是，唯心和唯物的鬥爭是革命和反革命的鬥爭。

五十年代那一場美學大辯論，有一個特點，即互相對立的各方（除我以外），都強調自己的觀點是馬列主義而對方的不是。並非所有的人都在討好上面，其中不乏正派誠實的學者，他們是真信馬列。我感到奇怪，爲什麼所有這些大知識分子，在這方面都那麼一致？洪毅然先生反問道，難道所有的人都錯了，衹有你一個人是對的？我說眞理不是用投票表決的方法來決定的，它需要證明。洪說，早已經證明了，所以大家才信，你不要一葉障目，得跟上時代才行。這幾乎是重複了傅雷的話。

在絕對的孤獨中，我有時也懷疑自己。我想我不知道的事情太多了，關於宇宙、生命、歷史、科學、宗教，和人類世界的現狀，我都所知甚微，怎能這麼自信？但是我又想，正因爲無知，所以需要學習，不能拜倒某個終極眞理的腳下，放棄自由探索和選擇信仰的權利。何況以這個眞理的名義，我們已經不由自主地，被剝奪得幾乎一無所有。

當然，接受質疑，與對方辯論，也是一種學習。但是形勢的發展，已經不許可那樣的學習了。很快地學術討論變成了政治批判。批判裡隱藏著許多陷阱，一答覆就要掉進去。比如有人說，共同的社會標準，不因爲你不承認不認識而不存在。我回答說標準不等於美，標準也不是絕對的，這就掉進去了。這話後來被解釋爲，我要用資產階級標準代替無產階級標準。又如有人說，存在決定意識，我們感到幸福，是由新中國的美好生活所決定的。我回答說愛海的人住在海邊，愛城市的人住在城裡，都可以感到幸福，但如果把他們的地位對調，海、城依舊，幸福卻沒了。這又掉進去了。這話後來被解釋爲，我說新中國不幸福。

我的答辯題爲《論美感的絕對性》，刊於《新建設》七月號。主要是說，事物不等於經驗，經驗不等於社會性，社會性不等於客觀性。經驗是變動的，事物作爲客體，相對地固定和持久。它還能再次引起經驗，但不一定是相同的經驗。經驗是個人的，事物作爲客體，可同時被許多人經驗，相對而言屬於社會。把這些都混爲一談，光貼個唯心唯物的標籤，什麼問題都解決不了。此文發表時，反右運動已經開始，這些都不再有人理睬，對我的批判完全政治化了。「反對毛澤東文藝思想」之類，已算是比較溫和的說法。《隴花》雜誌寫道，「敵人在磨刀霍霍，胡風的幽靈又在高爾泰身上復活了。」

到這份兒上，還能再說什麼？

別無選擇，以沉默面對圍剿，有一種局外人看戲的感覺。

後來我重讀《論美》，發現問題很多。以人爲本，卻沒有區別個體和整體，文中的「人」字有時是指前者有時是指後者，概念不清造成邏輯混亂（整體的主觀可以是個體的客觀）。雖然批評者們都沒有注意到這一點，我仍感到十分遺憾，後悔沒有放一放多看幾遍再拿出去，很痛心自己的輕率。現在回想起來，那輕率倒也值得，否則此文不但永無問世之日，還會和我那時的其他文稿一樣，被人告發，在反右運動中失去，如同不曾有過。

現在重讀《論美》，感到除了幼稚和不嚴謹等等以外，政治上也確有問題。人們對我的批判縱然十分無情，卻沒有抓住要害：強調美的主觀性，也就是強調人的主體性，人的自由權利，和呼喚人文精神的多元化，等於挑戰權力意志。我沒有自覺地這樣做，人們也都忽略了這一點。不過我絲毫沒有，因爲人們的這種忽略而受益，他們捏造出來強加給我的罪名，已經比這要嚴重得多了：「有計畫有步驟地向黨進攻。」這是一句套話，報紙上天天都有，是說右派的。我自知在劫難逃，倒也不怎麼害怕。因爲不知道厲害，也因爲沒有什麼可以失去。對於這個別人強行替我安排的存在方式，我煩透了，不在乎改變。

不再寫作，一有時間，就出去散步，風景沒有看頭，不過是消磨時間，等待風暴的來臨。出學校後門不遠，有一處平曠的廣場，常有許多兵士，在那裡訓練生馬。我常坐在場邊，一看就是很久。他們給那些桀驁不馴的烈馬，套上七、八根長長的韁繩，人手一根，從四面八方把牠緊緊拉住。如果牠不讓人騎，七、八根韁繩同時一拽，牠就被拋起來重重地摔到地上。然後再騎，不行再摔，一次次摔，直到牠馴服。有匹馬特野特頑，一次次從地上翻騰起來，顛倒跳躍不肯就範，鬃毛飛揚如黑色火。一當甩掉騎手，就前腳離地站立起來，顫巍巍一陣哀叫。看著牠，我想，到處是人，你往哪裡逃？假如你一定不願意被人騎，那麼你的肉可以吃，皮可以製革，那並不好些。想著我問自己，假如我是牠，我怎麼辦？

我不知道。

電影裡的鑼鼓

一九五七年，我二十二歲，在遙遠西北一個偏僻的小單位，感覺不到有什麼「知識分子的早春天氣」。當然我也看報，但那歡欣鼓舞的「大鳴大放」，和隨之而來的「憤怒聲討」，於我都像是，電影裡的鑼鼓。

《論美》的寫作和發表，完全是瞎碰瞎撞上的。由於發表在北京的所謂「中央報刊」上，又受到全國性的批判，我們的校長肖英以爲出了大事，跑到蘭州市委，報告「嚴重情況」。接待她的青年官員謝昌余（後來當了省文聯主席）聽完彙報，告訴她這是正常的學術討論，不是政治問題，不要緊張。

甘肅省委召開座談會，發給了我一個請柬。我沒在意，沒去，也沒答覆。肖英找我談話，說那個會很重要很盛大，擅自不去，是脫離政治，自由主義，純技術觀點。叫我要關心政治。給我看了一份會上傳達的文件，是毛澤東的講話。打印的，不讓帶走，要我當場看了就還給她。粗粗溜了一下，主要是請大家出來鳴放，幫助黨整風。百花齊放，百家爭鳴，言者無罪，聞者足戒，云云。

洪毅然先生來訪。他剛參加了省上那個爲期三天的會，特興奮特高興。問我爲什麼沒去，說張仲良（甘肅省委第一書記）託他向我問好。說會開得好極了，大家都講出了心裡話，很暢快。誰說了什麼，誰又說了什麼，一個比一個尖銳。張仲良說，都說得很好。能開誠布公，證明大家相信共產黨。黨和大家打成一片，肝膽相照，才能共同進步。我問，難道你們沒看到最近《人民日報》的社論嗎？《這是爲什麼》、《工人說話了》，都在講要反擊。北京那些人，鳴放了一陣，已經在挨整了。洪回答說：張仲良說了，那是針對右派的，不是右派就不用怕。毛主席親自發表講話，保證言者無罪，你還不信嗎！

不久，報上公布了毛的那個講話，但已和傳達的不同。提出要根據六條標準，區別香花毒草。說六條標準中最重要的，是黨的領導和社會主義制度這兩條。不但北京，地方報刊也開始反右。《甘肅日報》連續多天，以通欄大標題「堅決粉碎資產階級右派的猖狂進攻」，整版整版報導在省委那個座談會上出現的反動言論，省政協主席水梓、《甘肅日報》編輯王景超、西北師院院長徐褐夫、蘭州大學校長陳時偉……都被點了名。「廣大工農群眾憤怒指出」，這群反黨反社會主義的右派分子，是無產階級的凶惡敵人。

緊接著，蘭州市委也召開座談會，也給我發了一個請柬，會期也是三天。這次我不能不去了，他們派了一輛小汽車來接我。我們的新校長雷煦華陪同來人找到我，一同滿面笑容逼著我上了汽車。這是我生平第一次坐小汽車，也是這些彎彎曲曲迷宮似的土屋小巷裡第一次有小汽車通過。車子夾在裡面，東傾西側前高後低一頓一頓地爬行。常遇到寬度不夠之處，又倒回來另覓新路。駕駛員已很焦躁，有時猛一衝嚇得雞飛狗跳，嚇得那些腆著髒肚皮吮著黑手指貼牆站著看新奇的孩子們一陣亂叫亂跑。和他相反，那個來接我的人，卻一直在後視鏡裡親切地微笑。

開幕式像聽報告。數百人坐在下面，十來個人坐在台上。還是「傳達」毛的那個講話：百花齊放百家爭鳴，言者無罪聞者足戒。然後張仲良以省委書記的身分，向大家保證安全。這個人我見過。去年辦工農業展覽，調我去畫畫，他審稿，意見不俗，好像有點懂行，還說我畫得好。這次他說，黨有主觀主義、宗派主義、官僚主義、教條主義等等毛病，請大家來提提意見，幫助我們改正。務請知無不言，言無不盡。說錯了也不要緊，都是好心。我們有則改之，無則加勉。中間他問，高爾泰先生來了沒有？（有人答來了。）來了，歡迎歡迎。上次邀請你你沒來，大家都很遺憾。有意見沒處提，到北京去發表，這說明我們的工作已經很脫離群眾了。來了，溝通溝通，隔閡就沒了，如是云云，說完就走了。這裡繼續開會，市委書記（名字忘了）講話，動員大家鳴放，打消顧慮，暢所欲言。

討論會氣氛熱烈，大家發言踴躍，我始終沒開口。晚飯後，會散了，他們留下十來個人，包括我，在小會議室開小小會，有牡丹菸、龍井茶、橄欖、話梅。市委頭兒都來了，或慈祥懇切，或豪爽直率。香煙氤氳，光暈朦朧，有股子隨和勁兒。書記坐到我的旁邊，促膝撫背，熱情得像一盆火，要我給黨提點兒寶貴意見。我堅持說我沒意見。他說，你在北京發表的意見不是很好嘛！我說那不是意見，那是美學。他說哪裡哪裡，你太客氣了，咱們是一家人哪，說什麼也別客氣呀。我想不出話來回答，只能一再重複，不不不我沒意見。像個傻瓜。

學校放暑假時，反右進入高潮，由周恩來簽署的「勞動教養條例」也已公布。蘭州市教育局通知中、小學教師鳴放，叫我們帶上行李，到市中心幾個學校集中開會。這次不是邀請，是規定，不想去也得去。還是原套程序：傳達主席講話，書記擔保平安，局長動員鳴放。還是原套說法：幫黨整風，竭誠歡迎，言者無罪，聞者足戒。但會期不是三天，而是一個月。日程是公開的：先鳴放，後反右。暑假裡揭開階級鬥爭的蓋子，開學後繼續批鬥。

我想，人都不是傻子，到這份兒上，該不會有人聞笛起舞了吧？不，奇怪得很，照樣熱鬧。覆車之鑒，全都視若無睹。我們住在教室裡，一室十幾二十個人，那些課桌，白天聚攏來就是會議桌，晚上分開拼就是各人的床鋪。半天開會鳴放，半天寫大字報。寫大字報的紙、墨、筆全由教育局供應，要多少有多少，大家寫得不亦樂乎，貼得不見牆面。敘事、評論、順口溜、相聲，甚至漫畫都有。記得女子師範的許植本老師寫了許多詩，貼出去得意得很，常在牆前徘徊，聽人家讚美。我記得全的，祇兩首。一首寫農村的飢餓：粒米煮成十碗粥，東風吹來浪悠悠，一勺舀出西湖鏡，照得全家水中游。一首寫城市住房的緊張：兩家共住一間房，每逢週末換班忙，開關門戶起糾紛，兒童歸來叫錯娘。

好像有點漫畫化，但我沒說。看什麼樣的大字報，我都不表態。有人稿長，見我沒事，請我幫抄幾張，我拒絕。有人貼出呼籲書，許多人連署，要我簽名，我也拒絕。我想，我不沾這個邊。在整個鳴放過程中，我自始至終，一言未發，一個字也沒寫。

想不到第一個被揪出來的右派分子，就是我。

我們學校有個四十多歲的女教師叫楊春台，丈夫是西北師範學院的地理系主任，家在西師。那天早上在院子裡遇見，我問她西師的右派分子是怎麼處理的，她說還沒處理。當天下午牆上就出現了一張題爲「質問高爾泰」的大字報，說，你不是右派，爲什麼鬼鬼祟祟打聽右派分子怎麼處理？你不是右派，爲什麼鳴放聲中噤若寒蟬？下面簽名之多，是正文的好幾倍。不少名字，我還是第一次看到。

幾天後，大禮堂東牆所有的大字報都更新了。上面一橫排標語是用墨汁寫在報紙上的，一張報紙寫一個字，二十幾個字排過去十幾公尺長：「把反黨反社會主義的資產階級右派分子高爾泰揪出來示眾」，就像報紙的通欄標題。下面都是揭發我的大字報，內容除了摘抄報刊上對《論美》的政治批判，都是兩年前在肅反運動中整過的材料。其中包括我寫給好朋友劉漢的信。那時我還在上大學，因此受過批鬥，但沒處分。看來材料都保存著，不然這些人怎麼能夠知道！是誰給他們看的？這麼多大字報是在哪裡寫的？怎麼貼出來以前我一點兒也不知道？我都莫名其妙。

有一張大字報，寫出了新材料，但卻是無中生有。說我半夜裡說夢話，大喊殺殺殺。寫這份大字報的人叫鄭鈞，我們學校的地理教師，甘肅民勤人，古銅色臉上有深深的皺紋，樸實一如老農。平時沉默寡言，同我也無冤無仇。

開學後一番批鬥，我被定為「極右」，西去「勞動教養」。二十一年以後「平反」歸來，到蘭州大學哲學系教書，頗有點兒前度劉郎的感慨，一度曾去，北岸訪舊。十中已人事景物全非，唯一的舊相識，也就是這位鄭鈞老師了。他已很衰老，白髮稀疏，腿腳也不大靈便。見到我他非常高興，緊緊地握著我的手久久不放，堅持要我到三樓他的宿舍裡喝一盅。顯然，又見故人，他有一份深深的感動。

二十一年過去，蘭州市容變化很大。但皋蘭山和黃河都是老樣子，從樓窗外望出去，沉沉晚煙凝紫，風景略似當年。老人說起往事，神色有些黯然。那年老婆子餓死後，兒子去「引洮上山」，也死了，退休下來沒處去，祇好賴在學校，連個說話的人都沒。

我不知道怎麼安慰他，祇能默默地對飲。

斜陽外，寒鴉萬點，流水繞孤城。

上帝擲骰子

一九五六年，我二十歲。初入社會，不通世故，懵懂之極。書呆子一個，生活在別處，不知前途爲何物。身不由己，本無前途，無意識地聽任擺布，少了很多煩惱，算是歪打正著。那年我糊裡糊塗幹了兩件事，竟然改變了我的一生，偶然地。

一件是寫作《論美》。那時我不關心身邊的具體事物，卻老想著時空宇宙、生命的意義、存在的價値之類不著邊際的問題，想來想去，深夜裡閉門造車，做出這篇不合時宜的論文。恰恰又碰上「引蛇出洞」的時機，得以公開發表，引起全國批判。我因此出了一陣子名，倒了二十年楣。二十年後「改革開放」，歐美各國科技信息進來，其中一些，和我的想法偶合。當然只是碰巧，但我因此，又出了一陣子名，成了學者、教授。甚至國家科委批准，授予我「有突出貢獻的國家級專家」稱號。得失榮辱，如同一場兒戲。這場兒戲，以《論美》始。

另一件事，是拜訪呂斯百先生。那時工作刻板單調，完了沒處去，除了讀書寫作，就是畫畫。畫了一批油畫，古典寫實的那種，想請個人批評指點。聽說大名鼎鼎的油畫家呂斯百先生就在我們蘭州，在西北師範學院藝術系當系主任。捲一了幾幅畫，去登門求教。先生看了，叫我以後有畫，都拿去看。我少不更事，不知道一個大名家這樣對待一個陌生的小青年，是多麼的難能可貴，還以爲他該當如此。從此常去，技藝銳進。

先生說，想當畫家，就要參加美術界的活動，讓更多的人看到你的畫，得到同行的承認，才能打開局面。他寫了一封信，把我介紹給甘肅省美術界的領導陳伯希先生和米英先生，要他們關照我。我因此得以在這年暑假，出去公費旅行寫生，到祁連山下幾個少數民族聚居地轉了一圈，看到了大草原、大森林、別樣的生活和別樣的人們。學會了騎馬、摔跤、吃半生的肉。回來後，校長找我談話，說省上抽調我去搞工農業展覽，已安排別人代課，去了好好幹。要整潔一點，別這麼邋裡邋遢像叫化子，影響太不好了。

我自從離家外出求學，需要自己料理自己的時候起，就開始邋遢。隨便慣了，要改也難。知我者謂我不拘小節，不知我者謂我懶惰。工作以後，每星期上十六節課，批閱一千多份作業，下來還想做點自己喜歡的事，顧不上許多。那天我蓬首垢面，破衣髒褲，去展覽會美術組開會。先是單位門房不讓進門，看了證件還不放心，把我一直領到會議室，交給了會議主持人才走。

會議室裡白檯布綠地毯乾淨明亮，會議桌前和靠牆的沙發上，稀稀拉拉地坐著十幾二十來個人，我初到蘭州，一個也不認得。看他們個個呢服革履，內衣雪白頭髮烏亮，鬍渣發青眼鏡片子閃光，喝茶抽菸的姿勢都瀟灑優雅，有一點兒自慚形穢。角落裡有張單人沙發空著，我蹩過去，坐在上面。大家的視線落在地毯上：一連串黃色的腳印，隱隱顯顯從門口連到我的腳下。爲掩飾尷尬，我往後一靠，架起腿。不料從鞋後跟洞裡，流出一些沙來。布鞋子前面裂了，嘻開嘴笑，露出腳趾，像一排牙齒，他們都在看。放下腳，惱火起來，也盯著其中一個人的眼睛看。那人眼睛一轉，看地下去了，我鬆了口氣。

會議是分配任務。根據設計方案，要畫的圖畫，落實到各人的頭上。到散會時，任務分完了，沒我的事。也難怪，這麼像個流浪漢，人家不放心麼。以後的日子，我就是走來走去，看他們畫畫。他們有時叫我掃個地倒個洗筆水什麼的，我不愛幹，也就算了。我有時出去逛逛新華書店、轉轉大街小巷，回來吃飯。他們晚上要加班到一兩點鐘，夜餐頗豐盛。我睡到那時，也起來一下，吃了再睡。兩個月後，展覽的籌備工作基本就緒。省委書記張仲良帶了一群人來驗收，有些講解詞要重寫，有些實物要更換，所有的畫都沒通過。返工更緊張，又趕了一陣子。

半個月後，第二次審查的時候，有兩幅大油畫仍沒通過。這一次，張仲良帶了呂斯百先生一起也來看，呂把我從人群中叫出來，讓我把兩幅油畫加工一下。張在一旁說，內容不動，畫好就行。又說，要用群眾喜聞樂見的形式。我說知道了。他們走後，我日夜加班，竭盡全力譁眾取寵。盡可能精細逼眞亮麗熱烈，區別男女的膚色和布麻的質料，區別日照下銅菸鍋的閃光和菸鍋裡點著的火的亮度，使耳鐶紐釦之類都像是安上去的實物，可以取下來似的。十幾天後預展，很受歡迎。

張仲良因此記住了我的名字，五九年籌辦「十年建設成就展覽」的時候，點名要我。那時我正在戈壁灘上的夾邊溝農場勞動教養，由於疲勞飢餓，周圍的人們都在紛紛死去。我也已極度衰弱，到了臨界線上。突然被兩個警察帶到蘭州畫畫，得以死裡逃生。生死一髮，繫於偶然。擊於三年前一個風沙瀰漫的早晨，我洗了個臉，夾著畫卷，去拜訪一位陌生的畫家。

地門

五七年反右運動中，我們幾個被批鬥的老師，所謂右派分子，在校園裡接受監督勞動，等待處理。都沒經驗，不知道害怕，休息時說說笑笑。有人帶來一本《李白詩選》，大家拿著占卜前途。據說閉上眼睛，打開書隨便一指，指到的那兩句詩，就是你未來的預言。我雖不信，也跟著玩，指到的兩句是：「徘徊六合無知己，飄若浮雲且西去。」

不久，我被開除公職勞動教養，地點在河西走廊最西邊的酒泉境內。校黨支部辦公室的張正泰，一個紅黑矮胖的政工幹部，拿著個鼓脹的黑皮包押送我去。我猜，那裡面是我的檔案，不知道寫著些什麼。「眞多呀」，我想。我那年二十一歲，傻得可以，自己掏錢買票，跟他上了西去的火車。一路上想像自己是車爾尼雪夫斯基去西伯利亞，爲眞理受苦受難。

第三天上午，在酒泉站下車，換乘汽車，顛簸一個多小時，到達酒泉城。一路上都是戈壁沙灘，到城市近郊，才變成了田野，見出晚秋的蕭索。城裡街道狹窄，刻畫著深深的車轍。沿街有許多古樹，參天拔地，愈顯得房屋低矮。房屋一色灰黃，行人疏疏，白楊蕭蕭，一股子邊城的落寞。我們倆在一家小鋪子裡，吃了一頓羊肉泡饃。吃罷他說，這個挺好，比蘭州的地道多了。這是一路上他同我說過的唯一的一句話。

轉過街角，有棟新建的青灰色三層樓房，是全城最高的建築。院門上掛著「甘肅省勞改工作管理局酒泉分局」的牌子。院子很大，院牆跟前，彎彎曲曲地盤著兩行人，一行百十來個全是男的，那邊二三十個全是女的，都坐在行李上。沒人說話。中間空地上，有幾個警察走來走去。張把我交給了其中的一個，夾著皮包，進大樓去了。那個警察叫我排在男人隊伍的末尾。我放下行李，也坐下了。

一輛撲滿塵沙的大卡車駛進大院。警察們叫排在前面的男人們起來，排隊，報數，上車，拉走了。我們依次往前移。陸續地又進來了一些人，相繼坐在我的後面。捲起的塵土還沒完全消散，隊伍又恢復到了原來的長度。這時張出來了，手裡的皮包癟了，逕自走到大門外，忽又折回，朝我走來，說，你的火車票，留著也沒用處了，給我吧，我還可以報銷。一拿到手，扭頭就走了。

不久，又一輛卡車拉上我們，顛簸著駛出城外，穿過荒涼的田野和一些相距遙遠的小村，向茫茫大戈壁中開去。捲起的陣陣黃雲，拖得很長不散。須臾，望中就杳無人煙了。戈壁灘的地貌，無非礫石組成的平面，車行幾百里，都是那個樣。使人困倦，使人喪失時空觀念。走了不知多久，冉冉地，戈壁灘變成了鹽鹼地。荒原上出現了一些淡咖啡色的水窪，白色的鹼包和灰綠色的蘆草。偶爾會碰到一株、兩株低矮的沙棗樹，灰不溜湫，和蘆草同色。大戈壁雄渾莽蒼的陽剛之氣不見了，取而代之的，是一股子不死不活賴兮兮的味兒。

待看到一些耕作過的貧瘠田地時，也就望見了高地上一個四角有崗樓的土圍子，孤伶伶兀立在無邊荒原中。映照著晚秋的斜陽，一如中古的城堡。

車到土圍子跟前停住了，鐵門裡出來幾個中年男人，吆喝我們下車、排隊、報數的聲音，特別地凶狠。報完數，車子就走了。然後挨個兒檢查行李、搜身，也特別地粗暴。現金、證件、藥品、手錶、刀剪、火柴、褲帶和球鞋帶，還有捆行李的繩子，都在沒收之列。搜查過的人，一手提褲子一手拉著匆匆聚攏的行李什物，到一邊收拾打包。我沒想到會遇見這種事，猝不及防，除了書籍、筆記和一些別的東西，還失去一本反右運動中隱藏起來沒有交出的日記。

太陽早已下山，天色漸漸黑暗。收工的人們相繼歸來，人都蔫不拉嘰，隊伍移動很慢，悄無聲息地，沒入圍子的鐵門。我們中有兩個人被叫進去，抬出來一木桶什麼，分給每人一勺。各人用自帶的碗、盆、飯盒、茶缸去接，沒帶的就用面盆。黑暗中胡亂吃了一頓不知是什麼的晚餐。吃罷，有個人把繩子發還給了我們，叫捆起行李，揹上，列隊，出發。

荒原上有一條路，在月光下發白。我們揹著行李，提著褲子，走了很久很久。半夜裡到達一個地方，有幾排低矮的土坯房，窗洞上沒格子，門洞上沒門，淒厲荒寒。有人提著馬燈，帶我們進入其中的一棟。聞到一股子酸臭，原來裡面有人，都在地鋪上睡著。他喝令那些人起來，把鋪位挪近，騰出地方給我們。然後收回繩子，拿上燈走了。暗中摸索，下面是草，胡亂鋪上被褥，兩手枕在腦後，很久都沒睡著。

冉冉地，月光透過窗洞，照在我的鋪位上，很亮。窗外一排排黑沉沉的土屋，也都鑲上了發藍的銀邊。想起了兒時的歌謠：「月光光，照村莊」，覺得這個猙獰的夜，也有幾許溫柔的色彩。母親、父親、姊姊、妹妹，甚至還有已經過世的祖母的音容笑貌，連同許多兒時憶像，無端地都來到心頭，如同一陣子喧譁的潮水。突然想到日記被搜走了，不由得一陣恐懼。想到逃跑。想到在如此荒原上逃跑的不可能。想到即使逃出荒原，也無處可以藏身。想到一些書本上的東西，但丁寫在地獄之門上的詩句：「你進來的人們，放棄一切希望吧。」和魯迅的話：「絕望之為虛妄，正與希望相同。」想到西伯利亞的囚徒，都學會了自製皮靴，不知道我在這裡，能學點兒什麼手藝。鼾聲此起彼伏，想到沒有秋蟲。覺得口渴，想到我那鋁水壺，路上把蓋子丟了，得做一個才行，拿什麼來做呢，有一根和壺口同樣粗細的樹枝就好了。但是下了汽車，一路走來，沒見一棵樹……

後來才知道，這個地方叫「地方國營夾邊溝農場」。在那個搜查我們的土圍子的鐵門旁邊，就掛著這樣一個牌子，我倉皇中竟沒有看見。那是場本部。我們現在所在的地方，是一個新建的分場，叫「夾邊溝農場新添墩作業站」。

夾邊溝農場，原先是監獄勞改農場，始建於一九五四年。這些地，都是當年的犯人開墾出來的。一九五七年，勞改農場改爲勞教農場，集中關押未經法院判決、由各單位黨組織直接送來的、因而也沒有刑期的「右派分子」和「壞分子」。仍歸甘肅省公安廳勞改工作管理局管轄。沒有使用武裝警察，由文職公安（管教幹部）治理。原有的監獄設施不用了，但未拆除。大牆方正巍峨，四角崗樓聳峙，孤伶伶兀立在荒漠中，因人犯劇增，再也容納不下，又在農場西北八公里以外，設立了這個分場——新添墩作業站。

沙棗

一

新添墩作業站，位在巴丹吉林沙漠和大戈壁之間遼闊的荒原上。荒原裡除了小塊的沙漠和戈壁，大部分是鹽鹼地，望出去白茫茫一片。不是雪原的明淨潔白，是恆久地積澱著大漠風塵的慘白。近看斑斑駁駁，烈日下蒸發著一股子苦澀重濁的鹼味。

我們的任務，是在這上面挖排鹼溝。每隔約一華里挖一條。據說讓鹼水從底下流走，不往上冒，地面上就可以耕種。溝面寬度不變，大約五公尺左右。溝底寬度也不變，大約三十公分左右。深度和坡度隨地勢高低，從兩到五公尺多不等，挖到有水出來爲止。土抬上來，就倒在溝渠的兩邊。四個大隊一千多人，分段包乾[1]、交叉著轉移工地。集中挖通一條，接著再挖新的。何謂通？一溝有多長？要挖多少溝？都不知道。我們只是叫在哪裡挖，就在那裡挖。一天挖到晚，一年挖到頭。

挖好的溝，有時會被風沙堵塞，必須及時挑開。如不及時，幾場風沙過去，有些地段就填平了。曾經有人說，這是無效勞動。在每天晚上的「政治學習」會上，曾經有一段日子，各隊都集中火力，批判這無效勞動論。大家都說，勞動不光是改造自然，首先是要改造人，不能光算經濟帳，首先要算政治帳。有人說，誰要是幹了一天思想沒得到改造，那才是無效勞動。有人說，不，不是無效勞動，那是抗拒改造。

晚上的會，一般是小隊會。一小隊八九個人或者十來個人，同一號子，通鋪，各坐各位。點一盞墨水瓶子做的煤油燈，如螢如豆。微光中輪流發言。反省自己，檢舉別人。誰磨洋工，假裝大便到工地外蹲著。誰有不滿情緒，踢倒了石灰線上的小木牌。誰怕吃苦，結了冰就磨蹭著不下水……諸如此類。說到哨子響了，熄燈睡覺。

這樣，我們白天勞動，晚上學習，天天一個樣。無窮的日子來了又去了，所有的日子都像是一個日子。

二

除了晝長夜短的幾個月，我們總是天不亮就出工，黑了才收工。除了颳風，總是在星光和月光底下，吃早飯和晚飯。

早飯和晚飯一樣，都是白菜蘿蔔之類煮熟了，攙和進包穀麵或其他雜糧麵攪拌而成，我們叫它糊糊，很稀。要是稠些，就成了豬飼料了。每小隊半桶，抬回來自己分。小隊長掌勺，每人一勺，約三分之一加侖。如有剩餘，再分配一次。中午飯是乾糧，通常是包穀麵窩窩頭或者高粱餅，有時也有白麵饅頭，拳頭般大小。早飯時發給，每人一個。是讓帶到工地上吃的。

可沒人帶到工地，都到手就吃掉了。吃完再喝糊糊。喝完糊糊，舐完盆，就去刮桶。刮吃那空飯桶壁上沾著的薄薄一層。起先大家搶著刮，後來相約輪流刮。管教幹部們都不干涉。桶是木桶，約半個汽油桶大小。我把它傾側過來，轉著用小鋁勺刮，隨刮隨吃。刮下來的湯汁裡帶著木纖維、木腥氣和鋁腥氣，到底上還有砂土煤屑，一併都吃了。吃了仍然很餓，就像沒吃一樣。只有期盼著十幾個小時以後晚上的那一頓了。

工地如不太遠，中午可以有水喝。各中隊派回去抬水的人一回來，哨子就響了。大家放下槓子、籮筐、洋鎬、鐵鍬，都圍到桶邊。沒飯吃，喝點兒水，也長力氣。有時候排鹼溝挖出去很遠，出工和收工都得走兩個多小時，就會一連十幾天中午沒水喝。到時候，午休的哨音遠遠地叫那麼幾聲，聽起來像一隻失群的野鳥在風天中哭泣。人們放下工具，緩緩爬出溝渠，隨地躺下。直到開工，都不再說話，也不再動彈。

那年我二十二歲，進來以前，剛從大學畢業不久。在校時愛運動，是校隊田徑代表，曾破江蘇省紀錄，平全國紀錄。現在也躺下去就不想動彈。起來得要慢慢撐，因爲腰和腿，都不能一下子伸直。多次想，這樣下去不行。有一次下了決心，硬是把中午的乾糧留到了中午。但是在工地上，我剛一拿出來，就聽到了遠遠近近尖利如錐子，燒灼如炭火，固執如釘的目光齊朔朔掃過來的聲音。慌忙幾口嚥下，從此不敢再試。

三

一天，在一處新工地上午休，我枕著籮筐望遠。望見一棵孤樹，忽然眼睛一亮。離得遠，看不清。但我相信，那是沙棗。

沙棗是多年生沙漠植物，大西北常見。暮春開白花，香氣濃烈。晚秋棗熟，大小如杏仁，顏色金黃。皮厚核大，中有澱粉，微酸微甜，多食澀口。從前在蘭州，曾見村姑用紅柳筐子提著沿街叫賣。一碗三四十顆，價一角。戈壁灘或鹽鹼地上，不長別的樹，唯此偶或有之。眼下深秋，棗應已熟。整個下午，我一直在琢磨，怎麼得到它。

收工時，日已西沉，我耽誤了一下下，排在了隊伍的末尾。瞅準沒人注意，跳到低處伏下。等隊伍走遠了，起來貓著腰，向晚霞裡那個模糊的小黑點兒跑去。雖然貓著腰，遠處隊伍裡只要有人回頭望，也還是有可能發現我的。好在這種事，沒有發生。

鹼包鬆軟，一踩一個孔，行進如同跋涉。我雖來了精神，也還是無力跑快，到達時暮色已濃。確實是一棵沙棗。樹小，結實無多，但於我已足足有餘。我邊採邊吃邊往身上塞，動作很快。從破洞塞進棉衣的夾層，可以裝許多，裝了就往回跑，邊跑邊吃。

晚霞正在消失，出現了最初的星星。愈跑愈黑暗，不久就找不到來時腳印了，只能估摸著大致的方向往前走。走著走著，腳下的土地硬起來，時不時還有乾枯翻轉的泥皮發出碎裂的聲響。困惑中，竟然發現，兩邊都是沙丘。我大吃一驚，站住了。

沙丘不到一人高，坡度一邊徐緩一邊陡峭，一道一道如同波浪，沒入黑暗之中。兩道沙丘之間，沙子很薄，地面堅實。這該不是沙漠，是戈壁。落霞紅盡處，該是西方。那麼沙丘是東西向排列的，徑直走該能走通。原以爲該往東走，那麼順著走過去就是了。但是，這又分明是不對的。因爲出工路上，沒看到沙丘。

爬上沙丘，也還是望不得更遠。除了天上的星星，沒有一絲微光。除了自己的呼吸，沒有一點兒聲響。只有我一個生物，面對這宇宙洪荒。一陣恐怖襲來，坐下復又站起。下了沙丘，又從陡峭的一面，手腳並用，爬上另一道沙丘。這毫無必要，因爲所有的沙丘，都一樣。

須臾月出，大而無光，暗紅暗紅的。荒原愈見其黑，景色淒厲獷悍。想到一些迷路者死在戈壁沙漠裡的故事。想到生命的脆弱和無機世界的強大。想到故鄉和親人。都沒來頭。但我冷靜些了，對自己說，你先別急，咱們來想個辦法。我想我迷路應該不遠，因爲時間很短。但是沒了方位，不遠也無法可想。汗濕的衣服貼在身上，冰涼冰涼。幸而沒風。

隨著月亮越高越白越小越亮，大地上的光影也越來越清晰。望著望著，發現一條纖細筆直的陰影，就像誰在銀藍色的紙上，用米達尺輕輕地畫了一道鉛筆線。不可能是別的，只能是排鹼溝裡起出來的土，一路堆了過來。

我知道，我得救了。

溝渠邊人們走出來的那條小路，在月光下發白。我走得很快，邊走邊吃。知道隊伍移動很慢，估計應能趕上。萬一趕不上，麻煩就大了，急起來，又跑一陣子。

沙棗含鹼，吃多了唇焦舌燥。本來就渴，現在就更難受了。當然溝渠裡有水，但那是鹼水，喝不得，只有忍著，走走又跑跑。本來就虛弱，平時動一下都吃力，而現在，居然還能跑，跑了那麼多，也眞是奇了怪了。

新挖的排鹼溝中，一髮積水映著天光，時而幽暗，時而晶亮，像一根顫動的琴弦，剛勁而柔和。沿著它行進，我像一頭孤狼。想到在集體中聽任擺布，我早已沒了自我，而此刻，居然能自己掌握自己，忽然有一份感動，一種驚奇、一絲幸福的感覺掠過心頭。像琴弦上跳出幾個音符，一陣叮叮咚咚，復又無跡可求。

擁有了自我，也就擁有了世界。這種與世界的同一，不就是我長期以來一直夢想著的自由嗎？月冷龍沙，星垂大荒。一個自由人，在追趕監獄。

四

快到場部的時候，終於追上了隊伍。想同旁邊的人說句話，表示自己的存在。但是說不出來，突然撲倒，怎麼也爬不起來。人們架著我拖進號子[2]，擲在炕上。

渾身的骨頭都像散了架，一小節都動彈不得。一些遙遠的和久已消失的記憶：一句母親的話語，一角兒時家園……忽然掠過眼前，快速而清晰。而眼前發生的一切，反而一片空白。有片刻我懷疑我已經死了，只頭腦還暫時活著。但我聽到了開飯的哨音，聞到了糊糊的香味。

依然是食物的誘惑，激活了生命的潛能。我復又慢慢地支撐著起來，拿了飯盆出去，領到了我那一勺。端著盆回來時，他們正趴在我的鋪位上亂撥拉，動作劇烈。煤油燈小小的火焰，被搧得一滅一滅。原來我的鋪上，撒著許多沙棗，他們在搶。

事發後先搜身，搜得我的破棉襖更破了。中隊長問我，膽敢逃跑咋又回來了？說隊裡壞人猖狂，每個人都有責任，沒做到互相監督，說明都沒改造好……說著他突然吼道：都在吃，檢查個球！都把沙棗交出來！

大家紛紛交出沙棗。所剩已經無多，有的只幾顆，最多的也不過一把，小隊長摸了每個人的口袋，挨個兒用帽子接了，放在土台子上，準備明天一早，交給管教幹部。

第二天醒來，帽子空了。

1包乾：指負責完成一定範圍內的工作。

2號子：監房，這邊指下放勞改農場的人所住的地方。另外人們從事沉重的勞動時，為了統一號令、協同動作和振奮精神而唱的歌，亦稱為「號子」。

逃亡者

夾邊溝農場的人犯，由文職公安管理，沒有武裝警察看守。初到那裡時，我想過逃跑，後來不想了。四周是鹽鹼地、戈壁和沙漠，沒可能徒步穿越。何況不認得路。

有個李滬生，只有十九歲，上海到西北來「支邊」的。他說他們那一批有好幾百人，來了都很失望。他約了幾個同伴，偷偷跑回上海。到家後誰都來管，地段派出所、街道辦事處、居民委員會，甚至弄堂裡的小腳老太婆都來管，問這問那，教育啓發，逼著回來，沒法子存身。他說阿拉又勿是個分子，人家就說儂想當分子啊是呀？結果他和他那幾個同伴，一無例外全都又回來了。回來了領導上說他帶頭鬧事，給了個勞動教養的處分，他乖乖地接受了。他說別說跑不出去，出去了也沒地方去，勿來事！

這不用說，誰都知道。所以在我們農場，一般沒人逃跑。也有個人，我不知道他的姓名，也沒見過他的面孔。那天晚飯以後，全場集合開鬥爭會，他已經不能站立，五花大綁俯伏著被拖到台上擲下，像一堆抹布。我坐得遠，天又黑了，連他在地上的姿勢也沒看清。聽各隊代表發言，才知道他是「逃跑犯」。不是逃跑的犯人，而是犯了逃跑罪的人。

他沒戴任何帽子，不是右派，不是歷反，不是現反，也不是壞分子。因爲在單位上吊兒郎當，不聽調度，頂撞領導，組織上把他送來，委託農場代爲管教一段時間。在農場像這種情況來的，不只他一個。但他想不通，牴觸情緒很大，總嚷嚷說把他同我們這些社會渣滓關在一起吃苦受罪，是天大的侮辱虐待，他要伸冤。沒人聽他，他就想跑。一跑，可就眞的犯了罪了。大家都說，這是他自絕於人民，自作自受。

他不是被捉回來的，沒人去捉他。他是自己回來的。不是思想通了自己回來的，是跑了兩天跑不出鹽鹼地戈壁灘，認著自己的腳印回來的。暈倒在附近，前幾天被人發現，綑起來送到場部。劉場長沒發脾氣，只是說你小子命大，要是兩天裡颳一場風，沒了腳印，你就報銷了，也省了我的麻煩。下令解掉繩子，叫放他歸隊，過幾天再處理。

劉場長的風趣是有名的。鬥爭完了，他做總結報告，說你們誰想跑就跑，我們不擋。最好事先打個招呼，我給你水，給你乾糧，你揹得動多少給多少，只要你去了不回來。回來就不客氣了，地上這個，就是榜樣。本來想叫他給大家擺一擺逃跑的經驗，他放癱不肯起來，只好算了，你們自己琢磨去吧。你們的發言，講得都很好聽，但是批了別人，得要聯繫檢查自己。連個互相監督都做不到，還改造個球？

下來一連幾個晚上，都是討論劉場長的講話。每個人都說，要加強互相監督。

風暴

一九五八年冬天，我在酒泉勞改。日短夜長，早上出工的時候，天才麻麻亮。平日是越走越亮，那天卻越走越黑。隊裡的老西北說，要颳風了，看勢頭小不了。不是颳大風的季節，大家都納著悶兒走，越走越黑。灰黃色的、不透明的天空，像腳下的戈壁沙漠一樣，沉重地壓在頭上，越壓越低，終於和大地結爲一體。看不到遠方，也分不出個上下前後，像被包在厚被裡一樣地窒悶，越來越難受。當第一陣風吹過來的時候，大家都長長地舒了一口氣。

風從背後來，一陣緊似一陣。吼聲夾雜著嘯聲，如同無數飛機同時掠過低空。風裡除了塵沙和鹽鹼，還有石頭。小的像高粱，大的像黃豆。揍打在裸露的後脖子上，很痛。揍打在凝結著鹽鹼因而很硬的棉衣褲上，叭叭地響如同陣陣急雨。

像拉著車子下坡那樣，我盡量後傾，步步抵著腳，讓風推著走。碰到一個沙丘，就在它的背風面蹲下，以避風頭。那沿著沙丘貼地捲過來的是迴風，夾雜著更多的沙石，沒頭沒臉地迎面撲來，一下子就塞滿耳朵鼻孔牙齒縫，灌進衣領、衣袖和諸破洞，並塾平了所有的衣褶。大有立即把我變成另一個沙丘的勢頭。我趕緊爬起，它們沒了依附，又都倏地飛去。

跌跌撞撞，我沿著新開的排鹼溝寸寸前進。溝的盡頭，出現了許多半埋在沙裡的籮筐、槓子、洋鎬、鐵鍬，和一些模糊的人影，知道工地已經到了。我拖出一把鐵鍬，像大家一樣抵在前面，背向著風，斜撐著像一個「人」字，縮緊脖子，閉上眼睛，一任它天昏地暗鬼哭狼號，一任它吹透的棉衣貼在背上像背著一塊冰。

不知過了多久，有人在耳邊吼，叫收工。我努力把話傳給了前面一個人，叫他再傳過去，就丟下鐵鍬往回走。往回是逆風，幾乎無法前進。連滾帶爬倒行逆拖，最後總算是回到了場部。屋裡很黑，剛進去只好摸著走，一會兒才看得見東西。人們在各自的鋪位上坐著，默無聲息。個個從頭到腳一色土黃。眉毛嘴巴都分不清。只有閉著的眼睛，在土黃色的眉毛下，呈現出兩撇模糊的紅濕。昏暗中望上去，一個個和泥塑無異。想到這些泥塑裡面有活人的血液和心臟，不禁駭然。

坐著坐著坐著，不知道過了多久。風在屋外狂吼，搖撼著緊閉的門窗。牆和屋頂之間有許多縫隙。喧囂中還可以聽見，從四面八方飛進來的砂石，落在肩上沙沙地響。我們冷、餓、疲勞。皮膚像糊上一層漿糊，乾了，巴得難受。耳朵鼻子牙齒縫裡塞滿沙土，又乾又脹。虱子怕冷，都離開冰涼的衣服，到乾燥的皮膚上來爬，渾身奇癢難熬。不得不時時扭動身體，使衣服和皮膚互相摩擦，干擾牠們的行動。置身在蠕動不止的泥塑群中，我一陣陣感到恐怖。

坐著坐著坐著，腦中沒了思想。我生平第一次，發現了時間的硬度。時間作爲我的生命的要素，或者我的生命的一個表現，變成了我的對立面，像一堵石砌的大牆，用它的陰冷、潮濕、滑溜溜的沉重，緊緊地抵著我的鼻尖，我的額頭和我的胸膛。

風暴過去以後很久，這個感覺還長久地留在心中。

安兆俊

一

一九五八年十月一日，我們新添墩分場四個大隊全體人犯，天不亮起來，摸黑吃飯，帶著碗筷，沿著新築的車路，拖拖遝遝走了兩、三個鐘頭，到達場本部所在地夾邊溝，參加慶祝國慶大會。

我們到達時，大牆外面臨時搭成的司令台前，已經席地坐著一大片人。灰糊糊的，就像是拾荒者晾曬著的一地破爛。管教幹部們都穿著深藍色鑲細紅線的公安制服（平時不大穿），在四邊走來走去。大牆上插著幾面五星紅旗，在淡日下迎風飄揚。牆下的司令台上，掛著個毛澤東像。一邊是黨旗、一邊是國旗，他在中間微笑。

我們剛坐下，慶祝大會就開始了。有個人上台領唱國歌，復又全體起立。那人衣服上滿是補丁，顯然也是犯人。但清潔整齊，頗精神。約莫四十來歲，高個子，蒼白瘦削，脖子細長，喉結突出，額頭寬闊，下巴結實。狹長無肉的臉上，小半是絡腮鬍子。他面對全場，神色冷峻，一動不動地站了一會兒，才張開兩臂開唱。略帶嘶啞的男低音，意想不到的深沉渾厚。

起——來——

不願做奴隸的人們

這是國歌的歌詞，來自抗日戰爭時的《義勇軍進行曲》。此時此地聽到，有種荒謬之感。唱著他兩手往上一揚，全場就跟著唱起來了。他打拍子指揮，動作幅度很大，全身都在動，眼睛發亮。長頭髮一聳一聳的，很投入。下面三千多人，又乏又餓，有氣無力，各唱各的，聲音不齊。看著聽著，也都怪怪的。

接著劉場長訓話。他說，你們進來才一年，外面就實現了大躍進，提前進入了共產主義時代。人民公社吃飯不要錢，全國上下破私立公，全民煉鋼全民皆兵，一天幹十幾二十個小時，創造了一畝地產萬斤糧，一天等於二十年的奇蹟……全都聞所未聞。環顧四周，有人在捉虱子，有人在縫鈕扣，有人在閉目養神。大有「昨夜一江風雨，都不曾聽得」的境界。

接下來劉場長說，我們農場的形勢，也是一派大好。原先，抗拒改造的占百分之幾，有牴觸情緒的占百分之幾，願意脫胎換骨重新做人的占百分之幾，愛場如家願意以場為家的占百分之幾。現在，在黨的勞教政策的感召之下，局面有了根本的改變。各占百分之幾，都有具體數字，還有小數點……漸漸地我也開始打起盹兒來了。

突然有幾句話，像錐子似地鑽進了耳朵……個別人狗膽包天，竟敢記祕密日記……沒有馬上治你，是爲了給你一個主動坦白的機會……你不坦白，就看你表演……

我腦子裡轟地一下，響起了無數蟬鳴，完全清醒了。

二

「勞動教養」這個詞，以及它所指謂的事物，是一九五七年的新生事物，歷史上從未有過（以前只有「勞動改造」一詞）。進來以前，沒人知道勞教農場是個什麼樣子。來自五湖四海的人們，帶來了許多事後看起來非常可笑的東西：二胡、手風琴、小提琴、象棋、溜冰鞋、啞鈴、拉力器……等等之類，畫家畢可甚至帶來了畫箱畫架和一大卷油畫布，重得揹不動。有些東西（例如照相機、望遠鏡、書籍、畫冊等等），進門時被沒收了。沒有被沒收的，持有者生前是個累贅，死後都成了後死者們生火取暖的材料。

我帶來了一堆書，還有一本日記，是反右運動中隱瞞未交的。裡面都是那種懵懂年齡裡一個自由愛好者一閃一現的小感想。諸如「一個社會裡個人自由的程度，是這個社會進步程度的標誌」，或者「我的世界是這麼大，這麼千山萬水無窮無盡；我的世界又這麼小，這麼咫尺千里寸步難行」之類。毫無操作意義，本身微不足道。但要是被別人拿到，後果卻十分嚴重。在那右派如過街老鼠人人喊打的年代，沒人代爲保管，又不甘心銷毀，衹有帶在身上，終於一直帶到農場來了。

我喜歡「農場」這個詞的牧歌意味，心想到這裡就安全了。沒想到入場時要搜查行李，還搜身。那本要命的日記，也同現金、藥片、皮帶、球鞋帶、手錶、問題書籍一起，落到管教幹部手裡。從那時起我一直作噩夢。每看到一些人由於一些小事被捆起來摜在地上示眾，繩子嵌進肉裡滲出殷紅的鮮血，就想到不知哪天日記事發，會輪到自己。我想由於問題嚴重，我定會被捆得更緊，時間更長，很可能繩子切斷肌肉，再也不得恢復。久無動靜，又擔心是在暗中醞釀著更大的災禍。每晚的小隊會上，例行表態是少不掉的，每當我表態擁護黨擁護社會主義的時候，心裡總是擔心，這會和日記聯繫起來，構成欺騙罪，被加上去算總帳。

但是，將近一年的時間過去了，毫無異常。猜不出原因，一直納悶兒。這次才知道，他們原來是在看我表演。我想貓玩老鼠就是這樣，時間越長越有趣。恐懼是活東西，在脆弱而又孤獨的靈魂中，它會生長，會變出各種花樣。一時間我覺得，好像腳下的土地在往下沉。別說是外面的形勢，周圍這些捉虱子縫鈕扣打瞌睡的人們，也都像是另一個世界的幻影了。想起了父親、母親、姊姊和妹妹，音容笑貌如在目前。我擔心，再也見不著他們了。

不知何時，午休開始了。嗡嗡的人聲響成一片。起來小便的人很多，隊與隊之間的空檔裡人來人往川流不息，帶起來的灰塵和劣質捲菸混成濁霧籠罩全場。午餐「改善生活」，吃糖包子，喝小米稀飯，是農場稀有的美食，從未有過。我雖極度飢餓，也沒吃出味道。

三

有人在後面叫我的名字，我一驚，猛回頭，是我們的大隊長陳治邦，旁邊站著那個領唱國歌的人。他向陳點了點頭，給我說，你跟我來。

我跟著他穿過人群，進入有鐵門的大牆。院子裡一排排開著門的號子，空無一人。每一排開頭的傘牆上，都貼著各隊慶祝國慶、歌頌新中國的牆報，爭妍鬥豔，花裡胡哨。他領著我匆匆走過，進入號子中的一間。同別的號子一樣，十幾平方公尺的面積，大半都是土炕。但別的號子炕上都擠著十幾個鋪位，這間炕上只有一副被褥，其餘空鋪位上糊著舊報紙，不見土面，很乾淨。靠裡面的一半，放著碗筷面盆暖瓶衣服包裹之類，還有尺來厚一摞子我們農場右派們編的《工地快報》，疊得整整齊齊，捆得嚴嚴實實。這東西新添墩也有，每天一張，發到各小隊，是大家做捲菸紙和手紙的材料。除了最新的，全都消失了。

靠外面的一半當桌子使用，放著一些文具、一個鬧鐘、一些紙袋子和一塊玻璃板，很整齊。玻璃板下面壓著幾張表格，和一張四寸照片。照片上是一個女人和兩個男孩。他介紹說，老伴叫劉蓉，在蘭州第四初中當校醫。大兒子五歲，叫安泰。小兒子安石，現在兩歲了。問我喝水不，讓在炕沿沿上（桌子邊上）坐下。他語音壓得很低，但是大開著房門。

他是歷史學家，叫安兆俊，原先在民族學院研究新疆史。是夾邊溝監獄改爲勞教農場後第一批關進來的右派分子之一，當了農業隊第一大隊的大隊長。在勞改隊和勞教隊裡，用犯人來管理犯人是很普遍的事。我們基建隊四個大隊的大隊長全是勞教分子。但都當得不長。我曾在工地上看見，第三大隊的大隊長上官錦文因爲說錯了一句話，被管教幹部當場撤職，下令捆起來，擲在地上。

安兆俊這個隊長倒是當下來了。管教幹部們忙不過來時，也把一些雜事交給他做。其中包括把沒收來的東西分類登記。這個工作本應由執行搜查的管教幹部在現場做。以前犯人是法院判來的，一般每次只進來一、兩個，可從容搜查登記。現在大量湧入，天天排長龍，他們祇來得及把各人的東西分別裝在標名的紙袋裡，回頭再登記。這就交給他了。他看了我那本日記，沒登記，趁幫灶時，丟在灶膛裡燒了。他說，我看了特別喜歡，但是沒處放，只好燒了。你別可惜，安全第一，你說對吧？人比東西寶貴，有人就會有東西，你說對吧？

我說剛才劉場長的報告，正把我嚇得不行。他說現在你可以安心了。那是心理戰，隨時都會有，一不冷靜就會輸。有時候我就擔心，哪天你給唬住了，沉不住氣，自己去坦白，檢討運動中隱藏日記的錯誤，我就麻煩大了。每次陳治邦來開會，我都要摸摸那邊的底，後來就放心了。我問，他說我什麼了？他說，他從來沒有提到過你，這就夠了。陳治邦這個人不壞，他是公安出身，知道立功不能贖罪，所以也沒有害人之心。現在怕的，是那種想要立功贖罪的人。那種人愛攀談，但自己不說什麼，光想聽你說，見了要小心。

我唯唯。他說怎麼樣？熬得下來麼？我說還可以。他說，我看你的日記，思想感覺多些，閱歷經驗很少，還是個小孩子麼。我說我二十二歲了。他說是麼，我比你大一倍呢。眞擔心你的承受能力。處境越是絕望，人也越容易沮喪。特別是我們這種，都是孤獨的個人，沒有個組織的支持，沒有個輿論的聲援，也沒有個社會的同情，這種人最容易沮喪。我們這裡，名演員偷別人的饅頭，大音樂家涎著臉乞求一丁點兒施捨，在外國拿了兩個博士學位回來的學者，爲搶著刮桶，打架不要命，這樣的事，多得都不奇怪了。至於自打耳光、告小狀、一年到頭不洗臉不梳頭不補衣服的，那就更普遍了。這都是精神崩潰的表現。現在死掉的人越來越多，我想除了餓和累，精神意志的崩潰，也是一個原因。你還年輕，一定要堅強些，再堅強些，要學會禁得起摔打。這個，誰也幫不上忙，全靠你自己了。說著他瞟了一下鬧鐘，站起來，說，回去了好自爲之。記住，不光是要活下去，還要活出意義來。

我唯唯，也站起來。他又指了指炕角落上那捆《工地快報》，說，那個，你時常看見吧，別看它廢紙一張，將來都是第一手歷史資料，珍貴得不得了。我一直留心收集，一張都沒有少掉。著眼於將來，現在就有了意義。你說對吧？本來沒路的地方，一走就有了路，你說對吧？好，今天沒時間多談了，很遺憾沒能聽你談談。一會兒報告就要開始，我們得回去了。說著他伸出手來，同我握手。握得特有力，特緊，特久，微微抖動。我感到一股強烈的熱流，從那手上傳遍我全身。

鬆了手沒放，他說，要是陳治邦問你做什麼去了，你就說認一只手錶，那不是你的。不問你就什麼也別說。我說，他要是問我幹嘛去了那麼長的時間，我怎麼說？他說他不會那樣問的，要問你就說，時間不長呀，就行了。現在我們走吧。我沒動，說，你也要注意安全。同我素不相識，就這樣，我怕你太輕信了，容易出事。他把手放在我的肩上，好像是教我放心，又好像是推我快走。說，這個你別怕，我謹愼得很。走著又補充說，你別忘了，我看過你的日記。

四

國慶後，分場派我們基建第四大隊協助農業隊秋收。各小隊分在不同的地段，收完一片地，把成捆的穀子揹到路邊，等候農業隊的馬車來拉，再轉移到下一片地。路都是現開的，把地埂子撥開一個豁口，把溝渠塡平，讓車子能趕過來，地就成了路。穀子拉走後，再把它復原，路又成了地。土質鬆軟，收成無多，這些都很容易，比平時挖排鹼溝要輕鬆多了。但是起早摸黑，加上餓，也還是很累。息晌的哨子一響，人們都就地坐下，打起盹兒來。

那天正打盹兒的時候，忽然聽見唱歌。是《國際歌》。聲音低沉渾厚，一如熱風貼著地面，徐緩而又執拗地行進：

滿腔——的

熱血已經沸騰

一聽就知道，那是安兆俊。我一骨碌坐了起來。遠處坡地上，停著一輛馬車，車旁橫七豎八躺著坐著許多人，大家喝完了車子捎來的那桶水，就在那裡隨地息下了。我走過去，看見他背向人群，支起上半身，側躺在斜坡上。再走近些，從側面，看見他眼睛裡汪著淚水，鬍子閃閃發光。好在是革命歌曲，沒人多心，都只當風過耳邊。

看見我，他用食指碰了一下嘴唇，示意別說什麼。拍了拍地面，讓我在他旁邊坐下。把一隻手放在我的手上。我們就這樣，默默地坐了一會兒，一動不動。天大地大，沒一絲風，沒一點兒綠色，沒一點兒聲音。西斜的秋陽照著橫七豎八、靜靜地一動不動的人群，像照著許多沒有生命、被風吹散的破布垃圾。灰淡灰淡的地平線，長而直。剎那間，有一種被活埋了的感覺掠過心頭，也想唱點兒歌，但我沒唱。

他是來拉轂子的。轂子離地，如不及時拉走，就會被風吹走。他的搭檔睡在車上，打了個呵欠，下來蹲到我們旁邊，從口袋裡掏出菸袋和兩張小紙片，開始捲菸。一面說，聽說今天晚上吃蕎麥麵糊糊，加洋芋。

吃什麼是農場每天的重要新聞，永遠聽者興奮講者得意。他也得意，捲好一支菸，用手背碰了碰安的臂膀，說，隊長，給。安沒回頭，從肩上接過菸，抽起來。那人又捲好一支，自己叼到嘴上，噴出一個又一個圓圓的煙圈，眯縫著眼睛看天。

天，是一大片空白。

開工的哨子響了，安同我握了一下手。仍然那麼緊，那麼有力，那麼微微地抖動。我再次感到，一股子強烈的熱流，從那手上，傳遍我的全身。

這以後，我沒再見到過他。

五

一九五九年三月初，我被兩個省公安廳來的警察，帶離了夾邊溝，到蘭州為「建國十年成就展覽」作畫。完了還得再回來。但這一年期間，夾邊溝農場因死人太多，已經面臨關閉。無「家」可歸的我，被送到了另一個農場——靖遠夾河灘勞改農場。

一九六一年夏天，甘肅省勞改局從紅山根磚瓦窯抽調了一批人，到我們農場來協助夏收。其中有一個夾邊溝的倖存者，叫劉文漢。以前是解放軍，到朝鮮打過仗，受過傷，立過功，轉業到公安廳。五七年響應黨的號召，大鳴大放，批評肅反運動是「打虎的鞭子打在羊身上」。因此被劃為右派，送到夾邊溝勞改。從他那兒，我知道安兆俊已經死了。

他說，不知道是怎麼想的，那個天天死人的當兒，領導上還要再搞一個分場，把一千多人送到高台縣明水鄉開荒。夾邊溝這邊，只剩下不到一半的人。勞動量翻了一番，配給的口糧，卻少了將近一半。原先規定一天十二市兩，這會兒只有七市兩了。實際上吃到的，還不夠這個數。那還幹什麼活！幹部們也不管事了，秋作物還沒有收上場，都由著你躺在炕上。掩埋組的人天天拉著板車大院裡轉一圈。哪個號子裡死了人，拉出來放在門邊，他們就撿走了。後來板車不濟事了，改用了大馬車。

我問他安兆俊在哪裡，明水還是夾邊溝？他說在夾邊溝。要是在明水，死得更快。他說，那傢伙迂得很，已經不行了，還要天天擦臉梳頭。沾一點兒杯子裡喝的開水，就這麼擦。分飯的時候別人都到手就下了肚子，他還要找個地方坐下來吃。不管是什麼湯湯水水，都一勺一勺吃得人模人樣。別人都躺在炕上，他不到天黑不上炕，在門外邊地上鋪一塊東西，背靠牆坐著看天。有時候還要唱點兒歌，咿咿唔唔的，不知道唱的什麼。他就是這麼坐著死的。

我問他人埋在哪裡，他說埋什麼！誰還有力氣挖坑！拉出去，丟在野地裡就是了。蘭新鐵路遠著哩，望都望不見，可列車上來來往往的旅客，都聞到一陣一陣的惡臭，弄不清是哪裡來的。事情暴露後，中央說這是甘肅省委的錯誤，派了一個工作組來處理。從六〇年十二月起，開始搶救和遣返。那時候，據工作組的統計，場本部、明水分場和新添墩分場三處加起來，總共不到一千一百人了。遣返也不容易，不少人已經無家可歸，不少人被開除公職，沒個單位收留。打那時候起，到六一年十月撤銷農場，又拖了一年。聽說這一年中，又死了不少人。究竟多少，我就不知道了。

六

二十年後，一九七八年，右派被「平反」，恢復名譽，恢復工作，叫做「歸隊」。我趕上了這趟順風車，到蘭州大學哲學系教書。一到蘭州，就去了一趟第四初中，尋訪安的妻子劉蓉。她已在一九六五年改嫁，帶著兩個孩子，不知去向。聽說她在一九六二年曾去尋找安兆俊，到酒泉才知道，連農場都沒了。

一九七八年年底，我被借調到北京中國社會科學院哲學研究所工作。在那裡三年，正碰上群眾進京上訴上訪的高潮。來自全國各地的冤假錯案受害者，擠滿車站，露宿街頭，在國務院、公安部，和其他各部委「群眾來信來訪辦公室」棋盤一般狹小的窗口下面排著長龍過夜，希望能求得一點兒公平和正義。其中有一個夾邊溝的倖存者，叫詹慶元，原先是蘭州新華印刷廠的工人，戴的是「壞分子」帽子。五七年反右時，有一條黨的政策：工人中有右派言論者不叫右派分子，叫「壞分子」（因爲工人階級是革命階級，理論上應無右派），他屬於這一類。但是壞分子的帽子，不單是爲工人中的右派而設，社會上有男女作風問題的、不聽調度的、打架鬧事的、小偷小摸的，都叫壞分子。右派平反的時候，壞分子並不平反，這樣他就虧了。在當地求告無門，到北京來尋求公正。

不料尋到的，仍然是官僚機構的銅牆鐵壁。他的申訴材料，仍然被轉回到原單位處理。聽說我在社科院，來找我商量個辦法。在樓下總布胡同的一家小飯館裡，我們談了很久。他離開夾邊溝較晚，是被工作組遣返的。他說開頭死人都丟得很遠，後來越丟越近，最後死的那批人，包括安兆俊在內，就都丟在場部大門前面二百公尺處第一道沙梁的下面。

一九八二年，我回到蘭州大學。有一天，系上的同事、教中國哲學史的楊梓彬（也是歸隊右派，見《楊梓彬》）氣沖沖跑來，說他要抗議，抗議甘肅省委批准蘭州醫學院到夾邊溝挖掘完整人骨，做實驗和教學用具。那件事本來是嚴格保密的。但醫學院的辦貨人事先答應附近的農民按計件工資付酬，後來發現不用挖掘，只在農場大門遺跡前面的第一道沙梁子底下撿了一天就夠數了。覺得太虧，要求修正合約，改爲按勞付酬。農民說他賴帳，他說農民騙錢。雙方一衝突，祕密就公開了，這才傳到了老楊的耳朵裡面。但是，抗議發動不起來。這樣的事情，沒人覺得有趣。

很可能撿來的骨骼裡面，就有安兆俊的。然而面對纍纍枯骨，誰又能夠區別，英雄與奴才、殉道者與市儈、老實人與騙子、這個人與那個人？即使是未來的基因考古學家，又怎麼能夠知道，哪具骨骼裡面，曾經「滿腔的熱血已經沸騰」？更何況，早已經，沒有人想要知道這個。

這些沒有墳墓的森森白骨，曾被人們忘記得一乾二淨，在荒原上風吹日曬草纏沙擁。由於有用處，這才被想起。於是乎公文飛馳，藥水浸泡，教鞭戳指，動物標本一般任憑撥弄。

突然一下子，血與火的歷史都退縮到了遙遠的地平線，湮沒在遺忘的陰影中。而那些至今糾纏著我們，耗盡著我們，我們牢牢記住和竭力想要糾正的一切，也好像倏爾之間，都幻化成了一些不可闡釋的象形符號，誰也沒有興趣再來把它們弄清。

留下來的，只有我這一星半點在烈風中飄零四散的記憶：他的保護，他的話語，他的握手，他的冷峻的側影、炎熱的眼淚，和寂寞的歌，還有他的《工地快報》——那個意義的追尋，那種向絕對零度挑戰的意志。

由於有這些，我才在全方位孤獨、人爲刀俎我爲魚肉的歲月裡，理解了「祖國」這兩個字的涵義。感覺到了自己與它的聯繫，以及與歷史、與整個文化人類的聯繫。不管這聯繫是何等渺茫虛幻，甚至是想像的產物，作爲軛下的奴隸，它就是全部的生存意義。

一轉眼四十多年的時間過去了。不知道他的兩個兒子，安泰和安石，現在都在哪裡？還記得自己的父親不？如果沒有什麼意外，他們該都過了四十歲了。我深深地祝福他們！但願他們能夠知道，他們的父親，是一個值得他們自豪的、眞正的人。

月色淡淡

在夾邊溝，有過兩次難忘的邂逅。

一次是在領取郵包的時候。

農場裡每個月有一天，在場部分發郵包。誰有郵包，名字寫在小黑板上，收件人收工回來看到，可以在晚飯後「學習」前的那段時間，去排隊領取。人多，郵包要檢查，所以等的時間長，學習會往往遲到，但不算犯規。

那天我有郵包，和許多人一起，在場部辦公室外的牆根，或蹲或坐，等著叫自己的名字。大家默默無言。有的打盹，有的在薄暗中縫補什麼，有的三個五個一起，抽自製的菸卷。我呢，就這麼坐著，乾等。深秋的晚風掠過寸草不生的地面，塵沙和垃圾落寞地迴舞。有時迴風穿過人群，在身上留下灰土。

我旁邊坐著一個老頭兒，大約五十來歲。戴著一頂皺巴巴的解放帽，帽沿塌下來耷拉在前額上。花白鬍子很髒。眼囊肥大空虛，鬆弛下垂，一副衰疲不堪的樣子。他緊閉著嘴，反覆看他的兩隻手。手上許多大大小小的裂口，如同象形文字。天黑下來以後，他同我搭訕起來，問我叫什麼名字。說這個名字好像在哪裡見過。問我是不是在《新建設》上發表過文章，題目是《論美》？說那篇文章觀點鮮明，概念模糊，邏輯不嚴格，算不得科學論文，他只當藝術品看。還舉了幾個例子，記憶力之好，思維之敏捷，使我驚訝。

我說你是搞美學的嗎？他說不是不是，只不過是個愛好者。因爲好奇，什麼都感興趣，雜七雜八都看。他的專業是語言學。他懂好幾種語言。最喜歡的卻是藏語。他說藏語的表達能力，一點兒也不比漢語差。用藏文翻譯的梵文佛經，和迦利陀婆的著作，還有泰戈爾用英文寫的詩，都比漢文翻譯的更好。更達意也更傳神。用藏文記載的各種西藏典籍，包括苯教的教義，那精深獨到之處也不是不懂藏文的人能夠眞正理解的。我問他冰心和鄭振鐸翻譯的泰戈爾怎麼樣？他說可以，但損失還是很多。詩本不可以轉述，何況是泰戈爾。

他說泰戈爾寫過一本書，也叫《論美》，問我看過沒有？我說我不懂英文。他說要學。學外國語要趁早，年紀大了就難了。接著他向我介紹泰戈爾那本書，說得很詳細，可惜我都記不得了。那時的我，這方面的興趣已經衰退。粗糙剛硬的現實，打磨掉我一層柔嫩的皮膚，打磨掉我許多纖細精緻的感覺的觸鬚，把我也變成了粗糙與剛硬。我要的已經不是虛幻空靈的詩與美，而是足夠的食物、休息和睡眠，是火與劍，野性的叫喊，掀天揭地的狂風暴雨。一切夢想家、議論家、感傷家、愛美家，包括過去的我自己，對於我來說都是另一個世界的人了。在這沒有綠色的土地上，在這無愛的人們中間，聽一個無力的老人談論那另一個世界的事情，我不覺得多麼有趣。

無心地聽著，無心地望著他，黑暗中依稀覺得，他的語調，他的面影，有什麼地方，參差像我的父親。對面土屋牆上，抹上了一層淡淡的月光，淡得如果不是半牆陰影的襯托就看不出來，卻映照得一排一排的土屋清冷荒寒，淒厲得慌，彷彿是被世界拋棄遺忘在那裡的一些空房。空房與空房之間是無邊的曠野，霧海一般隱約微茫。那人蒼老、沙啞而又熱烈的話語，聽起來也像這月光，黯淡、虛幻，而又遙遠。

忽然辦公室裡叫我的名字，我一下子跳起來，向那裡跑去。包裹是母親寄來的寒衣，裡面有一封信。等管教幹部一一看過，已變成亂七八糟的一大堆。來不及整理，一股腦兒抱著就往回跑，都忘了向那位不知姓名的老漢打個招呼。第二天想起來，才意識到這是失禮，肯定傷了他的心。我只能希望，有機會能再次遇見他，向他道個歉，聽他說說話。後來農場的形勢越來越嚴酷，年輕人日益衰弱，老弱者紛紛死去，這個希望，也越來越渺茫了。

還有一次難忘的邂逅，是在夏收的時候。

幹農業活，夏收是一個特別緊張的環節。為趕在麥子成熟以後脫粒以前把它搶收回來，農村裡都要男女老少齊出動，披星戴月地幹。我們分場四個大隊都是基建隊，但是到了夏收時節，全都要支援場本部的農業隊。這是緊張的突擊任務，要求連夜幹。分場長在動員報告中說，外面的廣大人民群眾都在大躍進，插紅旗寸土不讓，幹革命分秒必爭，很多人通夜不睡，連續作戰幾天幾夜。你們要立功贖罪，難道可以比人民群眾還少出力氣嗎？

農場的麥地，同荒地也差不多。麥子稀疏矮小，許多地方根本就沒長出來。長出來了的也有許多沒抽穗。不管有穗沒穗，我們的任務是把它一齊連根拔起，捆成捆揹到路邊，等候農業隊的馬車來拉走。沒法子掌握進度。有時大片的地只要走個過場就行了，有時又得寸寸前進。有時在前進中會遇見別的基建隊，並排幹一陣，各又分開。沒見過面，但又似曾相識。陌路相逢，也不甚覺得有趣。

砂土很鬆軟，拔起來不費勁，一抖，根上就沒土了。但是晚上不睡覺，很睏。長時間蹲著，腰、背、膝都很疼痛。受不了時，可以跪下，爬著幹，比較省力，但是跟不上趟，爬一陣還得再起來，蹲著追趕一陣，難受得很。不過這中間可以偷吃生麥子。把揉下的麥粒在手掌心裡一搓，吹去麩皮，往嘴裡一丟，是一件快事。大家都餓，都偷，所以沒人舉報，都只裝沒看見。這樣各個孤獨的和對立著的個人之間，似乎又有了某種無形的聯繫，這也令人愜意。

問題在於，人吃了生麥子，要拉稀。那幾天普遍拉稀，農場有不少右派醫生，和我們一樣勞動。有幸分配到醫務所，可以看病派藥的，只兩個。夏收時，他們揹著藥箱在工地上跑來跑去，也通夜不睡，很睏很累。地大，人多，顧此失彼，難得一見。見著了，就給幾粒土黴素，很管用。

那天半夜裡，我們隊和另一個隊在高地上會合，轉移前坐在地邊休息，來了醫生。大家蜂擁過去，他每人給四粒預先包好的土黴素。有人嫌少，過一會兒又再去要一次。醫生記不清，照給。我也想這樣，剛要站起來，坐在旁邊的一個陌生人按住我的胳膊，說，土黴素吃多了不好。又說，我是醫生，你要相信我。

月光下看不清他的年齡，只覺得那頭髮濃密、嘴唇寬厚，戴著深度近視眼鏡的樣子，像個書呆子。我依他沒去，他似乎對我有了好感，又說，我不騙你。這話，也像書呆子說的，我覺得。

他告訴我，所有黴素類的藥物，都對人類有害。它們不但殺死外界侵入的細菌，也殺死我們自己身上的細菌，比方說大腸裡面的葡萄球菌。他說要是沒有葡萄球菌的幫助，我們就不能充分消化食物。實際上，作爲消化器官不可缺乏的零件，葡萄球菌已經是我們身體的一部分了。他說這就像豆根一樣。你看到過豆根上有許多瘤子嗎？那是根瘤菌造成的，但也是植物合成養料的器官。他說他相信，我們全身各個部分，都有像葡萄球菌和根瘤菌那樣同我們共生的各種細菌。他說他猜想我們的身體，甚至我們的每一個細胞都不過是一個各種微生物的共同體。我們的大腦活動，我們的思想感情，不過是許多微生物協同行動所產生的合力。

他說他小時候，聽說人的身體百分之七十以上是水分，很吃驚很難過，因爲那不是他的「我」。看到骷髏就害怕和惡心，聽說自己身體裡也有這個東西，簡直不敢相信！後來上了醫學院，進了研究所，才發現「我」就是那些東西的總和。究竟有沒有我，確實是個問題。他說他出去了，一定要把這個問題弄明白。

在深夜的荒原上，野沉沉，月茫茫，星漢垂地。聽這些駭人的和憂鬱的話語，我受到深深的震撼。但我無知，只能沉默。哨子一響，各走一方，從此沒有再見。他提出的問題，長久地困擾著我。每想到這些問題，我就想到他。他姓「鄢」，這個字我不識，以致牢記不忘，竟把他的名字給忘了，怎麼想也想不起來。

文革後期，我在酒泉地區五七幹校勞動，聽說有一個夾邊溝的倖存者，在肅北蒙古族自治縣當門診大夫，文革中被打死了，就姓這個姓。我常想：那恐怕就是他了。

三十九年以後，一九九五年那個多雪的冬天，我在美國曼徹斯特圖書館，看到一本評介近十年來科學成果的書。說人體細胞內部的線粒體，實際上是一些早先進入我們的眞核細胞並留在裡面的原始細菌。它們和其他許多居住在我們體內的小生物一起，按照自己的方式生活，並以其不同於我們的 DNA 和 RNA 自我複製。它們推動我們的細胞運作，供給我們氧化能，使我們能活動和思想。我們沒有它們就不行。甚至我們自己的 DNA 也來自這共生體的編碼。也就是說，連我們的基因也是由各方面信息指令的協同機制構成的……這本書的作者、美國國家科學院院士、生物學家 Lewis Thomas 教授感慨地說：原來我的細胞，竟然是一個比牙買加海灣還要複雜的生態系統。但願它們爲我工作，並感我之所感，想我之所想。

把拳頭放在書上，我，或者名之爲我的這個生態系統，靠著椅背呆想。我想這個世界，對於那個我曾在月夜曠野裡遇見的醫生來說，眞是太不公平了。

藍皮襖

生息在鹽鹼地上的人們，特別容易憔悴、襤褸和衰老。皮膚吹了鹼風，會枯槁。腳泡了鹼水，會皸裂。衣服蒙上了鹼粉，會褪色和腐爛。我們這群來自五湖四海的老、中、青，在這裡泡久了都分不清誰是誰了。在一色灰不溜湫的人群中，一眼就可以看出誰是新來的人犯：他的衣服較完整色彩也較明確。

但是也有例外。一大隊三中隊四小隊的龍慶忠，可算是老號了，一件衣服始終保持著初來時的光鮮。工地上老遠望去，在灰糊糊的背景上一閃一閃，很扎眼。他愛惜那件衣服遠超過愛惜自己，也因此出了名。

他並不偷懶。但過於照顧衣服，每要影響勞動，小隊會上沒少受批評。堅持不改，也上過中隊會和大隊會。有一次劉場長做報告，還提到過龍慶忠的大名，說你是勞動來了還是找對象來了？引起下面一陣，有氣無力的笑聲。在劉場長嘴裡，這算不上批評。接下去，劉場長還表揚了他幾句。因爲郵檢時發現，他在寫給他母親的信裡，說農場生活美好，他在這裡很快樂。劉場長說，這是愛場如家，說明思想改造有進步。憑著這幾句表揚，隊裡拿他沒轍。

有一次「開荒打擂」，我和他碰到一起。「開荒打擂」是提高勞動效率的一種形式。場部劃出一大片荒地做擂台，撒上石灰線像跑道，寬如公路，長約三百公尺，並排十六條。各小隊派人來翻整，每人一條，同時出發，看誰先到終點。比賽很緊張，但是除了幾個管教幹部，沒有別的觀眾。觀眾在另一片工地，挖排鹼溝。每天的「戰況」，在《工地快報》上登出，如有超前，光榮屬於小隊。個人得到的報酬，是幹更多更重的活——第二天再派你去。

他戴著深度近視眼鏡，瘦得像把筋。衣架子一般頂著那件引人注目的藏藍色大皮襖，下面空空蕩蕩直透風。我說只要在腰上捆一道繩子，問題就解決了。他不。他說這是雙面卡幾布，磨不得，一磨一道白印，哪禁得起繩子捆！說著他一一指給我看，袖口、肩膀、肘關節處磨過的地方，已經發白，他很傷心，撫摸那些白痕就像撫摸傷口一樣。袖口蓋住手背，勞動不便，他不得不捲起一道，露出兩圈雪白的羊毛。羊毛落上沙土，拍不掉，越拍打越往裡鑽。他時不時摘掉眼鏡，眼睛貼著羊毛，頑強地尋找那裡面的異物。休息時也不躺下，只是坐著打個盹。我躺著看他，那纖細的脖子和深陷的兩頰，垂著的下巴和吊開的嘴，都無不呈現出深度的衰弱和疲勞。但他頑強地要坐著，勸不睡——衣服要緊。

如果我睡著了，他一點兒聲音也不出。我睡不著時他也願意同我說說話。稍微有點結巴，但是不急不忙，說說停停，不知道是相信我會聽下去還是不在乎我聽不聽。他是獨子，自幼喪父。守寡的母親千辛萬苦把他帶大；供他上學，直到大學畢業。他是學生物的，畢業後分配在中國科學院蘭州分院。經常出差在外，調查研究草原寄生蟲。回到所裡就是吃公共食堂，住集體宿舍，快三十了還沒結婚。一心想把在河北老家的母親接來蘭州，互相有個照顧。

母親是農村戶口，按制度規定，不能住在城裡。他書呆子想不通，嘟嘟囔囔不高興。又想家，要求調回河北。當時國家正開發西北，由西往東的戶口卡得很緊。而且單位上工作需要，個人必須服從。領導給他說，黨和國家把你培養出來不容易，你耗費了那麼多人民的血汗，到頭來卻只想著個人的利益，像話嗎？他張口結舌答不上來，可還是想不通，嘟嘟囔囔不高興。

反右運動中，他們單位「右派」湊不夠數，給了他一個名額。批鬥手續一辦，他就到夾邊溝來了。他不敢告訴母親，第一次對母親說了謊。他說這次出差下鄉，可能時間較長，請她放心別急。臨走前收到母親一個郵包，裡面就是那件使他在農場大出其名的藍皮襖。式樣老舊，肥大不合身，但是牢固得不得了。那是他母親自己親手做的。眼睛老花手指粗硬，針腳不是很齊，但是反反覆覆，縫得密密實實。

他的故事，特別使我感動，因為我也想念我的母親。「開荒打擂」結束後，再沒機會同他接觸，但是常常想到他。那時夾邊溝人正在一個接一個地倒下死去，他體質比別人弱，擔心他不能堅持下去。在工地上，不免朝一大隊那邊多望幾眼。望見那藍皮襖在灰不溜湫的人群中一閃一閃，就有一絲欣慰之感掠過心頭。我相信那是母親的愛，給了他生存下去的力量。我想愛是一種比死更強大的力量。

第二年冬去春來的時候，有天晚上我到醫務室去換紗布，黑暗中穿過籃球場，看到他在前面走，居然在腰間束上了繩子。到底還是想通了！我很高興，趕緊追了上去。他回過頭來，竟是穿著那件藍皮襖的另一個人。那人告訴我，龍慶忠早已死了。接著穿這件衣服的人後來也死了。這衣服到他手裡，已經是幾易其主了。

軍人之死

上官錦文

那天，工地上發生了一件不大平常的事情，三大隊的大隊長上官錦文，被管教幹部韓幹事當場撤職，下令捆起來，擲在地上。

上官這人，有點兒怪。一身草綠色軍服，不破不髒。才五十來歲，卻留著長長的三縷鬍子，像胡志明那樣。他進來以前，是解放軍的高級軍官。高到什麼程度，犯了什麼事進來的，都不知道。只聽說他參加過兩萬五千里長征，當過解放軍總部衛戍團團長。他在批評別人的時候，常說列寧說過，生活上的不純就是政治上的不純。因此有人懷疑他是栽在生活問題上；要不是多次檢討，怎能把生活問題上到這麼高的綱上？也有人說他是中了毒招，說要不是有人搞他，他們那號人什麼樣的生活問題都不是問題。

他的鬍子是進來的那天開始留的，揚言不到出去不剃掉。長起來，就有了某種祖父相，有點莊嚴有點慈祥。配上軍服，怪怪的。管教幹部們對他也另眼相看，不大管他，還委任他當了我們新添墩分場第三大隊的大隊長。三大隊挨著我們四大隊，號子相鄰，早晨出工時，隊伍相鄰，在工地上勞動的地段也常常相鄰。我們常可聽到他那威嚴洪亮的嗓門。那作派，那氣度，也確實像個大首長。在長長的隊伍面前訓話是他的本行，駕輕就熟，得其所哉。他並不苛嚴，也不粗暴，就是擺架子，要面子，話多。這是他的樂趣。

那天早晨，渠裡結了冰，我們都赤著腳在冰水裡挖泥。三大隊許多人不敢下水，怕冰。上官要求大家「打掉嬌氣」。他說「當年我們紅軍長征，比這苦多啦，不論傷號病號，一樣地翻雪山過草地，都不在話下，要是像現在你們這樣，哪能有革命的勝利……」蹲在我們地段上的韓幹事，一直在咬著牙籤側耳傾聽，抬起下巴朝那邊叫道，上官錦文，你胡說白道些什麼呀你。停了一會兒，又說，自己穿著鞋子襪子，光叫別人下水，說得再好也沒用。上官丟了臉面，回答不知分寸，丟過來一句：你不是也穿著鞋子襪子嗎？韓幹事取出牙籤，慢慢站起來，一面朝那邊走，一面說，給我捆起來！

話音剛落，三隊幾個人立即猛撲上去，把上官按跪地上，去取繩子的人跑得上氣不接下氣。他們把他雙手反翦到背上，在背後交叉捆住，然後扣住肩膀上的繩子使勁往上一勒，他殺豬般號叫起來，不像人類的聲音。第二聲沒叫完，卡在喉嚨裡出不來，卡、卡、卡、卡直響、臉憋成豬肝色，額頭和脖子上的血脈蚯蚓一般隆起。

韓幹事已在三大隊地段上蹲下了：咬著牙籤說，才給的三分顏色，就忘了本，連自己是什麼人都不知道了！又對大家說，你們聽著：你們不要被這個人弄混了，你們不是嬌氣不嬌氣、革命不革命的問題，你們是認不認罪、服不服管教的問題。說時，那根牙籤在嘴角上一上一下直顫簸。

三大隊的人早已全部下水，水裡有人帶頭喊口號：「不許階級敵人翻案」！「只許規規矩矩不許亂說亂動」！「人民民主專政萬歲」！「共產黨萬歲」！「毛主席萬歲」……全大隊的人都跟著喊，瘦胳膊往天上一伸一伸的，細脖子上個個爆出八條筋。人多聲音齊，仍然有一種動地的氣勢。上官臉貼地伏在那裡一動不動，一隻腳連鞋襪一齊浸在冰水裡，半截棉褲都滲透了。

不知道這是韓幹事的隨意處置，還是場部早有安排，總之從此，上官錦文不再是大隊長了，同大家一樣做起工來。由於一天的勞動堅持不下來，在工地上吆喝他的人多得很。他日益衰弱下去，鬍子剪掉了，臉上手上都有了土，那身神氣的軍服，也破孔日多，因日積月累的泥巴、鹽鹼而變成了同大家一樣的那種灰不溜湫不三不四的顏色。一天夜裡，他開完小隊的學習會，沒脫衣服就躺倒了。

郭永懷

上官錦文不是農場裡唯一穿軍服的人，另外還有兩個，都在我們四大隊四中隊一小隊。一個叫郭永懷，三十來歲，個兒矮小，臉也很小，頗似《史記》中的白起，「小頭銳面」。皮膚黑裡透黃，眼白和牙齒也是黃的。不是黃疸病那種帶綠意的黃，而是檀香木那種有咖啡味兒的黃。這使他看上去特別精悍。事實上也是。他到過朝鮮，打過仗，負過傷，身上留著疤痕，如同英雄的動章。

清晨哨子一響，他總是第一個起身，動作迅速利落。我們穿好衣服去打飯時，他已等在那裡了。在工地上也是。每次休息時間一過，他總是剛聽到哨子就從地上彈起來，你還沒拍完屁股上的土，他已經拿著槓子，提著繩子，在那裡等你去同他抬筐了。需要泡鹼水的時候，他在裡面泡得最久，泡得腳上密密麻麻的裂口比誰都多都深。需要下冰水的時候，他總是第一個脫掉鞋襪下去，弄得大家不得不緊緊跟上。凡此種種，都無不招人厭，惹人恨。

按農場的制度，我們白天勞動，晚上開會「學習」，互相監督互相批評，「插紅旗，拔白旗，砍黑旗」。每個人一天的表現，都要受到全小隊的評估。大凡在白天偷奸耍滑不好好勞動的人，晚上發言都特積極踴躍，觀察別人特細緻，評論別人特苛刻。他們挑不出郭永懷的錯，但絕不說他一句好話。我們的小隊長柴和根也不說，讓他的一切表現全都白費。他好像並不在乎。晚上一言不發，白天照樣拚命地幹。身上帶著針線，休息時縫補衣服修補鞋襪。他的舊軍服上滿是補丁，但是沒有破洞，也不髒，整整齊齊，他因此更加顯得精悍。

我們小隊裡有三個「壞分子」：周道富、魏廷松、陸鴻年，特別地偷奸耍滑特別地能說會道，也特別地憎恨和討厭郭永懷。漸漸地以他們爲核心大家形成了一種默契，聯合起來整他。不管是誰上筐，都把他的筐上得特滿特高。大家輪流同他抬，他個兒小總是抬前面，後面的人總是把筐繩子撥到他那一頭，讓重量都壓著他。他瘦小的身軀搖搖晃晃站都站不穩還要推著他跑。他在斜坡上滑倒了就催他快點起來別耽誤生產。幸而工地上經常有管教幹部來來去去，那些人這樣做有所顧忌有所不便，不然的話，他絕對支持不了幾天。

晚上開會的時候，眾口一辭，都說他「假積極」，說他有管教幹部在場就出力氣，管教幹部一走就磨洋工……。諸如此類他都靜靜地聽著，看看這個又看看那個，一言不發。隊長叫他表態時，他就說他不是那樣。但既說不出道理也提不出證據，只能引來源源不絕的反駁和義正辭嚴的新的指控。他張口結舌無言以對，但好像也不太放在心上。第二天照樣下死力幹活，不管你怎樣整治他他都接受挑戰，一不告饒二不放癱。好在他並不指控別人什麼，大家拿他沒治，也就算了。就像你踩一塊頑硬的小石頭，怎麼踩也踩不碎它，也就不踩了。

但是你不踩他，他自己要踩自己。就像莊老夫子說的，「山木自砍，源泉自盜」。那時又餓又累又睡眠不足，人人力求自保，他的這種表現，著實不可思議。我一直小心地避著他，有時不得不同他搭檔，也要想方設法不被他拖著賣命。比方說兩人抬筐，從裝筐的地方到倒土的地方有頗長一段路，倒了土以後，我總是堅持槓子和籮筐各人分開拿，這樣我可以利用揹著空筐慢慢往回走的時間休息一下下。他跑得再快，到那裡也得等我。他知道我偷懶，一直不說。

一天，他忍不住了，同我一道慢慢走，說：老高，我們到這裡來，可不是來玩的呀。我知道他要說什麼，連忙說，我的身體不能同你比呀。他說，我的身體咋能同你比呀，我同誰都不能比，我從小沒爹沒娘，光著屁股給人家放牛，天天吃的是糠、是菜，吃糠吃菜長大的，咋能同吃飯長大的比呀！再說，你才二十來歲，我比你大十幾歲哩！

我回答說，所以你也要保重點兒。他說，現在幹就是保重，這也同打仗一樣，越是怕死的，越是容易死。我打過仗，這樣的事見了不知道有多少。我還沒來得及細想，他又說，比方說下冰水吧，你怕是下不怕也是下，不怕下去就不那麼痛，越怕越痛越怕越受不了，你說是不是？我想了想，承認他說得對。

儘管這樣，他還是沒能頂住。開春後，一個冷晴天，他正抬著筐走，突然撲地死去。抬他的人說，他輕得不得了。

張元勤

和郭永懷相反，張元勤是個大個兒。我身高一米七九，在隊裡算是比較高的了，他比我還高出至少半個頭。肩膀寬闊，胸脯厚實，腰細腿長，手大腳大，活像古希臘的雕刻。他五八年夏天才進來，那時我們已很衰弱，他卻十分強壯，一身軍服，又牛高馬大，使我們望而生畏。

可能是個新兵，只有二十來歲。也許還不到二十，臉上一股子兒童的稚氣。特別是他的嘴，呈風菱形，活像小孩兒的嘴。下巴結實，鼻子長而直，直通寬廣的前額。兩朵劍眉外端上揚，大眼睛黑白分明，單純而機靈，稚氣中透著英氣。

他一個字也不識，開口就是「老子捶死你」，聲如洪鐘。這是他的口頭禪，聽者瞟一眼他那特大的拳頭，總不免心裡有點兒發毛。但他歌唱得特別好，嗓門子沉雄嘹亮，好像練過共鳴。我猜他是文工團來的，但他不是，也沒練過共鳴。他是工程兵，入伍後一直在西藏開山築路。

農場不禁唱歌，但那僅限於開大會前人到齊了的時候各隊互相拉歌，這種解放以來一切群眾集會上永遠不變的老一套，在農場也照樣應用。但如果不是在那種場合，集體的歌聲就會被視爲「異常情況」。個人高聲唱歌也是不允許的。你忘乎所以了嗎？你是示威還是什麼的？愛唱歌的張元勤被這麼吆喝過幾次以後，再也不敢在工地上高唱了。但還是常常要低唱，特別是收工以後回到號子裡，更是不斷低唱：躺在鋪上兩手枕在腦後唱，斜靠著牆望著屋頂唱，邊縫補什麼邊唱，或者用大手撫摸著腳上被鹼水浸泡出來的密密麻麻的裂縫唱。

不知爲什麼，那些老掉了牙的革命歌曲，從他嘴裡唱出來，都有了一種全新的韻味。

二呀麼二郎山

高呀麼高萬丈

羊腸小道吶難行走

巨石滿山崗……

晚飯後，開會前，十幾個人在薄暗裡坐著，聽上去特別地蒼涼。沒有一個人說話，連咳嗽都輕輕的。直到柴和根點上小小的油燈宣布開會的時候，藉著燈光你仍然可以看到，那歌聲的餘波在人們陰鬱的臉上蕩漾：它的落寞，它的憂傷，它的對於不可企及的幸福的渴望。

那時候，勞教沒有刑期，說是什麼時候改造好什麼時候出去。你明天改造好明天就可以出去，改造不好一輩子都不得出去。張元勳對此深信不疑。他不知道什麼叫改造好，急於出去，就拚命勞動。力氣又大，在半死不活的人群中，一個頂十來個。一面幹，一面低聲唱歌。

解放軍

鐵打的漢

下決心

到西藏

隨著歌聲，大堆大堆的泥土從寬闊的溝渠深處連珠炮似地飛向兩岸。大家冷冷地看著他，管教幹部們也冷冷地看著他。拚命勞動是每個新來者共同的表現，誰都知道他們這樣子維持不了多久。沒想到的是，鋼鐵巨人張元勤垮得比任何人都快。應了傑克倫敦的一句話：大塊頭先死。這不奇怪，一棵草或可養活一隻鵝，但絕對養活不了一頭牛。吃著和別人同樣的一份食物，他愈來愈比任何人都餓得慌蔫得快。

漸漸地他不再唱歌，開始磨洋工。磨法很拙劣，就是站著不動。在農場的術語中，站著不動叫「電線桿」。「拔電線桿」是每日工地的常課，也是每晚小隊會必談的老題，是最瞞不過人的了。一天到晚，大家都唬著他。甚至抬筐的人吆號子也唬著他：

張元勤哪
嗨——嗨
電線桿哪
嗨——嗨

他沒法可想，改爲頻頻大小便。走得遠，站或蹲得久，來回慢慢走。這是流行的偷懶法之一，大家不約而同一致使用。我也每天使用。但我們使用，都有個分寸。次數、遠近，久暫，都有個限度。正像莊子在他那本老書上所說的，「爲惡無近刑」。這樣才能細水長流用之不竭。他不懂，恨不得殺雞取蛋，立即引起了注意。

夾邊溝人特別擅長於「和壞人壞事作鬥爭」，這是「改造好」的一個標誌。別看一個個餓得皮包骨累得像稀泥，動作遲緩表情呆滯，這方面的能力可特發達。你以爲是神不知鬼不覺的一個小動作，晚上開會時都有人提到。這是長期改造磨練出來的功夫，不是乳臭未乾新來乍到的張元勳所能參透得了的。當他背朝工地揑著個什麼站在那裡一動不動的時候，那背影就成了眾所矚目的焦點。有人記下時間，有人裝做也解手遁蹤去查看虛實……這種種，他都渾然不覺，作夢也想不到。過一忽兒以爲別人已經忘了自己剛回來，又再去一遍。

夾邊溝有一份油印的報紙，叫《工地快報》，是勞教人員在場部的支持下自己辦的，每天一張，八開大小，表揚好人好事，揭發批判壞人壞事。張元勳的名字終於上了報，說他「抗拒勞動」。某月某日的大小便各幾次每次多少時間，都有具體記錄。他成了典型，還不知道事態嚴重。晚間會上把《工地快報》念給他聽，他眼睛一瞪，說：天下哪有不許巴矢拉尿的事！

沒有人回答他，他以爲勝利了。第二天韓幹事在工地上訓斥他的時候，他用同樣的話來回答。韓幹事下令把他捆起來。捆人的事，農場常有，他見過，很害怕。聽到這個命令，臉都嚇白了。嘴巴和眼睛都張得很大。驚恐乞憐的目光，急速地四面求助。

我至今弄不明白的是，那些爭著執行捆綁任務的勞教人員，都沒有受過這方面的訓練，大都是文職人員，何況都已餓得半死，怎麼就那麼懂行那麼熟練那麼動作敏捷力氣大？繩子竟然勒得陷進他的肉裡，立即就滲出了鮮紅的血。冉冉地浸透了繩子，也浸透了繩子周邊的衣服。以致後來撕去繩子剝下衣服，腫脹青紫的兩臂和手背都冉冉變成了灰白色。他像小孩兒一樣，不停地哭，幸而農場的醫生（也是勞教人員）夠水平，沒讓肌肉壞死，幾個星期以後，他終於開始康復。

秋天到來的時候，他收到一個郵包，是山東老家裡寄來的，裡面是一件棉背心、一雙棉手套和一雙棉襪子。沒有附信。農場每月分發一次郵包，時間總是在晚上收工回來，飯後會前的那一段時間。他領回郵包時會已開始，不敢拆開來看，把它放在膝上，先是隔著布包又捏又摸，後又從郵檢的拆口一件件拉出一角來看，在昏暗燈光的陰影裡，什麼也看不清，但他還是要看。看不清就用那骨節粗大的手指去捻，捻一會兒塞回去，再拉出另一件。這樣直到會開完，他立即打開包，一件件抖著翻著看。睡下以後放在枕頭邊，時不時用他那瘦骨如柴布滿裂紋的大手去摸一下。

我的鋪位緊貼著他的。可以聞見他那邊一股子新鮮棉布的氣味，農村的、家的氣味，引起許多童年生活的聯想。快要朦朧入睡的時候，隔著被子，感到他的脊背在一抖一抖的。漸漸地愈來愈抖得強烈，聽到他蒙著頭在被窩裡哭。漸漸地哭聲愈來愈高，完全像小孩子的號啕。黑暗裡有人大叫，吵死了！哭聲戛然而止。但那脊背的抖動，仍然持續了很久很久。

幾個月以後，他的第二個郵包到來的時候，他已經死了。他的名字，在場部那塊黑板的「郵件通知」欄裡，保存了很久很久。

補記：上官錦文躺倒後，我去了蘭州，聽說夾邊溝人紛紛死去，以爲他再沒起來。四十多年後，作家楊顯惠告訴我，上官錦文那次沒死，後來活著出去了。特此訂正。

幸福的符號

夾邊溝人共同創造了一個幸福的符號：一種舉世無雙的笑和舉世無雙的跑步姿勢。創造的潛力是長年累月地生發和積累起來的，創造活動的展開卻始於一個偶然：有一個什麼參觀團要來。

場部讓我們連夜趕建了籃球場，組織了籃球隊、舞蹈隊、歌詠隊、曲藝組、牆報編輯部。參觀團來的前一天，提前收工，讓我們打掃衛生，理髮刮鬍子……不過，管教幹部們都說，最重要的，還是要「活躍工地氣氛，表現出幸福感」。

參觀團來去匆匆，沒到我們工地。我們白吃了一頓好飯：白麵饅頭、青菜炒肉，量也比平時多，留下難忘的回憶。那些籃球隊曲藝組什麼的，都沒派上用場，後來也就散了。但是四個大隊出的四面大牆報，仍然留在牆上爭妍鬥豔。只有看了這些牆報，你才會知道，夾邊溝小地方是多麼人才濟濟。編排、設計無不具有專業水平。抄寫的文章同時也是地道的書法，柳體、顏體、漢碑、魏碑、瘦金體都有。第一大隊用劉禹錫詩做對聯，「沉舟側畔千帆過，病樹前頭萬木春」，斗大的字樸拙老辣就像金農的手筆。這樣的好字，不是在夾邊溝你就看不到。

文章大都是評論。《駁「黨天下」謬論》、《何物「政治設計院」》之類。觀點鮮明，情辭懇切。詩更熱烈，記得有一首《啊！夾邊溝！我新生命的搖籃！》，題目就用了三個嘆號。我印象最深的一篇，叫《駁「勞教不如勞改」的謬論》，說有人認為勞教不如勞改，因為勞改有刑期勞教沒有。這種人如果不是別有用心，就是缺乏最起碼的政治常識。勞改是對敵人的專政，勞教是敵我矛盾按人民內部矛盾處理，是黨對我們的寬大。不設刑期，是為了有利於我們改造。改造不好，出去了會再犯錯誤。什麼時候改造好什麼時候出去，正體現了黨對我們的關心愛護。不知感恩，還要抱怨，真是喪盡天良云云。

沒有人能分得清這是嚴肅還是幽默，真誠還是撒謊。我相信，連作者自己也分不清。不，根本就沒人想到要作這種區分。這種「無分別心」（用佛家的話說）是一種自然，混沌中一切的問題都自動地解決了，不必認真。一認真，事情就複雜化了，麻煩就來了，什麼都彆彆扭扭疙疙瘩瘩，就像機器的零件都錯了位。這樣的事情，也曾經發生過。說來話長。

在這以前的一段時期，我們隊歸王幹事管。王幹事剛從軍隊轉業過來，還穿著舊軍服。沒什麼文化，人卻厚道。吧唧著一管竹子菸斗，在工地上東轉轉西走走，很少說話。那天，他在我們小隊的工段上蹲了很久，看了看錶，說，休息一下吧，都累了。大家極需休息，但又要表現積極，都說不累不累，繼續幹。

王幹事微微張開了嘴巴，一股子詫異和困惑的神色。前省委宣傳部理論處處長王笑良停止挖掘，一手在後面按著腰，一手扶著鍬把，吃力地慢慢直起身，巴結地說，領導落後於群眾啦哈哈！這是大躍進中領導上用來發動群眾的套話，當時報上屢見。

不料王幹事卻認了真，眼睛裡閃過一絲尷尬，沒答腔。低著頭用笈笈草稈子通他的菸斗，邊通邊敲，在鞋底上敲得梆梆響。完了他站起來，頭也沒回，撲撲屁股就走了。留下一股子莫合菸的氣味。

大家更尷尬，覺得沒趣，也很不安。本來是要討好，反而得罪了人。真是「秀才遇到兵，有理說不清」。好彆扭！好複雜！幸而王幹事不久就被調走了，換了個韓幹事，刁鑽凶狠，一臉的陰森，從不正眼看人。勞動和學習都抓得很緊，關係也就理順了。複雜彆扭也就改變成了單純自然。

準備參觀團來的那陣子，我們已歸韓幹事管。他抓活躍工地氣氛，從打擊牴觸情緒入手。白天加強互相監督，晚上加強揭發批判。誰誰誰老是吊著個哭喪臉：你是對誰不滿？誰誰誰一天到晚悶聲不響：你打的什麼鬼算盤？誰誰誰抬籮筐一步三搖：你是要給誰看？……這樣互相揭來揭去，批來批去，終於大家都取得了共識：由於思想沒有改造好，我們都多少有些牴觸情緒，身在福中不知福。每個人都作了檢討，保證改正，請大家監督。

工地氣氛很快就改變了。在所有的大、中、小隊裡，人人都在微笑。一天到晚笑，隨時隨地笑。笑著掄鎬，笑著使鍬，笑著抬筐跑上坡，笑著下坡往回跑。邊笑邊跑邊吆號子。起先是按跑步的節奏吆：嗨——嗨，嗨——嗨。不久就有人在這個基礎上，創造出同調的吆歌。吆歌是兩個人對吆。抬後面的人吆一句歌詞，抬前面的人吆一句嗨嗨作答。歌詞都是即興創作。比方說抬著筐跑過大隊長陳治邦身邊時，吆的是：

陳治邦哪——嗨，嗨！

好領導哪——嗨，嗨！

經過勞動不好的張元勤身邊時，吆的是：

張元勤哪——嗨，嗨！

電線桿哪——嗨，嗨！

時值一九五八年，外面正在大躍進，人民群眾賽詩賽畫賽民歌熱火朝天。不知道是什麼風把熱烈的分子吹過遼遠荒漠，吹到了我們這個封閉的大牆之內，夾邊溝人也自發地賽起吆歌來了。不過，對於我們互相磨礪得像剃刀一般鋒利的感覺來說，歌詞往往都禁不起分析。比方說當天就有人指出，大隊長也是勞教人員，稱領導不妥。此句遂改爲好榜樣哪嗨嗨。又有人說既然他沒被釋放就說明他還沒改造好，不能作爲榜樣。遂又改爲幹勁大哪嗨嗨，似乎可以了，但陳治邦本人已經琢磨過來，說突出個人不妥，叫不要這樣喊了。由於難度大風險高，一度高漲的創作熱情逐漸冷落，又都恢復了單純自然的嗨嗨聲。這樣也很好，整個工地上所有的人都笑著嗨嗨地跑，已足以表現出我們的幸福感了。

但是我們的笑和跑，同一般的笑和跑還是不一樣。一般的笑先得要有快樂。一般的跑先得要有力氣。爲了做到在沒有這兩樣東西的條件下笑和跑，我們每個人都同自己進行了一場艱苦的和持久的鬥爭。眼睛瞇縫著兩角向下彎，嘴巴咧開著兩角向上翹，這樣努力一擠，臉上橫紋多於直紋，就得到了一個笑容。這有點兒費勁。要持久地維持這笑容，就得費更大的勁。笑容由於呈現出這費勁的努力，又有點兒像哭。

跑更難，它要求後蹬彈跳前擺高抬，以致有瞬間兩腳同時離地，步伐和速度都增大。我們無力做到這一點，必須先放下前腳才有可能提起後腳，這就和走沒有區別了。爲了避免像走，我們都盡量彎曲兩腿，然後一下子伸直如同彈跳，這樣一伸一伸，人也一聳一聳，看起來像跑。如此跑法比走慢一點，比走吃力一點。但是既然不允許走，又無力眞跑，它就是唯一的選擇了。

參觀團來的事早已被忘掉，但這種笑容跑姿，卻一直保持下來。因爲互相監督的機制和生存競爭的需要，都迫使我們「堅持進步不許倒退」，久之成了習慣，要再改回去也難。成千人的工地上，所有那些瞪得大大的茫然的眼睛全都瞇上了。我抬著筐一聳一聳地在全都一聳一聳的人群中嗨嗨地穿行，有時會神經錯亂一下：突然覺得周圍這些老相識都變成了陌生的怪物。我自己也是。

在一個和往常一樣的清晨，我剛把第一筐土抬到溝外邊新堆起來的土坡上，碰上日出。貼著長長的直直的地平線，暗紅的太陽又大又圓，好像並不發光。但我們這個荒涼空寂、凹凸不平的星球表層，卻出現了許多淺藍色的陰影。我望見在一條細長的陰影裡，一群灰暗的小生物一丁點兒一丁點兒地挖著貧瘠的地表，一聳一聳地來來去去，徐徐移動，漸遠漸淡，直到消失在太古洪荒時代的背景之中，突然感到一種莫名的錯愕。

我想假如有一個不知就裡的局外人，一下子面對這獨特的景觀，一定會驚駭得張大嘴巴，半天也合不攏來。我想單是那無數凝固不動的怪異笑容，就足以把他嚇得頭髮豎豎的。我又想，假如這時發生地震，我們全都突然埋入地下原樣變成化石，異代的考古學家也一定不能解釋，這舉世無雙的表情和姿勢究竟意味著什麼。

我想，也許他們會猜測，這是某個非理性教派的神祕儀式；也許他們會想像，這是蠻荒絕域某個已滅絕的人種的生態特徵或者文化隱喻，就像瑪雅人扁平的頭骨，或者新幾內亞島上詭譎的面具那樣……不論如何，我相信，絕不會有人讀出，這就是幸福的符號。

出死

那天，我們和往常一樣，在曦微的晨光裡集合，準備出工。很冷。我盡量把棉衣裹緊，縮著頭，袖著手，在隊伍裡跺腳。忽然聽到一聲叫喊：高爾泰！出來！我走出隊伍，韓幹事來到跟前，上下一打量，說，回屋裡去。

回到號子，在鋪位上躺下，兩手枕在腦後，看牆上斑駁剝落的泥皮。腦子裡空空洞洞，既沒有思想，也沒有恐懼。不知道爲什麼叫我出來，但知道怎麼的都不會比現狀更壞。躺著躺著，不覺沉沉睡去。

不知多久，有人叫我。分場長後面，跟著兩個警察。門外停著一輛軍用吉普。叫我上車。剛坐下，又叫我帶上行李。我把我那堆破爛，連虱子連草捲成一團，哩哩拉拉的，塞在我的座位旁邊。兩個警察坐前面，我坐後面。這種坐法，使我有了一種好的預感，但也沒有多想。

車子時而風馳電掣，時而蹦蹦跳跳，駛過茫茫戈壁。很冷很冷。我裹在那堆破爛裡，不覺又沉沉睡去。夢裡聽到槍聲，是我的旅伴在打黃羊。一連幾次，都沒打著。我醒了又睡，醒了又睡。

傍晚醒來，落日蒼茫。車到一個小鎮。郊外散落著一些農家的土屋，炕洞裡冒著秫稭和乾畜糞的濃煙。煙不上升，在大野上聚集成長條的沉雲，逐漸溶解在暮靄之中，使暮靄溷濁而有焦糊味兒，昏黃裡透著晚霞的夜紫。若有若無地可以望見荒草的叢莽，成排的白楊，黃沙簇擁的地埂。雖然都毫無綠意，卻使我十分感動。望著那人類生活的種種跡象，我有一種久客的遊子回到了故鄉的感覺。車子未進市區，拐進了一座有高牆和警察站崗的大院。牆上有崗樓和鐵絲網，門上掛著「高台監獄」的牌子。

崗樓映著殘陽，一半是玫瑰紅色的，一半是深藍色的。我們在深藍色的陰影裡下車，幾個穿深藍色制服的警察，把我們讓進一間爐火通紅、燈光模糊、充滿煙氣菸氣、熱烘烘有股子腐酸味的房間。他們顯然是老熟人，談笑粗聲大氣。有人端來洗臉洗腳的熱水，居然也有我的一份。

接著是豐盛的酒宴。一桌有十幾個人，都是公安幹警。我也夾帶在裡面。沒人同我說話。他們猜拳行令，痛飲高談之際，餓得半死的我兀自猛吃，大塊肉整個蛋來不及咬碎，幾乎都是囫圇吞下。夜裡肚子鼓脹劇痛，到天亮都沒睡著。

高台，是蘭新線上一個小站。一邊是祁連山，一邊是大戈壁。它位在斜坡上，可以望得很遠，風日蒼涼。我們一行三人，在這裡上了火車。看到車票，我才知道，這天是一九五九年三月六日，我們是在向東往蘭州去。

一年多前我被押送西來時，車上還有餐車和臥車，這次都沒了。一天兩次，列車員分發鍋盔，每人一個，又冷又硬，沒菜。但乘客們伸出來的手，好像都很急切。拿在手裡，好像都很寶貝。那時全國性的大饑荒已經開始，與世隔絕的我，一點兒也不知道；只覺得整個車廂，有一股憂鬱之氣。上上下下的人，個個憔悴衰疲。

第三天早晨，我們在蘭州下車。兩警察把我帶到甘肅省公安廳，交給廳長辦公室兩個文職公安，就走了。兩個文職公安都很友好。一個叫東林，四十來歲，蘭州大學歷史系畢業。一個叫丁生輝，三十來歲，西北政法學院法律系畢業。他們告訴我，爲了迎接「建國十周年」大慶，省委要舉辦一個「十年建設成就展覽」，在蘭州七里河建了個展覽館（後來做了甘肅省博物館）。館裡需要幾幅大油畫。我的任務，就是要在十月一日展覽會開幕前，畫出這些畫。我問畫什麼，畫多大，他們不知道，說去了會有人告訴我。

最後東林說，我得提醒你一下，這次省委調你來，是臨時任務，工作需要。不等於解除你的勞動教養，更不等於摘掉你的右派帽子。勞動環境變了，身分沒變。勞動內容變了，性質沒變。記住這一點，對你有好處。

丁生輝把我送到七里河，交給展覽會籌備處，就走了。臨走時給我說，這裡都是各個機關抽調來的人，人多口雜，說話要特別小心。但是也別害怕。你同這裡任何人的關係，都只是工作關係，只有同我們的關係才是組織關係。誰要怎麼樣你，都得通過我們。過些日子我們會來看你，有什麼事，同我們說就是了。

在當時的語義場中，他這些話，還有東林那些話，聽起來都有些異樣。把人當人，而不是當政治符號來對待，這不像是組織對個人使用的語言，更不像是暴力機關對專政對象使用的語言。沒有一句「改造思想」、「立功贖罪」之類的官腔套話，耳朵竟不大習慣。與其說使我感到溫暖，不如說使我感到驚訝。

這是我生平第一次，發現（對我來說是發現）即使在共產黨公安身上，也會有人性的東西。順便說一句，三十年後，我在南京大學再度被捕，關押在成都，審問我的警察之中，也有不少富於人性和道義感的人物。但是他們所使用的語言，全都符合黨文化的規範。互相溝通的機制，要曲折和複雜得多了。前後差異，對於歷史的變遷來說，有一種象徵意義。不過這是後話了。

籌備處安排我住在展覽館對面的「友誼飯店」。這是一家專門接待蘇聯專家的飯店，設備豪華。我是第一次住豪華飯店，瘦如骷髏衣不蔽體，置身在厚地毯、大壁掛、沉重的金絲絨窗帘和珠光寶氣的枝形吊燈之間，頗怪異，好像有什麼事情不對頭。其實沒什麼，當時中蘇交惡，這個飯店裡已無蘇聯專家，展覽會包下了這些房間。

所有要畫的畫，都是歌頌新中國的偉大成就，主要是總路線、大躍進、人民公社。千萬人連夜不睡戰天鬥地移山造海；熱愛公共食堂「雷打不散」；放衛星畝產萬斤豬比牛大；土高爐遍地開花鋼水奔騰……要突出所有這些偉大成就，都是在黨和毛主席的領導下才取得的。畫要經過多次審查，達到「領導滿意、群眾點頭」，才算完成。

給我拿來一大堆畫報，這類照片多得很。內容已有公式，七拼八湊即可，不難完成任務。仍然是體力勞動，和藝術無關。好在它的勞動強度比挖排鹼溝要輕得多了。問題是我的身體。當時的我，上身瘦得皮包骨，兩腿卻腫得很粗。成天只想躺著，躺下去就起不來。要起來得翻身俯伏，用兩臂慢慢撐起。畫大，上下腳手架，得有人扶助。作畫時不能久立，時不時要坐一會兒……我咬緊牙關，竭力堅持。我知道，要是達不到要求，就會被送回夾邊溝去，那就是死。東林說，記住這一點，對你有好處，這就是好處。這不是畫畫，這是求生。

飯店裡食物講究，花樣多，且不定量。由於吃得太多，很快就胖起來，胖得比我以往任何時候都胖許多，臃腫不堪。但一身肥肉，仍然疲乏，仍然兩腿像灌了鉛一般沉重，仍然反應遲鈍，走路時不知迴避，常要和迎面走來的人相撞；仍然在看到別人追逐嬉戲時感到奇怪，不知道他們哪來的那麼多力氣……四五個月以後，身體又開始消瘦。一天天瘦下去，一直瘦回到勞教以前的水平才停止。這時我才感到，精力和元氣漸漸恢復了。不再怕爬樓梯，不再怕走遠路。遇事反應愈來愈靈敏；上下腳手架也愈來愈自如……。與之同時，又開始對一些與己無關的事物，比方說星空，河聲，或者一隻在高空盤旋的老鷹，感到有興趣。愈來愈愛逛書店，進去了流連忘返。也常常性欲衝動，半夜裡醒過來睡不著覺。

工作進展，也愈來愈順利。過多了審稿的關，學會了投其所好。聽多了各種指手劃腳，學會了譁眾取寵。連省公安廳那邊，也聽說我在這裡「表現很好」。有一幅「社員之家」最受好評。畫的是人民公社的公共食堂，桌上魚肉酥脆流油，饅頭熱氣騰騰，男女老少個個滿面紅光笑口高張。當時全國性的大饑荒正在蔓延。我一門心思製造效果，致力於細節逼眞氣氛熱烈，想不到自己是在撒謊，是在參與擴大災難。不，有時也想到一下，浮光掠影，並不影響工作。

隨著十月一日——「完成任務」的日子愈來愈近，我愈來愈感到不安。存著最好的希望，我做著最壞的準備。每天天不亮起來，沿著黃河長跑，希望能練好身體，禁得起臨界的考驗。但是考驗沒有再來，展覽會開幕後，留下來編了一本這次展覽的紀念畫冊，我得以在蘭州停留到一九六〇年夏天。其時夾邊溝農場因死人太多，瀕臨消失，我已無「家」可歸，被送到另一個勞改農場——靖遠夾河灘農場。這裡的勞動條件和自然環境都比夾邊溝好些，何況我的身體已經復元，不怕了。

在荒涼的田野上，想到蘭州友誼飯店的豪華，恍如一夢。我發現，那時候，隨著肉體的復活，我的靈魂已走向死亡。我已經失掉自我，變成了他人手中一件可以隨意使用的工具，變成了物。人的物化，無異死亡。

求生的本能，迫使我開始寫作。偷偷地，用很小很小的字，寫在一些偶然到手的小紙片上。日久多起來，身上裝不下了，得找個祕密的地方收藏。這很危險，但也顧不得了。

多少年來，我東奔西跑，都一直帶著這個不斷增大的、危險的包袱。我後來發表的文章、出版的書，多來自這個包袱。因爲有它的存在，我才敢於確信，我走出了死亡的陰影。

運煤記

靖遠境內的夾河灘農場，位在黃河邊上，由三部分人組成。一部分是犯人，有軍警看管，叫犯人隊；一部分是已釋放的犯人，叫就業隊；一部分是輪流下放勞動鍛鍊的公安人員，叫幹部隊。我未經法院判刑，不算犯人；尚未解除勞教，不能就業；但爲了方便，編入了就業隊。集體勞動，集體吃、住，略似一般農場的農工。

一天，場部從旱峽拉來兩卡車煤，過不了黃河，就卸在河對面的山上。怕附近農民來偷，派我和一個叫杜開發的「就業人員」去弄回來，限期十天。杜是個強悍的角色，臉小脖子粗，胸脯寬闊，手大腳大，遍體雜毛連鬚，脾氣暴躁，衣服髒得像泥土一樣。

當天我們就扛著鐵鍬、麻袋、麻繩、背兜、糧食鍋碗和一個羊皮筏子出發，抄近路向黃河走去。一路上雷聲隱隱，天邊團團黑雲，不覺已到半空。河面寬處有百多公尺，狹仄處不過幾十碼，兩邊峭壁對峙，浪濤抽打著精赤的岩壁，發出鬱雷一般的悶響。

我們向上游走了約摸兩里，把羊皮筏子放下水，把東西放上去綁紮穩當，同時一躍而上。筏子一沉，接著就被一個大浪抬得很高，像一片小小的樹葉，從浪的斜坡滑下去，滑得很深。以爲要被埋沒了，又一下子被拋擲起來。他用力划槳，被水淋濕的古銅色的皮膚，在烈日下一閃一閃，泛著銅像般凶戾的光。

當黑雲吞沒了太陽，天地間突然一片昏暗的時候，起了大風，一陣緊似一陣。筏子在昏暗中升沉傾側，一面不斷地向對岸接近，一面被沖向下游，在河面上經由一條約六十度的斜線，恰好在那個峽谷的對面衝上陸地。

我們水淋淋地上了岸，卸下水淋淋的東西，把筏子拖到高處，綁牢在石頭上，揹上東西就爬山，爬到山洪夠不著的地方，才找了個石頭洞避雨。洞在峭壁上，朝著河，不深，但是大，背風。上面突出的岩層，恰像廊檐，可以擋雨。放下東西，又出去打了一大堆柴來，才鬆了口氣。生起一堆火，剝下衣服擰乾，赤條條坐著烘烤。

雨來得很突然。一下子四面都是潮水一般的聲音。好幾股黃色的小瀑布，從岩檐前飛流直下，悠蕩著投入河中。河面昏茫一片，雨打出重重白煙。篝火很旺，衣服和麻包上熱氣騰騰。我們盤腿坐在火邊，啃一口大餅，咬一口大蒜，喝一口水，慶幸著如此大雨，卻淋不著我們。

吃著他說，要不是這麼個天，趕明兒煤就下山去了。我說你急個什麼？怕政府們忘了你嗎？他說完了咱們可以打些紅柳條子，編幾個籮筐，到近處村裡賣錢。我問有人要嗎？他說這邊廂籮筐缺得很，兩塊到兩塊五毛錢一個，瘋搶。我說我不會編，他說我教你，咱倆抓緊點兒，一天編得五六個。我起勁兒起來，說太棒了，趕前不趕後，我們加油幹！他說你急個什麼，下雨哩。眼睛裡陰沉的光，也變得柔和了。

烤了一會兒，他問我家裡還有什麼人，一會兒又說，祇要能回家去，他這輩子就什麼也不想了！說著解下腰上的褡褳，取出一個繡著紅花綠葉、已經十分污舊了的黑布荷包。又從荷包裡取出一個紙包，打開幾層香菸紙，裡面是一張照片。他側身就著火光看了一會兒，遞給我，同時繞過火堆，蹲在我的旁邊，陪我看。

是一張發黃的舊照片，祇一寸，卻有三個人，且有磨損，看不清。依稀是一個農婦和兩個女孩的半身像。右下角一大塊指痕的污斑，比人像清晰得多。他用彎曲堅硬、骨節粗大的手指觸碰著它，說這是我家裡，這是大ㄚ頭，這是老（小）ㄚ頭。

我假裝很有興趣，認眞地看了一會兒，說，這兩個孩子，都是好孩子——看得出來。不料這虛假空洞的客套，竟使他十分感激，對我恭敬起來。我沒看他也感覺到了他的感動。他雙手接過照片，回到火堆那邊，小心地包好，收好。說起他的娃們來，螞蚱蟈蟈，雞毛蒜皮，不厭其詳。我聽著聽著，不覺沉沉睡去。那夜發了山洪，雷霆震怒，地動山搖。我呼呼大睡，竟一點兒也不曾覺得。

醒來時天已大亮。一道美麗的彩虹，高懸在霧濛濛的河上。霧是流動的，時而浮現出幾尖深藍色的山峰，一會兒又沒了。開發早已起身，爲了怕吵醒我，沒生火，蹲著揀菜。菜是他剛摘來的，像豌豆藤，但較細小。他說這是野豌豆，九月結子，也吃得。我問他是不是又叫薇菜，他說不知道。記得以前讀魏詩《採薇》，查過字典，說薇菜又叫野豌豆，應該就是它了。

順著山溝裡卡車的輾痕，很快就找到了那堆煤。估計用背兜揹下山去，至少得七八天。我們把麻袋塞緊裝滿，弄到懸岩的邊沿，然後他在上面縋，我在山下接。一整天除了喝水啃饃，都沒息口氣。天黑下來時，煤都到了河灘上。我們通身烏黑，汗又在黑色上沖出條條斑紋，像兩個怪物。麻繩勒出的紫色凹痕和荊棘劃破的條條血絲，隱隱作痛。但是一天幹了八天的活，心裡說不出地高興，歸路上咧著大紅嘴對笑。

現在可以有八天的時間，是屬於自己的了。開發說編了籮筐，賣了錢，可以寄回家，還可以買高價糧，美美地吃幾頓飽飯。他說今天晚上就可以放開肚子，大吃一頓。回到洞裡，一面盆結實的拉麵，就著薇菜和大蒜，味道好極了。

第二天一早，我們就興致勃勃地幹起來。時方八月，蒲公英撒著滿地銀球，濃綠的荊棘叢中，野枸杞已經成熟了，嫣紅欲滴。東一叢西一叢的紅柳，正開著淡紫色的小花。咆哮奔騰的河水，透過疏落的花叢，閃著耀眼的光芒。一隻山鷹在天上盤旋，太陽照著上游的河面，光輝燦爛。光輝中忽然出現一個小黑點，愈來愈大，是一個羊皮筏子。開發以手遮陽，凝望良久，嘟囔道，誰來啦？幹嘛呢？

來的是楊副場長，我們剛把紅柳條子藏好，他就上來了。那邊有人報告，對面河灘上有一長排麻包，他來看看是怎麼回事。他說，下了山就好辦了，明天一早，叫他們來兩個人，幫你們過河。馬車在對面等，你們要抓緊點兒。說著轉身走了。划羊皮筏子的老耿，背著楊的兒子東東，連忙緊緊跟上。沒過多久，他們又折回來，說是看到岩壁上有個老鷹窩，窩裡有小老鷹。東東要捉來玩，老耿怎麼都上不去，叫開發去試試。

這個老鷹窩，我昨天就發現了。曾想上去看看，開發不許，說懸岩陡坎的險得很，有些石頭看上去好好的，一踩就掉，掉下來就沒命了。這次，他還是這麼說，但楊副場長告訴他，可以先用腳試試，不掉再踩。

開發走後，楊對我說，我們就不等了，叫他抓來以後，用紅柳條編個籠子——他在行編的——墊些草，關進去。小東西嬌嫩得很，告訴他毛手毛腳的不行。

我趕到那邊岩壁下面，開發已經上去，但離鷹窩還遠。一手扳著岩石，一手抓著馬蘭根，兩腳叉得很開，像個大字。那隻凶猛的老鷹，在他頭上急速地盤旋，好像馬上就要猛撲下來的樣子。河聲浩蕩，帶著水和石的交響。

走向生活

六二年春播前夕，夾河灘農場接到省公安廳的通知，我被解除勞動教養，允許自謀出路。忙完了春播，我被告知此事。

那年我二十六歲。身無分文，沒有一件完整的衣服，全部財產只一副破爛的鋪蓋卷。家裡人都被「專政」，萬萬不可還鄉；異鄉更無人緣；一下子眞不知道往哪裡去。

我問韓場長，找不到出路怎麼辦？他說不要緊，可以留場就業——留下也是出路嘛。那可就什麼都完了！我想無論如何，得先離開這裡再說，越快越好。晚飯時把剩餘的飯票都換成了饅頭，打在包裡。第二天領了三十四元生活費和二十八斤糧票，揹著行李包裹，拿著一根木棍，就出發了。管帳的楊幹事問我哪裡去，我說進城找工作。他說急什麼，哪天有了便車，搭便車走多好。我說不了不了。

春天是多風的季節。這天雖沒風，空氣裡仍懸著微塵，像乾燥的霧。大西北徐緩地起伏著的黃土地，在塵網裡顯得格外蒼茫空闊。道路隨著地勢，波動著游向遠方。遠方一片模糊。我大步快走，白色的太陽下淡淡的影子，在深深淺淺的車轍上無聲地滑過。

沒遇見車輛行人。晌午時分，道路穿過一個村莊。幾十棟低矮的、有著烏黑廊簷，木櫺小窗和馬鞍形屋頂的土屋，橫七豎八擠在一起。院牆相連，幾家共用一口井。井邊有人洗菜，有人飲驢，衣衫襤褸。我走過時，都停下來看我，黧黑憔悴的臉上，眼白特別觸目。

院牆很矮，牆上當年的標語，都已剝落成一些模糊的色斑。牆邊有許多大樹的樹墩，吹去塵埃，年輪依稀可辨。想當年黛色參天，濃蔭垂地，何等雄偉；五八年倒樹煉鋼，萬葉掃空，虎臥龍顛，又何等壯觀。現在高爐已廢，村上又新栽了不少的小樹。我來時杏花初開，白楊也綻放出鵝黃色的嫩葉。籬邊牆頭，裝點出動人的春色。

沒人來查問我的身分。政治上的寬鬆是感覺得到的。不過我的樣子一定很可怕，小孩子見了我就跑。大人們都用厭惡猜疑的眼光看我。一個年輕姑娘坐在門口的屋檐下，膝蓋上放著個笸籮揀豆子。我走過去，想要點兒水喝。她驚恐地丟下笸籮，逃進屋裡，豆子撒了一地。一個老太婆拄著拐杖出來，問我啥子事體，給了我水，把我的水鱉裝滿，叫我趕快走開，別唬著人了。

過了村又是無邊的荒原和田野，不過望中有了人煙。天黑下來的時候，遠村的燈光都混進了星星裡面。怕驚動村裡的人們，被當做怪物驅趕，在田間一個去年的麥稭垛上過了一夜。蓋著厚厚的麥稭，在麥香味裡仰望一天星斗，認出了童年時代母親教我辨識的那些星星。它們一點兒也沒有變，好像我和世界，也都沒變似的。

半夜裡醒來，滿地露水，結了一層薄霜，月下銀光晶冷。有一陣子，我感到害怕。說不清怕什麼，荒野？黑夜？孤獨？殘酷的現實和陰險的未來？好像都是，又像不是……不過很快我就睡著了。天一亮，心情又好了。

我知道，不可能上學讀書，也沒有反叛的道路。能找到一個遠離人群的角落，安靜度日，就已經很運氣了。在公社化全民皆兵的中國，這同樣幾近幻想。但我還是不能不想。想來想去，想到了敦煌莫高窟，那個大沙漠中的小小綠洲。不知道能不能像席勒那樣（他在古希臘羅馬的黃金時代逃避了當時德國黑暗的政治現實），把那些魏隋唐宋的遺跡當做避風的港灣？

日落時分，到達靖遠城下的黃河邊。濁流湍急，聲如鬱雷。對岸土城逶迤，暝色裡不見一個人影。城上徘徊著暗淡的霞暉，缺處可以望見城裡的燈火，東一叢西幾點，交織著一圈圈朦朧的光暈，像灰黃色土紙上模糊的水漬。我沿著河朝有城門的地方走去，一個划羊皮筏子的老漢把我渡過了河，指點我投宿在煤場旁邊一家騾馬車息腳的小客店裡。

店是大院子裡一排低矮的通鋪房，牆和頂棚都被煙熏得很黑，一股子焦油和餿汗的氣味。土炕上沒有被褥，鋪著一條大氈毯，三四個或者七八個人和衣擠在上面，不蓋被也不冷。都是些壯漢子，毛孔裡嵌著泥土和煤屑，言辭木訥，行爲本分，老實巴交。臭蟲很多，加上院子裡馬嘶驢叫，睡不著覺。我在這裡住了兩天，等候到白銀市的班車。想再由那裡轉車去蘭州。

靖遠古城，街巷相連，大概頗繁華過一陣子。現在碰上飢餓的年代，自由市場剛剛開放，貨物數量花樣都少，有點兒像農村市集。中午熱鬧時分，可以買到茶葉蛋和不要糧票的高價油餅。油餅二兩重一個，價一元。我嘴饞，吃掉不少錢。其他時間，土街土巷裡都冷冷清清，沒處可去。買了點兒筆和紙，趴在炕前面的土爐子上，給在江蘇的母親、姊姊，和在四川的妹妹，各寫了一封信。

接著我給敦煌文物研究所所長常書鴻先生寫了一封信。談我對敦煌藝術和敦煌研究的看法。我說就我以前看到的資料而言，我國目前的敦煌研究，好像還停留在考證編年、整理排比、描述介紹的階段。如何理論地說明不同時代敦煌藝術風格基調的變遷，或者中原文化和西域文化在這裡交匯的機制，則是值得開發的課題。我說敦煌學的眞正建立，有待於理論探索和考古求證的並駕齊驅。我說我有志於此，如蒙先生不棄，願爲之老死沙洲。寫完後看了一遍，覺得有股子大言不慚，狂妄放肆的味兒。但也沒有再改，就這樣寄出了。估計這事可能性微乎其微，寄出以後也就把它忘了。

班車發車的那天去買票，才知道車票幾天前早已售完，而我快沒錢了，不能再等。揹上行李，到煤場幫他們裝卸煤車，弄得通身烏黑，但也搭到了一輛拉煤到白銀市的便車。

白銀市是新出現的工業城市，基本人口都是工廠員工及其家屬。全市沒有一棵樹，沒有一葉草，地上和屋頂上都覆蓋著一層銅錢那麼厚的灰黑色煙塵。用腳在地上蹭一下，就會露出黃色的砂土，很顯眼。天空煙囪林立，濃煙滾滾，五色雜而炫耀。市外一望無際全是寸草不生一色蒼黃的荒山禿嶺。山都沒有姿勢，一座座幾乎金字塔一般對稱。從白銀市坐汽車到蘭州，走一整天都是這種山連著山，沒有任何變化，單調得近乎絕望。直到蘭州附近，靠近黃河了，看到星星點點的綠色，緊張的神經才鬆弛下來。我長長地吁了一口氣，心裡想，僅僅因爲生活在白銀市以外的地方，就值得我感激命運了。

在蘭州，政策放鬆的效應隨處可見。行人的表情依然憂鬱，但街上熱鬧多了，商店裡的貨物也多了。街頭巷尾時有流動攤販，叫賣他們自製的產品。隨時可以買到不要糧票的高價食物。市中心的蘭園體育場和工人文化宮經常舉辦舞會，人山人海燈影明滅通宵達旦。各單位的週末舞會也都對外開放，來者不拒場場客滿。舞是單一的交際舞，永遠不變的蹦嚓嚓，人人都不厭其煩。城裡開了幾家美術公司，由商業部門領導。我都去看了一下，心想必要時是個飯碗。

找工作的事，仍需通過組織。我的組織關係原在文教部門，打成右派後被開除勞教，就歸公安部門管了。我想去敦煌，等於要求回到開除我的部門，按規定不許可。但是常書鴻先生看了我的信，堅決要我。省公安廳兩個朋友——東林和丁生輝鼎力相助。克服了重重困難，不可能的事情居然成功了。這年六月初，我帶著一個提包，一個行李卷，和一頂草帽，到了莫高窟敦煌文物研究所。

敦煌莫高窟

要到莫高窟，先到敦煌城。據說現在的敦煌，已成了國際旅遊城市。高樓林立，夜市通宵達旦。還築了飛機場，客運繁忙。可三十五年前的那時，只有橫七豎八一簇簇灰黃色的土屋。一般是平房，頂多兩層樓。街上坑坑窪窪，行人稀少，滿地畜糞，車過處黃塵滾滾。一丁點兒也看不出，它曾經是古代歐亞大陸橋——絲綢之路上總綰中西交通的重鎮。想當年異國商賈雲集，周邊羌胡來歸，氈廬千帳，土屋萬家，鳴駝驕馬，綠酒紅裙，繁華眞如一夢。

城外沙漠中，殘留著一些陳跡。西面有漢代的陽關遺墟，和沙洲故城遺墟；北面有漢代的玉門關遺墟；南面沿著疏勒河，有一條高低斷續的土墩，是長城烽燧的殘餘；東面平沙中發現了一些木簡、農具、錢幣和箭鏃，折戟沉沙鐵未消，說明它曾是東漢以來戍邊士卒的屯田。舉世聞名的莫高窟，就在東南面鳴沙山和三危山之間峽谷裡的懸岩上。

可以想像，萬里流沙中這些壁立千仞的懸岩，是洪荒時代雷鳴般的濁流沖刷出來的。但是爲什麼，那亙古不息、搖天撼地的寥寥長風，那水一般流動著的、填平一切的沉重黃沙，到這個懸岩邊上就停止了，寧肯在一旁聚成消長無憑的高高沙山，也不肯進入這小小的峽谷？

峽谷從南到北，狹長一千六百多公尺。有一股地下水從南端冒出來，到北端又沒入地下。中間無數百年老樹，拔地參天，鬱鬱森森，掩映著幾座古寺。岩壁上高低參差保存著十六國、北魏、西魏、北周、隋、唐、五代、宋、西夏、元等十個朝代的洞窟四百九十多個。壁畫總面積四萬五千多平方公尺，彩塑兩千四百多身，還有經卷寫本數萬，唐宋窟檐若干。據說這些，都只是殘留下來的部分，其盛時有窟千餘。只有無數人千餘年間代代相繼層層累進，才有造成這樣的宏構巨製的可能。具體如何，已無可考。不論如何，它不可能是一個人或者一個王朝的作品。

如果沒有佛教的東來；沒有印度文化、波斯文化、馬其頓東征帶來的希臘文化隨著絲綢之路上的商隊，在這裡和月支、烏孫、匈奴人留下的本土文化，以及漢廷的西征健兒、移徙流民，被貶黜的官吏和遷謫文人帶過來的中原華夏文化交匯融合，而產生出一種野性的活力，激活了人們創造的潛能，並爲之提供了宣洩的渠道，則這種可能性也不會向現實性推移。

所以莫高窟藝術，如果說它是一件集壁畫、建築與雕塑於一體的綜合藝術品的話，那麼應該說，歷史和自然都參與了它的創造。那荒野神奇而又深藏若虛的自然景觀，不是更增添了它懾人心魄的藝術魅力嗎？那些壁畫積澱著歲月遞嬗的痕印，或深或淺都成了黃調子。加上部分變色、褪色，斑駁剝落，隱顯之間，倒反而更加豐富，更加奇幻。其沉鬱渾厚處，光怪陸離處，更是出乎意表，非人力所能及。正如當年鋥亮閃光俗不可耐的祭器，後來變成了綠鏽斑駁古樸凝重的青銅文物。大自然的破壞力量，在這裡變成了創造的力量。鬼斧神工，此之謂乎？

被那斑斕萬翠的洪流帶著，在千壁畫林中徘徊而又徘徊，我有一種夢幻之感。想到歷史無序，多種機緣的偶然遇合，在這麼長的時間裡爲創造這些作品提供的保證多麼難得；想到歲月無情，它歷經千百年風沙兵燹保存至今更不容易；想到世事無常，我家破人亡死地生還猶能來此與之相對尤其幸運，心中就不由得充滿著一種，深深的感激之情。

石頭記

在噩夢般的記憶的灰黑色背景上，敦煌莫高窟呈現出神話般的五彩繽紛。初到那裡的日子，置身在兩個夢境之間，頭腦有點兒飄忽。穿著一身不合身的新衣服（都是遠方的母親和姊姊做了寄給我的），到處東張西望，逢人咧著大嘴傻笑。

那些天沒給我任務，讓我先看看洞子。洞裡很暗，只有上午和中午光線好的時候才看得見。其餘的時間，我在洞外四處溜達。有好幾天，是在莫高窟周邊的山裡打轉。

北面沒山，是大沙漠。西邊的鳴沙山、南邊較高的無名亂山、東邊的三危山，我都爬上去過。除鳴沙山是沙山以外，其餘的山頂上全是石頭。灰褐色的、紫金色的、鐵青色的、赭黃色的石頭，都含著雲母，質地不那麼堅硬，久經烈風吹拂，刀砍斧劈一般。遠望崢嶸峻峭，近看密密麻麻都是裂紋。用力一扳，有時可以扳下一塊。有時那一塊還可以再掰開成幾薄片。有時掰開來裡頭有海洋生物的化石。或珊瑚，或海藻，或螺或貝，還有魚，一如嵌進了一副完整的魚骨。紋理清晰，栩栩如生，但與石頭同色。不，它就是石頭。

我常在山頂獨坐，默對宇宙洪荒。看茫茫沙磧上藍色的雲影不息地奔馳，聽這些石頭無聲的話語。它們告訴我億萬年前這裡曾是海底，告訴我億萬年不過是一瞬間，告訴我無限時空中這一瞬有等於無，告訴我沒有剎那沒有永恆物與我都是虛幻的流影。告訴我所有這些事實，它們都拒絕接受。它們要堅持存在，挑戰絕對零度。莫道是地老天荒無人識，說不定什麼時候，會有次偶然相逢。

迎著烈烈長風，聽這些無聲的話語，我發現這些冰冷堅硬的石頭，都有一顆柔弱溫暖的心靈。像是凝固的火焰，靜靜地一動不動。千萬年彼此相望，懷著愛情的苦痛。我想，有這苦痛，勝似沒有這苦痛。無情何必生斯世？有好終須累此生。接受這世間萬物共同的宿命，也是一份難得的睿智。

我把一些完整的化石帶回莫高窟，同事們見了都笑，說我少見多怪。這東西一點兒都不稀奇，整個西北高原，直到內蒙青海新疆，可以說滿地都是。儘管如此，我還是喜歡它們。房間裡幾個空空的書架上，一排一排都是石頭。它們有時是朋友，萍水他鄉，相識雖新有故情；有時是一種哲學，或者一種宗教，一種通向另一個世界的門窗；有時單純地只是一種藝術，一種有意味的形式，呈現出生命力運行的軌跡。帶著山風海濤，帶著劫火的寒光。如此獷頑，又如此纖柔。

後來書架要放書了，石頭們陸續都裝進了紙箱，房間裡放不下，放到門外廊檐底下。搬家時遺下幾箱。文革時全部丟光。道是有情還無情，它們又回到了混沌的故鄉。而我，還在不由自主地，被歷史的漩渦帶著走。漂流中寫過一些回憶敦煌的詩，其中兩句是：相知唯有玲瓏石，伴我沉吟到夜闌。

寂寂三清宮

我是一九六二年六月二日到的，在招待所住了幾天，後來搬到下寺。莫高窟原有三座寺廟。一座在狹長地帶的最南端，原名雷音寺，簡稱爲上寺。我去那時，已成了所內工作人員的家屬宿舍，幾個院子裡都隨處堆放著各家的雜物，晾曬著各家的衣衫，奔跑著各家的雞鴨。各家洗東西的水倒在地上，形成水窪，正好讓羽毛骯髒的鴨子，在裡面聊解鄉愁。

緊連著上寺是中寺，原先是喇嘛廟，名「皇慶寺」，已經改建，成了研究所辦公室、工作室、會議室、招待所、伙房、食堂等等的所在地。大門上，「敦煌文物研究所」七個字是茅盾寫的，枯硬拘謹，我不喜歡。廟裡剩有兩個喇嘛，一男一女。男的叫徐斯，女的叫寶乃，都搬到上寺住了。我初去時，徐斯七十多歲，瘦高一如插圖中的唐吉訶德。給所裡放羊，常在山中，經旬不歸。寶乃八十多歲，仍穿著紫紅色僧袍。人極瘦小，又是駝背，高不滿一公尺，拄著拐杖行走，身體前傾，搖搖欲倒；語音嘶啞，但目光犀利，時或有一些強壯剽悍的彪形大漢，成群結隊越過沙漠來拜望她，稱她「老大」，敬畏有加。她那烏黑低矮的小屋門前，常繫著雄健的驕馬，噴著響鼻，前足刨地，得得有聲，俯仰之間，轡頭嘩啷啷直響。

下寺卻是道觀，原名「三清宮」，匾額猶存。位在狹長林帶的北端，莫高窟山門之外。離上寺和中寺約一公里多路。據說很早以前，裡面吊死過人。後來有個道士，在那兒被土匪打死。還有些狐仙鬼怪的傳說。有幾分神祕，幾分恐怖，久已沒人居住。廊柱油漆剝落，棟梁蛛網塵封，落葉堆庭，荒草蕪徑。出後門不遠，就是著名的藏經洞，內有張大千題壁，字跡遒勁，略有板橋風。前門外不遠處的山門上，有「莫高窟」三字，爲于右任所題，已被刮除，並用石灰塗蓋，然殘跡猶存，細審之仍歷歷可辨。筆意位置，清氣襲人，野逸中透著蒼健。入山門行約半公里，有一牌樓，新油漆甚鮮豔。正反兩面，各有「石室寶藏」和「三危攬勝」四字，藍底金字，光閃閃特扎眼，是郭沫若手筆。搔首弄姿，我不喜歡。

我喜歡三清宮的寧靜，要求住在那裡，辦公室同意了。我掃淨一間廂房，搬了進去，一住就是三年。後來所裡決定將辦公室搬到下寺，動手施工改建三清宮，才搬到上寺，與大家爲鄰，享受往來應酬的熱鬧，還有雞鴨兒童的歡叫。改建後的三清宮，面目全非。但也終於沒做辦公室。因爲緊接著，「文化大革命」就爆發了。我一點兒也不喜歡我上寺的居所，但也沒有在裡面住多久，文革一來就被抄家查封，帶著個行李卷搬到牛棚去住了。牛棚常換地方，我們居無定所，値得後來懷念的，也還是那蒼苔露冷的下寺三清宮。

所裡四十九個人，編制分爲研究部、石窟保護部和行政部。研究部分爲美術組、考古組和資料室。我所在的美術組，包括張大千留下的裱畫師李復，共九個人。主要工作是研究和臨摹壁畫。按所裡的年度計畫，在年初把全年的任務分配落實到每個人頭上，各自完成。七八個人加上考古組一共二十來個人，分散到近五百個洞子裡，還是比較自由的。我白天在洞裡臨摹，或在資料室翻書，下班後在食堂吃過晚飯就回「家」。雖然工作並不乏味，我還是很愛回家——回下寺三清宮去。那是一個屬於我個人的世界，離人群愈遠，它愈開闊。

房間窗子朝東，窗外有幾十棵合抱的大樹，當地人叫它「鬼拍掌樹」，疏疏落落占了很大一片地面。疏林外是河灘，川流不息。河那邊隔著荒蕪的叢莽，可以看見高坡上幾個古代僧人留下的舍利塔。再過去就是三危山了。傍晚回來，開門就可以看到，三危山精赤的巉岩映著落日，火焰般騰躍著一片金紫銀紅，烈烈煌煌。返照染紅河水，還把藍色的樹影投射到房間裡的東牆之上。偶有鳥飛魚躍，牆上就會漾起，層層明亮的波紋。我常常憑窗站著，長久地一動不動，看山上的光焰漸漸暗淡，直到它變成深紫色，才點上那盞老式的煤油罩子燈，搗弄分配給我的專題。桌上一摞一摞，全是老得發黃的線裝書。

我知道在敦煌研究敦煌學，條件難得。我知道我的安全和利益都在於利用這個條件，鑽進故紙堆裡，成爲這方面的專家。這是我想來敦煌的主要動機。想來而眞能來，是一種幸運，我十分珍惜。我感激常書鴻先生幫助我來到這裡，急於讓他知道，他沒有看錯了我。利益的考量加上急於求成，我在研究和臨摹兩方面都全力以赴。常常爲了解決一個很小很小的問題，比方說某句佛經和變文的異同、某窟某條題記的確切年代之類，花上好幾天，甚至幾十天的功夫。爲臨摹四六五窟元代密宗壁畫，我在這個我所不喜歡的洞窟裡耗費了整整一年的時間。

有天深夜，我渴了。到四六五窟去取我的暖瓶。巨樹森黑，月影滿地，足音清晰。唐、宋窟檐上，時或傳來幾聲檐馬的叮噹。隔著密林，那古代的聲音像就在耳邊。甚至那些較大的砂粒從懸岩上落下，打在窟檐或棧道上的細微的聲音，也都清脆可聞，使寂靜更加寂靜，靜得像戈壁一般沉重。我穿過長長的沙路，爬上高高的梯子，進出黑暗的洞窟，沒入陰森的古寺，一路上都覺得，自己像一個幽靈。推開房門，看到昏黃的燈光照著那一桌子破舊的古書，我突然有一種，被活埋了的恐懼。無邊的寂靜就是墳墓，在其中那些古人雖然已經死了，好像還活著。我自己雖然活著，卻好像已經死了。

以前在驚濤駭浪中浮沉，我曾經渴望寂靜，夢想著有一個風平浪靜的港灣，好安頓遍體鱗傷的身心。現在我得到了寂靜，同時也就明白了，寂靜不等於安寧。輕柔溫軟的寂靜，有一個冷而且硬的內核：它是剎那和永恆的中介，是通向空無的橋梁。當我感覺到，而不是推理到這一點的時候，我產生了逃避寧靜的欲望。

我翻出那些在夾河灘農場用很小的字寫在各種碎紙片上的所見所聞所想，仔細地一張一張看起來。看著看著，彷彿又回到了那充滿著勞役、飢餓和屈辱的生活。總覺得即使是那樣的生活，也比現在這樣，變成千年古墓裡的行屍走肉要好。看著看著，不知不覺，又寫了起來。寫人的價值，寫人的異化和復歸，寫美的追求與人的解放，寫美是自由的象徵。自知是在玩火，但也顧不得了。除了玩火，我找不到同外間世界、同自己的時代、同人類歷史的聯繫。我需要這種聯繫，就像當初需要寂靜與孤獨。寫起來就有了一種復活的喜悅。但同時，也就失去了安全感。寫時總要把房門從裡面拴住。有時風吹門嘎嘎一響，就會吃一驚，猛回頭，一陣心跳。

這批文章，文革中全部失去。大都落到革命群眾手裡，成了我的罪證。但我無悔，因爲寫作它們，我已經生活過了。

花落知多少

說起斯坦因、伯希和、華爾納等人對於敦煌文物的「帝國主義劫掠」，人們都痛心疾首、義憤塡膺。一些劫掠的遺痕，至今被小心地保存著，作爲愛國主義和民族主義的直觀教材。如果我們撇開這些什麼什麼主義，平靜地衡量一下損失，心情就會寬緩許多。

敦煌藝術的昌盛，以唐爲最。唐以降，愈往後愈失掉昔年的高華與大氣，一代不如一代。宋代的壁畫都比唐代的草率粗糙。不但結構鬆散，筆墨缺乏功力和韻律，而且公式化、概念化，千人一面，走進去有種空落之感。好在色彩清曠蕭散，還算是有自己的風格。元代除第三窟外，連風格都沒了。剝皮抽筋（密宗內容）都入畫，很不好看。清代幾無壁畫，少量彩塑皆鮮豔粗俗，更無美感可言。縱觀一千六百年敦煌藝術，就像一條方外的長河寂靜無聲，氣象萬千，但是逆向而流（用古埃及人描述幼發拉底河的話說，是一條反向順流的河），直到流入市井（所謂世俗化），沙漠甘泉一般地沒入地下。這個看不見的損失是怎麼來的，至今沒人研究。

一代不如一代這樣的事，並不稀奇。中世紀歐洲藝術，落後於古希臘羅馬時代；蘇聯文學的水平，遠低於十九世紀的俄羅斯……這樣的例子比比皆是。且不問什麼原因，起碼敦煌藝術的式微，不是什麼特殊的現象。奇怪的是，這條曲線運行的軌跡，會與內地（從中原到江左）的大致符合。例如魏窟粗獷略似建安風骨；唐窟華嚴正如盛唐之音；宋窟清空也像受了程、朱理學的影響；元以降愈趨世俗化的傾向，也同內地曲子詞、小說家言的流行相呼應……敦煌孤懸天末，政治經濟各方面的發展，都比中原慢好幾拍，爲什麼其藝術基調的變遷，卻能與之同步？也是個值得研究的問題。

一九六二年九月，文化部副部長徐平羽率領劉開渠、王朝聞等一行到莫高窟開專家會，策畫石窟加固工程。參觀洞子時，議論清代塑像，都說醜陋難看，竟在會上議決，把它們全部砸毀，從洞子裡清除出去。我是跑腿的，沒有發言權。只能看著雇來的農民抬著一件件砸下的斷肢殘軀往牛車上拋擲，然後拉到戈壁灘上丟棄，一任它雨打風吹一年年變成泥土。

一條歷史的曲線，就這樣地被切掉了尾巴。這不算什麼問題。如果說，有些被劫掠的文物還可以在大英博物館之類的地方，獲得妥善保護和公開展覽的話，那麼在被劫掠以後的搶救過程中落入大小中國官員手裡、沿途散佚、和被搶救者據爲己有的大量文物，後來連影子都沒有了。即使那些搶救出來，終於收入國立北平圖書館的卷子，據陳垣《敦煌劫餘錄》記載，有許多都是撕裂了拼湊的。那缺失的精采部分，早已經杳無蹤跡。

平時的損失，是不引起注意的。歷年來此牧駝、砍柴、敬香趕廟會的人來來往往，拴驢飲馬，停車過夜，磕磕碰碰，撞斷塑像一根手指或一條臂膀，磨掉壁畫上一隻眼睛或一個面孔之類的事，從來沒人過問。當然這些人都是無意，不算破壞。就像走路踩死螞蟻，不算謀殺。但後果是一樣的。

民國十一年（一九二二年），當地政府安置白俄逃亡者五百多人到莫高窟居住，每天提供食物，任他們在洞內支床、安爐、生火做飯、刻畫塗抹，敲取唐宋窟檐、唐宋棧道的木結構當柴燒。把大批壁畫，包括著名的二一七窟《法華經變》和《觀無量經變》大面積熏成烏黑。許多塑像上的貼金被刮去，只留下密密麻麻一條條的刮痕。後來（一九三九年）國民黨馬步芳軍隊駐紮在莫高窟，亂挖亂掘，損失更無法統計。

抗戰時期，張大千到敦煌臨摹壁畫，在莫高窟住了兩年七個月，作摹本二百七十多件。期間給洞窟編了號，也曾呼籲政府築圍牆，禁炊煮，和派人保管石窟。摹本在重慶展出，引起轟動。弘揚敦煌藝術，功不可沒。但是張大千的臨摹，是用透明薄紙在牆上直接拷貝，方法一如描紅，不可能不對原作造成損傷。尤其對於那些粉化、起甲、漫漶、易剝落的壁畫來說，損傷很可能是嚴重的。由於內行人挑選的臨摹對象，大都是壁畫中的精采部分，問題就更大了。況且這不是張大千一個人的問題，許多畫家、許多美術院校的師生來實習，都這樣。

六二年以來，所裡的管理逐漸嚴格。文革後，莫高窟成了旅遊熱點，研究所改稱研究院，按照商業化旅遊區的要求，重建了窟前環境，加強了洞窟管理。賣門票開放參觀，設專人帶隊講解，基本上杜絕了上述種種情況。但是誰也沒有想到，人潮帶來的空氣污染，環境改變造成的生態失衡，反而大大地加快了壁畫酥鹼、起甲、大面積脫落的速度，要糾正已經很難。

所有這一切無心之失，都是一種歷史中的自然。我們不妨聽其自然，要不，四十年來整個中國無端損失了那麼多人的生命和生活，又在滾滾商潮中失落了那麼多的人文精神，我們又當如何？

入世

國立敦煌藝術研究所，成立於一九四四年，第一任所長是著名畫家常書鴻先生。政權易手的翌年，一九五〇年，中共西北軍政委員會文化部文物處接管該所，改稱敦煌文物研究所，保留原班人馬，仍由常書鴻當所長。

一九六二年我到那裡時，所裡有四十多個人，分別在研究部、石窟保護部、行政管理部工作。所長常書鴻兼任蘭州藝術學院院長，在敦煌的時間不是很多。敦煌的日常事務，大都由他的夫人、黨支部書記、副所長李承仙負責。李承仙同時也是研究部主任，管業務，兼管人事、後勤、政治思想工作。

她原先是畫家，在敦煌臨摹壁畫二十多年，精通業務。入黨後當了領導，政治熱情特高，對每個人的要求都很嚴格。是個急性子，心直口快。有什麼事，沉不住氣，馬上就問，馬上就查，喜怒形於色。作爲下屬，你可以把她的臉，當做政治氣候的晴雨表，用不著猜悶葫蘆，也難得。

研究所名義上直屬中央文化部，實際上在所裡領導一切的黨組織，是敦煌縣委宣傳部的一個支部，歸敦煌縣委領導。縣上有什麼活動，都要通知所裡。所裡有一輛中型轎車，我們全體——黨員和非黨員——常常坐著它，到二十五公里以外的敦煌縣城去聽各種報告：傳達某個會議精神，布置落實某項政策，動員學大慶、學大寨、學解放軍、學某英雄某模範等等，回來後討論落實，都不打折扣。

我去以前，十多年來，一直如此。所以研究所雖深藏沙海孤島，研究遙遠的古代藝術，卻並不與世隔絕。歷次政治運動：鎮反、肅反、三反五反、反右、反右傾，皆火力充足。有時起步慢一拍，但沒有走過場的。同事們相互揭批，積累下許多過節。表面上謙和禮讓談笑無間，骨子裡都在較勁。

大學畢業不久就去勞改的我，雖有一些別人沒有的經驗，對外間世界卻不甚了了。到這裡，以爲是到了世外桃源。面對千壁畫林，古木寒泉，和所有這些溫文爾雅的好好先生，直覺得像在作夢，如墜五里霧中。

一天早晨，經過資料室門前，遇見史葦湘先生。他是所裡資格最老的畫家之一，四十年代就來了。五七年被打成右派，從美術組調到資料室至今。那天見到我，他熱情招呼，急速忙亂地掏鑰匙開門，同時告訴我他是因爲什麼所以來遲了，遲不到五分鐘，並把手腕伸過來讓我看他的錶。從無時間觀念的我，沒細聽也不想看，只是傻呼呼笑著示好。他固執地一定要我看了一下，說：「你看，不到五分鐘，是吧！」我連說是是是，不明白是怎麼樣，不是又怎麼樣。

又一天，在林蔭道上遇見考古組施娉婷女士。她和她丈夫、研究部副主任賀世哲兩個，都是軍人出身的共產黨員。在朝鮮打過仗，在大學教過書。覺悟高，見識廣，工作能力強，是所裡的業務骨幹。那次遇見她時，她一手抱著一摞書，一手拖著一根枯樹枝。招呼寒暄後，她說這根樹枝已經枯了，是風吹下來的，她是順便拾的。這不用說，一看就知道。我不明白，這爲什麼需要解釋。

像這樣的事，經常都會發生。

每次討論報告，大家發言都很踴躍。學習英雄事蹟，氣氛也非常熱烈。有一次學雷鋒，大家全都感動得哭，會議室裡一片唏噓抽搭之聲。施娉婷、賀世哲都取下眼鏡，默默拭淚。美術組組長段文杰更哭出很大的聲音，哭得眼睛鼻子通紅，頻頻站起來到門外擤鼻涕，擤得喇叭似地山響。我沒見過這陣仗，簡直懵了。下來李承仙把我叫到所長辦公室，說，有人反映你沒有階級感情，學習英雄事蹟，別人都感動得哭，你兩隻眼睛滑溜溜東張西望。是不是那樣？——是？——那你想的是什麼？

後來又有一天，李承仙把我叫去，說，有人反映你到閱覽室看報，總是先看《參考消息》，後看《人民日報》，是不是事實？我說記不得了，我是隨便拿的。她說怎麼每次都是先拿上《參考》？我說《參考》不能看嗎？她說不是不能看，問題是爲什麼你對資本主義國家的反動宣傳那麼感興趣，黨的聲音倒反而不愛聽？這是個什麼問題，你想過沒有？回去好好想想，也別揹包袱，以後改正就是了。

沒過幾天，她又把我叫去，說，有人反映你寫反動詩，是不是事實？我沒寫，堅決否認。她拿出一張紙，上面寫著「台宗悟後無來去，人道蒼茫十四年」幾個字，下面寫著發現的時間、地點和作者高爾泰的姓名。李承仙把紙摺掉半截，我看不到檢舉者的名字，但我認得，那是我們美術組組長段文杰的筆跡。

兩天前到印稿房印稿，在落滿灰塵的印稿台上，不經意用手指寫了這兩句龔自珍的詩。顯然老段誤以爲是我的詩了。我到資料室找了一本《龔自珍全集》，翻到那兩句，給李看。李說，不是你寫的就好，說清楚就好了。你也別怪人家多心，從一九四九年到今年（一九六三年），正好十四年，現在又正好在批判人道主義，而且你以前受過這方面的批判，人家以爲是你寫的，也很自然。你別計較那些個，無則加勉麼。

無則加勉，有則怎麼得了哇！直到這時，我才明白了，史葦湘讓我看錶、施娉婷解釋樹枝的來源，以及諸如此類的許多事情，都挺自然挺正常。是我尚未入世，所以才大驚小怪。後來學王杰學焦裕錄，大家又都哭。我想學學不來，就兩手按著臉，盡量低下頭去。從手指縫裡斜眼窺看別人，發現有好幾雙晶瑩淚眼在閃閃地觀察我。連忙把頭垂得更低，低得都快碰到膝蓋了。

紅與黑

從六二年到六六年，所裡的業務工作，包括研究、臨摹、考古發掘和石窟加固工程，基本上都是爲一項紀念活動作準備。

據唐碑記載，敦煌莫高窟始建於前秦建元二年，即公元三六六年。到一九六六年正好一千六百周年。所裡計畫在這一年，邀請國際國內有關的學者專家和宗教界人士，到敦煌舉行一系列大型紀念活動，以期進一步推動敦煌學的研究。

一九六四年，報上越來越多地強調階級鬥爭和突出政治。對人性論、人道主義、和平主義、歷史主義、讓步政策、活命哲學、合二爲一論、利潤掛帥論、戰爭恐怖論、形象思維論、現實主義深化論、時代精神匯合論……等等的批判，也越來越密鑼緊鼓。中秋節前，常書鴻從北京趕回敦煌，傳達了毛澤東指責文化部和文藝界的兩個批示，召開了一連串的會議，決定紀念活動要突出政治，增加一個大項目：開創一個社會主義時代的新洞窟。

經反覆討論，決定利用一個原有的、無壁畫塑像的大洞窟，重新裝修，在佛像的位置上塑一尊毛主席像，像後的正面西壁畫中共黨史，題爲「萬水千山只等閒」。南壁畫抗日戰爭史和解放戰爭史，題爲「人民戰爭勝利萬歲」。北壁畫新中國的偉大成就，題爲「六億神州盡舜堯」。窟頂畫共產主義天堂的美好前景，題爲「芙蓉國裡盡朝暉」。議決後，常書鴻說，插紅旗要寸土不讓，新洞窟就是一面紅旗，插進這些古老的石窟寺群中，恰好是「萬綠叢中一點紅」。美術組組長段文杰說，這是常所長交給我們的光榮政治任務，我們一定要保證完成。通過創作學習黨史，通過創作提高認識，也是我們思想改造的好機會。

工程大，時間緊。美術組承擔新壁畫創作，任務最重。組會討論時，常、李都來參加。要求用革命現實主義和革命浪漫主義相結合的方法，突出表現黨的偉大。要求有裝飾性，突出壁畫的特點。集體討論決定，由我先拿出一個小樣，大家修改補充，再定稿。我沒日沒夜地趕了兩個多月，趕出幾幅示意圖。但討論會卻一直開不起來。

李承仙找我談話，說有人要搞垮新洞窟，我們要堅持頂住。這事拖不得，討論不成就不討論了，自己滿意了就定稿。我們再組織人放大上牆。一九六五年一年，我一直在幹這件事，趕出了四壁和窟頂五個小樣。一面牆數百人，動態異而形式一，滿壁生風，也真不容易。然而畫畫出來，已經沒用了。

一直埋頭畫畫，都不知時移勢易。原來所長辦公室裡，掛著一幅鄧拓手書的贈常書鴻詩：「危崖千窟對流沙，廿載辛勞萬里家。發蘊鉤沉搜劫燼，長將心力護春華。」報上一點鄧拓的名，人們就發現了問題。文革尚未開始，抽調出去搞四清的人都還沒回來，所裡人就自發地起來揭發「常李夫妻黑店」了。天天開會，先是說常書鴻「業務掛帥」、「唯才是舉」，後來連「要把一切暗藏的鄧拓分子統統挖出來」這樣的話，都說出來了。

「鄧拓分子」一詞，是發言人賀世哲的發明，可惜後來沒有流行。但是他說的另一句話「打著紅旗反紅旗」，卻同後來流行全國的那句話完全一樣。賀世哲說敦煌研究所不是沒有政治掛帥，而是資產階級政治掛帥。籌備一千六百周年紀念，所有的項目都是黑的，都是宣揚封、資、修，很黑很黑。一看形勢不妙，臨時加上個新洞窟，說的是萬綠叢中一點紅，實際上是打著紅旗反紅旗，更黑了。

說到這裡，文質彬彬的他，突然直直地指著我，說，是紅還是黑，祇要看看新洞窟創作是由什麼人掛帥，就很清楚了。他號召大家「解剖麻雀」，先弄清楚這個人的反動本質。接下來大家的發言，矛頭都指向了我。說我是反黨反社會主義的極右分子，夾邊溝逃出來的惡狼，帶著花崗岩腦袋，我來所後寫的文章，都是大毒草，平時一言一行，都堅持反動立場。甚至有人說，我曾經用朱紅大筆，在毛主席像上打了個叉叉。這一條如果坐實，我就夠槍斃的資格了。

我剛結婚，渴望安全，十分緊張。常書鴻不在所裡，急性子的李承仙，這次倒有靜氣，處變不驚，叫我安心工作。她問我新洞窟創作是不是革命文藝？我說是。她說那就對了，你怕什麼！她說她前幾天和竇明海（酒泉地委書記、四清工作團團長）談過一次，竇說是紅是黑，自有公論，要相信群眾，相信黨。少數人的意見，不代表黨的政策，叫她要沉住氣。她說，本來麼，這還用說。

她的沉穩自信，還有竇的表態，使我安心不少。

一個多月以後，我們到敦煌縣委禮堂，去聽竇明海作報告。一貫笑瞇瞇的竇明海，這次一臉的殺氣，在講台上揮著拳頭，說要砍黑旗，插紅旗，「橫掃一切牛鬼蛇神」。而且特別提到，「要砸爛敦煌文物研究所這個獨立王國」。

我瞟了一眼在座的李承仙，她面無表情。回頭又瞟了一眼坐在後排的賀世哲，他也面無表情。

在回莫高窟的汽車上，除了李承仙和我，大家都很興奮，齊聲地、反覆地唱一支歌：

革命的風暴席捲全球，
牛鬼蛇神一片驚慌——

配合著汽車的顛簸，那「慌」字拖得很長很長，大家的脖子也扯得很長很長。頭一抖一抖的，腳一踏一踏的，動作很齊，踏得車底板砰砰直響，車廂裡灰塵瀰漫。坐在我旁邊的所長祕書、幽默健談而善於放聲大笑的李永寧，一面唱一面摟著我的肩膀，按節拍一鬆一緊一搖一晃，笑得滿臉都是深深的皺紋。

如歌的行板

第一次見到施娉婷這個名字，是在蘭州藝術學院教師宿舍的門上。我想像，這個人一定白皙頎長。後來在敦煌見到她，黧黑矮壯，江湖落氣，總覺得不像。在四十來個人的全所會議上，她埋在靠牆的沙發裡，兩臂交叉，抱在胸前，伸直腿架在沙發前面的茶几上，腳底朝著大家，像一個顛倒的八字。八字左右，分別放著她的眼鏡、茶缸、香菸盒、菸灰碟和筆記本。發言時閉著眼睛，不急不忙，可言辭機鋒百出。批評所裡的工作，尖銳而又雄辯。

她的丈夫賀世哲，倒眞的是白皙頎長。戴著大黑邊的深度近視眼鏡，容止若思，溫文爾雅有紳士風。總是端坐在會議桌旁，十指修長如音樂家的兩手放在桌上，扶著一個紫砂小茶壺。發言低沉徐緩，用詞平和周延，都是商量的口氣。但觀點與乃妻完全相同，很尖銳。聽他發言，我常想，純綿裹鐵，此之謂乎？

他們都是軍人出身，抗美援朝出生入死，各有不少英勇事蹟。後來到大學和研究所工作，教書做學問，也都各有創見，論文深刻嚴謹。但是書卷氣不掩軍魂，骨子裡仍透著一股子大無畏戰鬥精神。婚後沒孩子，精力除了做學問，都用來磨礪思想的刀鋒。讀書觸類旁通，議事明察秋毫，論人入木三分，談笑間常從雞毛蒜皮上升到意義和價值的層次，理論素質如此之好，以致我常常覺得，他們不搞哲學來搞美術史考古，很可惜。

一九六二年秋天，文化部副部長徐平羽帶領劉開渠、王朝聞等一行十來個人，來敦煌開會，研究石窟加固工程的事。他倆遞交了一份材料，說敦煌文物研究所民主革命不徹底，解放前的所長現在還是所長，舊班底沒更新，黨的政策貫徹不下來，成了沙漠裡的獨立王國。具體事例寫了幾萬字一厚本，要求黨中央派人來，從根本上解決問題。

時機不湊巧，正值短暫的寬鬆期，黨的政策強調團結。徐平羽看了材料，不置可否，在會上要求大家搞好團結，共同前進。此事不了了之，他們陷入孤立。

我是新來的，其中提到的事，除了一件，我全都不知道。那件事使我們成了朋友。他倆要創辦一份雜誌，叫《敦煌研究》，要我給創刊號寫篇文章，叫《敦煌藝術的人民性》。我說我不知道「人民性」是什麼意思。他們說資料室裡材料很多。我說我曾翻了翻，好像談「繼承」的文章，都必談人民性。但是這個詞的意思，從來就沒有界定，它好像是從蘇聯來的，看蘇聯人的文章，好像更糊塗。

那時中蘇交惡的事還沒有公開，施娉婷警告我：這話衹能在我們家說。賀世哲笑道，我倒是很欣賞你這種獨立思考的精神。施說我也是，這不是叫你去到處亂說，小心別人抓你的辮子。

這篇文章我終於沒寫，幫他們做了些審稿和編排的工作。但是雜誌也終於沒有出來，因爲常書鴻不批准。在寫給徐平羽的材料中，賀、施提到這件事，說常不批准，就是不許用馬克思主義毛澤東思想，來批判地研究敦煌藝術。我說這衹是推測，假設不等於事實。他們笑笑說，你不了解情況。

一天，在他們家吃飯，談到夾邊溝勞教農場的經歷，賀世哲說，那是寶貴的人生體驗，很難得的。他說魯迅說過，有兩種人要刮目相看，坐過牢的，上過戰場的，有道理。我說，這話，可不像是你們說的。施說，你已經給我們鑄好了模子了是嗎？拿來看看。我說我不過是覺得新鮮而已。施說，這就是說，你認爲我們不該新鮮對吧。我說，你別這樣，何必呢，我沒上過戰場，對付不了。施說，戰場的景象，你沒法想像。我請她說說看，她說沒法說，只能說個感覺：殘酷。靜場片刻，賀世哲一臉的嚴肅，鄭重地又說了一句：戰爭是殘酷的！

我說，是，戰爭是殘酷的。施娉婷說你說這話，同我們說這話，意義不同。就像小孩子說人生如夢，同老頭子說人生如夢，意義不同。我說我也經歷過一點兒戰爭——不是說政治是不流血的戰爭嗎？賀說，受政治的影響，不等於你就是投入了政治。我說我說的也衹是感覺。三個人同時，爆發出一陣大笑。

有很多很多年，我都沒這樣笑過了。也許，我從來就沒這樣笑過。

多年沒有工資，到敦煌，每月工資八十三元。除了伙食費，全都寄給母親。賀、施一再勸阻，告訴我該寄多少留多少。說那邊夠用就行，你得有個機動：買書、添衣服，置用品，都要錢。糧食定量二十八斤，硬碰硬也不成。還有，你將來總要成家，一點兒積蓄都沒，行嗎？這些話，同我母親說的一樣，我感到親切。

新洞窟創作陷入困境，他們替我著急，又怪我多事。說這又不是你一個人的事情，你急什麼。我說完不成是我的責任。他們說你既然完不成，當初就不該承擔，承擔了又完不成，怪誰。我說我沒想到會這樣，他們說你應該想到。我問怎麼辦，他們說很容易：放下就是了。給我說了一段禪宗公案：放下即實地。

找李承仙撂挑子，才知道放不放下，是個站在哪一邊的問題。從這個角度來看，過去許多不明白的事都明白了，以前賀、施挑戰常、李，如同蚍蜉撼樹，大家都疏遠了他們。毛主席責罵文化部文藝界的兩個批示下達後，特別是報上點名批判鄧拓後，大家發現常、李地位不穩，賀、施有先見之明，又開始向賀、施靠攏。一些平時經常向常、李彙報情況的人，都改為向賀、施彙報情況，或者同時向兩邊彙報情況。美術組討論新壁畫稿的會老是開不起來，不是偶然的。

這是我生平第一次，遇到無關是非的站隊問題。受常深恩，我不能從眾，除了竭盡全力搞好新壁畫創作，別無選擇。賀不諒解，提出一個「新洞窟創作什麼人掛帥」的問題，我一下子成了眾矢之的，人人喊打。怒火之猛烈，大有要食肉寢皮不可稍待的勢頭。有一種掉在鱷魚池裡的感覺。

後來「文化革命工作組」進所，宣布我所文化大革命開始，才有了一點點安全感。工作組五個人，其中有兩個現役軍人。在他們的領導下，所裡成立了「文革領導小組」，賀世哲任組長。常書鴻被召回來了，抽調到外面搞四清的人也被召回來了。天天開會，中寺院內貼滿大字報，揪出了一個「常、李、高、王黑幫」。高是我。王是王佩忠，老黨員，所裡的第三把手，前不久揭批常、李，他不遺餘力，不知道怎麼也進來了。

作為打倒常書鴻的突破口，第一個批鬥的是我。重新開始揭發，但都是炒冷飯了。工作組最重視的，是我在毛主席像上畫了個叉這一條。他們當現行反革命案，追查得賊認眞。恰恰這一條不是事實，揭發人段文杰的證詞也前後矛盾，工作組定案時，沒寫入這一條。後來大家反工作組的時候，這成了工作組保護階級敵人的一個例子，那是後話了。

接下來批鬥常、李、王。叫我在家寫檢查。我檢查自己的錯誤之一，是反對文革組長，因為他公開場合指控我反動透頂，私下裡卻稱讚我能獨立思考；公開場合批判和平主義和戰爭恐怖論，私下裡卻說戰爭是殘酷的；指控常書鴻不支持他創辦《敦煌研究》是壓制對封、資、修文化的批判，但《敦煌研究》創刊號的內容，全是封、資、修。作為旁證，憶寫了一份創刊號目錄，和每篇文章的內容提要，一併交給了工作組組長、空軍軍官于家聲。

那天晚上如廁，遇到常書鴻先生。說了這事，他大吃一驚，連聲埋怨我太冒失。說要是抓階級報復，你就成了典型！我想想，也有些怕，頗後悔。半個月後又遇見常時，我告訴他對方毫無反應，看樣子賀是毫不知情，說明工作組不信任他。常說，要是眞的整他，也不會衹是因為你那點兒材料，那事情就多了。

又半個月後，八月的一天，開全所會，叫我們四個也去。去了才知道，是要我在會上同賀世哲當面對材料。看得出來，大家同我一樣，毫無思想準備。但許多人立刻就敏感到了，文革組長同一個已結案的牛鬼蛇神對質意味著什麼。不但紛紛出來替我作證，而且揭發出大量我所不知道的賀的問題。說他是野心家、陰謀家、兩面派、定時炸彈、赫魯曉夫式的人物……罪名比我的還重。

賀世哲處變不驚，安詳從容。據理力爭，義正詞穩。但說不上幾句，就被別人打斷。一停下又叫他說呀說呀。他先是瞟一下，又瞟一下工作組。工作組始終沉默，個個臉上沒有表情。他終於緊張起來，頻頻用手指梳理頭髮，動作過分用力。一再取下眼鏡擦鏡片，老擦不完，手也顫抖。我望望那邊沙發上的施娉婷，她不斷變換著坐的姿勢，左顧右盼，更明顯地透露出，一股子在心底出現的恐懼。

哦，勇士也恐懼。

一絲復仇的喜悅，刹那間掠過心頭，很快就消失了。沉澱下來的，是深重的悲哀為自己，也為他們。

離人淚

十月下旬的一天，又叫我們參加會議。會場布置得很隆重，大紅布橫幅上，剪貼著十五個白色的宋體大字：「慶祝無產階級文化大革命勝利大會」。毛像兩邊，各有幾面紅旗。在座的還有幾個陌生人，估計是什麼上級。

會一開始，工作組于組長就宣布了對我們的處理：常書鴻戴「反革命」帽子，開除黨籍、開除公職、留所監督勞動；李承仙開除黨籍、工資降六級；高爾泰工資降三級；王佩忠工資降一級、留黨察看；賀世哲不予重新登記（清理出黨）；施娉婷和其他幾個人免於處分；還有幾個受了批判的，不算犯錯誤，放下包袱，輕裝前進。

他說，黨的政策是批鬥從嚴處理從寬。這是一個勝利的大會，團結的大會，標誌著敦煌文物研究所的新生。現在我們可以交班了。我們走後，大家要團結在以何山同志爲首的文革領導小組周圍，緊跟黨和毛主席偉大戰略部署，奮勇前進！

何山是中央工藝美院壁畫系的學生，畢業分配來所不久。鬥爭性強，火線入黨，取代賀世哲，當了我所文革組長。他說，我們所現在已經回到了社會主義的軌道，今後一定要在無產階級專政條件下繼續革命，把毛澤東思想千秋萬代傳下去。

會議氣氛熱烈，大家紛紛上台，道忠心表決心，笑口高張，淚濕衣袖。我有點納悶兒，幾次掃院子經過閱報欄，好像北京那邊早已在趕工作組了，這裡卻又這樣，不知道是怎麼回事。看著幾家歡樂幾家愁，想起幾個月前，那次聽完竇明海的報告回來，他們在汽車上唱歌的情景，仍有毛骨悚然之感。結局如此，亦堪慶幸了。

工作組走的那天，我們正在下寺割草。汽車從上寺下來，開得很慢很慢。車子兩邊，擠著三十多人，個個伸長手臂，側身挪步，爭相同車上的人握手說話。握上的手，久久不放。要說的話怎麼也說不完。說完了還要再說，和這個說了又和那個說。旁邊的人也爭著說。七嘴八舌，推推搡搡，趔趔趄趄跟著車走。車上五個人，都半個身體趴在車窗外，兩臂伸得很長，在眾多晃動著的手中握一會兒這個又握一會兒那個。這隻手被抓住不放，那隻手又抓住了另一個人的手。同時聽幾張嘴說話，都不知能不能聽清。

這樣車子和人群一同。徐徐向前移動。走了很遠很遠，直到出了山門，快到防風林了，才冉冉加快速度，揚起塵土。塵土裡人們開始小跑，愈跑愈快，終於跟不上了，車子絕塵而去，才紛紛站住。喘著氣，揮著手帕，翹首眺望。直望到塵土消失，茫茫戈壁上祇有雲影的時候，才黯然往回走。經過身邊時，都沒看見我們。一個個眼睛紅腫鼻子通紅，臉上閃著淚光，無語抽搭。

工作組走後，我們被送到農村勞動，在農民家中吃住，接受貧下中農的再教育。冬季日短夜長，農事無多。晚上到大隊部文化室集合一陣子，就著飄搖的風燈，讀《毛語錄》，聽支書訓話、隊長調度，唱「天大地大不如黨的恩情大，爹親娘親不如毛主席親」。散了會就回家睡覺。因爲到處都很冷，祇有炕是熱的。這樣一天天過著，都不知天外有什麼滄海桑田。儘管刀光劍影記憶猶新，也都像是另一個世界的事情了。

年底突然來了車子，拉我們又回到莫高窟。一下車就看到，兩派對罵的大字報重疊覆蓋，語言如火如刀。一派以何山爲首，叫「革聯」，一派以另一個工藝美院畢業生樊興剛爲首，叫「革總」。雙方互相比賽忠於毛主席，互相指責對方反對毛主席，勢如水火，誓不兩立。據說文化革命工作組執行劉鄧資反路線，破壞了毛主席的偉大戰略部署。所以對立雙方，又一致地都反對工作組，都刷出大字標語「強烈要求把工作組揪回來批鬥」。

個人的大字報更強烈，特別是那些工作組最信任、最喜歡、跟工作組跟得最緊的人，都說是「肺都要氣炸了」，要求「油炸×××」、「砸爛×××的狗頭」、「把×××剝皮火燒」。這些××× 都是工作組成員的名字，想起幾個月前他們送別那些人的情景，我眞的懵了。

兩派分別貼出大字報，勒令常、李、高、王四個階級敵人，衹許規規矩矩，不許亂說亂動。號召其餘被批鬥者起來革命，揭發工作組的滔天罪行。這個敵我界線是怎麼劃的？爲什麼敵對雙方那麼一致？我都不知道。賀世哲一回來，就成了「革總」的領袖。他依舊那麼溫文爾雅，容止若思，從不使用暴力語言，有儒將風。眾人信服，令出必行，大大壓倒了何山一派的「革聯」。

工作組的人早已回了各自的單位，沒法揪。我們四個，成了兩派共同的敵人，被輪流抄家輪流批鬥。過去是文鬥，現在是武鬥。兩派比賽革命，同時也就是比賽仇恨，比賽誰打人打得更凶。常書鴻、李承仙經常被打得血淋淋地滿地爬。打他們打得最凶的，恰恰也是那些他們從前最信任、最喜歡、跟他們跟得最緊的人。

牛棚誌異

一

那些年所裡亂得翻天，都搞不清發生了些什麼事情。牛鬼蛇神沒有信息來源，坐井觀天，更是眼花繚亂。兩派鬥爭，弱勢的革聯戰勝了強勢的革總。常常出現新面孔。軍宣隊、工宣隊、農宣隊、支左部隊、毛澤東思想宣傳隊來來去去，都不知孰先孰後誰是誰。兩派革命群眾出去串聯，外地的紅衛兵進來串聯。越串聯越鬥得凶。以為是你死我活了，卻又「實現了大聯合」，成立了「革命委員會」。以為總算有了秩序，卻又更亂了，出現了更多的階級敵人，要來個「清理階級隊伍」……

帽子五花八門。常書鴻叫走資派、三反分子；李承仙叫地主婆；樊興剛叫壞頭頭、現行反革命；賀世哲叫漏網右派、搖羽毛扇的人物、翻案派；施娉婷叫變色龍、小爬蟲；史葦湘、李其瓊、孫儒澗和我一樣，叫老右派；李貞伯有海外關係，叫特務；段文杰有斷袖之癖，叫流氓；又曾脫黨，叫叛徒。其餘諸公，或爲反動權威、或爲文藝黑線代表人物，或爲歷史反革命，或爲階級異己分子，或爲經濟犯罪分子，或爲國民黨的殘渣餘孽、地主資產階級的孝子賢孫，各得其咎。

除我們四個以外，他們在進牛棚以前，都參加過「大串聯」，到全國各地跑了一趟，累得半死。那時不得不去，現在人家問他們爲什麼混進串聯隊伍，搞什麼反革命串聯去了。並要他們按里程退還「國家的」火車票錢。沒工資，從生活費中分期扣除。

牛鬼蛇神分男女兩批，在兩處集中居住。其中有好幾對夫妻。除常、李、賀、施以外，尚有孫儒澗夫婦、張峨沙夫婦、萬庚育夫婦。他們每天可以在一日三次的「請罪」、吃飯和晚上「政治學習」時見一下面。如有外頭的紅衛兵來串聯，必開鬥爭會，那就免不了要彼此看到對方挨打了。

一日三餐飯前，我們在食堂毛主席像前集合。排成兩行，齊聲背誦《毛語錄》，「凡是反動的東西你不打它就不倒」、「人民大眾開心之日是反革命分子難受之時」、「他們人還在心不死」等等之類，約十數條。然後向毛像三鞠躬，同時大呼三聲「向毛主席請罪」。常書鴻不能站立，跪著叩頭請罪。在我們身後的六張圓餐桌上，有一些革命群眾在吃飯。早上請罪畢，就圍到管生產的孔金桌邊，聽他分配一天的勞動任務。

晚上八點，再到飯廳集合，學《毛選》，互相揭批。起初，打人的和被打的坐在一起，頗尷尬。當著被打者的面罵自己反動，更難啓齒。時間長了也就皮了，不在乎了。但攻防之間，也頗費精神。兩個多小時下來，都很累。

睡下以後，汽車司機王杰三常來叫我們去卸車。有時他去拉煤，後半夜才回，要我們卸完煤，把車子打掃擦洗乾淨。我們睡不到覺，第二天還得起床幹活，很難受。有一次大家建議他通過孔金統一安排任務，他眼睛一瞪，說，通過他幹嘛！工人階級必須領導一切，你們知道嗎？天天學《毛選》，咋學的!?

二

其實除了他，別人有什麼事，也愛叫我們做。電機房工人侯興，是所裡學《毛選》的標兵，為證明工農兵無所不能，用雕塑室的材料，在院子裡塑了一尊「毛主席像」。連底座高過三公尺，立正姿勢，肩平體直如五根圓柱，上三下二垂直並立。對稱地分貼在兩邊腿上的手指亦等粗等長。頭略似毛像，但小如籃球。腳手架一拆，見者駭然。完了把我們統統叫去，輪流給此物噴漆。

噴漆機鏽得很緊，壓起來很吃力。每人衹能壓五六下，力氣小的衹能壓兩三下。我們二十幾個圍著那物站成一圈兒，順時鐘方向徐徐移動，輪流壓。常書鴻不能站立，跟著爬，輪到他時，也壓一下。侯興拿著噴槍上下梯子，兩眼放光，時不時大吼：「鼓勁壓！」顯然體驗到了，作品出世的快樂。

他噴了一層又一層。轉身時噴槍偶或掠過我們，在我們身上、頭上或臉上，留下薄薄一層水洗不掉的小白點兒。我用上衣包著頭，從一個小孔裡看世界，看那些海內外知名的藝術家們彎腰低頭鼓勁努力的樣子，像看西洋景。

三

這幾年我一直在看西洋景。不光是有趣的事兒多，這些事兒也拉開了我同環境的距離。起初我是當事人，眾矢之的，革命舞台上不可缺少的配角。後來主角們打起架來，把配角撇在一邊，我就變成了局外人，得以觀戲。

開頭，只有我一個敵人，其餘都是人民。後來，揪出的人越來越多，我們的隊伍一天天壯大，由一個增加到四個，再由四個增加到二十五個。請罪的隊伍浩浩蕩蕩，超過了所裡人數的一半。

敦煌縣成立革委會那天，城裡召開萬人大會。把我們也拉去，同全縣的階級敵人一起，戴高帽，掛黑牌，站在司令台兩邊示眾。長長的好幾排人，高帽的森森，鬱鬱森林。我們這一排裡，除了常、李、賀、施，還有酒泉地委書記竇明海、敦煌縣委書記王占昌，以及一大批黨政官員。看到他們都成了我的同類，我有一種怪異荒誕之感。

台上的人講話，都無不口口聲聲，要把我們打翻在地，再踏上一隻腳，叫永世不得翻身。但我知道，這已經做不到了。打擊面如此之大，「萬人叢中一身藏」，我有一種安全感。相信自己的命運，不會比一個此刻正塞滿廣場、擠坐在黃土地上朝我們揮拳頭喊口號的人民群眾，更壞到哪裡去。

我想，如果林彪、周恩來也像劉、鄧那樣倒掉，讓紅太陽臍脂自燒，說不定除了安全，自由也可能來到。

那天天氣很好。紅旗飄飄像海濤，千萬人的呼聲地動山搖。我「眾中俯仰不材身」，作著美麗的白日夢，居然也感到了，一種節日的喜慶。

四

形勢莫名其妙，祇有不聞不問。反正叫咋咧就咋咧，等待處理就是了。政治學習完了，回去也就睡了。

有一陣子，常常半夜三更，被外面的鞭炮聲和鑼鼓聲驚醒，那是革命知識分子們在慶祝和宣傳毛主席發表「最新最高指示」。最新最高指示，有的叫他們到農村落戶；有的叫他們到幹校改造；有的叫他們把被他們打倒的老幹部結合進新的領導班子……。這些「特大喜訊」，使他們歡欣如狂，敲鑼打鼓放鞭炮，又唱又跳。

爲了緊跟，爲了別人都能緊跟，要盡快使它家喻戶曉。什麼時候從收音機裡聽到，就什麼時候慶祝宣傳，分秒必爭。由於本地和北京的時差，他們常常在深夜裡互相叫醒，飛快地起來行動。

有一次凌晨兩點，我們正在卸煤，他們慶祝宣傳的遊行隊伍從不遠處經過。兩個人抬著一塊黑板，上書最新最高指示，走前面。幾個人敲鑼打鼓走後面。再後面十幾個人跳「忠字舞」跟進。黑暗中看不清舞姿，隱約像是京劇裡的跳加官。配合著鼓點，舞曲的節奏卻似乎更爲急促：

忠忠忠，忠忠忠，忠於毛主席

無限無限無限，永遠永遠永遠

每過六七十公尺就停一下，鑼鼓歌舞齊息，一個人用手電筒照著黑板，把上面的字大聲念一遍。然後一陣鞭炮，同時鑼鼓齊鳴，隊伍繼續前進。這樣停停走走，從中寺出發，上寺轉一圈，然後到下寺，再轉回來，起碼得兩三個小時。我們卸完煤回去，睡下以後才聽到，隱隱然有鑼鼓聲自下寺而來，愈近愈響。

我納悶：那些地方根本沒人，夜靜山空，林深石黑，他們去向誰宣傳？枕上琢磨，這必是上頭的統一安排，城市農村都執行，他們不敢打折扣，所以就樹林裡轉了一圈。我想像，那些夜遊的小動物，狐狸呀，跳鼠呀，貓頭鷹呀什麼的，在驚逃到安全的地方以後，轉過身來，側著腦袋觀察這驚天動地的一群，於無聲處，一定也同我一樣，納悶兒捉摸不透，他們是什麼意思。

五

按照最新最高指示，敦煌文物研究所成立了革命委員會。因無老幹部可以結合，主任暫缺。原文革組長何山當了革委會副主任，領導一切。從此所裡的全部工作，除繼續搞運動，「清理階級隊伍」、「一打三反」以外，就是「三忠於、四無限」，「抓革命、促生產」，「備戰、備荒」迎九大。

所謂「三忠於」，是「忠於共產黨的領導；忠於毛澤東思想；忠於毛主席的無產階級革命路線」。所謂「四無限」，是「對毛主席要無限熱愛、無限信仰、無限崇拜、無限忠誠」。這項活動是儀式性的。他們把會議室四壁漆成橙色，東牆上畫了個紅太陽，放毫光。太陽上畫了個毛頭像，軍帽紅領章。下面一排向陽花托著三顆紅心，三顆紅心上寫著三個黃「忠」字。每天早、晚各一次，他們在這裡集合，立正，手捧紅寶書（緊貼心臟部位），面對黃「忠」字，齊聲大喊：「敬祝偉大領袖、偉大統帥、偉大導師、偉大舵手毛主席，萬壽無疆！萬壽無疆!!萬壽無疆!!!」連喊三遍畢，再喊三遍敬祝林副統帥永遠健康，然後唱語錄歌，朗誦語錄，學《毛選》。今天該做什麼？從《毛選》尋找答案，也就是向毛主席請示。這個儀式的名稱，就叫「早請示」。

下來「抓革命、促生產」，辦案的辦案，消毒的消毒，事務繁忙。敦煌的宗教文化，是毒害人民的鴉片，留著就得消毒。消毒就是革命，也是生產。做好消毒工作，就是對「九大」的獻禮。大家把許多纖維板裁成報紙般大小，釘上邊框漆成紅色，再用黃漆宋體字寫上毛主席語錄，掛到洞子門上進行消毒。洞窟數百，工作量極大。

語錄不是從語錄本抄的，是直接從《毛選》裡找的，有針對性。比方針對二五四窟的薩朵那伺虎圖，選了「要學景陽崗上的武松」那段話；針對二八五窟五百強盜的成佛圖，選了「看看他的過去就可以知道他的現在」那段話。爲要選得合適，他們反覆通讀《毛選》，反覆討論。爲確定哪一條更適合哪一個洞，有時吵得面紅耳赤，務必讓將來的參觀者進洞之前，先打個有效的防疫針。

我去掃洞子，看到洞門上這種做工精細的語錄牌慢慢增加，很佩服他們的細心和耐心。當然重複之處，牽強附會之處，甚至牛頭不對馬嘴之處，也還是很多。這不能怪他們，壁畫豐富，毛思想貧乏，能夠做到這樣，已極難能可貴了。

六

所裡的日常工作，還有一項「備戰」。這項工作我們有份，挖防空洞的事全是我們的。他們每天下午，進行民兵操練，也很緊張。下班前還要到會議室，向毛主席像彙報一天的工作。這項儀式，叫「晚彙報」。

「晚彙報」的程序，和「早請示」相同，只是學《毛選》一項，改爲交流學習心得。早上學的，用了一天，有什麼提高？有什麼成績？遇到什麼問題？發現了什麼敵情？哪些事沒做好？要進行批評和自我批評。這些節目做完，往往晚飯時間已經過了很久，我們牛鬼蛇神們早已做過請罪儀式，吃過飯，準備晚上的政治學習了。

那年冬天，進山開荒回來，我除了掃洞子，還得給所裡的伙房備水。每天清早，挑著水桶，帶著鎬、鍬、鐵釺，到樹林外的冰河上破冰取水。當冰河和它對面的雪山，依次從黎明前的藍色變爲紫羅蘭色再變爲銀紅色的時候，我就把伙房的水池子挑滿了。鬍子眉毛和帽沿子上結滿冰花，渾身上下熱氣騰騰直冒汗。坐在爐子跟前烤一陣子，鎖上門，把鑰匙送還管理員，才進洞去。管理員在會議室參加早請示。門窗緊閉的會議室裡，爐火通紅熱霧蒸騰，滿屋子人擠人，一片朦朧。我一敲開門，就爆炸出一團團炎熱酸臭、飽含人氣煤氣香菸氣和強烈油漆味的雲團，濃得化不開，像固體一樣。

每次，當門又關上時，我都要一下子跳開，心裡想，幸虧我不是革命群眾。

面壁記

從六二年到七二年，我在敦煌十年，但只工作了四年。六六年文革爆發，成了「揪鬥人員」。六九年中共「九大」前夕，被派到酒泉作畫，七二年調離敦煌，到「五七幹校」勞動。

文革改變了人們的生活，也改變了人們的形象。所裡那些溫文爾雅不苟言笑的好好先生，一夜之間變成了凶猛的野獸，劇烈地蹦跳叫喊，忽又放聲歌唱，忽又涕泗交流，忽又自打耳光，忽又半夜裡起來山呼萬歲，敲鑼打鼓宣傳偉大思想……。整個莫高窟地面上，只有洞中那些菩薩和佛像，依舊保持著往日的自尊與安詳。

被揪鬥的人多起來時，我這個「死老虎」被撇在一邊，常常被派去掃洞子。岩壁上落下的沙子，有時飄進洞裡，久之積下或厚或薄的一層。我的任務就是把它掃出來，弄走。這是個沒數的活兒，岩壁上上下下四、五層四百九十多個洞子，誰知道哪裡進了沙子？如果哪裡我沒掃，我可以說是剛剛掃過就又落了一層。

有好幾年的時間，我都在掃洞子。每天獨個兒拄著掃帚，仰頭向壁與仙佛同遊，彷彿生活在另一個世界。光暗看不清了，就到棧道上望遠，「更無人處一憑欄」，也是難得的體驗。林海外，一片斜陽，萬頃荒莽，有時恍惚裡，眞不知今夕何年。

這些洞窟壁畫，以前都曾看過。但是拄著掃帚看到的，同拿著卡片或者畫筆看到的，又不相同。作爲佛教藝術，在佛教教義給定的框架範圍內，敦煌藝術所展現的內容十分豐富。特別是作爲經變（本生故事和感應故事）的背景，當時社會生活的方方面面，諸如耕種、蠶桑、紡織、建造、狩獵、捕魚、畜牧、婚嫁、喪葬、教學、商旅、製陶、冶鐵、馭車、推磨、炊事、戰爭、行乞、屠宰、練武、歌舞、百戲、早朝、宴會、帝王將相出巡、遊獵、剃度、審訊……等等場景都有。其間宮殿城池、亭台樓閣、橋梁水榭、舟車寺塔、學校店鋪、驛亭酒肆、衣冠服飾、宗教儀式俱備。以致許多不同方面的研究者，都可以在裡面找到有用的東西。

對於卡片來說它們是資料。對於畫筆來說它們是範本。對於以待罪之身，手持箕帚，心無所求，依次從容不迫地看下去的我來說，它們成了心靈史，成了一個思維空間的廣延量。

都說唐代藝術最好最美，但我個人最喜歡的還是魏窟。十六國時期洞窟裡的人物造型，一律矮壯質樸，唐代則一律豐圓莊肅。唯魏晉瘦削修長，意態生動瀟灑。額廣，頤窄，五官疏朗，眉毛與眼睛相距很遠，恰如《世說新語》所說的「秀骨清像」，《歷代名畫記》所說的「變態有奇意」。也不以色貌色，綠馬、藍馬、黑山、白山空無所依，藍人、綠人、紅人、黑人，都白眼白鼻，非人間所見。前呼後擁在黑色或土紅色調子的背景上湧現出來，予人以一種奇幻神祕之感。

最使我流連的是西魏二五八窟，直以粉壁爲天地，空靈透明。星漢奔流、雲氣飛揚，涵虛混太清。佛教諸天：日天、月天、緯紐天、毗那夜迦、鳩摩羅天、天龍八部等等，還有佛經中沒有，來自中國古代神話的伏羲女媧，朱雀玄武，青龍白虎，雷公雨師，飛廉羽人，東王公西王母，以及《楚辭·天問》中提到的許多怪物，奔騰競逐於天空。或乘雷電，或踏飛輪。靈幡縹緲，華蓋懸空。旌旗舒卷，衣帶流虹。瀟瀟颯颯，滿壁生風。

所有這些，包括藻井、龕楣，以及分布全窟的裝飾紋樣，都用線條勾勒組成。無數纖細強勁、金屬絲一般富有彈性，而又修長柔軟如游絲的線條，在幽邃詭譎、光怪陸離的色塊之中穿行，互相跟隨互相追逐，時而遇合時而分離，輕悠下降忽又陡然上升，徐緩伸展忽又驀地縮回。聚集、交錯、相與旋轉，以爲要糾纏不清了，忽又各自飛散，飛散而又彼此呼應，相遇在意想不到的地方。像一組組流動的樂音，有笙笛的悠揚，但不柔弱。有鼓樂的喧鬧，但不狂野。從容不迫，而又略帶淒涼。淒涼中有一種自信，不是宿命的恐懼或悲劇性的崇高，也不是謙卑忍讓或無所依歸的彷徨。

唐代的洞窟，特別是貞觀、開元之際的唐窟，以華嚴、瑰麗、氣度恢弘爲特點。色彩鮮豔豐富、金碧輝煌。線描技法亦更爲多樣。用筆仍是中鋒，但有輕重、快慢、虛實、粗細的變化，抑揚頓挫。蘭葉、鐵線、游絲、曹家樣、吳家樣錯雜並陳。菩薩和供養人等，大都是周家樣綺羅人物，曲眉豐頰，瑩肌圓體，肩披長髮，半裸上身，瓔珞珠飾繁華繽紛。或靜立，或歌舞，或飛天，或坐思，都嫵媚生動，而又端莊從容。不是禁欲的官能壓抑，也不是無所敬畏的張狂。佛國的莊嚴，都化作了人間的溫馨。如此大氣，又如此雋永。

唐窟中最使我傾心的，還是塑像，特別是二〇五、一九四等幾個洞的塑像。同爲佛教諸神，卻又各有個性。阿難單純質樸；迦葉飽經風霜；觀音呢，聖潔而又仁慈。他們全都赤著腳，像是剛剛從風炎土灼的沙漠裡走來，歷盡千辛萬苦，面對著來日大難，既沒有畏懼，也沒有抱怨，視未來如過去，不知不覺征服了苦難。一三八窟的臥佛，是釋迦牟尼臨終時的造像，姿勢單純自然，臉容恬淡安詳，如睡夢覺，如蓮華開，視終極如開端，不知不覺征服了死亡。

看到死亡的曲子，如此這般地被奏成了生命的凱歌，我想到西方藝術中那些以死亡爲主題的雕像（如《拉奧孔》，米開朗基羅的《死》，或者羅丹的《死》）都是悲劇性的。寬闊的胸脯隆起的肌肉，劇烈的動作緊張的表情，都表徵著恐懼與絕望的抗爭。相比之下，這些文弱沉靜從容安詳的塑像所呈現出來的，也許是更加強大的力量。這不是一個可以用陽剛陰柔之類現成的概念，或者十字架和太極圖之類近似的比喻可以說明的差異，其中隱藏的消息，也為我打開了一個，通向別樣世界的門窗。

在那些小小的石頭洞中面壁，我感覺到一種廣闊。只可惜天黑了還得回到外面，和其他揪鬥人員一起，在毛主席像前請罪，唱語錄歌，聽訓話，互相揭發批判，和自我揭發批判，一如但丁筆下的鬼魂，互相撕扯咬啃。沒處躲沒處藏，直覺得四面都是牆壁。

荒山夕照

一

從敦煌出發，往北是伊吾、笈笈台子、阿克塞。往東是玉門、酒泉、嘉峪關。往南渡過疏勒河，是終年積雪的祁連山。往西通往樓蘭、輪台、白龍堆。再過去就是羅布泊了。如果騎駱駝走，其間皆是七、八天的沙磧行程。一路上荒無人煙，流沙礫石無邊。

世界著名文化寶庫敦煌莫高窟，俗稱千佛洞，就在這無邊大漠中的一個小小綠洲裡面。綠洲很小，不到一平方公里。除了一個敦煌文物研究所，沒有別的單位。除了所內家屬，沒有別的居民。研究所一共四十九個人，文革中牛棚裡進進出出，高峰期關到二十幾個。剩下的分成兩派，不共戴天。後來說是聯合了，所內要辦一個「五七農場」。一九六八年冬天，他們派我們進山開荒。

帶著很高的定額，衝著北方的嚴寒，到荒無人煙的深山裡去，當然是苦差事。但我們被派的七個人，暗暗地全都非常高興。我們已經被鬥爭會、訓話、請罪儀式、監督勞動，和深夜裡「學習會」

上的互相撕扯，弄得精疲力盡。進山去，就有了改變這種狀況的希望。起碼可以暫時擺脫不安的感覺，鬆弛一下過於緊張的神經。是的，牛棚裡的其他人，已經向我們投來了羨慕的眼光。

七個人中，有一個不識字、沒心眼的園林工人，叫吳性善。解放前是千佛洞的道士，自然算牛鬼蛇神。還有一個炊事員周德雄，不識字，精明能幹，廚藝一級棒。因爲從前開過飯館，和「資」字沾了邊。另外五個都是研究部的業務人員。霍熙亮先生專門研究石窟寺考古，是考古組組長。史葦湘先生治瓜、沙地方史，也精通西域文化，是這方面的權威。他書法也好，經體，有魏晉風。段文杰先生是我的頂頭上司，揪出來以前是研究部副主任、美術組組長。揪出來以後是「揪鬥人員」組長。文革以後，取代常書鴻當了研究所所長。他們三個打解放前跟隨常書鴻來到敦煌，就一直不曾離開，在敦煌學方面的知識，都夠得上做我的老師。李貞伯先生原是中央美院教師，到這裡也有十多年了。那年我三十一歲，六二年才來，是這一群中年齡最小、資格最淺的。

我們這些人，平時很少往來。除了每週的「政治學習」，幾乎從不照面。揪出來後，雖然白天一同接受專政，夜裡擠睡在同一個大鋪上，心靈也並不相通。相反地，由於日夜密切接觸，每個人都害怕不知不覺又被人抓住什麼把柄，反而把自己包得更緊了。一個個戰戰兢兢規規矩矩，連睡覺也不得安心。我就是這樣，總怕夜裡說夢話自己出賣了自己。

一張炕鋪上睡十幾個人。我左邊是常書鴻，右邊是史葦湘。史葦湘一睡下就打鼾，使我十分羨慕。但後來我發現，他並沒睡著。假裝打鼾是爲了表示心裡沒有隱憂沒有牴觸情緒。也確實能造成這個印象。我想學，發現這很難。第一是很吃力；第二沒聽到過自己的鼾聲，不知道學得像不像；第三是不能任意停止，如非裝作又醒了；第四這樣做時，是假定有人在暗中考察我，事實上未必有，全是白費，反成負擔。我試了兩三次，其難無比，其苦也無比，只得放棄努力。有一次我和他，還有孫儒澗三個人半夜裡被叫出去卸煤。回來時聽到段文杰說夢話，說「毛主席萬歲！」頗納悶。第二天勞動時，老段變著法兒試探我們的反應，才知道他是裝的。這就更難了。不過我們也壞，不約而同，都說沒聽見。

現在要進山了，大家都很高興。不過高興歸高興，事實上，如果不是他們派了一個「革命群眾」押隊同去，監督管理我們，我們去了也不會更好些。我們一定會互相窺測互相監督，互相戒備互相咬啃，自己把自己折磨得比在所裡時更慘。

帶隊的叫范華，五十來歲。從小家裡很窮苦，在我們所當勤雜工人三十多年了。一貫老實，勤勤懇懇服務，從不多說一句話。解放後政治運動不斷，他作為貧農出身的工人階級，沒有傷害過一個人，也沒有引起過任何人的注意。五年前鬧饑荒時，他看到一隻被牧羊人遺棄的醜陋土狗餓得快死了，餵了牠幾次。沒想到牠從此跟定他不走了。那時人都沒飯吃，哪養得起狗。大家勸他宰了吃掉，增加一點兒營養。他下不了手，一面叫苦一面養著牠，被大家笑話了一陣子。

派他押隊，純屬偶然。因為差事太苦，別人都不願意去。這對於我們來說，可眞是莫大的幸運。因為只有他不會虐待我們；只有他能夠以平等身分同我們相處；也只有他敢於以平等身分同我們相處。當他來通知我們準備出發時，我們都服從得起勁而高興，很快就把開荒要用的一切都準備好了。自己的東西無須準備，我們的房間都被查封了，身邊只有一副碗筷鋪蓋卷。

第二天一早，我們就出發了。

二

千佛洞之所以成爲大沙漠中的小綠洲，是因爲有一股地下水冒出來，流經此地又沒入地下。這股地下水的源頭，在南面的叢山之中。山是祁連山的餘脈，在戈壁沙磧中顚連起伏，直到消失在無邊的旱海。我們的任務，就是上溯到水的源頭，在那裡開荒，爲所裡的「五七農場」打下基礎。

王杰三開一輛解放牌卡車，把我們八個送到山口。然後我們從車上卸下洋鎬、鐵鍬、斧頭、鋸子、糧食、炊具、八個鋪蓋卷和一輛架子車。裝載完畢，就進山了。我拉車，他們幫推。踩著一色灰黃的碎石，沿著一色灰黃的山溝，我們朝前走。天大地大，顯得人很渺小。坡度和緩，不覺得是在上山。只是偶爾回頭，才知地勢已經升高。沒有人說話。只有腳下的石頭被踩得悉索悉索直響。還有車轂轆發出有節奏的、尖細悠長的聲音，好像在說：好——了呀！好——了呀！……

晚上打開鋪蓋，在苦口泉過了一夜。第二天下午，進入一個比較寬廣的河谷。在錯雜著灰黃色、鐵棕色和淡咖啡色的，精赤的山岩下面，開始出現一些有泥土的、長滿蘆草的丘陵。愈走愈開闊，愈走，山岩愈少丘陵愈多。傍晚時分，我們到了此行的目的地——大泉。

大泉，是亂山深處一個荒涼的河灘，平曠空闊。河灘上長滿了紅柳，紅柳墩一個接一個連成大片，迂迴在許多簇擁著金黃色蘆草的丘陵之間，茫無涯際。如果在夏季，遠望上去就像希什金筆下藍色的林海。秋天花開，卻是一片粉紅。現在是冬天，花和葉子都凋落了，它那細長、柔韌而又繁密的枝幹，被夕陽一照，銀灰裡摻雜著金紅，輕柔模糊如同煙雲，漸遠漸淡，和丘陵、霧靄結爲一體，變成了一片紫色的微茫。而在微茫的上方，懸浮著連綿不斷的雪山的峰巒，在晚霞中閃著琥珀色的光芒。

許多地下水從河灘上冒出來，形成許多大大小小的池沼和湖泊，在紅柳叢中閃著天光。因爲地氣暖，這些池水不結冰，清澈見底。水底的鵝卵石上，長滿了天鵝絨一般綠油油的水苔。成群的野鳧在水面嬉戲，不時一陣陣驚飛起來，發出嘎嘎的叫聲。

池邊的山岩上，有一所窳敗的小土屋。沒有門板，也沒有窗櫺。裡面空蕩蕩的，左半邊是一個大炕，右半邊除角落裡有一個傾圮的灶台外，什麼也沒有。這屋子，從前是駱駝客的驛站，因爲別處修築了汽車路，多年來已被拋棄和遺忘了。

我們把車停在山下，一樣一樣把東西搬到山上屋裡，將就過了一夜。第二天修好灶台，支起案板，清除了炕洞裡的積灰，補好了牆上和屋頂上的洞孔，就分頭去打柴和搜集乾駱駝糞。窗洞上沒格子，吳性善乾脆用泥石把它封了。門洞上沒門板，范華用麻包給它做了一個門帘。只留下屋頂上一個天窗，透亮透氣，兼出煙。屋頂下吊油燈盞的麻繩子腐朽了，周德雄從麻包上拆下來麻線，搓了一根新的換上。墨水瓶做的煤油燈盞也擦得雪亮……到晚上，小屋裡竟然有了一種整齊舒適之感。我們生起火塘，吹滅油燈，默默地圍著火烤了一陣子，居然沒有向毛主席請罪，逕自就上炕睡覺了。

從第三天開始，在附近的處女地上拓荒。這片土地是從前歷次山洪暴發時留下的沖積層，平坦鬆軟，不難開墾。只要刨掉紅柳墩，順著地勢打上埂子，略爲平整一下，然後挑開一道渠，把池水引入灌溉，就算是開墾出了一片荒地，開春後就可以在這裡下犁播種了。據范華傳達，「他們」說這片土地，將成爲所裡貫徹毛主席「五七指示」的第一批成果。

有范華帶隊，段文杰就不管事了。在所裡每天嚴格執行的那一整套儀式制度，也就沒人提起了。白天我們努力幹，晚上黑咕隆咚的，大家圍著火塘默默地烤一會兒，便上炕睡覺了。炕是乾駱駝糞煨熱了的，溫暖舒適。早了睡不著，就躺著想想心事，或者抽一抽自製的香菸。段文杰不再說夢話，史葦湘也不再裝打鼾。「此時無聲勝有聲」，說明我們的確是解放了。這樣躺著，想到沒有自我檢查互相揭發的學習會，想到不會有人半夜裡叫醒我們去卸煤，想到不必天不亮起來排著隊向毛主席像鞠躬請罪，想到這裡連個毛主席像也沒有，就十分地開心，像過節一樣了。尤其是，當屋上風聲淒切，提醒我們外面是無邊的寒冷和暗夜時，蜷縮在暖和乾燥的被窩裡，就不由得要感激命運。

唯一的問題是糧食不夠吃。在外面定量低，還可以有個蔬菜補充。山裡沒菜，肉更甭想。帶來幾個蘿蔔，金貴得不得了，只敢切成細絲撒一點在湯麵裡當調味品。二十八斤定量硬碰硬，著實難挨。不過（不知道范華是怎麼想的）像我們這種人，不挨這個就得挨那個，哪有白享的快樂？屈辱換飢餓，也算值了。

三

過去星期日照常出工，現在星期日我們休息。洗補衣、被、鞋、襪，或者閉著眼睛袖著手，靠在外面南牆上曬太陽。范華帶來一套理髮工具，用白布包著，那天打開來，挨個兒給我們理髮。吳性善一早就出去，到山那邊挖來一背簍鎖陽，給大家「改善生活」。鎖陽是一種塊根植物，學名蓯蓉，狀若男根，曬乾了可入藥。活血、利尿、健腎、壯陽。在外面稀少貴重，這裡卻要多少有多少。周德雄把它洗淨煮爛，揉進包穀麵裡，做成一種略帶甜味的餅子，讓大家吃了一頓飽飯。

飯後圍著火塘，我們席地而坐，各想各的心事，享受飽的感覺。天還不太晚，但屋裡已經很黑。沒人說話，只偶爾有誰咳嗽一下。火塘裡的柴枝時不時嗶啵一響，爆出一把火花。周德雄噗夫噗夫地吧唧他的菸斗。

「烏魯木齊眞是富得很哪！」

范華沒來由冒出這麼一句。

沒人答話。閃動的火光，映照出八張忽明忽暗的、夢幻似的面孔。過了許久，李貞伯問：「你到過烏魯木齊嗎？」

「到過一次，」范華說，「六二年開專家會，李承仙派我去買吃的。到了那裡，什麼都有……」

「新疆是少數民族，當然要照顧些啦。」吳性善說。

「到了烏魯木齊，就像到了外國，啥子都異樣著，」范華繼續說，聲音很低，像是自言自語，「房子也異樣著。有尖頂的、有圓頂的、有平頂的，有四邊有欄杆的，有帶穹窿的。人也異樣，高鼻子凹眼睛。有一字鬍子的，有大絡腮鬍子的，有山羊鬍子的，有鬍子兩頭尖角往上翹的，有鬍子兩頭尖角往下撇的，也有三綹鬍子、五綹鬍子像關公的。街上人擠人，西瓜這麼大！葡萄這麼大！到處都有小火盆在烤羊肉串，一角錢兩串，拿在手裡嗞啦嗞啦直冒油。」說著他停下來，撥了撥火。火光明滅，八張忽明忽暗的臉上，徘徊著憂鬱的陰影。

「滿街的人，穿戴都不一樣。各種光鮮的顏色，在一起好亮堂。」范華繼續說，聲調夢幻似的，彷彿也染上了憂鬱。「有戴花帽子穿馬靴的，有戴白帽子穿長袍的。袍子有的一身全黑，有的一身全白，也怪。姑娘們有的穿著繡白花的綠坎肩，有的穿著繡銀花的紫紅坎肩，有的穿著繡金花的黑坎肩。配各色裙子，有淡黃的，有杏黃的，有大紅的，有天藍色的，都很短，光腿穿馬靴，精神得很。嘴裡哼哼哼的，滿街是歌聲……」

「悄悄！」周德雄急促地說，食指放到嘴上。

大家豎起耳朵。百靜中，好像有些叮噹叮噹的聲音，隱隱約約。

「這是駝鈴，」吳性善說，「駱駝隊來了！」

我們到門外觀望，什麼也看不見。落日蒼茫，雲山萬重，天地間一派金紅。無數雪山的峰頂，像一連串鑲嵌在天空的寶石，璀璨輝煌。從烏黑渾濁的小屋裡出來，突然面對這份莊嚴肅穆雄渾莽蒼，我們都愕然悚然，一時沒了言語。

鈴聲越來越清晰，隨之暝色裡影子似地出現了七隻駱駝，在岩下池邊跪成一縱列。有兩個人從駝背上下來，把一件一件很大的東西從駝背上卸下。然後一個人吆喝著駱駝起來飲水，一個人抱著皮大衣朝山上走來。周德雄迎上去，接過大衣，把他讓進屋裡。

這是一個七十來歲的老頭子，獨眼，缺了一顆門牙，笑起來很滑稽。可是聲音洪亮，精力充沛，說話有股子丹田之氣。那飽經風霜，皺紋深刻的小臉，擁在說不上什麼顏色的大鬍子和大皮帽子之間，發出健康的紅光，那隻獨眼炯炯有神，溜來溜去的什麼都注意到了。

「媽的！眞冷得夠嗆！」他一面在火塘前坐下，一面說。同時捲起帽沿，抹掉鬍子和眉毛上的冰花。

周德雄燃起灶火，開始燒水。

一個高大壯健、剽悍陰沉的小夥子，提著一口袋麵粉進來，不看人，砰地一聲擲在案板上，向老漢問道：「咋吃？」

「急什麼！」老漢說，「人家燒水哩！」

「給你們燒的，」周德雄巴結地說，「洗臉、洗腳、做飯，都有了。」

此人開過飯店，很會應酬。在我們所裡當炊事員，乾淨利落，飯菜好吃，很受歡迎。不過我們被揪鬥以後，他常剋扣欺侮我們，還要問我們是不是對黨的糧食政策不滿。後來他自己被揪鬥，又變好了。此刻他一面燒水，一面向那小夥子說，「你去烤火，我來替你做飯。你們有菜嗎？」

「沒有，」小夥子說。

「我們還有兩個蘿蔔，給你們炒個菜吧。」范華說，一面拿了兩個玉米餅子遞給他們，「你們先吃點這個，摻了鎖陽在裡面。」

「不要客氣，」老漢說，顯然感動了。「我們有羊肉。羊呢？」

「在下面。」小夥子說。

「取去！」

小夥子出去了。周德雄一面揉麵，一面問道：「哪來的羊？」

「打的野羊——黃羊。」

「怎麼打到的？」周德雄停止了揉麵，認眞地問。

「夾鐃夾的。」

「什麼夾鐃？」

「沒見過嗎？」老漢說著，站起來揭開門帘，向山下大聲叫道，「喂，捎一個夾鐃來！」

他們是安西的農民，到這裡來給生產隊打柴。正要送柴回去，去了還要再來。范華說你們那邊搞得不錯吧，老漢說不一樣，有的好有的不好。我們隊還可以。說著小夥子進來，扛著一隻剝了皮、凍得鐵硬的黃羊，提著一個黑乎乎三角形的鋼鋏。

老漢接過鋼鋏，打開，成菱形放在地上，用腳把當中的彈簧踩住，對旁邊的吳性善說：「扳那個——鼓勁！」吳性善用力扳開弓形板，弓形板張開成了圓形。老漢用鉤機把它鉤住，然後小心地放開腳，拾起一根拇指般粗細的柴枝，輕輕地點了它一下。鋼鋏突然吧嗒一聲凶猛地跳起來，把柴夾斷了。大家齊齊吃了一驚，不約而同都後退了一步。

飯後上了炕，他把油燈拿下來放在炕沿沿上，和周德雄兩個就著燈火燒菸鍋，講他打黃羊的故事、打黃羊的方法、黃羊的習性和這一帶的地形……直到不知什麼時候。

第二天一早，他們就走了。留下一個夾鐃和一隻羊腳。是周德雄出面向他們借的。約定他們回來時還，同時給他們一隻黃羊。

四

捉黃羊這事得兩個人幹。其一非我莫屬，因爲我最年輕。學者專家們跑不動，范要管事周要做飯，大家商量決定，吳性善同我去。

我們住地附近，因爲有人跡，羊群不來問津。據老漢說這一帶另外還有四股泉。我們找到其中最近的一股，把夾鐃下在水邊羊腳印最多的地方。用細枝長草輕輕蓋好，撒上沙土，掃平。再用那隻羊腳像蓋章一樣，蓋上許多羊腳印，使和周圍的羊腳印混成一片。然後退著掃除自己的腳印，並在掃過的地方也蓋上羊腳印。興致勃勃地幹完這陰險惡毒的勾當，我們就回來了。以後每天去遠望一次，一連幾天毫無動靜。我開始懷疑，是不是操作程序不合格。

不覺又是星期日了。大家休息，我和老吳一大早就起來，到山那邊去看情況。發現夾鐃沒有了，下夾處留下一個空坑。估摸是被夾住的羊把它帶走了。爲了在滿灘滿谷的羊腳印中尋找「那隻羊」的腳印（它該會特殊些吧），我們彎著腰低著頭找了又找，腰都疼了。幾乎絕望時，終於在百米以外的斜坡上，發現了一處像鏟子剷了一下的痕跡。

可以想像，夾鐃只夾住了黃羊的一隻腳；黃羊提起那隻腳，以三隻腳逃跑，所以地面上沒有留下特殊痕跡。後來那隻腳愈來愈承受不了夾鐃的重量，拖了下來，夾鐃便砸在地上留下這麼個痕跡。順著痕跡所顯示的方向找過去，果然在不遠的地方又出現了同樣的痕跡，越往前越密，越寬。表示夾鐃擰過來橫著了。最後竟連成一片，在沙地上刮出一條小路！路上還有血跡。我們不看前面，只看地下，順著這條小路在亂山中轉來轉去，爬上爬下。不知跑了多遠，終於在一處山腰上，看見了那個帶鮮血的鋼夾，和被夾著的一隻斷下來的羊腳。這個野東西用三隻腳逃跑了。

曾經在一本書上看到，如果獵人從上風接近中機的狐狸，狐狸就會立刻咬斷被夾住的腳，用三隻腳逃之夭夭。據說這種「三腳狐狸」比別的狐狸更殘忍更狡猾。據說一切食肉獸都有這個本事。我想，黃羊因爲沒有尖牙利爪，直要等腿被拖斷才能擺脫夾鐃，多吃了多少苦頭！也曾在另一本書上看到，黃羊時速一百一十公里，比馬（八十公里）還快，僅次於獵豹（一百二十公里），而耐久力超過獵豹。現在既然跑了，哪怕只有三隻腳，我想我們也無法追到。於是提議回去。吳性善滿頭大汗，坐在石頭上喘氣，連連說「唉呀可惜呀！唉呀可惜呀！」大紅臉比平時更紅了。

這一帶地勢很高，可以望見千山萬壑，像波浪一樣奔湧；可以望見山那邊淡紫色的大戈壁上，藍色的雲影追逐奔馳，一往無垠的朔風吹拂著銀色的鳳尾草。我望了一會兒，背起夾鐃催促吳性善往回走。夾鐃很重，拿起它的時候我才明白，那個野東西拖著它翻越了這麼多的山嶺，是一場何等慘烈的掙扎。

由於地勢高，這一帶的山谷裡不長蘆草，全是褐色的岩石。每條山谷都一樣，分不清楚這條那條。在這樣的山谷裡行走是令人沮喪的。走著，吳性善說：「等等，我去把那隻羊腳拾來。」回頭又往山上爬。我坐著等他。他回來時手裡拿著那隻血淋淋的羊腳，說：「叫他們看看，多大的一隻羊呀！」我沒吭氣，停了一會兒他又說，「唉呀，可惜呀！」

下午回到大泉宿舍。大家聽了吳性善的講述，無不嘆息。那隻羊腳從這個人手裡轉到那個人手裡，人人都看了又看，都說太可惜了。精幹的周德雄一面揉麵替我們做飯，一面盤問吳性善各種細節。案板在他的壓力下發出咯吱咯吱的聲響。

「這隻羊能捉到。」他忽然說，口氣斬釘截鐵。大家一下子都坐直了，齊齊朝他望去。他頭也不抬，邊幹邊說：「老頭兒說過，有些特別大的羊能把夾鐃甩掉。可甩掉以後就沒有力氣了，就會在附近的一個什麼角落裡臥下。如果發現有人追牠，還會起來再跑一陣，第二次臥下就再也起不來了——你們吃，吃飽了再去，一定能追到！」說著麵已經下在鍋裡了。

大家興奮起來，七嘴八舌一陣熱鬧，都說是一定能追到。都叫我們吃飽，息好，「鼓足幹勁」，把羊捉來。霍熙亮以洪亮的山東腔嚷道：「我們要像毛主席教導的那樣，下定決心，不怕犧牲，排除萬難，去爭取勝利！」史葦湘以濃重的四川口音接上一句：「不到長城非好漢！」李貞伯說北京話，聯句似地也來了句毛詩，「萬水千山只等閒！」段文杰擺了擺手，教他們放心，說這事沒問題，「若要識英雄，先到艱難處（這是胡喬木的詩）麼。」說著轉過身來，輕輕拍了拍我的肩膀，親切地說，「你說對吧？這下子就全看你的了。」

范華給進門就往炕上一躺的吳性善蓋上一件老羊皮大衣，說：「出了汗，不能著涼。」又給坐在火邊的我披上一件棉襖，然後坐下來，聽大家七嘴八舌，一言不發。等我們快吃完飯時，他說：「你們要吃大苦了，還跑得動嗎？」

吳性善應聲說，「我眞的是一丁點兒也跑不動了！」

「跑不動就別去了！」范華說，「忽忽天就要黑了。這麼大的山，誰曉得裡頭有些啥子東西！別遭遇上個什麼，就不好了。」

「你息一息，我去！」周德雄向吳性善說。一面快速利索地用帶子把褲腳管縛緊，腰上纏上幾股粗麻繩，拿了一根槓子，一把電工刀，坐在我旁邊，等我吃完。

我們爬山越嶺，又來到發現夾鐃和羊腳的山腰上，在石頭叢中辨識蹤跡。一直跟蹤到低處有泥沙和蘆草的峽谷裡，發現它混合到無數的羊腳印之中去了。

這眞是一隻精力充沛的羊！於是又開始了一場磨人意志的尋找。在轉了無數灰心失望的圈子以後，我們終於發現，一條像細棍子刮過似的新鮮痕跡，可以斷定就是那隻黃羊的斷腿骨刮的。順著方向找過去，不遠處又有一條。越跑，這細線拖得越長，也劃得越重，在下到有紅柳的河谷裡以後，竟連成一條不間斷的長線了。

這不是一條直線。它抖動著，彎彎曲曲，彎曲的幅度很大。有時甚至繞出一個不規則的圓圈。在有一個地方，甚至連續出現了兩個大小不等的圓圈。這根抖動、彎曲、有時繞成圓圈的線條，生動地刻畫出那個受傷的野獸是何等地痛苦和焦慮。特別是那些圓圈，分明是牠簡單腦子裡剎那間閃過的絕望留下的痕跡。

有幾個地方有血跡，說明筋疲力竭的黃羊，曾經在那裡停留，窺望和傾聽我們的動靜。然後又打起精神，掙扎著向前逃跑。

我順著線奔跑，閱讀著這生命力運行的軌跡，靈腑爲之震動。不知不覺已經把周德雄丟在後面老遠了。

突然，在前方一座巨石的後面，跳出一隻毛色像狼的驢子，向我衝來，我猛吃一驚，站住了。那東西也站住了。兩物對視，相距不到百尺，各自驚恐。

不知過了多久，聽到後面遠處，周德雄一聲大叫：「黃羊！」叫聲驚醒了那隻失措的動物，牠掉頭就跑。我立刻跟上去追。又開始了一場殊死的角逐。牠跳過石頭，我也跳過石頭。牠穿過紅柳，我也穿過紅柳。等我上了山，牠已經下到山谷。等我到山谷裡，牠已經到了澗那邊。但是牠的速度越來越慢，我也越來越接近牠了。後來牠幾乎沒有速度了，我走近了牠。

牠被夾斷的那隻後腿，已經在地上拖得稀爛了。另一隻後腿，經過這番奔跑，也被傷口牽拉得拖到了地上。我看著牠的後半身漸漸癱塌，終於全部拖在了地上。但牠還用兩隻前腳，一步，一步，拖著後半身走。不，不是走，是一種艱難、緩慢的移動，但牠絕不停止！毛血模糊的後腿、臀部和下腹部在沙石上拖著摩擦，血泥裡露出的肌肉和白骨，就像肉鋪裡的商品一模一樣。——但是牠，還在一步一步，向前移動。

我慢慢跟著牠走。這個既沒有尖牙，也沒有利爪，對任何其他動物都毫無惡意、毫無危害的動物，唯一的自衛能力就是逃跑。但現在牠跑不掉了。爬到一個石級跟前，上不去，停了下來。突然前肢彎曲，跪地跌倒，怎麼也起不來了。全身躺在地上，血不斷滲入沙土。後半身血肉狼藉，可前半身毛色清潔明亮，閃著綢緞一般的光澤。牠昂著稚氣的頭，雪白的大耳朵一動不動，瞪著驚奇、明亮而天真的大眼睛望著我，如同一個，健康的嬰兒。

我也看著牠。覺得牠的眼睛裡，閃抖著一種，我能夠理解的光，剎那間似曾相識。慢慢地，牠昂著的頭往旁邊傾斜過去，突然砰地一聲倒在了地上。牠動了動，像是要起來，但又放棄了這個想法。肚皮一起一伏，鼻孔一張一合。嚴寒中噴出團團白氣，把砂土和草葉紛紛吹了起來，落在鼻孔附近的地上和牠的臉上。

我坐下來。不料這個動作，竟把牠嚇得急速地昂起頭，猛烈地扭動著身軀。我想我在牠的心目中，是一個多麼凶殘可怕的血腥怪物呵！事實上也是的。我真難過。

一道斜陽穿過山峽，把河谷照成金黃色。一時間不但黃羊，近處的岩石、紅柳、蘆草，我腳下的每一顆石子全都像鍍了金。一道藍色的陰影，搖晃著伸展到了我的腳下：周德雄到了。他也猛烈地喘著氣，臉色發白，滿頭是汗，嘴唇一抖一抖的。

「黃羊呢？」他問。

我用下巴指了指地上。

他頓時滿臉放光，叫道：「哈呀，這麼大！」撲上去把黃羊按住。羊掙扎著，發出一種奇怪而悲慘的叫聲。周德雄用膝頭抵住牠，從腰上解下麻繩，把黃羊的四條腿，不管好的傷的，全部綁在一起，把槓子穿了進去。站起來撲了撲身上的土，說道：「要是那條腿不壞，有三條腿，就可以牽著趕回去了，現在只好抬了。」

我沒說話。他找了塊石頭坐下來，長長地舒了一口氣，說，「抽支菸吧。」

我搖了搖頭。他一面點菸，一面又說，「真他媽的把人跑炸了！——總算沒有白跑！這下子省了不少糧了！冬天的羊肥得很，膘這麼厚！——這張皮也不錯，可惜後面磨爛了。」

我從沒見他這麼高興過。

五

峽谷已完全淹沒在陰影中。只有古銅色的晚霞，還在精赤的山岩高頭燃燒。我們抬起羊，要回去了。可是羊猛烈地扭動著，發出奇怪而悲慘的叫聲。我放下我這頭的槓子，要周德雄把羊宰了再抬。他一定不肯，說是宰了就凍硬了；硬了再化開，就不好吃了，而且皮也剝不下來了。

「牠痛得很呢，」我說。

「痛什麼！牠是個菜麼。」他說，「你要是害怕，你抬前面來。」

我們換了個頭兒。抬起來走了不遠，羊在繩子上跳和叫了一陣，自己死了。我大大鬆了一口氣，彷彿自己沒有罪了，彷彿生活又變得輕快了。加快了腳步，往回趕路。

霞光猶在徘徊，月亮卻已經上來了。很大很紅，淒厲猙獰，把獷悍的大荒映照得格外神祕。往東望暗影浮動，往西望日月交輝，剎那間有如太極兩儀。

「老高，你別東張西望的好不好？」周德雄在後面叫道。「這東西血腥味兒大得很，要是招來了個狼呀、熊呀什麼的，就麻達了。」

在黑沉沉的山影裡，我們沒命地走。不知走了多少時候，到「家」了。那些人早已睡熟。我們一到，全都風快地起來了。個個歡天喜地，燃起火塘，點亮三盞油燈。燈光映著火光，更加熱烈輝煌。火星歡快地飛舞，濃煙起勁地翻滾，就像頭上有個顛倒的黃河。大家剝羊的剝羊，提水的提水，燒灶的燒灶，和麵的和麵……我和周德雄什麼事也不做，只坐著烤火，像客人一樣。一忽兒有人端來洗腳水，一忽兒有人送來剛泡好的茶。茶剛喝了幾口就有人來添滿。周德雄興奮地講述著追捕的經過，完全忘記了疲勞。大家一面忙，一面起勁地聽著，不時提出一些問題，什麼細節都不放過。

後半夜，羊肉燒好了，切成很大的塊，用面盆盛著，放在炕的中央。八個人盤膝圍坐，用手拿著吃。燈火通明，鍋裡發出噗通噗通的聲音，預告著肉還很多。個個吃得半個臉都是油，眉飛色舞地話也多了。

霍熙亮感慨地說，可惜沒酒。

李貞伯說他抗戰時期在山西喝過一種酒，叫「女兒酒」。當地風俗，誰家生了女兒，親戚鄰居就送一些米作爲賀禮，主人用送來的米做成酒，埋在地下，直到女兒長大出嫁時，才挖出來請客。「這樣的酒你哪裡也買不到，」他說，「我喝過一次，通紅透明，像膠一樣稠。用筷子挑起來，絲拉得很長，有這麼長。」

由各地風俗，說到本地風俗。史葦湘說，從前這一帶，過年都要「打鐵花」。大年夜人們把燒紅的鐵放在鐵砧上打，比賽看誰打的火花最多最亮最高最遠。老人小孩姑娘們都圍著看，氣氛熱烈得很。他說他懷疑李白的詩「爐火照天地，紅星亂紫煙」，就是寫這個。李白是西域人，該熟悉這一帶。他說他曾在唐代壁畫裡找印證，沒找到。

段文杰說，這種打鐵花的風俗，直到解放前還保存著，他都看到過。他說這一帶過年都吃餃子油餅花卷，西北人重主食不重副食，一種小麥麵粉可以做出十幾種食品，但副食沒幾樣。南方相反，越到南方，副食花樣越多，你看廣東人，蛇、蝦蟆、生猴腦、活驢肉，都吃，連蟲子都吃，蛆都炸了吃，北方人就不。霍熙亮反駁說：「咋不？我們山東人，還有河北人，都吃螞蚱，炸了吃。誰丟了飯碗，人家就說，油條螞蚱，家裡吃去，這是歇後語。」

互不交談的傳統習慣突然打破了！人人都說東道西，高談闊論起來。直到塘火漸漸小下去，罩上一層白色的寒灰，冷起來了，才一一鑽進被窩睡覺。天窗裡，已透進銀藍銀藍的曙光。

我們一直睡到中午才起來。

從此我們常去捉羊。都是我同吳性善去。我的狩獵經驗愈來愈豐富，心也逐漸地變冷變硬，成了事實上的食肉野獸。然而生活卻好起來了。變成野獸以後，生活就好起來了，人與人之間的敵意和惡意也減少了，相處也容易得多了。

獸性的東西居然生產出人性的東西，也大奇。

六

兩個月的時間快滿了，到時候王杰三要到山口來接我們，一天也不能拖。范華說，回去了他要提出建議，把另外幾片河灘也開墾出來。「這樣我們還可以再來。」大家一致支持。估計他的建議會被採納。第一我們開荒愈多，他們功勞愈大；第二他們認爲山裡很苦，而我們應當吃苦；第三所裡沒有那麼多重活可幹，我們的存在是個麻煩。這些理由沒人說破，但誰都心裡有數。周德雄已經在計算著，下次來要帶些什麼：醬油、醋、生薑、大蒜、茴香、桂皮、花椒、八角、乾紅辣椒、料酒……最好還有燒酒。這些東西伙房裡才有，還得靠范華的人緣。

那天吃過晚飯，在屋裡烤火的時候，范華對大家說，「捉黃羊的事，不能讓他們知道。他們知道了就麻達了！我回去了不提這事，你們回去了也別提起來。」

吳性善眼睛越瞪越大，應聲說，「咋能讓他們知道！他們知道了可不得了！——反正我不會說。」

沒人吭氣。

這幾句一個老實人不假思索說出來的體己話，在我們中間突然造成了巨大的恐慌，就像無意中丟下了一顆精神炸彈。硝煙過後，一切改觀。眞的，誰能夠保證，他們不會知道呢？難道可以相信這裡的每一個人嗎？何況都是些什麼人！周德雄說只要別人不說他就不說，這就是說他估計別人會說；單憑這一點他就可能搶先說，爭取主動。這話可以理解爲是他的事先聲明。聲明的人可怕，但是不作任何聲明的人更可怕。

果不其然。第二天早上出工以前，同我們一樣進山以後從未摸過《毛選》的段文杰，拿著本《毛選》聚精會神地看起來，大家的神經一下子綳得更緊了。那種用肢體語言發布的「獨立宣言」，其內容的豐富性遠遠地超出了捉黃羊的是非。但黃羊問題仍是大家首先必須面對的。每個人都千方百計用各種方式，表明自己對此沒有任何責任。談話中一有機會就把話題扯過來，暗示自己與捉黃羊的事無關。毫不經意地流露出來的一言半語，聽起來隨隨便便，一琢磨意味深長。八仙過海，各顯神通，爲了保護自己的安全，每個人智慧的深度都呈現出來了。

吳性善沒有自衛能力。但他每次都不願意去，是大家鼓著他去的，所以他的危險不大。只有兩個人無法推卸責任，一個是范華，一個是我。他是押隊的，責任大。但他是革命群眾，而且有工人階級的身分，有可能大事化小小事化無。相反地我是右派、黑幫，沒事都會來事。我這樣做，不但可以說是抗拒改造，抗拒勞動，而且可以說是「破壞生產」，破壞「五七指示」。不是可以，而是一定會這樣說。首先我周圍這些人就會這樣說。

形勢突然惡化了。我環顧四周，都是冷冷的眼睛，段文杰那淡眉毛下的三角眼睛，周德雄那濃眉毛下深眼窩裡鷹一般銳利的眼睛，霍熙亮那擁在肉裡的小眼睛，史葦湘那白淨面孔上眼圈微微發紫的大眼睛，甚至李貞伯那被打掉了眼鏡的近視眼睛，也都似乎在幽幽地發光。

我一直在想：怎麼辦？

一天，我選擇了一個合適的時機，說起打獵也是一種生產，並且建議，回去時給所裡捎一隻黃羊去，「讓大家都改善一下生活。」

吳性善聽了一愣，說：「那怎麼行！」

范華感到自己被我出賣了。但還是說：「知道了對大家都不好。」

我回答說：「我們越是在外，越是要自覺改造自己，一舉一動都應當向毛主席彙報。捉黃羊是小事，不是個政治問題，可如果相約保密，倒反而會把事情弄大，成了政治問題了。」

沒有人說話。

范華抬起眼睛來望了我一下。我也望了他一下。四目對視，刹那間我覺得，在他的眼睛裡，閃抖著一種光，就像那隻黃羊。

我吃了一驚。心裡一陣難過。很想說點兒什麼，來縮短一下我們之間這個痛苦的距離。但我立刻清醒過來，明白了這樣做就是發瘋。告訴他我說的不是眞心話嗎？告訴他我心裡很難過嗎？告訴他我同他一樣想法一樣心情嗎？告訴他我喜歡他敬重他感激他嗎？這樣奇怪的表白不但是危險的，也是對方根本無法理解的。

不知何故，那老漢和小夥子沒再來打柴，而我們已經不得不走了。

山岩上那座閱盡滄桑的小屋，又被孤伶伶地拋棄在無邊的荒山大漠之中。當我回頭望它的時候，它那被封住的窗子就像兩隻塞滿困惑和迷惘的眼睛，先是愕然地，後又漠然地望著我們，冉冉沉入了茫茫夢境。

回程是下坡路，比較好走，而且糧食吃完，車子也輕了許多。但大家的腳步，好像更沉重了。同來的時候一樣，踩著灰黃色的碎石，沿著灰黃色的山溝，我們默默地走。碎石在腳下悉索作響，車轂轆發出有節奏的、尖細悠長的聲音，好像是說：「哪裡去呀？——哪裡去呀？……」

竇占彪

文革中，我在敦煌研究所當牛鬼蛇神，監督勞動，掃洞子。近五百個洞子，進去了就找不著人。凡外面的紅衛兵來串聯，所裡的革命群眾都要臨時把牛鬼蛇神們找齊，讓人家打一頓，作爲招待，叫「現場批鬥」。我在洞裡，得以避免許多毒打。

有時候，我的任務是給竇占彪當小工，也很愉快。

石窟保護部的老工人竇占彪是個奇人。臉狹長而腦門特大，下巴向前抄出。個子瘦小佝僂，走路有點瘸。恰像是我的老師呂鳳子先生畫的羅漢。讀書無多，木訥寡言。但技藝高超，而且絕頂聰明。十多年來，在石窟保護和加固工程中出過許多好點子，也解決了不少專家們束手無策的難題。說到他，全所上下，沒有人不敬佩。

在這個「知識分子成堆」的地方，文革來得特別殘酷；編制內的少數幾個「工人階級」，也顯得特別權威。唯獨他，還是老樣子：木訥寡言，走路靠邊。火熱的鬥爭會上，他遠遠地坐在角落裡，兀自打盹。一九六六年以來，從未發過言，也從未貼過大字報，跟著跑跑龍套。

除了在鬥爭會上，沒人敢當著他的面打人。他體弱力小，眞要打他也擋不住。但不知爲什麼，要是他在一邊靜靜看著，人家就不好意思動手了。

虎背熊腰的汽車司機王杰三，塊頭比他大一倍。站在一起，對比強烈，畫味兒十足。王愛打人，有一次，嫌我擦車沒擦淨，剛舉起拳頭要打，被老竇路過看到，「嗨」了一聲。王應聲順勢，把手往自己頭上一按，用手指梳了梳頭髮，回頭轉身說，老竇哪裡去？

一天，全所下鄉勞動，要帶一塊寫著《毛語錄》的黑板，放在地頭以便隨時學習。這是聖物，牛鬼蛇神不能碰。闊大笨重，革命群眾沒人願拿。人都上到車上了，唯獨它留在下面。它留在下面，車就不敢開走，直響直抖，一陣陣排氣。大家各自盯著膝蓋上的紅寶書，一聲不吭。老竇慢騰騰爬下卡車，把它拿了上去。

到了地頭，又是老竇把它拿下來。轉移工地時，還是他揹著。剛放過水，地裡很濕，中午休息時，沒處坐臥。大家有的蹲有的站，有的坐在併攏的鍬把上，硌得難受。老竇找了四塊石頭，把黑板翻過來，架空放平，往上一躺，睡起覺來。如此大不敬，人人望之駭然。他坐起來，從容四顧，說，我背累了。復又躺下，眾目睽睽之中，須臾鼾聲大作。

我給他當小工，他教我不少手藝。幹什麼教什麼，熱心而耐心。跟他，我學會了盤爐、盤灶、砌牆、打造門窗、駕馭騾馬、釘蹄鐵換轂轆補輪胎，以及在荒野裡沒有案板菜刀的情況下做出一鍋好吃的拉麵。

六八年夏天，沿著莫高窟到敦煌城的汽車路邊，要造一些大約兩、三公尺見方的短牆，待寫毛語錄，叫做「語錄碑」。「光榮的政治任務」，交給了老竇。要求造得牢固，能「千秋萬代傳下去」。我當小工，先備料。用馬車把磚頭、土坯、水泥、石灰等等，運送到工地。老竇囑咐：不著急，悠著點兒。我就悠著幹。在所裡兩派鬥得難解難分牛鬼蛇神一片驚慌之際，獨自趕著馬車，在空寂的沙漠公路上來回復來回。吹著口哨從草帽沿子底下望遠。晴空萬里，陣陣迴風捲起的塵沙，像一些活動著的金色小樹，在不息地流變著的雲影蜃氣中相與旋轉，追逐，時隱時現。有時候，會有一輛滿載紅衛兵的卡車疾馳而過，然後又消失在這太古洪荒時代的背景之中。於是我知道，所里又會有鬥爭會了。

老竇砌牆，速度很快。夏季白天的沙漠，火盆一般。頭上太陽燒烤，腳下熱沙烘焙，沒處躲沒處藏，還要勞動。汗出不來，直喘。拉來的水，數量有限，蒸發很快，很難把泥和勻。老竇叫別和了。他一點兒泥漿都不用，乾碼了幾方短牆，把面子抹得光整平直，就完事了。我擔心會被大風吹倒，他們會說我們偷工減料。老竇說沒事兒，幾年之內不會倒。我說幾年之後倒了咋辦？他說不咋辦，到那個時候就沒人管了。

停了一會兒，他又補充說，這種東西，神得幾年？

這是我最後一次給他當小工。第二年春天我離開敦煌，到酒泉搞展覽，留在那邊了，再沒見過他，也再沒通信聯繫。妻子去世以後，我帶著三歲的女兒高林，在五七幹校勞動，收到他託人捎來的一大包杏乾和一小包炒花生米，說是給孩子吃的。在當時，這是稀有物資，正是我極其需要而又無法買到的東西。

二十年後的一天，記不得哪天了。我在成都，突然心裡一動，回憶起同他相處的日子，歷歷如在眼前。和小雨談他，談了很久。十幾天後，《光明日報》報導了他去世的消息，正是那一天，不免感到奇怪。報上說，在敦煌文物研究所他的追悼會上，許多人都哭了。我相信。

伴兒

一九七八年秋天，我剛到蘭州大學不久，一個從敦煌來的棒小子來看我。臨走時留下一包大紅棗兒，說是他爸爸王杰三讓他帶給我的。

王杰三是敦煌文物研究所的汽車司機。粗壯雄健，胸腹四肢雜毛連頰，一股子江湖豪客的剽悍之氣。他當過國民黨駐軍廖師長的司機，跟著廖師長耀武揚威，人見人怕。到飯館子裡吃喝，如果廖師長對飯菜不滿，他就把桌子掀翻。四九年後廖師長被槍斃，他坐了一年牢。出來後生活無著，常書鴻看中了他的駕駛技術，讓他到所裡開車，當了工人。六二年我到敦煌時，他在所裡已有十年。工作認眞負責，待人慇懃周到，愛幫忙，愛串門子擺龍門陣，大家都喜歡他。我也喜歡他。

可他在家裡，打起老婆來不要命。他因此常受批評。這不是政治問題，也不是經濟問題，事情小，他又是工人，歷次運動都沒碰他。除了批評批評，大家也拿他沒法，只有對那位永遠遍體鱗傷的他的妻子，寄予無限的同情。

「文革」時，強調工人階級必須領導一切，凡「知識分子成堆」的地方，都要派進工農兵，叫「摻沙子」。所裡原有的幾個工人，成了兩派爭取的對象。有的站這邊，有的站那邊，有的哪邊都不參加。王杰三呢，兩邊都吃香。參加了幾次鬥爭會，他發現除了老婆以外別的人也可以打，大大地開心大大地過癮，容光煥發像換了一個人。

他打人，和知識分子打人不同。知識分子打人，胳膊細，拳頭小，道理大，怒火高。他不動感情，無言而有力，幹起來就像宰豬剝羊一樣。腳勁尤其大，老所長常書鴻常常被他踢得滾來滾去，血淋淋滿地爬。他打人也不限在鬥爭會上，平時動手動腳也很隨便。當然所打的都是已經揪出的「牛鬼蛇神」。這些人被監督勞動，什麼都幹，最怕幹的就是被派去給他擦洗汽車。

儘管如此，所裡的煤燒完了，還得他開車到鹽鍋峽去拉。這件事無人可以代勞。他常去拉煤，每次都要到深夜兩三點鐘以後才回來，一肚子怒氣。每次回來，都是一下車就來猛踢我們家的門。踢到我下了床開了門，他吼一聲「卸煤去」，就走了。這完全是他個人加給我的任務。他只叫我不叫別人，也並不是特意同我過不去，而是因爲他從煤場回家正好要經過我家。更深夜半，他累了，不想再費心繞道去找別人。

茨林正懷著高林，白天爲我擔驚受嚇，夜裡突然被這巨響驚醒，就再也睡不著了。一個人害怕，開著燈等我回家。每次我回家時，都已天快亮了。渾身上下黑乎乎，得趕緊燒水洗澡換衣服，去參加牛鬼蛇神們早晨的請罪儀式，聽候管我們勞動的孔金分配一天的任務。茨林在家，再燒水洗我換下來的那些衣服。要清好幾道，才能乾淨。

直到我家被查封，茨林回娘家，我進集體牛棚，情況才改變。王杰三仍然不通過孔金，半夜三更來叫人卸煤。但一叫就是三個五個，勞動量不那麼重了。我也不必再爲了連累孕婦胎兒受大驚嚇，而深自愧疚焦急窩心，幹起來不那麼累了。

一九六八年冬天，所裡要辦五七農場，派我們進山開荒。王杰三開車送我們到山口，半路上汽車陷在沙窩裡出不來，得找一些東西來墊在車轂轆下面。大家分頭去找。我和王杰三一路，在冷風裡縮著頭，袖著手，沿著河灘往上走。

越走地勢越高，回望我們的汽車，已經變得很小很小，幾乎看不見了。從苦口泉下來的那股細泉，在河灘上結了冰，面積膨脹，白花花一片，忽寬忽窄忽左忽右，曲曲折折流經鐵灰色的戈壁，像大地的裂痕。

他似乎並不著急，一步一個腳印，轉過幾道沙梁，找了個背風的地方，蹲下來，從懷裡掏出一片裁成小方塊兒的報紙和一小布袋菸末子，熟練地捲起一支菸，點著抽起來。煙霧裡瞇縫著眼睛，很享受的樣子。我更不著急，反正沒有什麼好事在等著我，時間於我毫無意義。就也蹲到他的旁邊，避避風。

他回過頭來瞟了我一眼，說，去去，快去找去。

我沒動，他又說，聽見了沒？聽見了沒？說呀你聽見了沒？一聲比一聲高。稍停，忽壓低嗓門，面帶微笑，湊過來款款地說，裝聾賣啞的，剛一出了門就想翹尾巴啦？太早了點兒了吧？我勸你還是放老實點兒，叫你咋咧就咋咧！工人階級領導一切，知道嗎？快去！稍停，突然吼道，你去不去？看著我幹嘛？不認識我了嗎？你看什麼看？說著把大半截沒吸完的菸一下甩得老遠，霍地站了起來。

我也站了起來。他在高處，我在低處。我後面是一個高而陡的流沙斜坡，他一拳頭打過來沒打著，兩腳不穩栽了下去，竟然嘰哩咕嚕一直滾到谷底。他逆著沉重的沙流往上爬，不斷下滑又重爬，到我跟前時，已累得上氣不接下氣，一屁股坐在地上直喘。我也在他旁邊坐下，兩個人默默地一同望遠。

冷不防他猛一腳蹬得我栽到斜坡上。我在滾下去以前剛好來得及抓住那隻腳，把他一起拖了下來。兩個人撕扯著往下滾，一直滾到谷底。我憤怒得喪失了理智，在他已無力還手時騎在他胸脯上拚命打他的耳光。他是絡腮鬍子，剛刮過不久，鬍茬兒扎得手掌心燒痛，我都顧不得了。剛停下來，想到他深夜踢門的情景，就又打。

打打停停，不知道怎麼收場，漸漸冷靜下來，想到後果，害怕了，又把他拉起來，替他整理撲打衣服頭髮，找回他的帽子並替他戴上。戴上後左看右看，做著鬼臉，想把這件事弄成一個玩笑，但是不成。不管我怎麼示好他都不買帳，喉嚨裡兀自嘟囔：好哇你，階級報復，咱們走著瞧。

往回走，一路無話。他臉色陰鬱，我心裡發愁。走著我叫了一聲：王師傅，他不答理。再走幾步我又叫一聲王師傅，他還是不答理。我說，王師傅，我今天犯了錯誤了，回去了做檢討，靈魂深處鬧革命……他冷笑一聲，加快了腳步，好像是急於要同我拉開距離的樣子。

我追上一步，同他並排走，說，王師傅，我聽信了一個謠言，說你是廖師長的司機，反革命的走狗。這分明是惡毒攻擊偉大的工人階級，但我思想沒改造好，革命警惕性不高，糊裡糊塗信了，以為你是混進工人階級隊伍的階級敵人，把工人階級的你當反革命來打，這不是毛主席說的「人妖顛倒是非淆」嗎，這個錯誤太嚴重了，必須重視。回去了我給軍宣隊、工宣隊，還有全體革命群眾做檢討。

他仍然不理不睬，悶著頭直走。走了很長一段路，突然說，我告訴你，你檢討對你不利！我說我犯了這麼大的錯誤，怎麼還能考慮自己的個人利益？要割尾巴，就不能怕痛麼。他站住了，轉身面對著我，說，你以為一檢討就沒事啦？事兒越說越多！多一事不如少一事，我勸你別來事——我這是為你好。我說我知道王師傅一向關心我，我很感謝，但是，要如果他們知道了，我怎麼辦？他說，怎麼會呢，這是在戈壁灘上，天知地知，你知我知，還有誰知！

我說，那我就聽王師傅的話吧。他高興了，又說，我這是爲你好。

到汽車跟前時，發現人們已找來不少紅柳疙瘩，塞在車轂轆下面，等了很久了。

車到山口，我們卸下糧草繼續趕路，王杰三就開車回所裡去了。我琢磨，他會守口如瓶，但沒把握，還是有些不安。沒想到的是，我在山中的這兩個月裡，他比我還要不安，甚至到城裡找過茨林，要她及時勸阻我，別去做檢討。

更沒想到的是，他如此小心，卻在運動高潮過後，也進了牛棚。一九六八年底，清理階級隊伍以後，又清理財務經濟。牛棚裡除新老「右派」，「叛徒」「特務」「走資派」，「國民黨的殘渣餘孽」、「變色龍」「小爬蟲」「混進群眾組織的壞頭頭」……等等以外，又來了一批「挖社會主義牆腳」的「經濟犯罪分子」，人數增加到二十四個。我們所一共四十九個人，我常想，要是再加一個，就超過半數了，那多有趣。沒想到，這個人就是他。有人指控他搞地下運輸，他一下子加了不少份兒，成了我們之中的一員。

我是最初進來的一個，他是最後進來的一個。他之前陸續進來的人們，凡是打過我整過我的，見了都有一陣子尷尬。有的還端著架子，好像他是英雄失路而我是罪有應得。王杰三不，跑過來捶捶我的胸脯，說，你小子，我給你做伴兒來了。

他一來，「備戰備荒」就開始了。所裡日夜挖防空洞。同開荒辦五七農場一樣，防空洞也都交給了「牛鬼蛇神」們去挖。洞深而小，在裡面直不起腰，只容得下兩個人同時幹活。我們輪流組合，倒班下井。上夜班的，幹通宵。大家互相監督，誰也不能偷懶。

我發現，同王杰三一起，可以破這個例。在洞裡不管我做什麼，補衣服寫信甚至蒙頭大睡都沒關係，他不會像別人那樣，第二天跑去報告。我睡覺的時候他一點兒聲音都沒，醒了就來片閒串，無話不談。我問他同別人是不是也這樣，他說要看同誰了。最怕的是知識分子，都想立功贖罪。沒有揭發批判的材料，難受死了。你送上門去，他高興死了。

有一次夜班，他給了我幾顆大紅棗兒，杏子般大小，皮薄核細肉厚，咬起來有韌勁兒，香甜而磁實。他問我好吃麼？我說好吃極了，他那張多毛的大臉，笑得像個孩子。

大紅棗兒是敦煌的特產，名聞遐邇。我在離開西北以後再沒吃到過。聽說由於商潮的衝擊，工業污染和農藥化肥的使用，國內許多地方特產都變了味兒。不知道敦煌的大紅棗兒，還那麼好吃不？給我大紅棗兒的王杰三，現在也該有七十開外了，不知道他的身體，還硬朗不？

常書鴻先生

聽到常書鴻先生逝世的消息，很難過。忙亂中一直想寫點兒什麼，談談我對他的尊敬與感激，歉疚與慚愧。

先生早年留學法國，油畫作品頻獲國際大獎，名盛一時。看到流落海外的敦煌藝術，深受震撼，遂與雕塑家妻子一同回國，決心獻身於敦煌藝術的保護和研究。在爭取到必要的支持以後，於一九四四年戰火紛飛之際，在敦煌莫高窟成立了「國立敦煌藝術研究所」。帶著一批人，騎駱駝進去，到那裡當所長。

黃風大漠，生活困苦，工作更是艱難。雕塑家妻子受不了，終於離他而去。一九四九年共產黨接管政權以後，將該所易名爲「敦煌文物研究所」，任命他繼續當所長。他的第二任妻子，畫家李承仙是所裡的黨支部書記，被任命爲副所長。不久，他加入了共產黨，成了政協委員和全國人大代表。

我同他無親無故，比他小三十多歲。只是在書報雜誌上看到過他的事蹟，留下印象。一九六二年，從勞教農場出來，舉目無親，四顧茫茫。除了一捲破爛鋪蓋沒有別的家當，除了四處找打零工沒有別的出路。蓬首垢面，走在路上同乞丐沒有兩樣。在靖遠縣城一家供驢馬車息腳的小客棧裡，伏在炕上，給他寫了一封長信，談我對藝術、藝術史和敦煌研究的看法，毛遂自薦，要求到研究所工作。

當然只是試試，沒抱多大希望。信封上寫著敦煌文物研究所常書鴻先生收，連個寄信人的地址都沒。也不知道他能不能收到。沒想到，他居然，認眞仔細地看完了這封信。然後同甘肅省公安廳聯繫，調閱了我的人事檔案。然後又著人找到一些我的畫、我以前發表的文章和別人批判我的文章看了。然後給公安廳打電話，說他想用我，問有什麼意見。接電話的人叫東林，回答說，只要你們那邊沒困難，我們沒問題。

果然，問題出在文化教育系統。我的右派身分，開除公職勞動教養的歷史，都成了我去敦煌的障礙。這事卡了很久。但先生決心大，爭取到文化部副部長徐平羽的支持。公安廳給我摘了右派帽子。說好開除以前的工齡不算，以重新參加工作論處，問題才解決了。從此我的人生之路，拐了一個大彎，前景開闊起來。

先生兼任蘭州藝術學院院長，那時正在蘭州。我去敦煌以前，約我談過兩次，我才知道這些曲折。他說，國家忙了這幾年，現在寬鬆了，百廢待興，敦煌研究也要重新上馬，正是亟需人才的時候，沒想到事情還是這麼難辦。他說，要感謝公安廳那兩個人，沒有他們的鼎力相助，許多問題就解決不了。我說，也要謝謝徐平羽。他說，那還不大一樣，他不過說了句話。要用人麼，說句話也是應該的。

他說，你到那裡，先要做大量的洞窟調查，積累起足夠的卡片。佛經深奧多義，要盡可能吃透。要熟悉西域交通史和瓜沙地方史，許多經卷文書不能不看。我看你的信，少年氣盛，鋒芒畢露，怕你急於求成，沒這份耐心，你要注意。畫畫也一樣，敦煌壁畫有敦煌壁畫的基本功，不是用寫生技巧畫得很像就行了的，要參透，也得扎扎實實，下幾年功夫。功夫是急不來的，你要沉得住氣。

一到敦煌，就沒有這種同先生談話的機會了。都忙得不得了。先生雄心勃勃，要籌辦一系列國際性學術會議，紀念莫高窟建窟一千六百周年（三六六—一九六六）。光是準備論文，就不許從容，何況還要臨摹，還要編輯出版《敦煌全集》。形勢的發展要求突出政治，百忙中又加上一個開創新洞窟、創作新壁畫的任務，納入了紀念項目。文化部撥款數百萬元的石窟加固工程已經上馬，鐵道部派來的三百多名建築工人，正在緊張地日夜施工。雜事很多，先生常年在外奔走，來也匆匆，去也匆匆。難得見上一面，見了也難得多談。

年齡的差距，社會地位的差距，領導和被領導的關係，都妨礙我和先生更深地交往。這很自然，也很正常。許多比我早來幾十年的人，也是這樣。幾十年來政治運動不斷，先生和他的夫人作為所裡的領導人，執行黨的政策，每次都少不得要整一些人。人就那麼些，運動次數一多，就幾乎都得罪完了。日積月累的怨恨，平時看不出來，文革一到，都爆發了。

大家成了革命群眾，先生成了革命對象。把我這個右派分子調進敦煌這件事，成了先生反對革命的證明。我的問題都成了他的問題，因為我是他弄來的。大家以此為突破口，揭發出他更多更大的「罪行」。先生被打翻在地，被稱為老牛鬼，李承仙被稱為大蛇神，敦煌文物研究所被稱為常李夫妻黑店。我則被說成他們的黑幫死黨。開他們的鬥爭會，有時也拉我陪鬥。我當然也要挨打，但比起他們挨的，要少得多也輕得多了。

打他們打得最凶的，不是那些挨過整的人，而是那些他們一手培養提拔起來的人。以往出國辦展覽，先生都要把一個姓孫的帶在身邊，後來又送他到北京中央美術學院雕塑研究班深造。每次鬥爭會，此人都要哭著問他，用這些小恩小惠三名三高拉攏腐蝕青年是什麼目的。答不上來就打。個兒高大，出手無情，有次一揮手，先生就口角流血，再一揮手，先生的一隻眼睛當場就腫了起來。腫包冉冉長大，直至像一個紫黑色的小圓茄子。革命群眾驚呆了，一時間鴉雀無聲。

同在全國各地一樣，所裡的革命群眾，也分成了互相對立的兩派。兩派都忠於毛主席，指責對方不忠。比忠心也就是比凶狠，對先生爭相批鬥，輪流抄家。他倆被趕到一間狹小的廢棄庫房食宿。爲尋找罪證，他家裡的地面被挖得孔連孔，頂棚撕得七零八落。有些事不說要打，說了對方要打。身上舊傷沒好，又加上許多新傷。先生滿口的牙，被打得一個不剩。那是最困難的時期，後來揪出來的敵人越來越多，日子才逐漸輕鬆一些。

那天先生眼睛被打，傷勢駭人，怕會瞎掉，半夜裡溜進他們的小屋，看望了一下，才放心。回來睡不著，想了些話，押了個大致的韻，蒙著燈抄好，第二天夜裡，送了過去：

呈常書鴻先生

昔年此地荒涼絕，寒日蒼茫駝鈴哀。
山連大漠勢欲沉，黃沙簇擁古樓台。
十里危岩走狐兔，千壁丹青生霉苔。
尊前別卻繁華夢，先生辛苦萬里來。
野蔬充膳甘嘗藿，臥聽檐馬憶珮環。

慘淡經營白髮生，茫茫去日如飛埃。
大匠心事在筆端，不知禍從天上來。
黨禍株連及童稚，萬人爲魚網不開。
弟子入室搜籃篋，書成蝴蝶畫成帶。
千古荒誕難遭遇，好戲過後欲看沒。
譭譽要須千載定，誰能一夕計成敗。
笑指山前風景異，雕欄石級通崔嵬。
況復文章千古事，名山一卷有異代。
華夏正聲入畫圖，尺紙千金藏四海。
憑寄語，勸加餐，詩情畫意未可灰。
且向冰天煉奇氣，隱几蕭條待春回。

李承仙說，先生看了，直流眼淚。眼睛好起來時，他給我回了個信，說事情弄成這樣，當初眞沒想到。一生追求眞理，終於堅信馬列，雖受冤枉，並不後悔。他說，老牛鬼這個稱呼不壞，牛是善良的動物，「但得眾生皆得飽，不辭羸病臥殘陽」，正是一個共產黨員應有的品質。我回信說，眾生不飽，有目共睹。是誰致之，亦有目共睹。以小民爲敵國，是這個政權的本性，事情弄成這樣，是其原則推行到極端的結果，也應有目共睹，伏維先生三思。先生回答說，你們年輕人，不了解中國近代史，沒經歷過舊社會的黑暗，看問題容易簡單化。事情不是這麼簡單的。

在莫高窟，即使是最恐怖的時期，祕密聯繫也不難。畢竟是沙漠中的一個孤島，畢竟全所只有四十九個人，加上家屬老小，總數也不到一百，平時都冷冷清清。文革中他們大叫大喊，也只在中寺院內一陣一陣，外面四周也還是冷清。大串聯時，他們去走遍全國，只留下少數人看家，就更冷清了。說話仍不方便，但是約定一個地點，放置個信件是不成問題的。利用寫信之便，我們有時通報一下情況，有時談談看法，想說什麼說什麼，也是一大愉快。這些信件，有的長篇大論，有的只是個便條。其中一些，保存至今。事過境遷，讀來傷心。

那時我們的工資都被凍結了，每人每月只給三十元人民幣「生活費」，平時連肉菜都不敢吃。一九六八年初，舊曆年大除夕那天，先生和李承仙邀我在夜深人靜的時候，到他們的小屋裡去，一同過個年。打開鐵皮爐子上的砂鍋，居然有一隻雞。熱氣蒸騰，濃香四溢。我驚喜之餘，忽又驚恐：氣味關不住、又傳得遠，如果引起注意，招來突擊檢查，後果不堪設想。有一陣子，我們研究商討，如果來人，在這屋裡怎麼躲藏。發現哪裡都藏不住，只得帶上一隻雞腿，匆匆離去。留下一張字紙，給他們開開心。這篇只爲兩個讀者寫作的東西，底稿也保存至今：

明年的新聞——擬預言

一月零日　毛主席下令對蘇聯實行軍管，軍管組駐在位於中蘇邊境之赤塔。因此蘇聯的革命中心，亦已由莫斯科轉到赤塔云。

一月一日　蘇聯《文學報》改名《衛東》雜誌，復刊發行。刊文揭露托爾斯泰在雅斯那雅波梁納放債收租，剝削農民的事實，並登出租契照片若干，使人看後，肺都要氣炸了。該文編者按指出，列寧撰文紀念這個大地主，是嚴重的路線錯

六月六十日　湘潭中學全無敵戰鬥小組在席呂塞爾要塞的夾牆裡搜出大量信件，證明馬克思和恩格斯企圖通過一個叫梅西金的壞蛋，前往西伯利亞勾結一貫為沙皇效勞因而獲寵的車爾尼雪夫斯基，眞是卑鄙無恥到了極點。

九月二十五日　為了迎接中國國慶，日本革命委員會和古巴革命委員會相繼成立。成立大會都拍了給毛主席的致敬電，稱為最最最最敬愛的偉大領袖。《人民日報》先後發表《紅太陽照亮了富士山》和《加勒比海的春潮》兩篇社論，表示祝賀。

十二月二十日　紐約紅衛兵抄家抄得黃金無數，決議在紐約港口被砸爛了的自由女神像原址，樹一尊毛主席金像代之。

十三月三日　牛津、劍橋、哈佛等校聯合慶祝教改勝利，介紹經驗云：基本教材是《毛選》四卷加農場勞動。

百月五日　國際科學家協會舉行學《毛選》模範授獎大會。給哥白尼、達爾文、愛迪生、愛因斯坦等人發獎。因為一切創造發明，都是毛澤東思想的偉大成果。有人建議給馬克思也發一獎，正在研究中。有人建議給香港馬會的常勝馬發獎，以別有用心罪被捕。

這些文字，不是經歷過文革的中國大陸人，看了會莫名其妙。可在那時，它確實使我們三個，快樂了小小一陣。

一九六八年，先生的批鬥會少了，除有紅衛兵來串聯，臨時舉行現場批鬥之外，大都是監督勞動。先生脊椎受傷，不能站立，勞動時只能用兩塊老羊皮包住膝蓋，兩手撐地，跪著爬行。給他的任務，是餵豬。所裡有一頭約克夏，養在伙房後院裡。先生每天爬去，跪著把豬食切碎拌勻煮熟，打到面盆裡，端下鍋台，再端起往前放一步，爬到跟前，端起再往前放一步，再爬到跟前，這樣一端一爬，一端一爬，到豬跟前，倒給豬，再往回爬，端第二盆。豬一餓，就要吼叫，聽到的人就要朝先生吼叫。為了滿足豬的要求，先生一天到晚，不停地來回爬。院裡堆著煤，以致身上烏黑，日久他烏黑的形象，成了伙房後院景觀的一部分。

宰豬的那天，先生沒事了，叫他來同我一起，給竇占彪做小工，在戈壁灘上汽車路沿途建造語錄碑。我們的任務是備料，把土坯、水泥、石灰等等裝上馬車，送到工地。先生不能做，也無須做。但在毒日頭下烤得發燙的戈壁灘上跟車，也夠受。他似乎並不在乎，很豁達。還說他晚上餵豬的時候，想起了李白的詩句：「跪進雕菰飯，月光明素盤」，相與大笑。但是接下去，他又說，兩個兒子從蘭州來看望他們，所革委會始終不讓見面，他和李承仙兩個，真是難過死了。

車子出了山門，先生沉默了很久。透過打碎了又用橡皮膠布黏起來的眼鏡，望著無邊的大漠，他說，我們來的時候，還沒這條路。我們是從老君廟那邊，騎駱駝進來的，在第三洞前面下去。要知道愛護壁畫，他很生氣。張這個人很聰明。學得很快，變得很快。一變，學來的就變成自己的什麼沒什麼，難得很。但是看到那些壁畫、彩塑、經卷，又高興得很。後來說到張大千。他說張不了。畢卡索臨摹非洲部落的原始藝術，馬蒂斯臨摹兒童畫和阿拉伯圖案，都有這個本事。所以他們畫畫不吃老本，到老都在變，也難得。我說張的有些潑墨山水很好，但是他的人物畫很俗，特別是他的仕女畫，一股子脂粉氣。先生說，脂粉氣不等於俗氣，有俗氣的脂粉氣，也有不俗的脂粉氣。

我們挑好的看就是了。

這種談話機會，以前從未有過。那些日子獨個兒趕車走戈壁，在悠長得令人打瞌睡的道路上來回復來回，寂寞得夠了，先生也來，我大喜過望。他在雜亂骯髒的大院裡，煤堆爐渣泔水缸之間一天到晚曲折爬行，也憋得夠了。能到這赤裸遼闊的大野上來呼吸呼吸新鮮空氣，大聲地說說話，也是求之不得。沒想到那天晚上，好心的竇占彪給管生產的孔金提意見，說常書鴻這麼大年紀了，這麼炸辣辣的太陽，放到戈壁灘上晾著曬，中風死了，誰負責？第二天先生沒來，到伙房揀菜去了。

一九六九年，處理了我們幾個的案子：常書鴻戴反革命帽子，開除黨籍，開除公職，留所監督勞動。李承仙開除黨籍，工資降六級。我工資降三級。不久，酒泉地區革委會從敦煌抽調了幾個人，到酒泉去辦農業學大寨展覽。其中有我。我在酒泉時，妻子李茨林在下放地敦煌農村死去，留下一個三歲的女兒高林。我回來辦完喪事，把孩子帶到酒泉，不想再回來了。

在酒泉聽說，有個叫韓素音的外國女人到中國來，向周恩來提出，要見常書鴻。常、李因此都被解放了，恢復黨籍，恢復工作，恢復名譽，補發工資，住院療傷。上級責令撥款，爲他們突擊修復和裝潢那被破壞得一塌糊塗的住宅，以便「接待外賓」。事後先生客居蘭州，成了新聞人物。聽說，由於他在國外的影響，和周恩來的關照，許多黨政軍要員都去同他結交，連西北的最高領導蘭州軍區政委冼恆漢，也都是他家的常客。我知道傳言不足盡信，但是也很希望，能通過他的關係，改善一下自己的處境。我想標準是統一的，他們判罪比我重，都沒事了，我幹嘛還有事？我想，只要他給哪個主管提一下，問題就解決了。此外，也想同他們談談心，紓解一下鬱積在心頭的悲哀和痛苦。向幹校請了個假，帶著孩子坐火車，上蘭州去找他們。

開門的是李承仙，滿面笑容。見是我們，一愣，眼睛裡閃過一絲尷尬，和思考。緊接著又滿面笑容，讓進屋裡，讓在長沙發上坐下，擺出糖果、茶，叫高林吃糖，說所長在打電話，一會兒就來。我看大圓桌上鋪著白檯布，放著杯盤酒瓶，保母出出進進，就問有事嗎，李說不要緊你先喝口茶，然後坐近了，放低聲音，問我那些信，還有詩呀什麼的，都還在麼。我說在呢。她問在哪裡，我說在酒泉。這時先生健步走出，換了眼鏡，鑲了假牙，穿上了鋼背心，神采奕奕，看上去年輕了許多，親切地微笑著，坐在我對面。李承仙又問，在酒泉哪裡？我說鎖在箱子裡。她說那太危險了，你得趕緊把它燒了。先生也說，留著後患無窮，還是燒了好。我唯唯。其實那包東西，就在我內衣的口袋裡面。我記著那一愣，心裡不痛快，沒拿出來。

李搬出幾大本照片簿，都是他們新近和國際國內名人、黨政軍領導的合照，或豪宴，或壯遊，或親切交談。其中有一本剪報，貼滿關於他們的報導。他倆陪著我看，告訴我這個是誰那個是誰。我翻了幾下，站起來，抱上高林，說，我們走吧。他倆異口同聲，說，走啦？不多坐會兒啦？李邊說邊跑去拿了一袋奶糖，塞給高林，說，今天真是不巧，馬上有客人要來，不然的話，吃了飯走多好。先生說，下次吧，下次來了，在這裡吃飯。我叫高林把糖放下，孩子不肯，緊緊抱在懷裡。我奪下來，扔在桌上，幾步走出去，砰地一聲帶上門，把自己都嚇了一跳。

走在街上，越想越氣：沒問我境遇怎麼樣，沒問我到蘭州來幹嘛，幾時來的，住在哪裡，也沒問李茨林怎麼沒有一起來。文革中茨林到莫高窟探望我，給他們送藥品、送小報（各地紅衛兵油印的小報）、送食品，他們都喜歡她，見了很親熱。我想這次，起碼會問一聲她。我就要給他們談談她，她的善良眞誠，她的不幸遭遇，她的逝世。我很想很想，有人能聽我談一談她。但是他們沒問，我更無從提起。壞毛病難改，火車上寫了四句《又呈》，一回到酒泉，就給他們寄了過去：

畫圖海內舊知名，
卅載敦煌有遺音。
如何閒卻丹青手，
拚將老骨媚公卿？

幾個月後，在酒泉地區招待所，我遇見一個人，叫吳堅。文革前是甘肅省委宣傳部長，被打倒以後，沒再起得來。先生當藝術學院院長的時候，他是院黨委書記，兩人無話不談。從他那裡，我才知道，先生處境並不好。吳說，咫尺侯門深似海哪，道道多了去了，他一介書生，只那麼一點兒道行，能玩兒得轉麼？現在黨內反對周恩來的勢力很大，都是暗的。打個周恩來牌，有時候反而不利，他還莫名其妙。吳說，你知道嗎，你那次去，把他嚇得不行。你想，要是冼恆漢來了，面對一個衣服破爛、陰沉粗暴的傢伙，他老先生怎麼個圓轉法？你不光是文革裡面的問題，你還有五七年的問題哩，怎麼個圓轉法？

吳堅走後，回想當時，老兩口在那麼緊張的心情中能讓我待那麼久，已經很遷就了。我想，假如我是一個通情達理的人，他們當會以實相告，要求我暫先迴避一下。他們沒那麼做，已經很體諒了。突然登門，把別人嚇得不行，急得不行，自己還氣得不行，這豈止是麻木和橫蠻而已，簡直就是「近之則不遜，遠之則怨」。先生於我有深恩厚澤，何至於怨之不足，還要惡言相向？我想我眞是個渾蛋。我想，縱然他不再理我，這份愧疚也去不掉了。

七十年代末，右派平反，我得以「歸隊」。在北京中國社科院哲學所，接到先生的一個電話，約我到台基廠外交部招待所他的住處，見個面，談談。幾年間，他和李承仙都老了許多，眼袋下墜，皮膚鬆弛，透著一股子疲勞勁兒。我問身體怎麼樣，他們都說還好，只是容易累些。一直想回敦煌，一直回不去。不是上級不許，而是打倒他的那些人不許。甘肅省任命了一個姓段的，當敦煌文物研究所的所長。此人曾因斷袖之癖受過先生的處分，對先生懷恨在心。長袖善舞，先生不敵，只能客居蘭州和北京，回不了敦煌。

我勸先生算了，別回敦煌去了。我說人生如逆旅，安處是吾鄉。已經七十多歲，能放鬆休息最好，何必非要到一個敵對的環境裡，去沒完沒了地拚搏求存呢？先生不這麼認爲。他說生命不息，奮鬥不止。他把畢生的精力都貢獻給了敦煌，就這麼糊裡糊塗被趕了出來，怎麼想都不得安心。這些年來，他頻頻上書中央，要求重回敦煌，都沒有下文。胡耀邦上台，曾下令調查此事。調查曠日持久，對方另有說辭，纏來纏去纏不清。調查報告一厚本，最後各打五十大板了事。

那份委屈，那份痛心疾首，可以想見。轉眼十幾年又過去了。一九九四年，先生在北京去世。聽到消息時，我正在美國洛杉磯西來寺，爲佛教宗師星雲上人作畫。不知道李承仙的地址，無從拍發唁電，到大雄寶殿敬了一炷香，合掌祭奠。希望那裊裊上升的輕煙，能把我的感激與思念，歉疚與懺悔，傳達給先生的在天之靈。

在永恆的彼岸，一切的一切都煙消雲散了。願先生安息。

又到酒泉

酒泉二字，曾使人談虎色變。恐怖的死亡集中營——地方國營夾邊溝農場，就在酒泉境內。無數人進去了，消失了，至今連屍骨都找不著。蘭新鐵路從遠處通過，那些年列車上的過往旅客，聞到陣陣惡臭，都不知來自何處。

一九五七年冬天到一九五九年春天，我曾在那裡關押，僥倖撿得一命。母親說是菩薩保佑，天天念佛。

人死光後，農場也消失了。但是在母親的心中，它永遠存在。

十年後，當她又收到我寄自酒泉的信時，大吃一驚，手抖得連信都拆不開了。說，怎麼又弄到那裡去了呀!?

一

我第二次到酒泉，是在一九六九年初。爲了迎接中共「九大」，酒泉地區革委會要辦一個「農業學大寨」展覽，從敦煌文物研究所抽調了幾個人去作畫，其中有我一個。同行的，是兩個原美術組的同事。一個是當了文革組長和革委會主任的何山；一個是當了專案組負責人的孫紀元。在我的記憶裡，此行恍如五九年甘肅省委從夾邊溝抽調我到蘭州作畫。

酒泉地區，是甘肅省最西部的一個行政區。管轄範圍包括酒泉、玉門、安西、金塔、敦煌五個縣，以及阿克塞哈薩克族自治縣，肅北蒙古族自治縣和額濟納旗蒙古族自治縣。文革前，領導機關叫地委，現在叫地區革委會。解放軍酒泉軍分區政委張哲嵐兼任地區革委會政委，軍分區司令員吳占祥兼任地區革委會主任。

聽何、孫路上議論，張的軍銜比吳高，由於同上級關係不好，上不去，現在同級。他們說軍分區是師級，地區機關也是師級。我們研究所直屬中央文化部，部、省、軍同級，算下來，我們所也是師級單位。作爲師級單位的負責人，何山和他們同級，孫紀元起碼也是團級。此去協助辦展覽，帶有兄弟單位之間互相支援的性質。

但是到了酒泉，沒人對我們另眼相看。地區各級領導，大都是留下的軍代表，和一些三結合的老幹部，不認識我們。展覽會上，大都是從境內各縣各單位臨時抽調來的人，也都不認識我們。同大家一樣加班加點，排隊買飯，睡統鋪房，他們倆委屈得氣虎虎的，不好好幹。展覽會上上下下，都對他們很惱火。我則相反，能不受歧視，已很意外。又想把妻子女兒從下放地辦出來，拚命努力。加之業務能力也確實比他們強些，很受大家歡迎。

人際關係如此，似有些時空倒錯。兩位老同事提醒我，別忘了思想改造，別一到新環境，趁大家不了解，就來假積極。指出我畫的畫不是藝術，一味討好外行，還是個不老實。要不脫胎換骨，還會再栽跟頭。要是再栽一次跟頭，就八輩子都起不來了。他們說，我們是自己人，才這麼關心幫助你，你要好好想想。

二

展覽會上有個駝子，叫劉光琛。只有一米來高，四肢短小，狀貌奇醜。我因此對他格外恭敬。成了朋友，才知道不是個簡單人物。腦子特別靈。以前當地委祕書，下筆千言文不加點，是有名的才子。書記作大報告，都是照他寫的稿子念。文革中揪鬥後，在革委會招待所當門房。常邀我到他家（門房）坐坐，告訴我地區機關的各種人和事，信息、動態、派系背景、交往方式和辦事門路，都是很實用的學問。他無所不知，成了我這個書呆子在這個官場迷津中的指路明燈。遇到這事，就去問他。

他說這只是個開頭，麻達還在後頭。現在幹革命靠說嘴，一件事到底咋的，這不重要。把它說成是咋的才重要。有了說頭就會有麻煩，你別大意。但是也別著急，現在的局勢，我看是要弛了，一張一弛的弛。天時對你有利。你又人在酒泉，都說你幹得好，地利人和也有。你就說什麼都別吭聲，畫好你的畫就行。

那天他找了一輛吉普，陪我到夾邊溝農場滿目荒涼的遺址轉了一圈。行前說，開車的不知道你是哪個，去幹嘛。路上別說從前，別照相，看到骨頭什麼的別大驚小怪，回來也不提這事，就行了。一路上，他介紹酒泉的物產、地理、歷史，講了不少故事。都很有趣。

短短十年，我們開的那些溝渠都已被風沙填平。住過的土屋只留下一些斷斷續續的短牆，黃沙簇擁，如同荒丘。大自然又回復到原來的面貌。有些地方白骨露出地面，時不時拉住那些隨風滾動的草球。駕駛員說，這裡有過一個農場，人死光了打烊了。我說是嗎？看不出來。看不出來是眞的。如果沒有記憶，也就沒有事實。多少文明多少星球有了又沒了，誰能證明？

回到城裡，天已黑了，展廳裡燈火輝煌，大家正在加夜班。一整天不在，何、孫兩位很關心。正在問我哪裡去了，劉光琛突然出現在我們中間，好像地下冒出來的。向我說，你怎麼走了？還沒完呢。又向他們說，我們臨時拉差，請他幫了個忙。劉是材料組組長，二位老同事把他拉到一邊，提醒他我是右派分子，勞教釋放犯，從寬處理的，表現不老實，不可以接觸重要材料，特別是戰備數據。

劉說，聽那口氣，好像我劉光琛犯了錯誤，要找我麻達的架勢。同革命知識分子說嘴沒用。我惹不起躲得起。同他們一起，去找展覽會的總負責人、宣傳部長王仁。王也不敢負責，又四個人一起，去找吳司令。吳又打發我們去找張政委。

張聽何、孫陳述意見完畢，說了兩點，第一，辦展覽是搞宣傳，到了展覽會上的材料，都希望有更多的人知道，不存在保密的問題。第二，要團結大多數。問題查清楚了，也按人民內部矛盾處理了，就不要再當敵人對待了，要放手使用，化消極因素爲積極因素。問有什麼意見。

沒意見。他又說，我是個當兵的，大老粗，不懂藝術，難得碰到你們專家，給我說說好嗎？比方同一個字，我寫出來不是藝術，你寫出來就是，什麼道理？靜場片刻，他轉向王仁，你當宣傳部長的，總該知道一點，說來聽聽。王說他忙著抓革命大批判，還沒顧上研究。張說，看來這事有點兒玄。不管怎麼說吧，我的第三點意見是：反正我們的展覽不是藝術展覽，畫是用來說明問題的，是不是藝術沒關係。問有什麼不同意見。

沒意見。他又說，依我看，能夠說明問題，也是一種藝術。打仗能老打勝仗，就是有軍事藝術。炒菜炒得人人愛吃，就是有烹飪藝術。菜炒出來沒法子吃，你硬說那是藝術，強迫人家吃，能行嗎？我想寫文章、畫畫，道理該一樣吧？我們做什麼都有個目的，我想那最能達到目的的做法，就該算是藝術。你們說呢？

劉光琛問我，你說他說得對麼？我說很難說，什麼是藝術，是個有爭議的問題。劉說，張政委就是這樣，說話很隨便。

三

劉說，張政委平時愛看個書，知道得多些。做報告不看講稿，天南地北說到哪裡是哪裡。講理論扯到河外星系，講形勢又扯到太極兩儀，就像牽藤。舉起例子來，地方誌世界史，孫子兵法世說新語，還有茶花女什麼的，都有。現在反對他的人多起來了，抓他個辮子容易得很。眞要追究，都是大問題。

我問誰反對他，劉說多了去了，都是他自找的。歷來做官靠後台，講究個人脈，講究個袍澤的擁戴，他都不認，只認死理。年時，我們招待所有幾個還沒結婚的女服務員懷孕，每次都是程所長帶她們到地區醫院打胎。人人罵程是頭牲口，程都認了。張政委聽到反映，已經很晚了，大發雷霆，下令追查。都以爲程要被逮捕了，沒想到他反而升了官，到蘭州當甘肅省招待所所長去了。那些打了胎的姑娘，一個個也都從地區招待所調到地區革委會，當了行政幹部。原來事情不是程幹的，是吳司令幹下的。程自願挨罵，是爲了保護首長。事情不了了之，連個尷尬都沒。

劉說，地區機關裡，大都是吳的人馬，現在都在挑他的錯。他怨誰去？也不是沒人幫他說話。那些被吳的人排擠的人，還有他的一些老部下，都是他的基本群眾。可他不認這門親。你支不支持他，他不在乎。他只看你對不對。他有個老部下姓袁，是阿克塞哈薩克自治縣的軍代表、政委。跟他跟得很緊。哈薩克人騎馬打仗厲害得很，四九年打不下來，是通過談判和平解放的。頭人木斯托發當了自治縣的縣長，文革中被打成反革命。逃進山去，獵到五隻猞猁。回來給袁送了五張猞猁皮，袁結合，他當了縣革委會的宣傳部長。平常小事一樁，張知道了，又發脾氣，把袁叫來訓了一頓，叫把五張猞猁皮還給了木斯托發。木斯托發也不高興，把皮砍了。

劉說，我感到奇怪，現在誰都知道，軍隊裡貪污盜竊違法亂紀樣樣有，地方上有的軍隊裡都有，地方上沒有的軍隊裡也有。他當兵的出身，居然什麼都不知道，聽到一丁點兒就跳起來，你說怪不怪？要不然就是看書看迷糊了。年時我爲了平反的事，到他家去過一次。好傢伙，整整兩面牆，滿滿都是書。他家住軍分區大院，給大院門衛打了招呼，誰來都不讓進。不管什麼事，叫上了班到辦公室談去。他要看書！

劉說，可是，來喊冤的他見，還叫領到他家門上。有個被打斷了腿的肅北牧民，還在他家住了一夜。同這些人打交道，麻達大了。幫了一個，就都來了。越幫越多，越幫他越覺得冤，越像該了他，沒完沒了，纏不清，還挨罵。最後他沒轍了，還是交給了信訪辦。本來麼，這些事都有信訪辦管著，你招攬個什麼？信訪辦的人說，有的案子本來不難辦，他一插手就難了，得往上追，只好不了了之。我在政府機關裡十幾年，沒見過這樣子的。他要不是軍代表，要不是資格在那裡，軍銜在那裡，早就給做掉了。

在地區大院裡，有時會遇見這位張政委。矮小瘦弱，滿頭白髮，一臉的憂思。同高大肥胖笑口常開的吳司令員站在一起，反差之大惹人發笑。他有時帶著一些官，到展廳來看看。見了講解員、電工、木工、打雜的、寫材料的和我們畫畫的，都要說辛苦了。笑容作派，像個老農。雖然矮小瘦弱，雖然老農一般，後面跟著那麼一群，也自有一種威儀，展廳裡鴉雀無聲。直要等他們走了，才又嘈雜起來。

四

何山、孫紀元都是見過世面的人，大串聯時又同蘭州軍區建立了聯繫，不把他們放在眼裡，同他們幹上了。敦煌文物研究所向蘭州軍區告狀，說酒泉地區革委會喪失階級立場，業務掛帥，排斥革命知識分子，重用階級異己分子。送去一大包材料，其中包括抄家抄去的我的一本日記。蘭州軍區政治部主任李磊（女）看了，說我極端頑固反動，不可放手使用。說還是要政治掛帥，不能業務掛帥。

消息一下子就傳開了，都說地區革委會受了上級的批評。說還是拿筆桿子的比拿槍桿子的厲害，現在是兵遇到秀才，有理說不清了。我很發愁，問怎麼辦。劉光琛說，你什麼事也沒有，好好幹就是了。本來就沒你的事，是敦煌那幫子同地區革委會的矛盾。現在就更沒你的事了，現在是蘭州軍區同酒泉軍分區的矛盾了。說你壞是爲了說酒泉壞，酒泉爲了證明自己正確，就會說你好。你只要人在酒泉，就什麼事都沒有。

我說軍隊裡令出必行，小小軍分區，怎敢和大軍區對抗？他說這你就不懂了。軍隊裡政治部和司令部，野戰軍和地方部隊，不同兵種不同派系，關係非常複雜。加上軍隊和地方的關係，就更複雜了。別說是你，連我都霧煞煞。總的來說一句話：這裡面誰是誰非不重要。人同人打交道，是憑實力，不是憑正確。記住這一點，對你有好處。

我說，你不是說把事情說成咋的才重要嗎？他說那是說幹革命。現在是又一碼子事了。說不清的理可以不說。有實力就可以不說。能不說你就自然有了理了。眞理不是只有一個，也不是沒有它就沒法子過。你的招數再厲害，我不接招，你打你的，我打我的，你就厲害不起來了，對吧？

聽著我覺得，個兒矮小的是我，不是他。

五

「九大」前後，展覽準備就緒，要開幕了。抽調來的人，除了當講解員的，和一個畫畫的，都要回原單位去。畫畫的留誰，地區一直沒說。我們三個，都希望能留自己（到底城裡比沙漠裡好過）。何是我頂頭上司，有本單位的人事權，只因人在酒泉，一時動用不得。我趁此機會，正在為被下放勞動的妻子辦「農轉非」（農業戶口轉非農業戶口），若回敦煌，不但此事無望，而且會被關起門來打狗。那怎麼能行！

未幾，讓我和何山各畫一幅大油畫。限期一個月。王仁說是打擂台，誰畫得好誰留下。劉光琛估計，是吳司令出的點子。事雖荒唐，在文革中也屬正常。何山問好壞誰裁判？王仁答曰工農兵。於是各占一方（何在地區革委會禮堂，我在地區招待所會議室）鳴鑼開戰。起初我莫名其妙，覺得像馬戲團裡的猴子披掛上陣。接著就發起愁來：一幅「民族大團結」何先挑去了。我這幅「潭家灣全景圖」，實際上是鳥瞰平面地圖，不宜於畫油畫。畫面四比四平方公尺，無法從門進出。得畫成四幅，再拼起來，中間有一道十字縫，怎麼著都難看。

潭家灣是酒泉農村裡的一個生產大隊，當了西北學大寨的「樣板」。我去住了幾天，畫了許多速寫回來，使舞台上充滿了劇情：馬廄裡修車鍘草，豬場上起肥墊土，井邊頭洗菜飲驢。吆車的老漢拾糞，看場的娃子趕雞，息晌的婆姨抓緊時間做鞋底……豆人寸馬，房屋像火柴盒。門上有對聯，窗上貼著窗花。屋頂上曬著果脯瓜乾豆瓣醬，屋檐下掛著辣椒大蒜玉米棒。大路兩邊有雜草中間有車轍。有的車轍裡汪著水，水中有倒影。總之是力求生動有趣，精細逼真。小眉小眼的，只差沒用放大鏡了。

不管是不是藝術，成敗關係著安危離合。我白天黑夜加班，先是務求必勝，後來就畫出了興趣。天氣酷熱，脫光了衣服畫，只穿一條短褲，仍舊揮汗如雨。看畫的來來去去，都不知道誰是誰。西北人沒有赤膊的習慣，看不慣我赤膊，背後有議論，罵我不文明，瘋瘋癲癲。我聽到反映，也不理會。本來是要譁眾取寵，卻又旁若無人起來。似乎進入了忘我的境界，真有點兒瘋瘋癲癲的了。

限期過了幾天，畫才全面完成。抬走的前一天，劉光琛來，一臉的焦慮，說，那兩位到處說，你把學大寨樣板畫成了小農經濟，把戰天鬥地的革命精神，畫成了悠閒落後的老村古調。這個意見，可是正確得歹呀！我很著急，一通夜沒睡。工地加上紅旗，牆頭加上標語，大路邊加上語錄碑和正副統帥並肩像。四處加上許多觀光取經的隊伍，記者挎著照相機，學生仔捧著紅寶書，機關幹部圍成一團聽介紹經驗。村門口各色大客車一字排開，氣氛似熱烈多了。天亮了一看，色彩不諧調，花裡胡哨。來不及調整，給抬走了。

展覽期間，「三級幹部大會」開幕，參觀人潮洶湧。誰都沒有想到，居然是「潭家灣全景圖」最受歡迎。觀眾沿著有車轍的大路一路看過去，就像看連環畫，興味極濃烈。加上小而逼真，又是熟悉的生活，以前沒在畫上見過，更有一分驚喜。一大群人擠著邊看邊議論，爭相指出新發現，引起轟動，引來更多人圍觀。雖有人說貼上革命標籤沒改變老村古調，但是沒人愛聽。潭家灣大隊支書、九大代表楊杜杜來參加三級幹部會，看了說好極了。一錘定音，再硬的道理也沒關係了。張哲嵐很高興，在大會上做報告，提到展覽時，還說了個「解衣磅礴」的故事，說莊子說過，只有那個赤膊畫畫的人，才是眞畫師。

何山那畫，畫得很好，但「民族大團結」的畫到處都有，這一帶火車站汽車站上都有，印刷品更隨處可見，全是各民族代表把一個毛澤東圍在當中。怎麼畫都像見過，沒人要看了。觀眾從畫底下經過，頭都不回。劉光琛說，何這會子算是背了運了。他說人都有個時運，順起來事事都順，壞事也會變成好事。背起來事事都背，好事都會變成壞事。今時輿論都向著你，該是你走運了。

六

三級會後不久，劉光琛當了地區民政局局長。農轉非的事，正好歸他管。我很慶幸。長期以來小眉小眼地鑽，拚死拚活地幹，唯一的目的，不也就是個平安團聚麼！若能如願以償，那就什麼代價都值了。

但是妻子在下放地，沒能堅持到最後一刻。我剛拿到她的准遷證，就得到她垂危的消息。日夜兼程趕去，只來得及看到她的遺體。只有三歲的女兒跟著我，離開了那沙漠邊緣的荒涼小村。

敦煌文物研究所革委會卡住我的編制不放，我賴在酒泉不回，一直拖到七二年，才得以調離敦煌。以後不久，張哲嵐、吳占祥和其他軍代表都撤離了地方機關，回部隊去了。我們父女倆到了酒泉地區五七幹校，在那裡待到一九七八年。七九年我在北京，接到張哲嵐的一封信，說他已離休，邀我到西安市紅纓路三十一號他家作客，說要給我介紹幾位著名的作家、畫家和書法家，「都是很有意思的人」。因為太忙，沒能去。借用林則徐詩句，寫了副對聯寄給他：

海納百川有容乃大

壁立千仞無欲則剛

劉光琛還在酒泉，一直沒有升官。一九八三年，我在蘭州大學，他託家在酒泉的學生帶給我一個玉石筆筒，墨綠色雲紋，溫潤古樸。可惜我沒有一張配得上它的書桌可以放它。離開西北以後，同他失去聯繫。先是聽說，他退休後很孤獨，日在醉鄉。後又聽說，他無疾而終，身後蕭條。

在敦煌研究所，人們依舊互相鬥得很苦。後來抓「文革三種人」，何山、孫紀元都先後離開了敦煌。孫到天水麥積山文物保管所去了。何則輾轉到了美國，受雇於洛杉磯天龍畫廊。九三年我在洛杉磯時，他帶著老婆兒子來看過我一次，氣色很好。問我怎麼來的，我說是逃亡的政治難民。他說，「我是傑出人士移民」。

1 結合：文革語言，指「老中青」三結合，「老」指被打倒的老幹部。

卷三

天蒼地茫

天空地白

一九六四年，茨林在敦煌中學上高中，梳著個馬尾巴髻，無憂無慮，愛說愛笑，愛跑愛跳。暑假裡，跟著她的父親，著名醫生、敦煌醫院院長李瑤圃先生出診，到莫高窟來玩。這個沙漠中的石窟寺群，她從沒來過。父親工作時，一個人到處跑到處看。在懸岩峭壁上四百多個洞子裡上高下低鑽來鑽去。

我在洞中臨摹古畫，日日面壁，不見人影，都快變成達摩了。突然闖進一個美麗的少女，不由得眼睛一亮。她天眞無邪，毫不認生。又好奇，問長問短。我給她一一講解壁畫的內容，又帶她看了幾個別的洞子。她從小受黨的教育，鹿王本生，五百強盜成佛，捨身飼虎，割肉貿鴿……所有這些故事，都從沒聽過。來世，輪迴，因果報應之類，更是聞所未聞。很愛聽，但又困惑，問，是眞的嗎？

我教她不要太認眞。別把神話和歷史混爲一談，也別把藝術和科學混爲一談。她很感興趣，要知道這裡面的異同。話題一展開，就講不完。已而懸岩的陰影，已落到腳手架上的反光鏡上，洞子裡黑得看不見了。她跟著我下山，要我講給她聽。一直跟到我屋裡。說，我才知道我什麼都不知道，十幾年學都白上了。我說也不是，重要的是你要學會思想，使你學到的東西活起來。

她環顧四周，有些驚訝的樣子。說這個太破了，幹嘛不買個新的？那個用不得了，幹嘛不買個新的？我說沒錢。沒錢是怎麼回事，她好像不大明白。問她到過農村沒，她說曾集體支農，到郊區摘棉花，沒進過村。我說你到村子裡住上幾天，就會明白許多。我說這也是一種知識，「世事洞明皆學問」麼。她沒讀過《紅樓夢》，把這句抄了去，說是很有啓發。說這次遇見我，對她幫助太大了，眞是幸運。

從她眞純的目光，我讀到一種崇拜，很高興。我沒有被別人崇拜過，何況是被一位這麼可愛的姑娘。也有一種幸運之感。但她走後，再沒來過。有時進城聽報告，遇見敦煌中學的老師，少不得問問她的情況。她在校不但成績優異，是校籃球隊代表，還當了個學生會主席。我眞難以想像，她那個學生會主席，是怎麼當的。

第二年，敦煌搞四清運動，查出她父親在一九四九年以前，當過軍醫官，信基督教，給戴上了「歷史反革命」的帽子。她和她同屆畢業的妹妹李茨恩兩個，都因此不准報考大學，成了「待業青年」。天天在家沒事，苦得不行。

我們研究所作爲中央文化部的直屬單位，沒劃入本地區四清運動的範圍，好像沒事。我託熟人帶信，邀請她到莫高窟來玩。和第一次見面不同，她似乎長高了些，瘦了，沉靜了，清純的氣質裡，多了一份深沉。馬尾髻也變成了一根粗長的辮子。她說她爸有了事，就像全家都有了事，親戚朋友斷了往來，連同學們路上見了，都不招呼。她說：眞是奇了怪了，我們幹了什麼呀！

我告訴她這是一個平凡得不能再平凡的故事，每個中國人都有可能遇到。我給她講了我自己的遭遇，我所在的勞教農場裡許許多多死者的，和他們的家裡人的遭遇。還有我的一些大學同學的遭遇。我說這種事太多了。你覺得奇怪，只是因爲你沒經歷過。她說他們不是本地人，出了事很孤立，想回到河北老家裡去，哪怕都種地，鄉親父老也有個照顧。但是不准許，只好算了。

我說全國一個樣，家鄉人更凶殘，還是不去爲好。我給她講了我父親被打成右派後怎樣被家鄉人折磨至死，我母親和兩個姊姊，還有我的許多小學和中學的老師們在家鄉怎樣被侮辱與傷害，都比流落在外的人們更慘。我說在這個世界上我沒有故鄉，也沒有祖國。你也一樣。別指望依靠外界的同情，唯一的出路，是自己站住腳，不要被困難打倒。只要你站住了，經歷一下沒有經歷過的事，可以豐富人生經驗，增強生存能力，學會從不同的角度看世界，這就等於把外在的苦難，轉化成了內在的精神財富，壞事變成好事。

說著說著，連自己都覺得，有些唱高調。但是她很愛聽，顯然受到鼓舞，臉色漸漸開朗，終於有了笑容。說，上次回去後，一直想給你寫信，不知道怎麼寫，所以一直沒寫。我說我也是。從此她常常來玩，我帶她看洞子，爬山，找化石，採紅葉，聽她說說各種事情。學校裡的，家裡的，社會上的，心裡面的。她那時二十歲，還像小孩子一樣，有時很小的事情，說著就哭起來，一忽兒說到高興的事，眼淚沒乾，又笑了。

我們決定結婚時，文革已經臨近。一個是摘帽右派，一個是反革命的女兒，很引起注意。那時所長常書鴻不在家，他的夫人、副所長李承仙表示支持，並答應安排茨林到所裡當講解員，先臨時後轉正。

婚禮在一九六六年三月六日舉行。所裡派了一輛汽車去接她，車上裝飾著絹花緞帶，五彩繽紛，倒也喜氣洋洋。上車時，她抱著一大卷半新的被褥。她母親又把一籃子鍋碗盆勺放在車上。我問這是幹嘛，她說你們拿去，用得著的。我說你們呢，她說家裡有。那天晚上，鬧洞房，烏煙瘴氣。美術組搞雕塑的孫紀元，一直坐在床上，不聲不響。人散後才發現，被褥和枕頭裡都塞滿了銳角碎石和尖利的刺草，撲不掉也揀不盡。我相信，這不是民俗，而是人心。

文革將臨，空氣裡硝煙瀰漫。人心詭譎，都像是海伊納聞到了血腥，一個個伸長脖子，在窺測和等待。「家」成了唯一的避難所，那簡陋的土牆木門分隔開了仇恨的世界和愛的世界。門一關就是別樣的天地，有著純淨的空氣。可以卸下沉重的鎧甲和假面，做一陣子眞實的自我。

每月領了工資，她先給我的母親和姊姊寄去一份，婚前寄多少現在仍寄多少。同時給她的母親和妹妹留下一份。剩下的，可以過一種簡單的生活。我妹妹在四川省地質局工作，有一次進山找礦回到成都，房間被小偷洗劫一空。她聞訊後，把我在結婚時給她買的幾件新衣全都寄去了。每個星期，我們要進城一趟，去看望她的母親。荒涼沙洲，道路艱難，小站候車人寂寂，大漠走馬月茫茫。斯情斯景，已不可再復，當時祇道是尋常。

六月初，全所進城，聽「橫掃一切牛鬼蛇神」的動員報告。那天回來，連夜把文稿筆記呼啦啦翻了一遍，挑出最要緊的，包在衣服裡，讓她帶到娘家存放。要求她在那邊住一段時間，到形勢明朗了再回來。正好第二天有便車，她走了。房間和心，同時顯得空落，只有她沒帶走的一些東西：桌上的一枚髮夾啦，掛在牆上的一條頭巾啦……透著一股子溫馨和憂傷。

緊接著狼群就撲上來了。揪鬥，抄家，昏天黑地。幾個月沒聯繫，她突然來到。那天在中寺大院批鬥常書鴻李承仙，我在陪鬥。彎腰低頭，雙手後舉。她先到家裡，門開著沒人。放下包裹，來看鬥爭會。正碰上有人揪著李承仙花白的頭髮，一問一個耳光。還有人問，爲什麼把反革命分子的女兒李茨林拉進所裡？散會回去看到她，很意外。她說她害怕得很，要來看看。她已懷孕，臉色憔悴。包裹裡有一些食物，一些各地紅衛兵自辦的「小報」，還有一些紗布藥棉白藥紅汞。

她告訴我，城裡也很亂。茨恩害怕，趁她不在，把她帶去的我的文稿筆記燒了。爲此她同妹妹大哭大吵了一架，說那是我的命根子。妹說，他不要命我們還要，命都沒了根子有啥用。媽怕外面聽見，發怒把她們趕了出去，說你們有膽，到大街上吵去。說完這事她哭了，一疊連聲說對不起。文稿沒了，是我最大的失敗。但既無可挽回，也只有勸她別想。講了個「破甕不顧」的故事給她聽。她如釋重負，又笑了。

「家」已不再是封閉的世界，隨時都有人闖進來亂翻亂吼一氣。甚至半夜三更踢門，叫我起來卸車。她懷著孩子，禁不起這般嚇，只有勸她回去。她在走以前，瞅著沒人，給常、李也送去了一些食品藥物和「小報」。考慮到後會不知何時，給孩子起了個名字，叫高林，取父姓與母名，兼取宋人詩意，以求吉祥。

這年十月，上面派來的文化革命工作組宣布了對我的處理：工資降三級。沒再戴帽子，沒開除，算是大好消息。爲盡快告知她，我連夜趕進城去。在戈壁灘上抄近路，又迷失方向，走了一通夜。雖然疲累，能讓她早點結束恐懼，也覺值得。她母親曾經聽說，那一帶時有狼群出沒，大家都後怕不已，更添加了一份慶幸。

但是很快地，這個處理又不算數了。所裡的革命群眾，分爲敵對兩派，都說是工作組保護了我們。變化比北京和內地慢了幾拍，工作組早已撤走，無法揪回。被「保護」的一小撮，被打得更凶（說是要「打下十八層地獄，叫永世不得翻身」）。特別是常書鴻和李承仙，每次鬥爭會下來，都遍體鱗傷血肉模糊。

一九六七年元月，女兒高林出生，我都沒在她們身邊。

翌年夏天，她帶著不到兩歲的孩子，到莫高窟看我。我的住房已被查封，住在一間廢棄的浴室中。浴室面積六平方公尺，牆壁斑駁剝落。空間有兩個鏽死了的蓮蓬頭，一塊隔板。略微傾斜的水泥地面上有兩條水溝。不過位置偏僻，門窗外風景極好，有一大片草地和幾十株合抱的老樹，也難得。我把隔板拆了做成一張床，在門外用三塊石頭支起一個鍋台，臨時拾幾根枯枝就可以做飯，也很方便。

更難得的是安靜，沒人再來打擾。所裡鬥爭劇烈，又揪出來二十幾個敵人，加上我們，已超過人數的一半。另一半除去跑龍套的，兩派鬥得你死我活，已管不了那麼多了。我們作爲「死老虎」被撇在一邊，交給了一個管雜事的工人。他給我們分配勞動任務，別的不管。那時我每天掃洞子，回來除了參加牛鬼蛇神們吃飯前的「向毛主席請罪」儀式，和晚上的「學毛選」以外，沒事就抱著孩子，和她在樹林裡走走。孩子還不大會說話，連螞蟻是個什麼東西都不知道，但是反應很快，表情十分豐富，是我們快樂的源泉。她仍然帶著那本講解詞。我去勞動時，她一面帶孩子，一面時不時拿出來背一背。她仍然想著，將來有一天，能到莫高窟來當講解員。

看來形勢不壞，我很樂觀。不知怎麼的，氣氛又變了，又要「清理階級隊伍」。九月下旬的一天，勒令全體牛鬼蛇神集中住宿，男的搬到上寺院外工程隊留下的空屋，女的搬到老庫房。要請完罪立即就搬，不得拖延。她一個人帶高林睡了一夜，不得不走。幾個月後，城裡搞下放，她們祖孫五口，都被吊銷了城市戶口。她和高林兩個，被送到一個叫做東方紅公社向陽大隊第四小隊的地方，插隊落戶。我直到一九六九年初，收到她從那個地方寄來的信，才知道所發生的一切。

緊接著，所革委會傳達了上級革委會的通知，我的案子維持降三級的原判。算是第二次解放了，允許我搬回原宿舍居住。叫我馬上收拾一下，立即出發，到酒泉去爲農業學大寨展覽作畫。我堅持要求，先到農村去看看她們。只給了兩天假。酒泉地區革委會還從我所抽調了何山、孫紀元等人，我得和他們一路。

搭了一小時便車，下來走了十幾里地，遇見一個牧羊人。向他問路，不知東方紅，也不知向陽。說這裡叫紅柳墩，過去是棗莊，再過去是郭家堡公社。到公社一問，才知道郭家堡已改名為東方紅，向陽大隊是原先的駐馬店，駐馬店再往北，就是沙漠了。沙漠邊緣有十幾戶人家，一年前叫黃羊溝，現在叫向陽四隊。

北國春遲，望中沒有綠色。耙過的地裡，羅列著一堆堆待揚的糞肥。愈走愈荒涼，到那裡已經傍晚。斜光照墟落，窮巷牛羊歸，雜沓掀起團團黃埃。乾畜糞煨炕的氣味，辛、苦、重濁，一股子鄉土的親切。一個老婆婆，在井邊汲水，告訴我地裡的人還沒收工。一面派孩子去叫茨林，一面領我到她家息腳。屋裡菸氣瀰漫，老漢就著油燈在燒菸鍋。讓上炕坐下，問長問短。

說起來才知道，這地方用水靠井。郵遞員送信，只送到公社。文書隊長去開會時捎帶一下。寄出去的信，他們也給捎。燈油鹽巴針線鈕扣什麼的，公社的供銷社裡都有得賣，就是太遠了，不方便。小傷小病，可以找隊長的丫頭，她是赤腳醫生，箱子裡有點兒藥，有時候也管用。要不，公社裡還有個衛生所……

說著茨林進來了。高林走在前面，包著頭巾，穿著大棉衣，兩袖過膝，像隻企鵝。只露出一張小臉，仰著看我。我說，認得我麼？她叫了一聲爸爸，聲音細小，羞怯而猶豫。我抱起她，不覺眼睛裡有了淚水。茨林也包著頭巾，滿身土，已經像個農婦。笑容燦爛，看來身體挺好，放下心來。

回家路上，問她爸媽在哪裡，她說也在這個公社，隔約三十來里，她媽還來看過她。我說我應該去看看他們，但是這次來不及了，下次吧。我告訴她維持原判到酒泉去的事，說我明天就得走，去了再想辦法，把你們辦出去。

高林要我一直抱著，進了門還不肯下地。她說你爸揹那麼重的包，走了一天路，你不叫他息息嗎？孩子立即兩腿一蹬，說要下去！我說這麼聽話呀？她說，哪裡，你等著看就是了。屋裡一股子煙熏味兒，是北方老屋特有的氣味。點上燈，她就去煨炕。炕很大，占半個房間。但只有兩個人睡覺，四分之三空在那裡，裸露著土炕面，很難看。另半間屋有個舊鍋台，兩個人用太大，旁邊又新盤了個小鍋台。大鍋台沒鍋，張著黑嘴，更難看。我想把它打掉，她說別，我媽說給找個案板，放在上面，正合適。

第二天，她抱著高林，送我到大路邊。我走了很遠，回頭望去，她們還在那裡揮手。

這是我最後一次看到她。這次，她懷上了第二個孩子。

酒泉的展覽是綜合性展覽，籌辦人員來自各個不同的單位。我利用工作之便，廣爲結交，安排好她到酒泉來生孩子。準備來了就不回去了，一同到五七幹校勞動。這個不算非分的要求，已得到地區革委會政委和主任的批准。幹校在郊區，和農科所相鄰，農科所的朋友說，他們也要人。爲求穩當，計畫分兩步走，下一步再看著辦。

第二年春節前，請了兩星期假，準備回去過了年，就接她們來。收到一份電報，是她妹妹李茨恩到敦煌城裡拍來的：「姊病危速歸」。連夜到酒泉城，搭汽車到安西，再在安西轉車，到敦煌時，已經是第三天的午夜。找不到車，步行又迷了路，待天亮一路問去，只趕上看到她的遺體。

高林被茨恩帶走，在那邊由茨恩照顧。母親守著茨林，已經幾天幾夜沒睡。告訴我她是感冒變成肺炎，很普通的病。一開頭照樣出工，耽誤了。一直在等我回來，才停止心跳不久。

村上的婦女們，做了一個白紙花圈送來。隊裡派了十幾個人，幫助抬棺、送殯、挖坑。事畢排成一列，念起語錄來：「要革命就會有犧牲，死人的事是經常發生的……」我正在整理墳墓，不知道該感謝，還是該憤怒。

墳墓在農田和沙漠之間，一處長滿芨芨草的坡地上。沒有墓碑，疊石爲記。臨走前夕，深夜兩點，抱著高林，裹著一件老羊皮大衣，到墓前石上，坐了很久。我想人死後如果還有靈魂，她一定會在此時此地，來同我們見面。

但是沒有。

月照大漠，天地一片空白。

辛安亭先生

先生出生在山西呂梁山區一個貧寒的農家。自幼瘦小羸弱，無力務農，到鄰村讀完初小，家裡再無力供給，只好自學。當時的山西省長閻錫山在各地開辦了七所貧民高小，學雜費用由政府供給。還自兼太原市晉山中學校長，撥款聘請名師，資助優秀學生。辛安亭讀完貧民高小，負笈步行四天，到太原報考晉山。考生千人，發榜五次，最後錄取了三十三名，他是第二名。老師鄧初民把陳獨秀、李大釗、魯迅和胡適的書介紹給他。另一位老師馬乾符教他讀古文，從先秦諸子教到晚清學術。畢業那年，他是全省唯一考上北京大學的一個。讀的是歷史系，想的是辦教育。童年時代荒寒山村裡自學的經歷，刻骨銘心。他立志要把自己學到的一切，用通俗易懂的語言，告訴貧家的孩子。

沉默寡言，謙和木訥。不抽菸，不喝酒，不娛樂，不體育。一本接一本讀書。讀得最多的，還是教育學和心理學方面的書。他回憶說，那時候，他喜歡杜威的《明日之學校》，波德的《教育哲學大意》，和盧梭的《愛彌兒》。畢業後幾經周折，輾轉回到山西。在太原師範教書，想從事啓蒙教育。閻錫山懷疑他是共產黨，把他抓進監獄，逼上梁山。出獄後突破封鎖，到延安參加革命。從一九三八年起，他在延安十一年，一直在教育廳（廳長周揚）撰寫和領導撰寫中小學課本和通俗讀物。正在編中國通史的范文瀾，很欣賞他寫的《中國歷史講話》。一九四七年國民黨圍攻邊區，他隨軍撤離途中，發現許多偏僻農村的兒童，讀的仍然是古老的《三字經》。內容雖陳舊落後，但形式易被接受。於是邊走邊想，做出一本《新三字經》。厚積薄發，凝煉準確，更受群眾歡迎專家稱讚。解放後，書稿在中國歷史博物館展出。教育家吳伯簫看到，寫信給他致敬。

心裡想著孩子，下筆自然不俗，這是辛安亭的一個優勢，來自天性，別人學不到的。一九四九年到蘭州，作爲軍代表接管蘭州大學等全省高校，官銜顯赫，他沒興趣，念念不忘的，仍然是教育。兩年後重操舊業：到北京與葉聖陶一起，主持人民教育出版社，又是十一年。依然農民本色，謙和木訥。讀書寫作不輟。該社編輯張中行先生在他的回憶錄中提到辛安亭時，說，「也許是看慣了官場的通行氣派吧，推想他必是新分配到某室的小職員，管抄抄寫寫的，及至聽說他是副社長，眞是大吃一驚。」張說辛安亭的另一個特點，是心口如一，學不會說假話。（《流年碎影》中國社會科學出版社一九九七年版）吳小如先生讀到張著，說，「這同我印象中的辛老完全吻合。」（《文匯讀書周報》一九九八／二／十四）當然，也同我印象中的辛老完全吻合。

學不會說假話，也是天性。搞人民公社時，他說，這個辦法恐怕不成。反右時，他說，這種事情咋能定額？《毛選》上白紙黑字：學校的根本任務是轉變學生的思想，他說，還是說傳授知識經驗，提高全民族的素質好些……終於被調離北京。一回到蘭州，他就著手創辦教育學院。三年間從既無校舍又無師資，辦到初具規模，文革就來了。一生沒有整過人，但是人們整他，可是毫不手軟。說過的話，都成了罪行。被打翻在地，又踏上許多的腳。年輕時都幹不了的重活，這時不得不幹。熬過來，眞不容易。

文革後降級使用，到蘭州大學當副校長。實際上是個虛職。蘭州的蘭大，也和北京的北大、清華一樣，是「反右」、「文革」的先鋒，「筆桿子」和打手的倉庫，批判組也有個「粱效」「石一歌」之類的名字，我忘了叫什麼了。五十年代的校長陳時偉，六十年代的校長江隆基都被整死，不是偶然的。文革後學校一片凋零，但依然保持著「革命」傳統。他到那裡，什麼事都做不成。當時蘭大的另一位副校長，後來做了民政部長的崔乃夫先生談到辛安亭時，說：「他跟一些政治上非常平庸，教育一點兒也不懂，品質很差……的人共事，而那些人掌權，他有什麼辦法！」（《崔乃夫訪談錄》，原載《鍾情啓蒙執著開拓》蘭州大學出版社二〇〇四年版）

我第一次見到他，是一九七八年，在蘭州。那時我四十三歲。先生已年逾古稀。極瘦小，極清癯。藍布衫，黑布鞋，平頭。印象最深的，是他那清澈的目光。那時的人們，別說幹部，就是一般成年人，大都目光混濁，像遮著一塊幕布，或者包著一層油。一個飽歷滄桑的老人能保持那樣清澈明淨的目光，眞像是奇蹟。還有就是他那雙鞋子。那種圓口的黑布鞋，是我父親常穿的，見之特別親切。很多年了，市場上早已絕跡。我猜，是他的家裡人自己做的吧？

他早已與世無爭，日日閉門讀書。家裡幾個大房間，除了門窗全是書，從地板到天花板沒空隙。沙發背靠落地窗，只爲了讀書方便。看著文弱瘦小，埋在深深的沙發裡專心讀書的他，很難想像，他曾爲革命出生入死。所著六十多本書都是教育學著作和普及讀物，很難想像，他涉獵的範圍會如此淵博。經史子集，他如數家珍。《文心雕龍》很難懂，他只要幾句話，就闡釋得一清二楚。我的專業是美學，說到中國美學史，他知道得比我多得多。從彩陶甲骨銅器銘文，到王國維《人間詞話》之得，袁子才《隨園詩話》之失，再到蔡元培對美育的貢獻，也如數家珍。讀先生的作品，才發現深入以後的淺出，硬是和一般的淺不同。深入易，淺出難。能淺出，才是眞深入。這不僅是一種本領，也是一種襟懷。「下筆清深不自持」者，如我輩，相形之下，只有自慚形穢。

我在蘭大幾年，他是我名副其實的老師。我不是他唯一的學生，許多文科教師，都常負笈登門。有學生知道而他不知道的問題，他就竭誠求教，問到完全明白爲止。有些東西，不是有關專家，完全不用知道。比如漢魏間蠱道巫術的異同，納西族七星披肩的由來等等。他都興趣盎然。我問他知道了幹嘛，他說只是想知道。這使我想起孔子的「學而」。不是上進的願望，而是這種自爲目的的求知欲，使他雜學旁收，成爲通人，而又淡泊於人事，不求名利。校園裡的派系鬥爭流言蜚語，一概都進不了他家的門：他不愛聽。這也是天性，而不是稽康式的世故。

他要是世故，我就進不了蘭大。文革後期我在五七幹校勞動，哲學系系主任韓學本想調我到蘭大教書。因爲我有「極右分子」勞動教養的案底，阻力很大。辛老本不管事，但這件事他卻管了。參加校務會議，發言支持老韓。還親自到省委的「歸口辦公室」去催辦這事。那天學校沒車，他竟步行而去。老弱瘦小平時很少出門的他，在大街小巷來回走了一個多小時。老韓說，不可想像。

到校後，老韓陪我去看望他。他說他剛讀了我的《中國山水畫探源》（那時剛發表），覺得功夫下得不夠。思路暫且不談，你可以那樣想。脈絡清楚，架構穩固，也很好。但是脈絡和構架，應該是歷史的，而不是思路的。史歸史，論歸論。以論帶史，變成了以論代史，這就不好了。你有這個嫌疑。我請他舉個例子，他說那就太多了。比如你說佛教的盛行，推動了魏晉以來的隱逸之風，論證不夠，顯得武斷。事實上佛教東來之初，不過是祭祀方術的一種。這在《高僧傳》中有大量的記載。說著掀掉膝上蓋著的毯子，站起來到書架跟前，拿下一部線裝的《高僧傳》，翻給我看。我看了說，安世高、曇柯迦羅、康僧會，這些都是漢末人物。他說我是隨便翻的，又翻到佛圖澄，說，這是晉代和尚，你看怎麼樣！又說，當然浮圖之祠，不同於讖緯之祠。但他們是在廟堂，而不是在山林，你說對吧？「南朝四百八十寺，多少樓台煙雨中」，這是皇都氣象，不是山林氣象，你說對吧？

我唯唯。他又說，當然後來有些和尚，把皈依當作了棲遁，買山而隱。青松當麈尾，縱橫天地初，儼然名士清流。這也是時尚所致，你不能說是他們推動了時尚。玄學氛圍中般若學的興起，與當時經書譯本的粗率、曖昧、不確切，以致可任意比附和發揮有關。名僧之變爲清流，就是這麼來的。我說當時譯經，好像很認眞。他說再認眞也精確不到哪裡去。鳩摩羅什兼通漢戎，但梵語音譯，闡釋紛繁，都能動多義，更難把握。依我看，清談中的佛學，已經和佛教無關。儒家和道家也是。比如老莊主無，道家崇有。老莊貴無生，道家求長生。說老莊就是道家，也是鴉鴉烏。我們管不了那麼多，可以姑妄聽之。但是眞要研究，就馬虎不得。

我唯唯，他又說，明清之際不求形似的美學，可以追溯到魏晉的言意有無之辨。但是這中間，橫著許多不同的階段，最近的是宋明理學。你得先理出個頭緒來，才說得清楚，這是一。二是魏晉以來，文學以詩詞爲主導，書法以帖學爲主導，二者都崇尚對稱和優美。明末碑學、樸學、金石學的興起，和文學中的曲子詞小說家言的昌盛同時。尚奇，尚拙，風氣之變，也其來有自。還有個地緣問題，不能不管。無所謂南頓北漸，山西也是個重鎮。不單揚州八怪，顧炎武、朱彝尊、傅山都是先鋒。明代遺民當清代先鋒，這裡面就有許多文章可做。你概不涉及，就說不清楚。

我唯唯。剛想問還有什麼，老韓碰了我一下。於是住嘴，跟著老韓站起來。老韓說，打擾得太久了，辛老休息吧。我也說，辛老休息吧。他說還沒說完呢。從此我常去他家，有時談到吃飯時間，偶爾也跟著吃一頓。飯桌上幾乎沒有葷腥，稀飯小菜饅頭而已。不是要節約，而是晉西北呂梁山區古老的習慣。他最愛吃的，老家裡的傳統食物，「黃兒」「合子飯」「錢錢飯」，已經沒人會做了。饞起來，他就跑到在山西住過多年的歷史系老教授趙儷生先生家中，談談它們，過把乾癮。

他有個好朋友，叫張畢來，是研究《紅樓夢》的專家，在民盟中央當副主席。來甘肅視察，到他家看他。他讓女兒小明來叫我，去陪同吃一頓晚飯。師母和小明掌廚，飯桌上就我們三個。我發現他不會應酬，只是叫客人吃這個吃那個。我想我是來陪客的，有責任活躍空氣。但是想不出話來說。想了一陣，就問張畢來，你們民主黨派中央，平時都幹些什麼？他說例行公事。我問什麼例行公事。他說雜七雜八。我問什麼雜七雜八，他說多了去了。我問是不是統戰工作？他停了一會兒，一字一頓，說，就是統戰工作。

這些問題，問得不好。我的幾個好朋友，事後從辛老家人得知，沒有不罵我的。有的說我粗野得像個酒鬼。有的說我丟了辛老的臉，讓辛老下不了台。有的說人家正面回答，是看辛老的面子，要不然，幾句官腔就打發了你……有的告訴我，辛老最看不得粗野，你這是出自己的醜……。但是辛老本人，從未提過這事。朋友們給他罵我，他也只是笑笑。以後見了面，還是和以往一樣。我本想道個歉，看他那麼好，沒把這事放在心上，就沒道。但是從那以後，他再沒有讓我陪客。八三年「清污」期間，有人向他報告，說我指著新系主任的鼻子，罵人家卑鄙無恥。他問我有無此事，我說有。他一句話都沒說，相對無言很久，才說了一句：某某某現在，也不到我這裡來了。

他每天讀書寫作，都有定時。早上打一陣太極拳，傍晚散一陣子步，從不間斷。散步時，偶爾也到我屋裡轉一下，站著翻翻書，從不久留。我住三樓，他上下不吃力，看來身體還好。想不到四年以後，八八年，我在成都，就得到他去世的消息。託老韓代獻了一個花圈。用丈二白布，寫了對輓聯寄去：

滄桑易度，歸來何處尋舊師？

經史難忘，化去料應著新書？

寄出以後，總覺得不夠分量。我對辛老的尊敬、感激，和深深的思念，都在這兩聯之外。

韓學本

一

韓學本身體單薄，面皮白淨。手指纖細修長，戴一副深度的近視眼鏡。中山裝，黑布鞋，永遠乾乾淨淨，文質彬彬。

不抽菸，不喝酒，不喜歡周旋應酬。許多人都說他是書呆子。他也確實愛讀書，一編在手，與世無爭，你幾乎感覺不到他的存在。打五七年從蘭州大學畢業，留校任教，教歷史唯物主義和辯證唯物主義至今，已經三十多年。不管政治上有怎樣的風雲，他都能安全地度過。娶妻，生子，入黨，從助教、講師、副教授、教授到系主任，人生的河流像油一般地平穩。這可不是一個書呆子做得到的。

文革中揪「白專典型」、「反動學術權威」，他也曾挨了一陣子批鬥，油河上蕩起波瀾。書讀不成了，就革命。那時革命隊伍分裂成兩大派，真槍實彈，仗打得緊。他當了一派的「作戰參謀部部長」，運籌帷幄，軍令如山，居然幾仗下來，使這一派反敗為勝，叱吒風雲。人們目瞪口呆之餘，才知道這個手無縛雞之力，影子一般無聲無息，走路都要貼著牆根的人物，不是好欺的。

這麼玩兒了一陣之後，回到蘭大校園，依舊無聲無息貼著牆根走路，依舊一編在手與世無爭。遇見以前在鬥爭會上打罵過他的人，文雅地笑笑，好像什麼也沒有發生。歷史系一位老教授遇見他，翹起大拇指，說，你可眞是能文能武，「靜如處女動英豪」呀！他還是文雅地笑笑，像人家幽了一默。

蘭大的政治氣氛，特別地封閉保守。五十年代的校長陳時偉，六十年代的校長江隆基都被整死。類似的情況，各系都有，文科尤多。校園裡學術空氣稀薄，特別是文革後期，同一個行政機關差不多了。老韓一回家就閉門讀書，幾乎足不出戶。好在他和夫人何鳳仙（師大中文系教授）兩個人文革前買的書，合起來有幾萬本。在那個書店裡空著書架，圖書館被洗劫一空的年代，可以救個急需。

一九七七年，全國「撥亂反正」，各高校的教學和研究又得要上馬。破壞得特別嚴重的蘭大，百廢待興。最是哲學系，師資凋零，課開不出來，許多專業缺如。要重建，等於白手起家。他臨危受命，當了系主任、總支書記。先是到北京、上海、廣州、武漢等地跑了一圈。摸索了一下當時的國內外哲學動態，比較了幾個主要高校哲學系的情況。回來想突破以馬哲史、西哲史、中哲史為經，唯心和唯物鬥爭為緯的模型，把「科學哲學」作為重點。

他對反對者說，唯心唯物的觀點，不是馬克思，而是列寧強調的。日丹諾夫以後才寫進哲學教科書。那時可以無視質疑，現在不行了。比如量子力學，你能迴避嗎？我們衹有回到馬克思，才能面對新問題。說到新問題，什麼費耶阿本德，什麼波普爾，什麼「證偽」，什麼「試錯」，把老教師們嚇得一愣一愣的。同時爭取撥款，採購圖書，補充設備，培訓師資，開發資訊，拓展交流渠道，指揮若定。一下子就把架子搭起來了。

我同他素不相識，在酒泉接受勞動改造，已經好幾年了。地方既偏僻，信息更閉塞，不知天上宮闕，今夕是何年。他以前讀過我的文章，也聽說過我的遭遇。那年冬天，坐了兩天一夜的火車和汽車，趕到酒泉，又步行二十多里，在幹校的田野上，同胼手胝足滿面風塵的我，談了兩個多小時。凍得面皮青紫嘴唇發抖，連水都沒有喝上一口就走了，在沙路上留下長長一連串足跡。

第二年，一九七八年春天，他在校長辛安亭先生的支持下，把我這個當年的「極右分子」，調進了蘭大哲學系，主持美學專業。這件事成了新聞，在蘭大引起反彈。社會上也議論紛紛。我的原單位敦煌文物研究所寫信給蘭大，說我極端反動不可使用。甚至蘭州軍區政治部主任李磊，也知會蘭大黨委，改革開放不要走過了頭。所有這些壓力，都集中到他的頭上。他都頂住了，說，出了問題我負責。

二

那時調進蘭大哲學系的「右派」，不祇我一個。還有楊梓彬、張書城等好幾個人。這些人的調動，當時叫「歸口」，意即落實政策以後回歸到原來的專業口。那陣子各級政府除了「落辦」以外，還有個「歸辦」。這兩個地方的人都煩他。學校裡的行政幹部們也都煩他。我們這些人進校以後，什麼都得向學校要。大至分配住房，小至借個床板桌椅書架，都很費周折。他怕我們受欺侮，事無巨細，都要幫我們跑。自稱老蘭大，熟門熟路，實際上他去了也不一定解決問題。有時爭吵得面紅耳赤，結果一無所得。他為此對我們感到抱歉，我們也為此對他感到抱歉。

不全是幹部們刁難，客觀上也有困難。浩劫方過，什麼都缺。後勤工人沒情緒，修補速度跟不上。登記排隊沒個限期，也祇有等待。我接受友誼賓館的條件，給他們畫了幅油畫，雪山風景，五乘三公尺，換得在那裡免費吃、住半年，解了燃眉之急。客房裡有套間和浴室，他常來洗個澡，聊一點兒天，住上一晚。

那天他半夜才來。捧上一杯茶，往沙發裡一埋，說，忙得都快異化了，這才復歸自我。問他忙什麼，他說跳加官。最怕周旋應酬的他，這些年周旋應酬最多。最近又被蘭州軍區政委兼司令員蕭華纏上，給他們開辦了一個「軍、師級哲學講座」。充當唯一的主講人，每個星期去炒一次炒了幾十年的冷飯，並成為這個那個將軍家裡的座上客。「唱罷大雅唱衛風」，難受死了。

我安慰他說，你是你，所以才難受。難受不是異化。難受了就不異化了。高高興興，受寵若驚才是異化。他說，許多人過得快快樂樂，我羨慕。我說，是，我也羨慕。他說眞的嗎？那麼我問你，你寧願做一隻快樂的豬，也不願意做一個痛苦的人嗎？我說話都被你一個人說去了，我還能說什麼呢？他大笑。我從沒見他這樣笑過。心想他可能在蕭華家裡喝了一點兒酒。似乎也聞到了一點兒酒氣。

他說最近他給學生開了一門選修課，「早期馬克思」，著重講《經濟學—哲學手稿》，很受歡迎。開頭學生很少，後來越來越多。我對此很感興趣，想什麼時候，也去聽聽。我告訴他，在馬克思的書中，我最喜愛的，正是《經濟學—哲學手稿》。當年去勞教，帶了一批書，都被沒收了，祇有這本小冊子，因為是馬克思的，得以留下。有空時，沒別的看，抓來抓去都是它。在那個特殊的環境裡看，感觸特別深。每次重看，都有新收穫。後來到五七幹校，還偷偷摸摸寫了篇《異化現象近觀》，試著用這個概念工具，剖析當代中國。說著就翻箱倒笥，找出來請他給看看。

幾天後他來時，憂思重重的樣子。說，稿子我看了。你火氣太大了，膽子也太大了，我替你擔心。這篇東西，你再不要給別人看了。任何人都不能給看！知道了嗎？我唯唯。記住了嗎？我唯唯。說著把稿子交給我，叫收好，千萬別丟了。說要是丟了，那就吃不完兜著走，沒人救得了你。坐下來，喝了幾口茶，緩和些了，他說，我發現你這個人，有些好走極端，思想偏激，情緒化的東西很多。做學問麼，怎麼能這樣！我無言。他望著我，問怎麼不說話。我叫他說下去。

他說他所理解的「異化」，不光是存在和本質的分離，也是一種意義的失落。關鍵在「意義」。意義等於自我。所謂失落感、無力感等等，實際上也就是個體對於無意義的體驗。問題在於，在這份手稿裡，馬克思提出了一個人生的意義問題，但卻沒來得及回答，留下了一塊空白。那以後，直到《資本論》，馬克思終其一生，都沒來得及填補這一空白。後來的馬克思主義者不但不去填補，反而把學說弄成了一個包羅萬象的東西。這是現在我們的哲學研究上不去，祇能炒冷飯的原因，間接地也是造成許多人信仰危機的原因。

我說你想填補空白，是嗎？他說這是當代馬克思主義哲學的責任。我說馬克思主義是一個完整的體系，空白都在馬克思主義之外，你要填補，你就不是馬克思主義者了。我說人生是一場短暫的飄泊，所以意義才和自我同一。所以任何一種用整體來否定個體、用共性來否定個性的學說，包括馬克思主義和中國的儒學，都不談人生的意義，用談論責任、義務、社會關係倫理道德來代替。這絕對不是偶然的。要說這是空白，也祇能算是邏輯體系上的結構性空白。或者說空白是體系結構的組成部分。所謂「當其無，有輻之用」，你要填空，等於拆輻，那怎麼能行？

他微笑，搖頭。說，他所說的意義等於自我，和我所說的意義與自我同一，不是一回事。正因爲個體自我是短暫的飄泊者，所以它衹有作爲族類存在物，才有過去和未來，才有廣延量和能場，才有意義。這是一個大我和小我的關係問題。大我賦予小我以意義。小我也衹有在同大我的聯繫之中，才有可能獲得意義。所以說人的本質，是一切社會關係的總和。責任、道德、社會貢獻、發明創造等等，作爲個體和整體聯繫的渠道，也是個體自我實現的途徑。費希特把與世隔絕的孤立的個人稱之爲「非人」，這個觀點，是馬克思能夠接受的。

我說，你這是把形而下的變成形而上的，把第二國際的經濟實證論變成哲學。整體有很多層次，家、國、教派、物種都是。而那個超越時空的整體的整體，則是虛無。所以在終極意義上，衹有個體才是實體。人生的意義，也衹能植根於個體。它是被創造的，不是被賦予的。帶著願望和情感，無須誰來批准。用佛家的話說，它是活在當下。當然，是以超越當下的形式。這個形式，作爲創造物，可以是互相認同的座標，但認同的結果，是形成不同的文明，而不是形成客觀上的終極規範。

他問我美和醜有區別麼，善和惡有區別麼，得失有無進退成敗有區別麼，殺人偷盜強姦詐騙是好事還是壞事……一連串的問題，都不等我回答，接下去就說，什麼規範都不承認，這就叫虛無主義，這就叫極端的個人主義。這兩樣東西是通著的。說時語調平靜，但白淨的臉上，泛起了淡淡的紅暈。從而我知道了，這個人雖然思想開放活躍，求知欲很強，對我們這些人很尊重也很愛護；雖然關心潛科學，嚮往自然與人文的互動，也熟知愛因斯坦和哥本哈根學派的爭論，仍然是個馬克思主義者。

三

那年年底，中國社會科學院哲學所要借調我到北京工作，蘭大黨委不同意。老韓主張放人，我得以成行。他是爲我著想，說那邊資料多些，信息流通些，文化環境也好些，去了對發展有利。埋沒了那麼多年，該去闖一闖了。臨走時，他囑咐，那是個漩渦的中心，去了要特別小心。你搞你的美學，不要多管閒事。那篇什麼近觀，再別給人看了。什麼時候不順心了，你就回來吧。說時，一臉的憂思。

我沒聽他的話，到北京後不久，就在社科院內部刊物《未定稿》上，發表了《異化現象近觀》。發表後寄了一份給他，附言道：骨鯁在喉，不吐不快，懇請諒解。

他收到後，寄來一篇文章，題爲《費爾巴哈的異化觀對青年馬克思的影響》，說是要交換交換意見。我把它推薦給《國內哲學動態》，不久就發表了，是當期的頭一篇。讀者反應熱烈，有叫好的，也有批評的。批評者說他太正統，「比盧卡契還左」。他來信表示，對於「正統」等於「左」的公式，不以爲然。

接下來，《未定稿》主編林偉被撤職。原因之一，就是發表了我的《近觀》。他聽到消息，來信說，現在是新時期了，不比以前，整肅限在黨內，你不是黨員，不要緊張。要是有什麼麻煩，你就回來吧。我已處境不妙，面對不可知的命運，想到遠方還有那麼一頂小小的保護傘張在那裡，心裡也踏實一點。

八二年我被趕出北京，又回到蘭大時，他已因發表異化文章，被解除了哲學系系主任的職務。心臟病發，在蘭州醫學院住院。我走進病房時，他正斜倚著枕頭，望著窗外寸草不生堆滿雜物的小院子發呆。蒼白清癯的臉更加蒼白清癯，透薄修長的手更加透薄修長，藍色的血脈清晰可辨。床頭櫃上，放著藥瓶茶杯，還有一本打開著的、黑格爾的《精神現象學》。黑邊框的眼鏡，放在書頁上。

我說，這麼傷腦筋的書，能看麼？他說沒事兒，拍拍床沿，讓我坐下。握著我的手，說我頭髮又白了許多。問他怎麼樣，他說沒事兒，住在這裡，半是養病，半是逃難，免得麻煩。感覺到他手上的力氣，和聲音裡的底氣，反應的敏捷和思路的清晰，我放心了。

我爲發表了他的文章向他道歉。說以爲是正統，發出來有利，沒想到反而害了你。他笑了，說，正統不正統，他們弄不清楚。主義祇是手段，權力才是目的。這就叫政治。你看那些上層代表人物的所謂「觀點」，有哪一個深刻到值得討論的？解放派也罷保守派也罷，都是些各有靠山的官兒，誰是誰非要看站在哪一邊，局外人摻和個什麼？做學問的和做官的，認眞的和玩兒的攪在一起，能弄出個什麼名堂來呢？

我問他還研不研究異化，塡不塡補空白了？他說當然要。不管那些個，我走我的路。沒有對於現實政治的人文超越，就沒有學術。他說他想寫一本關於《手稿》的書，我勸他先沉住氣，把身體養好再說。他說沒事兒，能做多少做多少。

我想，能走自己的路，也是一種福氣。

一九八三年的「清污」運動，矛頭指向人道主義和異化理論，我的五篇文章（《異化辨義》、《異化及其歷史考察》、《異化現象近觀》、《關於人的本質》、《美的追求與人的解放》）受到批判，成了整肅的重點。中央點名，地方加碼，蘭大再加碼，不讓上課，不讓帶研究生，不讓發表文章，不讓出書。已出的一本，也被毀版。走不成自己的路了，精力都用來自衛。很羨慕老韓，眞能「不管那些個」。

幾個月後，不知道形勢發生了什麼變化，運動忽又莫名其妙地中斷了。胡喬木打電話給甘肅省委書記劉冰，叫別把我怎麼樣。校黨委找我談話，傳達這個「中央首長的關懷」，讓我恢復上課。我同意復課，但要求他們先爲停課道歉。他們不肯，去找老韓，要求老韓出面，說服我無條件復課。他們說在當時的形勢下，停課是對的。現在是新形勢了，復課也是對的。要求道歉，是無理取鬧。老韓問，爲什麼你們自己不說。答曰說了他不聽。老韓說，你們不管怎麼樣都是對的，永遠對。人家不管怎樣都是錯的，永遠錯。這種話，不管誰說的，都不會有人聽。

校黨委沒道歉，我也沒復課，離開蘭大，到了成都。聽說他一直在抱病寫書，一天到晚泡在圖書館裡，連午飯都難得回家去吃，很不安。寫信去勸阻，都沒回信。兩年後，收到他寄來的一大包書稿：《經濟學—哲學手稿論析》，要我給寫個序言。那時還沒複印機，都是他親自手抄，四十萬字一筆不苟。附信中說，知道你看法和我不同，批評反駁都可以，這也有利於推進研究，不要客氣。

這是我國第一部系統地論述《手稿》的專著，出版後回響熱烈。它從紛繁的資料中理出了一個異化概念發展的脈絡，比較了這個概念的幾種現代形態。在釐清了——例如海德格爾的倫理學本體論，法蘭克福學派的社會心理理論，東歐人文學派的客觀關係論——等等異化觀的異同，抓住了這個概念的核心意義以後，再返回馬克思，分析它在《手稿》中和在馬氏後期著作中的幾種用法。不但爲馬克思研究提供了一個新的視角，也爲異化研究，提供了一個可以用統一的邏輯，來概括許多不同資料的出發點。我的印象是，他比別的馬克思主義者，更接近了馬克思。

在序言中，我說，一般人出書，都要請名人作序，抬高身價，拓展銷路。像作者這樣，找個小人物，還教指出錯誤，我沒見過。從這一點，可以看出他的人格和風格，他的治學態度，他的自信，他的眞誠，以及這本書的貨眞價實。我說的是眞心話，但是衹說了一半。沒說出來的一半是：想起他的初衷，仍不免有一絲遺憾——他終於沒能找到，那開啓意義之門的鑰匙。仍然沒能填補，他自己信仰中的空白。

這也難怪。說到底，迄今爲止，除了宗教家，有誰敢說，他知道人生的意義？

一九八九年九月，我在南京大學以「反革命宣傳煽動罪」被捕。出獄後住在成都，他寄來一筆錢，說是幾個朋友湊的。我沒那麼困難，他們也不容易，惶恐之至，連忙如數奉還。逃亡前夕，他來看過我一次。身體單薄，不堪長途旅行，幾乎又一次病倒。

這些年來，他一直在閉門讀書，爲現象學的流動無形感慨，爲工具理性和本質主義的語義混淆犯愁。前幾天收到他的信，把政府的腐敗，社會上人文精神的衰落，大學校園和科研機關裡的勾心鬥角，連同西方國家的技術異化和工業東亞的社會異化，一股腦兒都說成是歷史的生產性開支，是人類爲實現個體和整體、存在和本質、對象和自身統一所作的反面準備。他說，「我就是不相信，世紀末的時尚——後學解構潮流發給虛無主義的通行證，能夠永遠有效。」

大哉斯言！

他是不是中國大陸上最後一個馬克思主義者呢？我不知道。

編案：二〇〇八年五月九日，韓學本先生因腦溢血過世，享年七十六歲。

楊梓彬

一

第一次見到楊梓彬，是一九七八年，在蘭大哲學系。

那時浩劫方過，爲重建校系，校長辛安亭先生和哲學系主任韓學本先生，果斷地從農村、農場、幹校等地，引進了幾個以言獲罪被長期勞改的學人，擔任教學和研究的骨幹。其中有他，也有我。

在教師隊伍中，這些人的外貌，都有個共同的特點：像農民。皮膚粗糙，手上有老繭，臉上有洗不掉的風霜。尤其楊梓彬，頭髮花白，皺紋深刻，男低音深沉，不但更像農民，也顯得比實際年齡——四十五歲要老許多。個兒不高，體型寬厚，多髭的大方臉，公牛脖子，樹墩子一般扎實厚重。

他教中國哲學史，侃侃而談，如數家珍，不像是荒廢了那麼多年。口無遮攔，常語出驚人，不像是被改造了那麼多年。聽說他上第一堂課，不是先講亞細亞生產方式，而是先問什麼是哲學。說毛澤東把哲學歸結爲科學的概括是錯誤的，哲學不是科學。科學是知識體系，哲學是價值體系。東西方哲學的不同，除了方法論，主要是價值觀。東方重集體，西方重個體。許多差異，包括文化的差異和知識分子人格的差異，都由此而來。在當時，這種話，還沒人敢說。但學生愛聽，他的課場場爆滿，受到特別熱烈的歡迎。

我去旁聽過幾次，發現他偏愛儒家。在他那裡，儒家學說幾乎成了傳統文化和中哲史的同義詞。他說中國傳統文化的價值，在於成就一種倫理道德和一種內省的人格：安詳自尊，悲天憫人，以天下爲己任，可殺不可辱。他說現在的中國，這種人都完了，所以社會沒有脊梁，沒有凝聚力，不能制約政府，祇能聽任宰割。生靈塗炭，根源在這個傳統的斷裂。興滅繼絕，離不開傳統文化的重建。他說學習中國哲學史，不光是學知識，也是學做人。他同意嚴復把學問分爲士大夫之學和博士之學兩類，說一個中哲史，既可治成前者，也可治成後者，全看你怎麼治。治成前者，是能夠修身齊家治國平天下的通才，治成後者，就同考古學家原子物理學家那樣，專業以外無知，祇能訓詁章句。他說人麼，總應該有點兒人格志氣。所謂三軍可奪帥，匹夫不可奪志。所謂貧賤不能移，富貴不能淫，威武不能屈。有士如此，天下焉能不治。

那天，在一位同事家中，我問他承不承認，比如譚嗣同所說的三綱五常之烈毒慘禍？承不承認，忠孝節烈之類規範，都是以理殺人的武器？承不承認，無限忠於誓死保衛之類，也都是儒家傳統？他說這是老問題，他早已想過了。儒家是治水社會的產物，與極權制度共生，免不了泛政治化。像崇拜寶座，重農輕商，還有剛才說到的這些，都是問題。這是泛政治化帶來的問題，因此也是器用層面上的問題，變易無常。金鐵有時而腐，山嶽有時而摧，唯太虛之道，亙古不移。你祇有認識到這個太虛的本體論意義，才有可能認識到，把那個士無恆產而有恆心的「心」，那種倫理精神和人生態度作爲我們民族文化認同的座標，不等於要繼承那些操作層面上的禮儀制度。

我說器者道之用，六經皆器，說器非而道是，是難以服人的。況且孔子孟子荀子，觀點各不相同。漢經學和宋理學差異更大，儒生亦佛亦道的也很多，何來恆心？他說從雅斯貝爾斯所說的軸心期以來，各種觀念都在流動。猶太教中分出了基督教和伊斯蘭教，但是那一本小小的《聖經》，仍然是猶太民族散而不亡的紐帶。他說，假如他們都像你，現在世界上，還有猶太民族麼？

我說我們扭在一起，已經幾千年了，又怎麼樣呢？他說我們不是扭在一起，是鬥成一團。你這個樣子，還要再鬥下去。冤冤相報，沒完沒了。我默然。

二

那年年底，我去了北京，到中國社會科學院哲學所工作。那是他原先工作的地方，許多人對他知根知底。聽說我來自蘭大，都來問他的近況。談起來，無不感慨。

他生於河北棗強，父親是運輸工人，自幼家道艱難。在北大哲學系上學時，得到馬寅初先生的賞識。選學中國哲學史，又爲馮友蘭先生所器重。後來一頭扎進馬列主義，堅信不疑，死心塌地跟黨走。寫信給老父親，要求把家裡僅有的幾根金條，上交給黨和政府。動員無效，就揭發，以致那點兒家底被沒收，自己也斷了接濟。

一九五六年畢業，分配到中國科學院哲學社會科學部（後改爲社科院），研究中哲史。學部要送他到蘇聯深造，他不去。說，我們教條得夠了。五七年響應號召，幫黨整風，率先貼出大字報，批評院、所領導的教條主義和官僚主義，引起劇烈爭辯。夜裡，有人貼了一張支持他的小白條：「怕罵的官僚，你們去死吧。」他又貼出大字報，批評小白條缺乏治病救人的態度，和幫助黨整風的精神不符。

但所領導一口咬定，小白條是他本人寫的。說他對小白條的批判，是要花招掩蓋狐狸尾巴。鬥爭會上，他堅決否認，成了「頑固對抗」，成了「哲學所唯一沒鬥透的右派」。結果是送到北大荒開荒，勞動改造。忠而被謗，信而見疑，他無怨無悔。相信黨中央和毛主席是正確的，問題出在下面。這沒什麼，在所難免。革命無分貴賤，開荒也是革命。流放路上，詩以言志，準備在那裡幹一輩子：

車進完達山，踏雪直上天。
今日新墾土，兒孫故家園。

一年後，由於努力勞動，被農場評選爲「改造標兵」。

事實上，他走後，寫小白條的人就被抓到了。他既已定案，不便改正。又不肯服罪，未能摘帽。離得遠，不知情，吭哧吭哧當改造標兵，也省事。

幾年後，一九六二年，他被調回哲學所，仍戴著右派帽子。知道事實以後，大怒，同所黨委沒完沒了。黨委書記被逼急了，也大怒，把他遷送西北，下放到甘肅省敦煌縣教中學。六六年文革爆發，他首當其衝，批鬥後，被送到縣農場監督勞動。

仍然赤膽忠心，仍然憂國憂民。在農場聽說，敦煌在搞大寨縣，給縣委書記寫了個信，告訴他附近生產隊沒糧吃，勸他以百姓疾苦爲重，吸取五八年的教訓，爲人民做點實事，不要再搞什麼假、大、空。縣委祕書在電話裡把農場場長訓了一頓：你們那裡階級敵人氣焰囂張，抹黑新農村，反對學大寨，翻天了嗎!?場長嚇白了臉，連夜開鬥爭會，打得他鼻青眼腫，從此派專人看管，監督他一舉一動。

他很困惑：地方上這麼胡來，中央怎麼不管？他很焦急：這樣下去，有可能亡黨亡國！再沒人犯顏直諫，要改都來不及了！越想越急，半夜起來，遮著燈，給「主席、總理、親愛的黨」寫信。天寒地凍，筆尖上墨水結了冰，寫不出來，就伸到嘴裡呵一呵再寫。最冷的時候，呵一下只能寫一個字，他就一個字一個字地寫。天天晚上寫。漫漫冬夜長，不知不覺就有了十幾萬字。

信上談了七個問題：一，眞相與假象；二，理論與實際；三，領袖與群眾；四，主觀意志和客觀規律；五，發揚社會主義民主；六，國法大於黨紀；七，一切爲了人民，一切爲了中國，其他都祇是手段。寫畢又抄了三份，用眞名實姓掛號寄出。一份給黨中央毛主席，一份給國務院周總理。爲了防止被下面的官員扣留，又給他從前的老師、北大校長馬寅初先生寄了一份，請他代呈主席或總理。沒桌沒椅，冰天雪地呵著凍手，十幾萬字連抄三份，這個工程，我聽了發怵。這份耐心，我更不敢想像。

很久以後，「粉碎四人幫」以後，寄到黨中央和國務院的信，先後都轉到了敦煌縣委。上書就是不服，就是反撲，罪上加罪。他被拉到縣上電影院裡批鬥。押上台時，已經像一條抹布，滿身痰涎血污，頭髮裡塞滿草葉灰土。要靠人架著才能站立，拎著頭髮才能抬起頭回答問題。喝問他為什麼上書，他說，右派也是公民，上書是行使公民權，符合憲法，不是犯罪。幾句話就激怒得滿場的群眾炸了鍋，吼聲地動屋搖，拳腳山崩柱折。他說那會兒，他已經什麼都聽不見，什麼都感覺不到了。

幸虧身體結實，沒有成了殘廢。回到農場，他失蹤了。縣上迅速追查，把他從汽車站捉了回來。問哪裡去，不說。吊起來打，也不說。一轉眼又失蹤了。捉回來打得更凶，看得更緊。他不斷變換方法，終於逃到北京，受到哲學所同事們的熱烈歡迎和竭誠幫助。特別是邏輯研究室幾個朋友，為他解決了吃飯住宿問題。他在哲學所住下來，寫了個材料，分送院、所黨委和中組部，要求解決他當年的問題，並賠償他二十幾年來物質上、精神上、學問事業上所受的損失。

幾位師、友、同事看了他材料的底稿，都說這是不可能的，告到中央也不行，還是算了吧。他默然。

那是一九七七年的事。馬寅初先生把他的十萬言上書還給了他，說寫得非常好，看了很感動，但是沒有用，還是算了吧。他默然。

在亂哄哄的北京城裡沒個去處，他整天整天地泡在圖書館裡，不見人面。幾個月後，寫了《關於國家學說的反思》、《從恩格斯致李卜克內西的一封信說起》、《憲法・國家・政黨》三篇文章，以現實爲參照系，重新評估了自己往日的信念，說要告別革命，尋找古典的善良。想拿去發表，被朋友們擋住。

在那波詭雲譎，連投機專家們都把不定方向的年頭，沒人知道該拿他怎麼辦，他倒也沒事。後來敦煌縣委接獲哲學所領導的通知，派人到北京，把他帶回敦煌，又送進了那個他待了十二年的農場。不過在新形勢下，沒人再打罵他，也不大看管他了。反正「大鍋飯」養著，聽其自便。他帶了一大批書去，在那裡埋頭苦讀。沒有交遊，沒有信息，陋室獨處，如同禪家閉關。

沒人知道，他腦子裡發生了什麼樣的鐵馬金戈，總之是到破繭而出的時候，他已成了儒家的傳人，如同我們看到的那樣。我想，大概，仗不會打得太凶。馬家和儒家，都以集體爲本位，理論上有一種結構性的近似，無須調整話語系統和思維模式就可轉換。難祇難在得要有點兒眞誠。恰恰這個東西，他有得最多。

三

他自稱飄泊者。我說他不是。當然他也飄泊，從東北到西北。但隨時隨地，都準備扎下深根。從把完達山當做兒孫故家園，到勸阻敦煌學大寨。風雨摧，野火燒，繁華落盡，祇剩下一個樹墩子了，依然牢牢抓住土地不放。四十八歲才當上個教授，才第一次結婚，才分到一套兩居室的房子。立即就把鰥居的八十老父，接來家中供養，照顧無微不至。他的夫人王慕東，有時還給老人撓背。

一撓不到癢處，老人就急，大聲呵斥。王唯唯諾諾，不斷調整位置，直到老人滿意。從此我明白了，什麼叫做「賢淑」。

一年後，得了個兒子，叫楊陽，壯實聰明。三年後老父去世，他又把患癌症的岳父和岳母一起，接來家中照顧。兩間屋住著五個人，擠得不行。但他很高興，搓著手說，大丈夫達則兼濟天下，窮則獨善一身，不窮不達如我，能夠教書育人，又照顧好親人，也算不枉此生了。多髭的大方臉笑得像個太陽。

一天，他氣虎虎地跑來，說北大那攤子，眞是不像話！原來他的恩師、八十四歲的馮友蘭先生，因爲在文革中站錯了隊，現在被眾人圍攻，備受羞辱，他感同身受。說，當年江青代表毛澤東，到防震棚看馮老，北大的人爭先恐後夾道歡迎，搖紅旗喊萬歲，激動得直蹦直跳。現在這些人，一下子都成了解放派！我說，人家有權改變麼。他說不是說不能變，我楊梓彬就變了，一百八十度。我發現自己錯了，很痛心，很慚愧，就變了。這些人不是變了，而是沒變。他們現在對左派落井下石，同當年把右派鬥得死去活來一樣，都不過是自我的重複。沒有記憶、沒有懺悔的改變，不是改變。

我問，你怎麼知道，他們沒有記憶沒有懺悔？他說，要是有，就會有寬容，能設身處地將心比心、對別人的錯誤有同情的理解，絕不會那麼殘酷，那麼卑鄙！這不是說不要反對錯誤。德國人也批判海德格爾，但不是納粹分子在批判……這麼發洩了一通之後，他匆匆去了北京。去向那位無助的老人拜謁請安，呈上深深的感激與尊敬。

世事如棋，不到三四年，局勢又變了。我被趕出北京，回到蘭州大學。又是「四項基本原則」，又是「清除精神污染」，空氣裡瀰漫著熟悉的火藥味兒。新上台的系主任劉某某向上級打報告，指控我犯了宣傳人道主義和異化理論的罪行，要求在處理以前，先責令我停止上課，停止帶研究生，停止發表文章，停止出書，以免毒素擴散。上級批准後，他開會宣布，叫大家談認識。沒人發言。我看見坐在前排的楊梓彬，公牛脖子越來越紅越來越粗。突然他站起來說，劉文英，你把人格丟完了，換來個系主任當當，值當的麼？坐下後，又說，要當就好好當，別武大郎開店。

我從來沒有見過，他發這麼大的脾氣。好在棋局變得很快，「清污」又不了了之，老楊沒事。我拒絕復課，離開蘭州，先去四川，後到了南京。一九八九年，我在南京大學被捕。出獄後，逃亡前，住在成都東郊。他趁到德陽參加國際儒學會的機會，來家聚會了幾天。計算日子，分別已經八年。八年來我的頭髮白了許多，他頭髮更白了許多。見面之初，互驚老醜。

正是逃亡的前幾天，香港支聯會派來營救的人已經到了。帶不走孩子。老楊提出，在我走後幫照顧我的女兒高林。他家裡兩間房住著五個人，我問高林去了住哪裡？他說可以在岳父母的房間裡隔出一個小間，就像楊陽在他們房間裡那樣。他說你放心，我這個代理父親，絕對不會失職。我告訴他我妹妹一家都在成都，高林住她家，請我姊姊來照顧，這樣比較好。他去我妹妹家看了情況，我走後又在成都住了幾天，等我姊姊從江蘇趕來，商量安排好了孩子的一切，才回蘭州去。

路上，我帶著他八年以來寫作和發表的文章：《孔子的民本思想》、《孔子的君臣觀》、《孔子的義利觀》、《孔子的財富觀》、《孔子是人類思想家》等，洋洋百萬言，看了好幾天。發現他的視線，已經超越了「爲己之學」的內省精神和理想人格設計，而著重於一種倫理架構對於多元社會的整合功能，以及這種功能在東西方文明的衝突中起何種作用。他預言這種衝突比亨廷頓早了十年。

他缺乏亨氏的國際視野，但有一種衰敗國勢下的民族主義激情——恐懼。這恐懼把他的理論，高揚到了抒情詩的境界。

文章中有一份打印的材料，是在八九年的學潮中，他給學生散發的一封長信，表示理解他們的憤怒和悲哀，但要求他們把眼光放遠，以健康、安全和前途爲重，不要任性，不要孤注一擲，更不要絕食，留下迴旋的餘地。情辭懇切，聲淚俱下，焦急如焚之狀，躍然紙上。想當年他逼老父捐出金條，給毛、周力陳時弊，不就是這個樣子麼。我想，他一丁點兒都沒改變。變的是觀念，不變的是心。零度也罷，「一百八十度」也罷，他都是那個眞誠的他。

「士無恆產而有恆心」，此之謂乎？

別來遠隔重洋，匆匆又是八年。最近聽說，他當上了西北「中國傳統文化研究會」的會長。做到了「修身、齊家」，還剩下一個「治國、平天下」了。不知道這中間路上的深阱高壘龍門陣，他幾時能過得去？我祇有給予最好的祝願。

誰令騎馬客京華

一

一九七八年底，我初到北京時，已經四十三歲。

一年前，我還在酒泉五七幹校勞動。半年前，剛「歸口」到蘭大哲學系。友人李澤厚在中國社會科學院哲學所美學室當副主任，主編《中國美學史》。組織了一個寫作班子，邀我一同參加。我被「借調」到社科院，前後三年。

但我對不起他：三年間，沒給美學史寫一個字。卻寫了許多自己想寫的文章。我說我骨鯁在喉，難得他表示理解。後來出書，還白掛了我一個虛名，白給了一份稿費。都是好意，我受之，都有愧。

與李的交往，始於五七年。那時全國圍剿《論美》，我成了政治批判的靶子。李在《哲學研究》上發表《關於當前美學問題的爭論》一文，從學術的角度，歸納了四種看法：

一，高爾泰的主觀論；

二，蔡儀的客觀論；

三，朱光潛的主客觀統一論；

四，自己的客觀性和社會性統一論。

不同意我的看法，但說它值得重視。沒抓辮子，沒打棍子，沒說主觀就是唯心，唯心就是反動，很特殊。我給他寫了個信，謝沒落井下石，贊有學者風度。他回信說，這是最起碼的。那時候，我們都年輕（我二十一，他二十六），「在山泉水清」。有過這麼個茬兒，一直保持著好感。反右後沒再聯繫，「新時期」恢復了通信。

到北京，才第一次見到他，相識雖新有故情。說起敦煌，他示以長詩一首，開頭是「快馬輕車玉門關，萬里風塵談笑間」。是五七年去參觀路上寫的。那年我去酒泉勞教，走的是同一條路，也有幾句東西給看。末尾是「無限行程無限苦，最苦大漠寂寥中」。我說我這兩句，和你那兩句，象徵著兩種不同的命運。他笑說我是不了解情況，他命運只比我略好。那時的他，絕對是專制制度的敵人。後來的變化（所謂「告別革命」）是怎麼來的，我不知道。

二

七十年代末、八十年代初的北京，到處是工地。特別是社科院所在地東長安街建國門一帶，直到永安里大北窯，腳手架林立，推土機起重機日夜轟鳴。大卡車往來穿梭，捲起團團黃雲。空氣污濁，一股子煙塵的氣味。

社科院是幾棟三層樓房，據說原先叫海軍大廈。已很老舊，有寬闊的樓梯和走廊。走廊兩旁塞滿了書架，堆放著一捆一捆一包一包的紙袋。沒人動它，罩著一層灰。都是些陳年資料，有用沒用，誰都不知道。留下的過道，狹窄而曲折。清潔工人的大拖把，游出一條彎曲的、發亮的淡綠色水磨地面。

哲學所美學室，在前一棟二樓走廊的盡頭。裡面住著矮個子韓玉濤。他年過四十無家，又沒分到房子，住在辦公室。菸癮很大，滿室雲霧。患精神分裂症，每天吃藥。我來所後，同他合住。室有大窗，下臨小院。院內有枯樹一株，殘破桌椅若干。桌上枝影橫斜，貓腳印如墨梅，濃淡疏密錯落有致。

韓君健談，言語不俗。國學基本功扎實，寫稿子慣用毛筆。字極好。小楷鐵畫銀鉤，狂草雷奔電馳。依我看，勝似乃師（啓功）。治書法美學，見解獨到。發表在《美學》雜誌上的文章，擲地有聲。詩、詞俱佳，雖亦歌功頌德，都鏗鏘可讀。可惜當時沒有抄下，現在記得全的，祇一首了：

滔滔天下今誰是，大寨秋高，大慶秋高，大纛飄飄在九霄。
金風爛漫紅兒鬧，亦有長矛，亦有羊毫，雲外驚飛是大鵬。

室內有辦公桌八張，晚上我們各用四張，拼起來睡覺，早晨再還原。不還原也行。除了星期四的「政治學習」，一般沒人來。韓君失眠，深宵不寐，噗夫噗夫吧唧菸斗。有時用菸斗敲著桌子，問是誰派我來監視他的。說他沒反黨，沒反社會主義，什麼也不反。第二天早上，吃過藥，又向我道歉，說那是病，請不要見怪。據說病人不知病中言行，可他記得。

三

去後第一次政治學習，是聽副院長鄧力群做報告。那口氣，像小學教師上課。我至今記得其中的兩句：「首長們爲革命做了那麼多的貢獻，難道不應當照顧一下嗎？」這是駁斥一種錯誤言論：社科院不是安置高幹子弟的地方。當時我很驚訝，因爲聽眾不是兒童。但別人都不在乎，習慣了。也沒人眞的「學習」，討論無非閒談。罵特權，罵腐敗，甚至罵毛，都沒顧忌。我又很驚訝。因爲「新時期」的這種寬鬆氛圍，北京先有。外地還死氣沉沉。而我，剛來自邊遠的省份。

我們的室主任齊一是老幹部，但很開明。他後來當了哲學所的黨組書記，兼副所長。仍兼任美學室主任，常來美學室參加政治學習，同大家一起，笑罵先皇廟裡的「那個萬壽無疆」，說「廣場變成了神堂」。他說參拜者圍著「那個東西」打轉，就像當年紅衛兵參拜芒果。領導人如是說，更使我目瞪口呆。總之初到那時，土包子我一愣一愣的，就像劉姥姥進了大觀園。

齊先生對我特好，常把我介紹給這個那個，說我是「傳奇人物」、「難得的人才」。常帶我到他家吃飯，給他的夫人和女兒誇我。親自下廚炒菜，叫我嘗嘗這個嘗嘗那個，愛吃的叫多多地吃，不許客氣。說苦了那麼多年，該補一補了。我感動莫名，對他披肝瀝膽，無話不說。甚至告訴了他，我保存著二十多年來用很小的字，寫在一些偶然得到的破紙片上的祕密手稿。爲怕暴露，永遠隨身帶著。他很吃驚，連聲說帶在身上太危險了，建議我交給他的女兒小雨代爲保管。小雨在首都博物館美術室工作，讀了那些亂七八糟的東西，說是非常喜歡。把它們分類整理，裝在一本塑料相冊裡面。說這樣方便閱讀，也可避免損壞。她說她那裡絕對安全，我可以一百個放心。

在當了二十多年的階級敵人，陷落在人民群眾的汪洋大海之中有如身在敵國的俘虜之後，我感受著這一切，就像一個逃亡者窮年飄泊，來到一個遙遠陌生的地方，發現它竟然就是故鄉。

四

歷史似在拐彎，發出卡卡的聲音。北京城裡更響，如同五月的冰河。街頭巷尾，層層疊疊大大小小張貼著各種字紙，有油印的，有手寫的，也有鉛印的。論政，說理，訴苦，伸冤……五花八門。蒸發著腥熱的人氣，和苦寒的地氣。許多活埋已久但尚未死去的憤怒、悲哀和疑問，都怯生生破土而出，像積雪下面的草芽，像音調不定的號角。

特別是有些民辦刊物，淒紅駭綠，異俗殊音，更使我眼睛一亮一亮。一直以爲群眾是麻木的，比暴君更暴的。沒想到鐵鉗子稍一放鬆，就一下子激射出那麼多智能和靈氣的光芒。

長安街上車水馬龍，中南海裡暗鬥明爭，滿城都是受害人。回城的知青帶著「廣闊天地」的荒謬體驗，忙著謀生。上訪者鳴冤叫屈，大都有一部血淚史。失寵的幕僚，站錯隊的幹部，整人起家而仕途坎坷者，歌功頌德而未獲寵幸的文人，甚至看風轉舵一路順風的官油子，也都跟在裡頭，大聲控訴「林彪四人幫」對自己的迫害。那半眞半假的陳述，同樣悲憤交加聲淚俱下。

時代潮流如江河之濁，圍繞著古老的宮牆，形成無數漩渦，發出金石般鈍重的聲響。而在宮牆的後面，拉起了兩股互相對立的「黨的理論隊伍」：一股以《毛著》編委、《紅旗》雜誌那批人爲主，叫凡是派；一股以理論工作務虛會那批人爲主，叫解放派。兩派各有靠山，鬥爭互見勝負。鼓兒咚咚地打，鑼兒噹噹地敲，時不時爆出一些內幕，增添想像的空間。

受夠了無聲的中國，我覺得這一切嘈雜喧譁，就像節日的喜慶。

美學史組分配任務，我執筆緒論和秦以前的部分。毫無心情。總覺得此時此地離開當代，到象形文字和彩陶殘片中去尋找古人審美觀的蛛絲馬跡，有點兒行屍走肉。迫不及待，忙於加工舊稿，寫出《關於人的本質》、《異化及其歷史考察》、《異化現象近觀》三文近十萬字。都憋了很多年了。寫出來才發現，要把手稿變成鉛字，很難。那時可以隨便說話，但公開發行的報刊，言路雖有所放寬，還是有個底線，很硬：不能議論領導權的合法性。

美學室斜對門，是院刊《未定稿》編輯部。主編林偉兼是《人民日報》副總編，憂國憂民，以思想開放、正直勇敢著稱。編輯謝韜兼是《中國社會科學》的編輯，曾因胡風案坐過十幾年牢，對於獨裁暴政，懷著刻骨仇恨。他們都喜歡《異化現象近觀》，下決心打個擦邊球。觀察形勢數月，終於在七九年秋天，給作了一些刪節和「穿靴戴帽」之後，基本刊出。

《未定稿》雖是內部刊物，印數有一萬多份，影響較大。採用此文不久，林偉就被撤職（還有別的原因，新帳老帳一起算）。刊物主編由院政治部主任李彥兼任，以示黨對思想陣地的依然重視。

畢竟是「新時期」，整肅限在黨內。我不是黨員，沒怎麼追究。

但同事們遇見，大都要說一聲：你不要命啦？

五

齊先生傳達胡喬木院長的號召，要向艾思奇同志學習，堅定不移地宣傳馬克思主義。說胡喬木說了，誰要是能寫出一本像《大眾哲學》那樣的讀物，就會受到獎勵。傳達後，把我從美學史項目調出來，同他本人合作，按照《大眾哲學》的觀點和體例，寫一本《大眾美學》。計畫十二萬字，列入了八〇年的所謂「重點科研項目」，並和出版社預簽了合約。

爲了我能「不受干擾」，安排我帶足資料，到密雲水庫去寫，爲期一年。那地方離城約兩小時車程，環湖皆山。滿被新造的松林。哲學所在那裡有兩排簡陋的單間平房，供內部項目使用，叫「科研接待站」。風景好，空氣新鮮，魚蝦新鮮，還有伙食補助。但畢竟太遠，不方便。除了夏天，平時沒人去。我是八月去的，滿滿一車人，都興致極好，各有詩。辯證法室的金吾侖先生是自然科學家，有句云：「小橋那邊是大壩，大壩那邊有路通。」飯桌上一念，闔座大笑。

印象最深的，是西方哲學史室主任王樹人先生。他教一位脾氣極大膽子極小的精神病人學游泳，那份細心耐心，那份善良仁慈，使我打心底感動。還有就是，兩個從「廣闊天地」回城不久，得到哲學所編制的高幹子弟也來了。正在釣魚時，被軍人出身的所長孫耕夫撞見，朝他們吼道，你們怎麼來了!?誰讓你們來的!?知道影響有多壞麼!?回去！馬上回去！兩人收起釣竿，乖乖地走了。

在那些曙光乍現的日子裡，誰也沒有想到，幾年後會太子黨橫行全國，無法無天，沒人惹得起。

天涼起來時，大家先後離去。到冬天，除了管理員、服務員、廚師各一人，和一隻大狼狗，就只有我了。人少，三個人都不來上班，把伙房和庫房的鑰匙交給我，讓我自己管自己。我的伴兒就是那隻狗。狗叫里達，膽子極小，是個溫和的大傢伙。湖那邊有一村，名黑窩。幾十戶人家，我有時去坐坐聊聊，喝點兒大葉兒茶。村裡的土狗，只里達一半大，汪汪一叫，里達就溜走了。我回去時，牠怯生生躲在路邊的叢莽後面，耐心地等我。

每天，里達在爐邊躺著。我在結滿冰花的窗前，四百字一頁的有格稿紙上，寫那本合作的書。撇開艾思奇，沿著自己的思路，得心應手。過去盡受批判，名字人見人疑。幾十年來記下了不少想法，積累了不少舊稿，以往見不得人，現在都用上了。有社科院哲學所的黨組書記一同署名，等於護航，正可以擴大影響，幸何如之！

六

窗外沒個人影，有時山風呼嘯，有時大太陽曬得湖上的冰喀喀直響。我寫得很努力也很順利，神行紙上手不知，有一種快感。

甫寫出前三章，齊先生來看我。看了稿子，說是不行。說你不喜歡艾思奇也別勉強，但是，起碼要對社會負責，避免有爭議的傾向性。我明白，這是指非馬列觀點。我說不出什麼來。齊先生很體諒，叫我別著急。說著書立說，幾易其稿是常有的事。這次不行，下一次就好了。

我雖人在社科院，人事關係還在蘭州大學。齊先生說，他找了周揚（副院長），也找了劉冰

（蘭大黨委書記），要求把我的關係轉過來。他們都同意了，人事處也已經在辦了。他說，這是個新的起點。寫好這本書，也是爲將來的發展創造條件。爲了將來，現在花點兒時間是値得的。

這不用說，我都知道。但是三章稿子五萬多字，我自己喜歡，現在不用了，要重寫，寫什麼呢？沒有內心的衝動，爲寫而寫，我會面對稿紙發呆，伸懶腰打呵欠，渾身難受。寫信也是這樣，怕應酬。即使是最好的朋友、最尊敬的師長，除非有事掛念，都不寫信。十分抱歉，無法解釋，失去許多珍貴情誼。個中心情，別人很難理解。在別人看來，能寫那個，自然就能寫這個。以齊先生的細心和體諒，他要不是這麼看，也不會要我合作。

我發現，即使是知心朋友，有時也無法溝通。

命運攸關。別無選擇。日復一日，我按照「馬克思主義美學原理」，一寸一寸地在格子上爬。伸著懶腰爬，打著呵欠爬，出去轉上好半天回來再爬，如同鋸自己的神經。

這期間齊先生來過多次，看了稿子很愉快，每次都說，行，就這樣寫。

有一次，我爲了調劑一下情緒，寫了篇散文《在山中》（後在《北方文學》發表）。稿子放在桌上，出去散散心。回來時，他正在看。

我說，齊先生，來很久了嗎？

他沒回頭，說，嗯，有點兒久。其聲悶悶。

我說請指點。他說，好。仍未回頭。

知道他不高興，我解釋說，寫了玩玩的，累得慌，得換口氣。

他笑了，回過身來，斜靠在椅背上，說，累了就休息休息，還種自留地，不是更累了嗎？

我一聽「自留地」三個字，火了。說，齊先生，寫不想寫的東西最累，你知道嗎？

他面無表情須臾，又笑了，說我缺少幽默感。剛才是開玩笑的，幹嘛那麼認眞？

我說對不起，我的神經都快斷了。

他說那當然，沒幽默感神經愛斷，你小心些啦。

他帶來了長白山葡萄酒，月盛齋醬牛肉，和大量的消息。有中南海內幕，西單牆[1]近況，有什麼什麼會議上誰誰誰的發言，我都愛聽。他對毛澤東的厭惡和凡是派的輕蔑，我都欣賞。他對「在理論務虛會上大出鋒頭的那幾個人」不以爲然，挨著個兒數說他們五七年以來整人發跡的歷史，把他們以往發表的文章同他們現在的言論對照，使我不勝感慨……吃了喝了，同去遊湖時，我們已芥蒂全無。

先生有股子親和力，同黑窩的農民一見如故。他說黑窩風水極好，將來山上的樹大起來，就更好了。說他在離休以後，要來這裡做個房子，買一艘摩托汽艇，以便城裡住膩了，可以來換換空氣。

我說太棒了，朝湖得有個落地窗。

他說那當然，你來了，住多久都可以。

七

但他依然堅持，這本書要以馬列爲綱。

我咬緊牙，拚了命寫。一年後，終於寫到了預定的十二萬字。

使勁兒把圓珠筆向牆壁一摔（嚇得里達猛然站起），長長長地吁了一口氣，伸直兩腿，直挺挺往椅背上一靠，耷拉著腦袋和兩臂，好半天沒有動彈。

帶著書稿回到北京時，城裡的政治氣氛已經大變。鎮壓浪潮剛過，對被捕者的審判好像已經結束，又好像還在進行，風聲鶴唳。

街巷依舊。但沒有了大字報、小字報，沒有了民辦刊物，沒有了任何自主性公共交往的空間。西單牆上撕剩的字紙，像節日過後一地爆竹的碎片。低矮的牆，沉默的牆，襤褸而又驕傲，像英雄紀念碑，倒臥在帝城的中央。

但熙熙攘攘的行人，已對它視而不見。只偶然地，有個把人，冷風裡縮著脖子，袖著手，在牆前徘徊，尋找著殘餘的字跡，像尋找失去的希望。歷史前線的風景，由於他們悵望的神色，而益增淒涼。

書稿，交給了齊先生。請他任意修改，全權處理。

把高林從江蘇接來，送到玉泉路十一學校插班。在學校附近的石槽村租了一間小屋，搬去和她同住。石槽村是被城市包圍的農村，小到只有幾家，周遭車走雷聲。每天步行五六分鐘，送高林到學校，然後搭地鐵，到所裡的資料室寫作。把密雲廢稿三章，整理成三篇論文：《美學研究的中心是什麼》、《美是自由的象徵》、《美的追求與人的解放》。

期間，齊先生看完了書稿。說，基本上可以了。但文字太粗糙，需要加工潤飾一遍。我怕再鋸神經，堅請他任意修改。他說他沒時間，我說我也沒時間。他說給你時間，我說我的時間你怎麼給。他曉以利害，我說他威脅，一下子鬧僵了。一年前功盡棄，朋友們無不罵我。

爬過了百里泥沼，臨門只有一步，卻硬是跨不過去。

八

三篇文章，先發表的是《美學研究的中心是什麼》。刊於八一年《哲學研究》月刊第四期，說美學研究的中心是美感經驗。論題是在對別人的批評中展開的，過後讀之，頗悔刻薄。後來兩次出論文集，都沒收入。

但文章引起注意。《新華文摘》全文轉載。哲學所編《中國哲學年鑑》「美學」條，將我提出此說寫入。條稿送美學室徵求意見，有人說，這個觀點是李澤厚在《美學》季刊第四期上提出來的，應改高爲李。條稿執筆人、《國內哲學動態》編輯室主任潘家森（潘知水）拒絕修改。理由是高文發表時間早於李文半年。僵持不下，科研處折衷，兩個名字並列刊出。

我後來才知道這事，覺得有點兒奇怪。以美感經驗爲中心，是主觀論的必然。李主張美是客觀性和社會性的統一，中心應是那決定美感的客觀。忽持此說，不合邏輯。《年鑑》是沒人看的書，僵持不下，至於的麼？更奇怪的是，不久以後，李在《美育》雜誌上公開宣稱，中國的美學討論，從來沒有過政治批判，只有他的、蔡儀的、朱光潛的「三種觀點平等商榷」。

從朱光潛先生被迫反覆檢討，文革小組把別林斯基、車爾尼雪夫斯基、杜勃羅柳波夫封爲黑幫祖師，到追問「爲什麼審美的鼻子伸向了德彪西」，美學領域一直是政治批判的重災區。重中之重，是主觀論。這段歷史很近且爲眾所周知。我很困惑，以李澤厚的聰明，不至於想要改寫它吧？但是不，緊接著，李在同台灣學者蔣勳的對話中，又重複了這同一說法：「美學領域從未有過政治批判。」並補充說，「五十年代是三種觀點，八十年代還是三種觀點。」十分明確。

我能死地生還，已很感激命運，心理狀態離那種在乎歷史定位，希冀被算數進去的境界，還很遙遠。但我因「主觀論」所受的一切，傷口尚未癒合。讀到「沒有政治批判」和「只有三種觀點」兩句，有一種再次被傷害的感覺。當時很強烈，不久淡漠了。

一九九九年，台灣南華大學校長龔鵬程先生送給我一本他剛出版的新著，叫《美學在台灣》。開卷就說，四九年以後「大陸的所謂美學」，只有馬列主義和政治批判，除了翻譯西方和整理古典，「全部一片空白」。我讀之，已無感覺。

九

回想起北京三年，還是要感激命運。

若非齊先生，我無緣和小雨相逢。關係鬧僵以後，齊先生要查我的祕密手稿，讓小雨交給他。小雨拒絕，說她沒看見過。

那份驚險，回頭後怕。

萬萬想不到，在這命運攸關的時刻，保護我的，竟會是一個弱小的女孩。

結果比預料的好，只是被趕出北京。社科院許多朋友，特別是林偉、謝韜、盧玉、包遵信諸位，曾致力於幫助我留在北京。但哲學所不轉檔案，誰也無法可想。檔案被退回蘭大，我只有回去。回去後給包遵信畫了一幅敦煌壁畫，感謝他的大力奔走。題句云：「畫壁曾思稟燭遊」。

在北京三年，沒玩過一次。臨走以前，小雨帶我和高林，到城外潭柘寺、十三陵、圓明園等處走了一遭，又到城市深處那些曲折胡同裡搭滿窩棚的四合院作客。接觸到不少古老方言和傳統民俗，備感這個城市的土厚水深。每到一處，我的心就低聲地說，我愛北京。這期間不少院校邀我講演，提問踴躍掌聲熱烈。每到一處，我的心就低聲地說，我愛北京。

韓玉濤依舊住在美學室。縱橫廿四史，靜對十三經，煙霧深鎖。一九八二年春天，一個風沙瀰漫的黃昏，我去向他告別。他吧唧著他那個黑亮的烏木菸斗，在屋裡走來走去很久。忽然把長髮往腦後一甩，說，早就聽說你要走了。又走了一圈兒，說，走就走吧。再一圈兒以後，他說，「世味年來薄似紗」呀，「誰令騎馬客京華」呀。說著打開抽屜，拿出一個封好了的信封給我，叫我到路上再拆開來看。裡面是一首贈別的詩，他做的：

書生夾策成何事，飄搖萬里度龍沙。
鋼筋鐵骨風雲後，卻與胡僧話落花。

最後一句，當時不可索解。我想，假如「胡」是指外國的話，那麼，我後來被捕、逃亡、來到美國，最初的一年半，就是在佛教宗師星雲上人所提供的西來寺滿地可精舍落腳的。後來搬到紐約上州，住在鹿野苑，依然沙門叢林。不知道是神祕的預言，抑還是因緣巧合？

1西單牆：指當時北京西單街頭人們貼大字報的地方。

告別蘭州

八三年，我在蘭州大學。中央搞「清除精神污染」，清除對象包括刑事犯罪封建迷信黃色錄像帶異化理論和人道主義。從把這些風馬牛攪在一起相提並論的戰術，我知道爭辯已毫無意義。不管有無意義，我是攤上了。幾年來發表過一些談異化與人的文章，成了整肅的重點。被停止上課，停止帶研究生，停止發表文章，停止出書，勒令檢查。已出的一本《論美》，禁售之後，還被毀版。

但是運動沒搞完，忽又收場。聽說是黨內鬥爭出現新形勢，詳情不得而知。但見兩個月裡，周圍的人們先是笑臉隱去，齜出獠牙，忽又獠牙隱去，綻開笑臉。隱顯之間，小小文革一閃，告訴我們所謂文革反思全民懺悔云云，全是扯淡。誰只要權力夠大，再搞一次文革，不難。

胡喬木打電話給甘肅省委書記劉冰，叫別把我怎麼樣。校黨委說這是「中央首長的關懷」，劉書記和聶部長要「親自」向我傳達，叫我到寧臥莊賓館去聽。省委宣傳部長聶大江不久前是蘭大校長（不久後是中央廣播電視部副部長、中宣部副部長），家在蘭大，同我隔壁，樓道裡遇見了不說，卻要我跑那麼遠去聽，太沒勁了。我要是真去，就更沒勁了。

那天到圖書館地下室，去看畫家盧象柏畫畫。正畫著，哲學系總支書記、有名的老好人蔡寅突然衝進來，說你怎麼沒去呀⁉我一下子沒反應過來，嚇一跳，問哪裡去。他說寧臥莊呀！首長在那裡等著，校黨委在到處找你，你怎麼躲在這裡⁉我說我沒說要去，幹嘛等我？他嘴一張，卻沒說話。我說，習慣了招之即來揮之即去是吧？他腳一頓，掉頭走了。

在場的人，都說我不該說那些話，不該不到寧臥莊去……眾口一詞，我也覺得不妥。出去找到老蔡。我說老蔡，剛才我說的話，你就別給他們說了，你就說我忘了。他說，我已經說了。我問招之即來揮之即去說了沒有，他說說了。我說你這不是坑我嗎！他說那裡那麼多人，我不說別人會說，你不是把我坑了嗎？也有理。

十幾天後，他老兄拿來個文件給看，是劉冰在省委擴大會議上的講話。有一處提到這事，說，高爾泰同志，我等了他半天，他沒來。那就再等一等，我們要善於等待。看到這幾句，我知道沒事了。但是沒事了，不等於同志了。蘭大黨委和他們新任命的哲學系主任劉文英，先後從北大和人大請來幾個聲名狼藉的清污人物，黃楠森、陳志尙之流，在規定的「政治學習」時間，給全校師生作大報告，批判異化理論和人道主義，叫做消毒。

消毒同時，要我復課。我要求他們先爲停課道歉，他們不肯。說當時是當時的形勢，停課是對的。現在是現在的形勢，復課也是對的。我拒絕復課，要求調離。他們不許。說不管到哪裡，都是黨領導。而且黨委不批准，哪裡都去不成。

我知道不管到哪裡，都是黨領導。但我還是想走。蘭州工業污染嚴重，煙塵一帳望，素衣化爲緇，是一個美學上荒涼得可以足不出戶的城市。白天看不到蔚藍的天，晚上看不到清亮的星，窗外是高樓，沒有地平線，沒有一株雨打風吹可以聽著入睡的樹。我早已堵得慌，但是走不掉。雖然

「新時期」寬鬆多了，要走也得有個理由。個人的理由不是理由。現在非個人的理由來了，就緊緊抓住不放。

我強調我開的是美學課，帶的也是美學研究生，無關政治，無關形勢。停課無理，必須道歉。否則，一有個什麼風吹草動，說停就停，那還怎麼工作？他們不道歉，我不復課，就在家裡待著。但有學生成群結隊來訪，問這問那，比上課還忙。

大家都說消毒報告越聽越糊塗，不知道異化是個什麼東西。要我給做一次講演，談談這個問題。我答應了。哲學系勸阻，校黨委禁止，學生們堅持。學生們貼出海報，校黨委派人撕毀。撕了貼，貼了又撕，再貼再撕，形成較勁。我反而成了局外人。消息傳得很快，似乎滿城風雨。後來還發生了因劉賓雁在《文匯月刊》上批評蘭大黨委撕海報，引起後者抗議的事。不過那是後話，也是題外話了。

海報的事，引來更多聽眾。除了本校的，還有其他院校的。有的是從離城數十里的西北師大搭幾個小時的汽車趕來的，時間是晚上，怎麼回去是個問題。更意外的是，有些人來自文聯、報社、科學院、醫學院甚至一些行政機關。臨時換了三次地方，還是擠不下，過道裡和窗台上都塞滿了人。遲來的聚集在室外，沸沸揚揚。幾個學生幫開路，好不容易才擠上講台。心裡掠過一絲，對自己角色的困惑。（怎麼會這樣？這是幹嘛呀？）

我先界定概念，我說異化問題，是一個「人」的問題。要知道什麼是異化，先要知道什麼是人。人是目的，人是主體，變成工具和手段，就是非人了。如果說這種非人化，或者說物化，是經由人自己的主觀努力實現的，那就是異化。由於努力的途徑不同，異化又可以分類爲，例如技術異化、語言異化、社會異化……等等。工農業污染、核擴散等等是技術異化。明代的李贄所說的「言假言文假文滿座皆假」，是語言異化。他後來死在監獄裡，假人把眞人當瘋子關進監獄到死，就是社會異化。

下面有人遞條子，要我舉個現代的例子。我說把自己不當人這件事，我們已經習慣了。光想著做齒輪，做螺絲釘，做黨的馴服工具，就是沒想著做個人，做個自己。比如大家知道金訓華，他因爲在激流裡搶救一根木頭而犧牲，因此被封爲英雄。戴著英雄的光環，活得連一根木頭都不值，這就把自己變成了物，變成了非人。是木頭爲人而存在，不是人爲木頭而存在。同樣地，政治制度話語系統等等這些人的創造物，也都是爲人而存在的。如果反過來，人和物顚倒，目的和手段顚倒，主體和客體顚倒，就是異化。物的世界愈是增值，人的世界就愈是貶值。把顚倒了的東西再顚倒過來，就是異化的復歸。

我說把人當人，首先是把自己當人。下面有人遞條子，說別人不拿你當人，你自己當，算數麼？我說金訓華下水的時候，許多人沒下，活下來了，算數麼？被人當牛馬使用，不等於你就變成了牛馬。但如果你甘心接受，主動爭取，你就是忘了自己是人。結果是經由自己的努力，加強了那個蔑視和駕馭自己的力量……說著我發現，我走得太遠了。夜越來越深，人卻越來越多。提問的條子也越來越多。問題尖銳，無形中已經不是我帶動聽眾，而是聽眾推著我走。

於是產生了一種抗拒心理，和自我保護的意識。有人問如何評毛，我說你可以根據自己的切身體驗判斷。有人問社會主義和資本主義哪個好，我說正義原則包含著許多互相矛盾的環節，自由和平等無法並存，效率和公平很難兼顧，如何平衡操作，是個問題。有人問解放派和凡是派的鬥爭的情況，我說我一介平民，與官場春秋無涉，不知內幕。我說從來宮廷內鬥中處於弱勢的一方，都會要謀求人民群眾的支持，解放派永遠會有，不用擔心。說到這裡，不禁又漏出一句：但是全國人民的命運，竟然要由宮牆後面幾個人內部鬥爭的誰勝誰負來決定，終究是一件令人悲哀的事。

有些問題很個人，問我的經歷計畫治學方法之類。我說沒有治學方法，我是一頭野生動物，多少年沒有書籍沒有朋友沒有信息，談不上治學。腦子裡有什麼，都是從一個被壓在車輪子底下的活東西的生命中生長出來的。往往車輪子才是它生長的契機。說著我舉起一摞還沒看的字條，向大家道歉。時間已經太晚，不能再回答了。趁這個機會，向大家告個別，我要離開蘭州，相信後會有期。掌聲中又有人遞上條子，讓說句臨別贈言。我說希望大家都能以眞我面對世界，給自己營造一個可以自由呼吸的空間。相信這些小小空間，最終會連成一片。

公開告別，是表示走的決心。那時候的中國，和糧食關係掛鉤的戶籍制度，還沒有鬆動的跡象。但各地發展不平衡，各路諸侯有派別，已不再鐵板一塊。我想祇要有地方堅決要，即使這邊不放，也不是絕對就走不掉。這是新形勢，我想試試。正好有幾個學校邀我講學，打算挨個兒走一圈，找個自然環境較好，較可以安心工作的去處。講演後不久，就上了路，沒再回來。從此大西北風沙瀰漫的厚土，成了我憶夢中的一朵停雲。如此沉重，又如此美麗。

舊相識說起蘭州，不約而同地，都把我那次講演，稱之爲「告別講演」。「告別」二字，在我聽來，具有雙重意義。因爲從那以後，我再沒作過講演。那以後短短幾年，隨著商業浪潮的興起和人文精神的式微（美學熱降溫是其最初的表徵），全社會的精神生態有了很大的改變，大學生們的關注熱點也已經轉移。我想我已經引不起什麼共鳴，應該有自知之明，謝絕了所有講演的邀請。

就像一隻孤狼，又回到了牠的荒野。

雨舍紀事

一

我是一株無根的轉蓬，勾留在大西北，將近三十年。那些連綿不斷的雪山，日夜浩蕩的河聲，遼闊戈壁上若有若無的羊腸小道；那些在一往無垠的朔風中不息地搖曳的高高白楊，和薄暮時分荒寒山村裡凝聚著畜糞氣息的炊煙……於我都有了一份鄉情。當轉蓬又開始滾動，不禁頻頻回首，有點兒像離鄉背井。

內地有幾個學校要我，想先去看看再說。擬取道成都，經津、京、寧、滬，南下汕頭。汕頭大學副校長李時岳先生一連給我寫了三封信，邀我到那裡主持一個美學研究室。聽說那邊的政治氣氛寬鬆得多，我很動心。夢想著有一個臨海的陽台，幾扇臨海的窗。夜深人靜時分，聽水和石的交響。

上路第一站，是四川成都。成都是一個很有個性的城市。殘留著許多古城的韻味，語音兼有北方的厚重和南方的清圓。街頭巷尾茶館很多，家家滿座，一股子休閒的氣氛。似乎生活的節奏，比其他城市緩慢。同人們交談，常感到地靈人傑。有時你會發現，一個期期艾艾的小青年，理論素質之好，超過不少京畿沿海的文化明星。有時你會發現，一個吊兒郎當的傢伙從口袋裡掏出來的一張皺巴巴的紙上，寫著一首好詩，擲地有金石之聲……。

可以棲身之處，有兩個：四川大學和四川師範大學。前者和蘭大一樣，在市中心。「全國重點」，經費足資料多，交通生活都方便。但出門人擠人，日夜市聲喧，我怕。後者是省屬學校，只能在本省招生。房舍陳舊，設備簡陋。但位在城外山上，長郊綠無涯，有一種古典的寧靜，我喜歡。

川師中文系主任蘇恆先生、校長王鈞能先生和校黨委書記袁正才先生都建議我留下。他們說，現在戶口制度是硬的，要是本單位卡住糧食工資人事檔案，誰都難辦。你既然喜歡這裡，就讓我們先試試。辦不成，再去汕頭不遲。辦成了想走，我們不卡你，算是幫你搭了個橋。言辭懇切，也在理，我感謝地接受了。

學校在請示省委以後，派了兩個老師，萬光治老師和鄧元宣老師，持外調證明到蘭大看我的檔案，趁機把它偷了過來。這種事，連我都覺得匪夷所思，一貫保守的蘭大黨委，反應之強烈，可想而知。但是隔著省，川師大不回應，他們也沒法，只能通過甘肅省委同四川省委交涉。結果是，蘭大答應放我。爲防節外生枝，學校派周治虎老師代替我回去辦手續和接孩子。不久周老師就把高林帶來了。稍後書籍和行李也都運抵。

此事如此順利，得力於四川省委的支持。但因此我的逃避政治之行，又被塗上了一層政治色彩。剛安頓下來，省委書記馮元蔚和副省長韓邦彥兩個，前呼後擁，到師大來看我。說，歡迎到四川來。說，有什麼解決不了，找我們就是了。據說自師大建校以來，他們誰都沒有來過。如果沒有後來發生的許多事情，說明他們不過是演戲（正如甘肅演堅持原則，他們是演改革開放，後台不同之故），把我當作道具，我還眞的以爲，可以有一張安靜的書桌了呢。

二

學校在剛落成的家屬樓裡，給了個四室一廳的單元。與鄰樓很近，窗子對窗子。看電視炒菜，聲味與共。在蘇恆先生的幫助下，我用它換了一套山坡最高處年久失修、三室一廳的老屋。蟲蝕木，如石鼓文，雨漏牆，若抽象畫。但有六個大窗，窗外便是山野。朝暾夕照，霽色晴光，氣象萬千。

我得之，很慶幸。但校園裡議論紛紛，說我怪。有人寫了篇《教授學雷鋒》，說我是「哪裡困難哪裡去，哪裡艱苦哪安家」。偶然見報，哭笑不得。蘇老師說，可以理解。這就是大一統文化。你越是和人家不同，人家就越是盯著你。和大家一樣，就沒人管了。

搬家後一直很忙。除了教書，有寫不完的東西要寫。高林在師大附中插班，進度比甘肅快，日夜趕功課。屋裡一直很亂，風過處，一地的書籍紙張翻飛。直到和小雨結婚，她從首都博物館調來我校藝術系教書，一同粉刷了牆壁，油漆了地板門窗，購置了必要的家具。書上架，帘上窗，才像個家了。

妻名小雨，成都又多雨，家因名雨舍。雨舍地界，不限四壁。當窗的老樹，原始的山野，帶著草木氣息的風，沒有電燈的夜景和不摻雜著噪音的雨聲，還有出沒於有無之間的地平線……都是我們極爲寶貴的財富。

除了初到敦煌的三年以外，這是我一生中最安定也較順利的時期。上面給了我一個叫做「有突出貢獻的國家級專家」的頭銜。沒有學術成果的評估，也沒有論文被引用次數的統計。國家科委批准，省長在會上宣布，我就成了「國家級專家」。就像五七年分配我扮演壞人，享受壞人的待遇，這次是分配我扮演好人，享受好人的待遇：漲兩級工資，「以資獎勵」，外加當「政協委員」。

可惜我沒有能力，演好這個角色。聽說在政協會上，有人（川大教務長唐正序）因我從來不去開會，罵我「不識抬舉」，預言我「沒好下場」。罵對了，也預言對了。漸漸地，麻煩來了：巴蜀書社出《高爾泰文選》，三次上機三次被撤下。哈佛邀我講學，不准出國。南開錄取了高林，被教委取消。遼寧出「中國當代美學思想研究叢書」，其中《高爾泰美學思想研究》一書幾乎出不來（著者丁楓先生和出版社王大路先生據理力爭，後來還是出了）……這一切，包括八九、九〇年捉、放一場，都莫名其妙。

經歷過太多的大張旗鼓，覺得這種鬼鬼祟祟的做法很奇怪：權力無限的他們，怎麼還用得著鬼祟？想了想，覺得新中國的三個時間板塊，有點兒像三個遊戲場。「十七年」玩替天（歷史的必然）行道，文革時期玩無法無天，「新時期」呢，玩的就是鬼鬼祟祟了。到我想到這一層的時候，鬼祟已滲透到整個社會。假酒假藥、假衙內假文憑、權錢色交易……以及對於這一切的冷漠，已成普遍景觀。最是幾百人在大街上圍觀流氓殺人而無一人出來制止的事，報上屢見，令人扼腕。

與之相應，文化界也出現了各種各樣對於歷史使命感和社會責任感，以及關注遊戲場外弱勢群體者的辛辣嘲笑：「你算老幾？」「天下是你家的嗎？」「連自己都救不了，說什麼救世？」……我遲鈍，跟不上趟，哪壺不開提哪壺：發表了《看客的文學》、《文學與啓蒙》、《文學的當代意義》……等十幾篇文章，全撞在冷漠的牆上。理論上的是是非非，早已經沒人在乎。

小屋如孤舟，濛濛水雲裡。

三

在普遍冷漠的背景之上，爆發了震撼全球的八九民運。這是中國人到底還有血性的證明。我很振奮，但還是沒有跟上。

川師大雖在郊區，也突然熱鬧起來。一夜之間，許多精明實際或玩世不恭的青年都變成了理想主義者。膽小的變得膽大，膽大的成了風雲人物。許多平時謹小愼微唯黨是從的老教授，也都紛紛簽名上書和學生一起進城遊行。來勢之猛之盛，大有誰不參加誰就是懦夫甚至奴才的勢頭。正義的巨浪，形成強大壓力。

我怕跟潮流，怕到人多的地方去。壓力愈大，我愈躲。來找的人很多，都說他們感到奇怪，怎麼一貫偏激的我，關鍵時刻躲在家裡？說校園裡有大字報要求我「站出來」，該去看看。我沒去看。我說，沒人說話的時候我說幾句，現在大家都在說了，我就不湊那個熱鬧了吧。

總是落伍。八七年方勵之先生來訪，八八年溫元凱先生來訪，都說我落伍了。老朋友劉賓雁海外來鴻，提到費爾巴哈因久居鄉村而落後於時代，也是同一種批評。我理解也認同朋友們的道義責任感，覺得自己也有。但我進不了操作層面，缺乏政治頭腦，也比大家悲觀，同一場偉大的歷史運動擦身而過。與溫元凱見面，是記者們的安排。對話錄音，公開了意見不同之處。

他主張確立憲法的權威，變人治爲法治。我說這是把保護統治者的憲法，和保護被統治者的憲法混為一談，反而有害。他說修憲得小步走，跑太快會翻車。我說人在車上，你一步都走不動。他說這次七屆人大公開報導有反對票，就是前進了一小步。我說這不是進步是退步，就像民主黨派是老裝飾，反對票是新裝飾，它只能賦予非法地給定的「表決」結果，以一種比「一千票對零票」更為合法的外貌。他說起碼一千九百萬私營企業家的出現，有助於形成民間社會。我說所謂民間社會須能獨立於國家，沒有獨立的工會和獨立的農民組織，只有與體制共生、利用雙軌制經濟的漏洞和官員的腐敗巧取錢財的一群，何來民間社會？……

誰是誰非，是另外一個問題。總之我因此，從一個宏觀的政治背景上剝離了出來。僅僅由於好朋友蕭雪慧個人的情誼，和小雨、高林一起，到她家參加了一次成都各高校部分青年教師的會議。在會上，我對大家唯一的勸告，是要吸取緬甸的教訓。那是剛剛發生的事情，帶著亞細亞的特點。不久以後的六月四日，它就在天安門廣場重演了。當然，更為慘烈。

「六四」的屠殺，我絲毫也沒有感到意外。它能震驚世界，只不過是因為它發生在歷史舞台上國際媒體的聚光燈下。在小小舞台之外廣大的黑暗深處，四十年來無聲無息的大小屠殺從未間斷。我沒有預見能力，但我來自那黑暗深處。

儘管如此，我還是沒有想到，置身事外的我，會被抓進監獄。

四

入獄前，毫無預感。只覺得周圍鬼祟的氣氛越來越濃。這個，我不在乎，也沒法子在乎。但是雨舍周圍自然環境的破壞，卻使我寢食不安。

隨著城鄉經濟的迅猛發展，短短幾年間，從市區穿過田野通到師大的公路，都快變成街道了。校園四周，也冒出了愈來愈多的人家。很快地就有人在雨舍附近丈量土地，釘下寫著數字的木樁。遠處拖拉機和推土機的轟鳴越來越近，包圍圈收縮得越來越快。我和小雨，都想換個地方。

不計較工作的性質，能生活就行。不計較學校的大小，能教書就行。選擇的條件只有兩個，安全，風景好。這兩樣，現在一個都沒了。

我們想過，待高林上了大學，到某個深山古廟裡去當文物保管員。我在敦煌待過，小雨在博物館待過，熟悉那套業務，也喜歡那些東西。我們想過，到某個自然保護區，去當個森林看守人。屋外的大樹上，做個小望亭。打聽過峨眉山下的樂山師專、洞庭湖邊的岳陽師專，和九寨溝裡的阿壩師專。想像在那種地方教書，人事必定稀少。不管待遇怎樣，風景是最大的財富。

先後跟著兩個學生，分別去了一趟丹景山和青城山。丹景山上，曾有一座千年古寺。燬於文革，正在重建。方丈濟塵法師年逾九十，是著名的高僧。那真是崇山峻嶺。不過隨著人口爆炸，它已被農村包圍，山下村落緊密。山門前有一個彭縣人民政府的「園林管理處」。處長是復員軍人，帶著我們看山。浩蕩山風裡，指給我們看這裡那裡石頭上新刻的字，「通幽」「曠觀」……之類，都有門或窗那麼大，十分觸目。他說，都是「名人題字」。縣上要在這裡開發旅遊點，正在進行文化建設。回到管理處，拿出特大斗筆，要我也寫了兩個，說是要刻在某處。

充當「名人」完畢，我要求拜謁濟塵法師。他說沒問題，說著就派人去叫。我說別別別，人家是長老呢。他說沒問題，老頭子能跑。我說別別別，我們去就是了。那裡是工地。新廟即將落成，鋼筋水泥廊柱，不復叢林風貌。長老自工地出，合掌相迎。手上有石灰和泥土，鞋襪和灰色僧服上也有。曬得很黑，貌如老農。但動靜有古風，法相莊嚴。

一起到工棚坐下，他擦汗畢，用草帽扇風。處長說，來，同客人照個相。剛擺好姿勢，處長說，吠，穿上袈裟照呀。我擋住長老，說別別別，就這樣，這樣很好。長老站定，看了看處長。處長說，去，快去穿呀。長老匆匆而去，處長說，你們看，像個九十多歲的人麼？又說，他會氣功，可以發氣弄彎竹子，等會兒我叫他表演給你們看看。我說別別別，算了算了。

青城山在都江堰，相傳漢末張道陵創道教於此。山有道觀，倖免劫火。建築群落高下有致，依崇山，臨奔河，人工自然渾然一體，旋律感很強。主殿堂爲木結構，重檐九脊。斗拱鉤心，飛檐鬥角，雄偉壯觀。屋頂有廡殿、卷棚、息山、硬山、懸山、攢尖多種，脊上皆塑有鴟吻、天馬、仙魚、麒麟之類，光怪陸離。我和小雨遠望近觀，嘆爲觀止。惜乎地近成都，白天遊人如織，無復方外清寂。

道長包志清，是赫赫有名的全眞重鎭，也九十多歲了。長身白眉，黑巾黑袍，茶室對飲，清氣襲人。我說廟好。他搖頭，說廟是空的。幹部們大的大拿，小的小拿，連文革都沒弄掉的東西，現在也沒了。他說廟是出家人的家，如果讓出家人自己管，東西拿來拿去都在家裡，想丟也丟不了。他一再上書，要求政府歸還廟產，沒人答理。領導上陪外國人來參觀，當面對他很恭敬，外國人一走就訓他，哪句話不該說，哪個殿沒掃淨，都是丟了黨和國家的臉……

說著門帘子一掀，進來個中年男人，風衣披在肩上，如同樣板戲裡的楊子榮。握手說歡迎。道長說，這是我們領導。我問領導，是統戰部的嗎？他說不是，是文教局的，文物處處長某某某。見我不解，補充說，統戰部宗教處管人，我們管廟——廟是個文物嘛。然後帶我們去養頤殿吃飯，席上說，他原先在縣劇團演楊子榮，劇團解散後到文物處。順便收集了一些東西，不知道是不是眞文物，想請我們到灌縣城裡他家看看，幫篩揀一下。他說他有個很「前衛」的想法，將來要建立一個私人博物館……

我們雖遲鈍，到底還是明白了。眞要當上文物保管員，頂頭上司就是這些人。高僧大德有人管，看山護林更有人管。教書也一樣，地方越偏僻，學校越閉塞，越是不安全。往那些地方去，等於朝口袋的底部鑽。還不如到京畿沿海一帶比較開放的地區，大城市名牌大學，信息流通、眾目睽睽、當權者鬼祟起來不那麼方便的地方，反而安全些。

正好南京大學副教授趙憲章來訪，說南大中文系要設立文藝美學博士點，需要一個博士導師和學術帶頭人。南大管文科的副校長董健，和中文系系主任許志英都希望我能去擔任，問我可願意。

南大在市中心，沒有自然風景。但是魚與熊掌，不可兼得，我和小雨商量，還是安全第一。決定接受。

在收到董健先生和許志英先生的正式邀請信以後，我向蘇恆先生、王鈞能先生和袁正才先生請辭。在川師五年，備受保護。當我被非法剝奪了出國講學的權利時，他們都曾幫我爭取。事雖不成，好意銘心。提出要走，我很抱歉。他們表示理解，還說要是那邊也這樣，歡迎你再回來。

不久，南大派了趙憲章和校人事處處長樊道恆兩個，來幫我們辦手續和搬家。我們一家三口，從此告別了雨舍。

五

走以前，又去了一趟青城山。參觀一個製藥廠的熊膽工場。

工場在一處懸岩削壁的瀑布對面，林深石黑，水聲隆隆，都在高山的陰影中。一道陽光透過瀑布沖出的霧氣，映照出一彎彩虹，更使我驚訝莫名。時值嚴冬，卻有繁花幾樹，如碧桃，映著陽光，特別地新鮮明亮。數聲好鳥不知處，一股子仙家的祥和。

工場是一棟苔封蘚蝕、爬滿青藤的鐵皮大屋，裡面陰暗潮濕空氣腐敗。擠著一長排一長排生鏽的鐵籠，每個籠中躺著一隻熊。供定期抽取膽汁之用。籠很低小，熊在其中不能站立，不能轉身，只能定向躺著。髒得分不出黑熊棕熊和灰熊。籠子下面綠苔污垢的水泥槽中，積穢熏人。我們和記者們及有關領導十幾個人喧譁著擁進去，熊們都毫無反應。要不是肚皮一起一伏，眞看不出還是活的。

我無法知道，牠們還有沒有痛苦和絕望的感覺。

但是我突然有了。獨自溜出大屋，在水邊石頭上坐了很久，直覺得毛骨悚然。

幾年後，我從監獄裡出來，下決心逃離了中國。

在地球的另一邊，有時候讀到關於亞洲價值，或者穩定優先的種種高談雄辯，就不免要想到那棟鐵皮大屋，那些熊們，依然有毛骨悚然之感。

悚然中，總要想到雨舍，那棟在憂患危殆之中給了我們許多慰藉和喜悅的窳敗老屋。聽說它已經被拆掉了，那一帶，早已經矗起了繁密的樓群。

蘇恆先生

萬萬想不到，蘇恆先生會要寫詩，而且寫得那麼好。這份驚奇，是我最強烈的人生體驗之一。

先生出生於川西平原偏僻鄉村裡一個貧苦的農家。能進城上大學，得益於革命帶來的變化。成爲一個有信念的共產黨員，眞誠的馬克思主義者，不是偶然的。脈管裡旋流著土地耕植者的血液，讀書刻苦用功，做學問踏實嚴謹，講課改作業一絲不苟，執教三十年，桃李滿天下，成爲一個大學問家、名教授，不是偶然的。

先生個兒不高，瘦弱文靜。任教於四川師範大學，在中文系當系主任。川師是老學校，中文系是大系，有不少著名的老教授，學術底子雄厚，積累下來的人事矛盾也多，尖銳複雜。先生領袖群倫，沉著穩健。世事洞明，人情練達。歷次政治運動，都能履險如夷。組織信任，人緣又好，加之學問素養眾望所歸，當上系主任，也不是偶然的。

先生治文藝理論。用馬列毛觀點處理文藝問題。理論框架雖小，學問知識淵博，縱橫古今，無一字無來處。資料翔實，邏輯嚴密，如同戴著枷鎖跳舞，沉重中愈見出功力。從年輕時寫到六十五歲退休，著作等身，從未受到過批判，更不是偶然的。

在那非常時代，只有平安是福。先生可謂福人。這福，來自他的清醒和穩健。我在南京大學之前，曾在川師五年，備受先生關愛。生活上的照顧和工作上的支持都無微不至。我思想過激，他擔驚受怕，常勸我注意安全。同時又很體諒，給化解了不少批評和指控。我繫獄期間，小雨得到他很多幫助。一切的一切，我都感激銘心。但爲人處事，總也學不到他的境界。被逮捕監禁，逃亡海外，也只能說性格就是命運。

在海外聽說，先生得了失語症，說不出話來。看過許多中西名醫，也曾上網求診，都無效。飄泊天涯，愛莫能助，只有空著急。轉眼八年，先生病還沒好，已經七十多歲。上個月底，收到他一封信，說他近年寫了一些詩，朋友們力勸他出版。大詩人石天河先生主編此書，問我可不可以給寫個序。還沒來得及回信，又接到責任編輯的信，催序。

先生寫詩，我很困惑。先生是理性的，而詩是感性的。先生清醒冷靜實際，而詩有夢幻的成分。先生遵循邏輯，而詩在邏輯之外。何況先生年事已高，而詩是青年的藝術。所謂的詩人氣質，那種異乎常人的感覺方式和思維方式，常常會隨著那個多夢的年齡消失。普希金三十多歲，就說自己已經過了寫詩的年齡。龔自珍也是，中年已怯才情減。杜甫自稱「老去詩篇渾漫與」，夢想著「焉得思如陶謝手」的時候，才五十歲左右。那些由於習慣到老還在寫詩的人，大都把詩變成了哲學。哲理可以爲文，但不可以爲詩。以文爲詩者眾，我想先生也是。但是一個共產黨員，一個馬列毛主義者的哲理，能變成怎樣的詩呢？總不至於是「東風催，戰鼓擂」吧？我又想，也許是律詩和絕句，玩兒平仄對偶的吧？能從中獲得樂趣，有益健康就好，我贊成。然則，那又何必出版？誰會要看？這個序言，又能說些什麼？

困惑中收到詩稿。只看了幾首，我就明白，我想錯了，全都想錯了。意外地，我在詩中，看到了一個和那從不高聲說話，鎮定自信安詳從容的蘇恆完全不同的蘇恆。這個陌生的蘇恆瑟瑟地顫慄著，幾幾乎縮成了一個點兒，發出恐怖的絕叫：

有很多很多的眼睛
從不同的方位盯著我
不分白天黑夜
形成渾濁的漩渦

我的心被扔進漩渦
瞬息就不見了
假如把它找回來
痛苦比眼睛更多

心被扔進漩渦，瞬間變成了眼睛，自己也盯上了自己。那一片歧路的風景，頗像達利畫的《內戰》，胳膊揪住大腿，牙齒咬著耳朵。在那種狀態下，他當然不能寫詩。內戰的時期很長，幾乎貫穿他的一生。因此他沒有詩。現在他既老且病，但卻找回了那失落的自我。於是「痛苦比眼睛更多」，成了他激情和靈感的源泉。

也許直白了一點，也許傳統了一點。但我所受到的震撼，不亞於讀卡夫卡的《地洞》。我相信，卡夫卡筆下那個無名動物在經營牠的地洞的時候，原始意象中必然也漫天世界重疊著無數的眼睛，就像先生在那個人們互相窺探、互相監視、互相督促改造的人間天堂裡所意象到的。

從這些詩句，我想到了他那些論著。周延得天衣無縫，不怕你深文周納。當其寫作，他活脫就是卡夫卡筆下那個無名動物在經營牠的地洞。這本來是一件十分奇怪的事情。更奇怪的是，想像不到的是，這個動物還有另外一雙眼睛，在一個沒有人看得見的角落裡，冷峻地和意象地，審視著這個奇怪。

沒有人看得見。他自己也看不見。意象的能力是一種感性動力，屬於深層心理，屬於無意識的世界。不借思維，不通過語言的中介，跨越邏輯公式的平面，更不受意識形態的箝制。它的表現，常常連本人都意想不到。是那些「憂來無方，人莫知之」的東西；是那些「才下眉頭，卻上心頭」的東西；是那些閃爍明滅重疊交加有如水上星光的東西；是那些固執地靜靜地漂浮著而又不知不覺地變得面目全非的東西；是那些騷動不安時隱時現似乎留下什麼卻又使我們惘然若失，所謂「來何洶湧須揮劍，去尚纏綿可付簫」的東西。

先生不是反叛者，不是異議人士。相反，他是一個眞誠的共產黨員，對那個政權感情深厚。他不是要反對什麼，見證什麼，他只是寫出了自己的切身體驗。沒有目的，沒有理由。那些在理性框架內禁錮了一輩子，年復一年地積累起來的無名痛感和無名苦感，互相推擠、湧動，形成一種壓力，迫使他不得不寫。這樣，他無心地撞上了詩。

我不知道，什麼是詩人覺醒的契機，以及他怎樣地找回了心。總之他終於感到了痛苦，帶著荒誕和幽默，逃進了詩。痛苦是一潭深淵，但詩人力求進入。因爲那不能進入的狀況，也像是一潭深淵。一方面，痛苦愈甚則水的張力愈大，力求把他推開。但是那另一潭深淵中的恐懼和惶惑也是一種強勁的張力，力求把他推入。這種在兩者之間掙扎的處境，是時代贈送給文學的禮物。詩人和作家們爲進行偉大創造所付出的代價，就是接受這一禮物。

除了寫作，沒有出路。卡夫卡說詩和祈禱是伸向黑暗的手。我說不，是伸向光明的手，是向著光明的逃亡。在《遺囑》、《困惑》、《嘴》和其他一些詩中，我們都聽到了這同一種內在逃亡的足音。同樣急促，同樣沒有出路。例如：

嘴

聲音的槍口
裝著各種子彈
我倒下了
血肉化爲泥土
白骨還在陣痛
墳前綴滿鮮花
是誰送的

我仍然害怕

當但丁看到地獄裡鬼魂們互相撕扯互相咬啃的情景，恐怖得發抖，失去了觀察者的冷靜。假如他看到，咬死鬼魂的鬼魂們怎樣地帶著悲哀的表情，莊嚴肅穆地給被咬死者送上一束束潔白的鮮花，又當如何！蘇恆之所以比但丁看得更深，是因爲他不僅是觀察者，而且是參與者。不是見證歷史，他自己就是歷史。

歷史和歷史的見證都不是詩。詩是一種心靈的悸動，從時代的重心吸取能源，也起搏於時代的重心，不由自主。是深層歷史學轉化爲深層心理學，以致一個人的靈魂能搖撼另一個人的靈魂，也不由自主。假如有一個人讀了蘇詩感到恐懼、悲哀，或者羞恥，那並不是詩人的過錯。你不能因此指責他搞政治，或者想改造世界。恰恰相反，他沒這個心。

黨員、系主任、理論家的蘇恆，必然和詩人蘇恆相剋。這是一種理性結構和感性動力的矛盾。思想，尤其是理論，都具有結構性。加上意識形態的框架，就會凝固成監禁自我的牢獄。詩人的自我愈是強大，他那個隱藏在無意識深處的黑暗世界愈是深邃廣袤，他要求突破這個牢獄的感性動力也就愈是活躍。不知不覺地，也許是偶然地，這種動力和結構，或者說力和阻力碰撞出來的火花，點燃了他的激情和靈感。以致他，在一個狹小的牢獄裡夢遊了一輩子之後，過了七十歲突然覺醒，感到窒息，不由得像小孩子一樣哭叫起來。

我仍然相信，詩是青年的藝術。詩人蘇恆的年齡，只能從他復歸自我的時候算起。理論家的蘇恆是失掉了自我的蘇恆，六十多年（童年除外）生活在別處，等於沒有生活。所以當他第一次發出自己的聲音的時候，聽起來像是小孩子的哭叫。只是想要哭叫，沒有別的目的。

在聽慣了自由世界的靡靡之音，正在爲人類精神生態的一般規律所困惑的時候，看到這些詩，看到一個衰病老人，在沒有出路的處境中突然煥發出如此強大的青春活力，雄詞脫手堅如鑄，諧語生花粲欲飛，不由得既驚且喜。但是驚喜之餘，終不免一絲淒涼。

那些被壓在車輪子底下的活人，那些被禁錮在剛硬沉重的物結構中的桀驁不馴的靈魂，當然不會知道，任何痛苦的吶喊，任何帶著血絲的聲音，都早已在自由世界富裕而高雅的人們中間引起厭煩。當然更不會知道，主流文學界對於這種吶喊，早已表示了公開的奚落。

我想他們即使知道，也仍然不得不吶喊。因爲這是一種天籟，一種自然，一種情不自禁的絕叫，刺刀都壓不住，還會在乎奚落？

回到零度

一

初到南大，熱鬧了一陣。分到房子前，住在校招待所。校長曲欽岳先生盛宴接風，幾位副校長和中文系正副主任也都來了。除董健先生和許志英先生以外，都是第一次見面。話題輕鬆。坐在我旁邊的人事副校長許庭官先生說，長江的魚，以鰣魚爲最名貴。一斤要一百二十多元，還買不到。其次是刀魚，再其次是扁魚。我小時候愛吃鱖魚，問他鱖魚算第幾等。他說鱖魚嘛，只能算是大路貨啦。

接下來是中文系一些老師的家宴，卻之不恭，受之有愧。特別是一位教蘇聯美學的凌姓教師的家宴，那份熱情，那份豐盛，眞使我汗顏。

暫時沒事做。讓我來，是要設立文藝美學博士點。設點有許多條件，除了所謂「學術帶頭人」、所謂「博導」的個人條件，還有學校整體的條件，教學班子裡每個人的條件。要塡一大堆申報表，技術繁瑣，我都不懂。這些事，系裡都做了。我除了在塡好的表上簽字，就是收拾分配給我的屋子。

南大在市中心，四面都是大街。屋在一棟新蓋的家屬樓裡，三室一廳，窗臨小巷，對面是樓。憑窗下看，行人熙攘。抬頭是無數曬著或沒曬著衣服的竹竿，搭在兩樓之間堆滿雜物的陽台上。「十里長街市井連」，是我最怕的那種環境。但生活、工作都很方便。南京住房緊張，南大尤甚。許多老師排隊多年，還在等。新來乍到能有此屋，已是極大的照顧，還能再說什麼？

暑假裡，把孩子送到高淳姊姊家，和小雨兩個，吃食堂，開地鋪，起早摸黑收拾。南京夏天很熱，尙未通水電的新屋，像烤箱。我們安了爐灶，裝了淋浴器。買了木料，請木匠打了全套家具。根據房子的結構，自己設計書架，與牆同高同寬，成了房子的一部分。自己油漆，滿身砂紙打下的漆灰，順著汗淌，如同泥漿。那個苦呀，回頭後怕。

白天來訪者多，沒處坐，站著說話。系裡很關心，幫了不少忙。董健家在隔壁，許志英也住得很近，常來問問需要什麼。特別是趙憲章，三天兩頭跑，送這送那。有一次他給辦了個煤氣本，拉來一罐煤氣，特沉重，扛著爬上三樓，累得直喘。我們過意不去，想將來給他送一幅好畫，表示我們的感謝。到新學期開學的時候，基本上收拾就緒。放下窗帘，不看外面的醜陋，小環境也還可以。

記得從前在西北，有一次到酒泉鋼鐵廠位在戈壁灘上的工人住宅區去。一排排蜂窩般密集的低矮土屋，蒙著冰雪塵沙，遠望與戈壁同色，彷佛溶解在浩瀚無邊的荒寒死寂中。但走進小屋裡面，家家畫報糊牆爐火通紅，盆栽花草欣欣向榮五彩繽紛。一牆之隔兩個世界，進門如同夢幻。不由得爲渺小生命抗拒宇宙洪荒的大勇，和人爲了活得稍微像個人樣而不顧一切的固執所震撼。現在我發現，酒鋼工人們的那份勇敢和固執，我們也有。

但是，還沒來得及在家裡做一頓飯吃，我突然被抓進了監獄（見《鐵窗百日》）。警察搜查屋裡，翻得一塌糊塗。後來我被押解成都。小雨為便於探監，從南京趕到成都，這房子就沒人住了。

二

從一九八九年九月九日，到一九九〇年春節前夕，我在牢裡關了一百三十八天。之前的「收審證」上，寫著「反革命宣傳煽動」七個字。之後的「釋放證」上，寫著「審查完畢予以釋放」八個字。整個事件，莫名其妙。

非常時期，最見人心。小雨獨自一人，身體又極單薄，大災難中得到很多幫助。在南京，得以把緊要材料，鎖進中文系辦公室的保險櫃裡。到成都，得以重回川師大藝術系教課，並住進依然空置的雨舍舊居……所有這些方便，都來自珍貴的情誼。她在北京的母親，每天給她寫一封長信，更是她極需的精神支持……雨舍近鄰廖加寧、吳麗君夫婦，對她關心幫助無微不至，我們感念至今。當然，老熟人躲著走的更多。「上面」也一直沒有批准小雨探監的要求。我一出獄，她就病倒了，幾乎死去。經空軍醫院幾度搶救，終於脫險，但康復緩慢。

這期間，趙憲章、許志英、董健來了不少信。南大監委主任歐磊和中文系總支書記朱家維兩位，兩次到成都看我。據說對於我的「問題」，國家教委比公安部門更「左」。在一次「全國高校政治思想工作會議」上，李鐵映講話，說像高爾泰那樣的人，還幾個學校爭著要，說明高校的思想工作，已混亂到何等地步。副主任何東昌當場命令南大黨委書記韓星臣趕走我。南大在同警方聯繫以後，寫了一份材料上報教委，說高爾泰並未犯法，而且工作需要，沒有不用的理由。教委不理。後來韓書記、曲校長一行北上，見了何東昌。何態度粗暴，打斷他們的陳述，說：那也不行！

我的辦案警察中，有位李奇明先生，出獄後成了朋友，勸我留在成都。說，你留在成都，有什麼困難，我們可以幫得上忙。要看病，可以幫找好醫院、好醫生。女兒的工作，也可以幫安排得好些。那段日子，我和小雨都在畫畫。他說你們要是想專門畫畫，也可以調到畫院。這當然比到南大要好。起碼可以脫離教委的控制。原以爲京畿沿海一帶比較開放，安全係數大些。既然不是那樣，我想不如留下。

南大中文系柳副主任來訪，說，許志英老師讓我來看望你們，請你們一定要回南大。南大有自己的人事權，不必教委批准。我們會堅持到底，讓你一定放心。許老師怕的，是你自己動搖了，不來了，那就麻煩大了。早就聽說，許志英原先在中國社科院文學所，文革時兩派鬥爭，他是一派的軍師，以料事如神著稱。果然料事如神，知道我想不去了。不去有何麻煩，我不知道。但是話說到這份兒上，不去就不仗義了。而且，還得再搬家。想想還是去吧。辜負了李奇明先生的好意，感到十分抱歉。

李說，我沒什麼，我只怕那邊的保證靠不住，結果麻煩大了的不是他們，而是你們。

冬天到來的時候，我們還是回了南大。路上繞道北京，看望小雨的母親時，一位我所敬重的詩人約我們和王若水夫婦一同到他家吃飯。談起南大的事，教我別看簡單了。他聽知情人、一位楊姓翻譯家的妹妹說，南大很複雜，到底會怎樣很難說，多一個思想準備比較好。我說那邊的幾個頭兒都是自己人，起碼有什麼事，不會被蒙在鼓裡。是他們一再要求我去的，總會有個底線。詩人說，但願是那樣吧。

三

到南京，正雨雪霏霏。公共汽車都濕漉漉的。無數微明的雨傘，在黃昏的街燈下游移碰撞。小巷依舊，樓道上沒遇見一個人。屋裡到處是灰土。空氣陰冷，被褥潮濕，雨夾雪打在窗玻璃上，沙沙地響。對面樓照進來的燈光，在牆頭地面和天花板上，交織著一些菱形光斑。

沒有開燈，靜靜地坐了一會兒。

我說，終於回來了，卻沒有到家的感覺。

小雨說，我也是。

去中文系報到，許志英說，坐了那麼多天火車，先在家休息休息。

據說雪天易晴。這次竟一連下了十幾天。有時大風大雪，白茫茫一片，有時又變成雨，把積雪化爲泥水。我從前的老師、年近八十的許汝祉先生頂風冒雪，步行來看我們，使我們惶恐之至。和小雨送他回家時，巷道裡迎面來了一輛自行車。連忙收傘靠邊，貼牆而站。到跟前才看清，是上次宴席上十分健談的人事副校長。呼啦一下子就過去了，車轂轆濺起一片水花。

回來十幾天了，上次常來看望的幾個負責人，一個都沒來。連趙憲章都沒來過。那位教蘇聯美學的凌姓教師倒是來了。進門沒說話，點了個頭，就逕自穿過客廳，進入這個房間那個房間，上下四邊看。我很驚訝，問他想幹什麼。他解釋說，是來看房子的，此外無話。同時，我們寄存在系上一位同事家的一卷畫，取回來後，發現少了好幾幅……看來所有這些，都不是偶然的。從上次柳副主任去成都，至今已七個多月。這期間肯定發生了什麼，只是我不知道而已。

想去拜訪一下那位翻譯家的妹妹，了解一下情況。再一想已無必要：反正是要走的，一走，就什麼複雜都沒了，何必多此一舉。

四

捉放一場，如同兒戲。但生活的根基，已經連根拔起。我們準備走路。先回四川，再想辦法。幾個青年教師都反對就這樣走掉，說起碼得要求賠償損失。當時民告官是一種時尚，法院雖不會受理，但可以擴大影響。我草擬了個控告國家教委的訴狀，愈寫愈覺得沒意思，像政治表演。四十年來家國，多少血淚消磨。還來算這麼點兒小帳，豈不是自我嘲弄？

附近的鼓樓商場，可以買到上好的綠茶，和極新鮮的椰絲麵包。我和小雨常常在黃昏時分，頂風冒雪，買點兒回來享受一下。那種燒水泡茶關門聽雨的感覺，後來竟常常懷念。

十幾天後，中文系來了一輛轎車。許志英、趙憲章、系辦公室主任三個人請我們吃飯。席上，從秦淮河的污染，夫子廟的重建，說到寧海路自由市場能買到什麼魚什麼菜之類，直到杯盤狼藉，我以為他們要下一次再說的時候，許志英提到了「國家教委那個事情」，說，「我們一直頂著，現在看來，怎麼也頂不住了。只能等幾年以後，形勢好轉了，再接你們回來。」

我笑笑，沒說什麼，等著通知收回住房。但是那次沒說。幾天後，趙憲章來，說，這些家具，都是現打的，出不了門，系裡可以幫你賣，請你說個價錢。我說，你們看著辦吧。又是搬家。可憐小雨，身體不好，跟著我窮折騰。

歐磊先生和朱家維先生聽說我們要走，一同來看我們。進門就說，對不起，對不起，這種事情，眞是太對不起了。

我們聽了，很感動：南大終於有人，說了這麼一句。艱難時世，有這麼一句，也就夠了。

鐵窗百日

一、動物凶猛

據說大難將至，必有先兆。但沒有任何預感，我突然被抓進了監獄。

那是一九八九年，我和小雨剛從四川師範大學調到南京大學。學校給的房子，在校園後門外一棟新蓋的樓房裡。整個暑假，我們一直在打製家具收拾房子。那天（九月九日）剛收拾完，中午再到學校食堂湊合一頓，晚上就要在家裡吃了。小雨已經到寧海路自由市場，買來了一籃子新鮮蔬菜。

從家屬院到學校後門的路，要經過鼓樓公園。在那裡被一群便衣迅速圍住。快得來不及反應，我被抬起來塞進一輛吉普，手裡還拿著碗筷和暖瓶。

小雨擋住車子，大喊大叫。

一個便衣打開車窗，吼她讓開。我趁機大叫：快去找校長！

有人拉開她，吉普朝前衝去。

她追過來，趁窗還沒關上，我又大叫，快去找校長！

副校長董健家同我們隔壁，時值中午，他正在家，她立即就可以找到。但吉普戛然而止。兩個便衣跳下車，跑回去，把她也帶了上來。

前面有兩輛三輪摩托開路。後面又跟上來兩輛。這些車，停在鼓樓二條巷頭尾已經幾天。我們每次見了，都沒往心裡去。

想到在電視上的《動物世界》節目裡，那些被大型食肉獸叼住了，或者被蟻群壓住了的小動物蹬腳扭腰都無效、終於放棄掙扎、聽任處置的形象。

此時此地，我感到變成了牠們。

二、熟悉城市裡的陌生世界

南京我熟悉。但車子七裡拐彎一陣，竟不知身在何處。

不久，停在一個機關大院裡。小雨被帶進一個房間，我被帶進另一個房間。

房間中間一張長方形大桌，幾十把摺疊椅，有的靠桌有的靠牆。牆上除毛澤東像外，掛滿錦旗和獎狀：「愛民如子」、「愛民模範」、「英勇機智」、「金猴奮起千鈞棒，玉宇澄清萬里埃」……新舊程度不等，從煙熏八爛到金光閃閃，現出長的歷史。

於是我知道了，綁架我的一群，不是綁匪，而是公安。

門外面坐著個武警，沒精打采的。屋裡沒人。我把暖瓶碗筷放在桌上，在一張摺疊椅上坐下來，摸了一下各個口袋。褲袋裡有幾塊錢，十幾張南大的飯票，還有一封朋友楊乃橋邀我們到他家小住的信。剛來得及把姓名地址撕下扯碎，和信揉成一團，就進來兩個人。其中一個穿便衣的，我曾在哪裡見過，一時想不起來。

他遞給我一張鉛印的小條子，要我簽字。我把紙團塞進口袋，掏了一陣，說，我沒帶筆。他說，這不是筆麼。

條子叫「收容審查證」。「理由」欄裡，寫著「反革命宣傳煽動」幾個字。下面蓋著公安局的紅章子。我簽了字。公安局、黨或者政府，綁架、收審或者逮捕，這些不同的名詞所指謂的，實際上都是同一個東西，也無須向誰證明。理由證書云云，有沒有都一個樣，不簽何如？

他們拿走條子，順手也帶走了暖瓶碗筷。進來兩個武警，把我帶向另一輛吉普。

我的家屬呢？我問。

上車！一個武警回答。

我的家屬呢？我大聲問。

他倆把我架起來，塞進後座，坐在我的兩邊，一言不發。

等了一會兒，那似曾相識的便衣也來了，坐在前座。上車前戴著墨鏡。我一下子想起來了，這人在南大校園裡見過，不止一次，就戴著這副墨鏡。

車子左拐右拐，穿過大街小巷。我咳出一口痰來，掏出碎紙團，吐在其中。一個武警把車窗搖下一些，讓我丟了出去。

不久，來到另一個機關大院。空寂無人，四圍一式三層的灰色樓房，擋住了視線。他們領我穿過一條有兩道由武警開關的鐵門的走廊，來到一個門廳。門的一邊，有一個曲尺形水泥櫃台，櫃台裡面有一個門，也漆成水泥一樣的灰色。此外什麼都沒，除了牆壁就是地面，除了灰色還是灰色。

這種景觀，我還不曾見過。

三、別有洞天

櫃台裡邊的門裡，出來兩個人，其中一個是武警，把我領進櫃台，搜身。鞋子也脫下來看了。拿去錢、飯票、皮帶、鞋帶，登了記，讓我簽了字，然後朝戴墨鏡的點點頭，後者也朝他點點頭，同兩個武警一起走了。沒人有表情，沒人說話，像演啞劇。

我被戴上手銬，跟著那一文一武，穿過一些幽暗的走廊和空寂的院子。所有的走廊和院子都相同。牆上一排排掛著鐵鎖的狹門也相同。很多的院子，很多的門，但是沒有人。百靜中，腳步聲特別清晰。

來到一個同樣的院子，打開一個同樣的門，他們讓我進去。

我走進門，吃了一驚。幽暗中，十幾個剃著光頭，光著上身，只穿著褲衩的人挨著兩邊的牆，坐成兩排，一齊目光閃閃地望著我，閃灼裡有一種惡意的欣喜。

背後一聲巨響，門關上了，一陣鉸鏈和鐵鎖的嘩啷。

光頭們呼啦一下圍了上來，一齊逼視著我，沒有聲音。

門外的腳步聲漸漸遠去。

「哪兒來的？」其中一個低聲吼道。我沒開口。他從濕漉漉的水泥地上拾起一只骯髒的塑料拖鞋，朝我高高舉起。接著好幾個人都舉起了拖鞋。「快說，哪兒來的？」我望著他們，百靜中可以聽到，拖鞋上的水漿滴落在地上的聲音。

外面響起腳步聲，當它在門口停下時，光頭們全都丟下拖鞋回到大鋪上坐定，就像我一進門時那樣。快得沒法想像。

嘎嘎幾聲，門上打開一個長方形小孔，閃著兩隻眼睛，射進來一條嗓門：新來的是誰？——叫什麼名字？——哪個單位的？——什麼身分？我一一回答了，又問什麼事兒，我說不知道。不知道？嗓門提高了。我說不知道。條子上怎麼寫的？我說反革命宣傳煽動。小孔關上，腳步遠去，光頭們又迅速圍了上來。

你叫高二台？一個說。我叫高三台，另一個說。我叫高四台……一陣哈哈哈。一個黃胖臉說，瞧你這樣子，像個教授麼？一個大個兒說，寫個字來看看。環顧左右，叫拿紙筆，說，寫！

我決定服從，問寫個什麼字，他一下子嗌住了。有人說寫這個字，有人說寫那個字，七嘴八舌。有人說寫個南字，另一個說幹嘛寫南字？別寫南字，寫個飛字。同時有幾個人說，寫個飛字，寫個飛字。

我蹲下來，趴在大鋪沿上，用圓珠筆，寫了個飛字。

大個兒拿起來，橫看豎看，說，難看死了。黃胖說，原來教授的字，這麼難看。有人拿起筆來，說，看我的，寫了個飛字。另一個人說，你這是什麼飛字，看我的，又寫了個飛字。第三個寫飛字的人眉清目秀，右臂上刺著一條青龍。左臂上刺著「天寶橋」三個字，不知道是什麼意思。

這時人都上了大鋪，爭著比字。那場景，使我想起小時候，孩子們趴在地上鬥蟋蟀。我被遺忘在濕漉漉一地拖鞋的水泥地上，打量了一下四周。

房間高約四公尺，寬三公尺多，長五至六公尺。窗小而高，門狹仄。進門是水泥地面，狹長的一條。茅坑水龍頭和放置碗筷面盆牙刷牙膏的水泥台子都在這上面。茅坑是蹲式，沒任何遮攔。其餘是木板大鋪，高約三十公分。鋪板油光鋥亮，幾乎照得見人，有老家的味兒。兩邊靠牆的被褥包裹，也都清潔整齊。牆上除了一張「監規」，別無他物。靠近大鋪的牆面，蹭上了一層人體的油污，滑溜溜的，閃著晦暗的光。

比字的人一一散去，各回到自己的鋪位上坐著。兩邊的人數並不相等，一邊九個，很擠。另一邊五個，鋪蓋很寬，還有多餘的鋪面空著。沒人理我。我脫下鞋子，也上了鋪。在靠裡面牆根的空鋪板上坐下。眾人一直在靜靜地看著我，這時齊刷刷都朝五個人中的一個望去。那人在我進來以後一直坐著沒動。小頭寬肩，脖子比頭還粗，表情平和。

他的一邊，是個留著頭髮的方臉（後來知道他是獄方任命的這個號子的號長，叫劉慶。即將出獄，所以得留頭髮）。另一邊是個矮子，額上有疤，胸口一毫毛，胳膊上一邊一個刺青蝴蝶，海盜臉譜，可惜太矮。方臉那邊是「天寶橋」，矮子這邊是大個兒。我就坐在大個兒旁邊。他一直盯著小頭，直到小頭慢慢轉過臉來，朝他微微點了一下頭，才放鬆坐下。

我懂了，這表示允許大個兒，讓我坐旁邊——那個人是頭兒。

這樣，我成了他們之中的一員。

只是沒鋪蓋。

好在夏天還沒過完，可以和衣而臥。

四、大牆下的第一夜

一個小時以前還在家中，和小雨商量晚飯怎麼做。突然這樣了，簡直沒法子相信。不知道瘦弱單純一味生活在童話世界的小雨，怎能夠獨自面對這不可思議的變故？

毫無疑問，這是監獄。對面水泥牆上，斑斑駁駁的污跡水痕如同虎狼鬼怪和變了形的人類肢體。我聽到了咆哮、慘叫和沉重的喘息。好像在我的四周，又好像在我的內心。若遠，若近。若有，若無。

坐了不知多久，突然監門開了。有人遞進兩個桶，旋即門又關上，砰地一聲巨響。有人傳過來一份飯菜，我胡亂吃了。然後按照同伴們的指令，把十幾份碗筷洗淨，大鋪擦淨，大鋪下面的水泥地擦淨，茅坑沖淨，又回到自己的角落坐定。

大家睡下時，我也和衣睡下，不久就睡著了。剛睡著，就被什麼東西突然驚醒。其實並沒有什麼東西，是我自己突然驚醒。發現自己在監獄裡，和衣睡在地板上。有點兒感到奇怪。當頭亮著，號子裡徹夜不滅的電燈。

外面風聲雨聲，一陣緊似一陣。鐵窗飄雨進來，上邊的單衣濕透，很冷。下面的地板硌著骨頭，很痛。我想，不知道小雨，她現在在哪裡？

本來是頭對牆腳對腳睡成兩排的人們，由於房不夠寬，交叉的腳互相碰撞，睡熟了就變成橫七豎八。從一些張開的嘴裡，發出渾濁的呻吟，或者野獸呼嚕一般的鼾聲。不知誰在磨牙，格格之聲，如六角碾子滾過痲石胡同。那個長臉本來是睡在最外邊的，不知怎麼地被擠到裡邊來了。嘴唇緊緊閉成一條線，眉頭緊緊皺著，好像在忍受什麼痛楚，以爲他沒睡著。觀察良久，才確信他是在熟睡之中。

我睡不著，輾轉反側。忽然發現，在牆角的縫隙中，有一種很小很小的螞蟻在活動。洞口是在離地板約七十公分高的牆上，它們在把一些從地板縫中拾來的食物弄進去。隊伍拉得很長很長，都隱在地板縫中，從睡著的人身下穿過去，找不到尾。

半粒米飯，就得十來個螞蟻才抬得動。往垂直的牆上抬，眞不容易。有時抬到五六十公分的高度了，突然又落到地板上。我吃一驚，牠們倒不在乎。隨之掉下的螞蟻重新把它抬起，沒有隨之掉下的螞蟻又折回地面，再幫著抬。有時如是者數次。由於螞蟻很小，反覆一次要很長的時間。但牠們不急不忙，也不憚往返。那麼認眞，那麼從容，那麼沒有時間觀念和前功盡棄的觀念，那麼視鼾聲和風雨的喧囂於無物。

看著牠們，好像自己也成了牠們之中的一員，感覺好多了。

五、天寶橋

雨，一連下了幾天。這天是星期日，只有兩頓飯。下午飯後，雨下得更大了。屋裡黑得像夜，藍幽幽的微光裡，十幾個光頭的人靠牆坐著，影影幢幢。我蜷縮在牆角，窺看著這怪異的景觀。

入獄已經幾天，仍然感到怪異。焦灼也一如當初，如同新鮮的創傷。

突然，頂棚上的電燈亮了。那暗淡的橙黃色的光線之中，似乎有某種善意的和溫情的東西，它稀釋和沖淡了惡意的藍色幽暗，但還不足以使人感到慰藉。

突然，天寶橋，那個眉清目秀、臂膀上刺著這三個字的人，彈簧似地跳到潮濕的地板中央，把一疊撲克牌左右一晃，說，你們，不管哪個，隨便在這裡面抽上一張牌去，我能知道，你手裡是一張什麼牌。幾個人抽也行，我能知道誰手裡是一張什麼牌。

幾個人衝上去，爭著要抽牌。

別搶，天寶橋說，一個一個來。然後他閉上眼睛。等大家抽過了，他仍閉著眼睛，說，劉飛黑桃三，蝦子紅方塊老開，大寶梅花五，阿焦黑桃、黑桃、黑桃——家公……大家亮出牌，一張都沒說錯。

一陣無聲的驚訝騷動之後，他又掏出一枚一分錢的鎳幣，給每個人看了，走到牆跟前，說，你們注意看著，我要把這個，按到牆壁裡面去。然後用拇指和食指捏住鎳幣，用它的側面在水泥牆面上按了一下，縮回來，再按一下，又縮回來，如是者數次，終於將鎳幣插了進去。手裡空了，用拇指在插入處揉了幾下，牆面復完好如初。

又一陣無聲的驚訝騷動。大家爭著去看那牆面，毫無痕跡。他說，鋼蹦兒在牆裡頭，你們讓開，我可以把它再拍出來。然後在牆上拍了幾下，鎳幣就出來了，的嗒一聲掉落在鋪板上，轉了一個小小的半圓。

大家都很興奮，要求他再做一遍。他又做了一遍，不肯再做了。

我因為坐在牆角，從裡朝外看，看見他第三次縮手時，將鎳幣快速貼在耳後。第四次出手已是空手，按下去的是無物。當人們驚訝時，他已從耳後取下鎳幣夾在手指縫裡，拍打牆壁時就掉下來了。

同時我發現，自己的臉上，已經有了一個笑容。

但撲克牌是怎麼回事，我不知道，開始琢磨起來。

同時我發現，不知不覺地，自己的思想也脫離了原來的軌道，關心起不相干的事情來了。

為了這個，我感謝「天寶橋」，這個胳膊上有刺青的人。

在這樣的時刻，他給大家的快樂，實在是一宗恩惠。

他叫李寶祥，因偷竊房管所長家裡的雲菸二十八條，判了三年半，已經坐了將近三年。那剃著光頭、因多年不見陽光而極其蒼白的臉上，洋溢著勃勃生機。眼睛明亮，表情生動，說話時手勢快速而優美。

六、消解悖論

監房的水泥牆上，這裡那裡，時不時地，可以看見一行用鋼筆、鐵釘、小刀甚至指甲劃下的小字：某年某月某日。這是這個或者那個人刑滿釋放的日子。這個或者那個日子的存在，就是這個或者那個人生活的意義。對於他來說，這以前的日子不算日子，只是一個等待。「不算數」是一個悖論。時間作為生命的要素，在這裡和生命體斷開了，成了生命體的對立面，生命體所承受的一種壓力。壓力下歲月在流失，精力在耗去，外面的世界在不斷變化。刻者不知何處去，悖論猶鎖壁間塵。不知他是否等到，那個日子的到來？不知道他出去以後，還認得世上的路不？

我們中沒人刻字，就這麼一天天過著。燈光照亮的夜，連接著一個又一個看不到太陽的白天，時間沒有刻度，重得像一塊石板。睡眠是暫時的失重。外面哨子響，是白天執勤的武警換班的信號。稍後監房裡的電鈴響，是犯人起身的信號。聽到鈴響，犯人們並不立即起來，要等到方臉號長在懶了兩三分鐘之後，用腳跟在鋪板上擂那麼幾下，才一下子全都起來，捲好鋪蓋，下到水泥地上洗臉刷牙蹲茅坑。一陣子擠擠攘攘，然後又回到鋪位坐定。

一日三餐，頓頓米飯。早上鹹菜，外加兩頭生大蒜，據說是爲了防疫。中午和晚上是蘿蔔白菜之類，每週有一次肉。即使在外面，一般平民的生活，也不過如此。三餐之間，翻翻舊報紙，說說無聊話，補補破被服，打打撲克，下下象棋，看看下象棋，或者畫個裸體女人，反覆傳閱修改……一天就過去了。這些活動，大都違禁。「監規」上寫著，不許談什麼什麼，不許搞文娛活動，不許擁有鐵器銳器等等。其中一條，是「不許串通案情」。這使我想起進來的那天獄方在窺視孔裡問我的那些話，等於公開案情。什麼意思？不知道。總之犯人們也一樣，沒把條文放在眼裡，只不過是稍稍地違背而已。一聽到門外有腳步聲，就警惕起來。門上的鎖鏈或者窺視孔上的扣子響時，一切違禁品都消失了。速度之快，像變魔術。

犯人禁抽菸，禁擁有火柴。有時候，會有某個公安幹警，叫幾個犯人出去幹上一陣子勤雜活。這些人回來時，打開捲著的褲管或袖管，裡面總有一些菸頭，剝出菸絲，可以用裁成小方塊的報紙，捲成兩三四支菸。從破棉被上撕下一毳棉花，在上面撒些肥皂粉，捲成棉條，用木板壓在水泥牆上快速揉搓，搓到有焦糊味時拉斷，中間現出黑色，擺一擺就冒煙、發火，可以點菸了。公安幹警從窺視孔往裡看，囚室一覽無餘。但有一個死角，門那面牆的另一頭，茅坑所在的位置，從窺視孔裡看不見，是抽菸的好地方。

那幾支菸，不屬於個人，大家輪流抽。輪到誰，誰就到茅坑的位置上，或蹲，或站，或一腳踏著水龍頭，一手扠腰，仰頭看著房頂，深深吸上一口，徐徐向上噴出，現出莫大的享受。接著下一個人就上來了，秩序井然。當然新犯人不得參加。這是暫時的，隨著由新變老，他們有能參加的一天。當然有人能夠一口氣吸掉半支菸，但沒人這樣。這個不成文法或者倫理規範是怎樣形成的，我還弄不清楚。

刑事罪犯也像警察，有另類的動物凶猛。互相弱肉強食，但幾乎沒人告密。面對卑賤線以上的人們，特別是警察和獄吏，都能互相保護，似乎自成一族。一個賊趴在地板上，裸露著生滿膿瘡的屁股，幾個搶劫者和流氓犯忍著惡臭，相幫著掰開他的肛門，擦洗膿瘡並爲之上藥的情景，一直留在我的記憶裡，使我感動也使我困惑。外面社會上親兄弟之間也難得見到的這種溫情是怎麼來的，我也弄不清楚。

不管怎樣，這溫情像一種溶劑，在堅硬冰冷的時間的重壓下，溶解出一些可以藏身的洞窟，使得那些刻在牆上的日子以前的日子，比較地容易打發。爲此你須進入規範，接受禁忌。對於新犯人的調教，絕不是愛的教育。但進入和接受，卻往往由此而來。

七、無形王國

以前聽說，乞丐有乞丐的王國，動物有動物的王國。現在才知道，犯人也有犯人的王國。獄方任命的號長，並不就是國王。國王的職稱，叫老大。老大是那個粗脖子的小頭。號長對他，只有唯命是從。

老大的產生，憑武力。據說以前是大個兒，小頭來了，一場惡鬥，取而代之。大個兒、矮疤臉和方臉，即號長，都成了他的左右。這強悍的一群，組成了號子裡的特權階級。共四個。最下等的是新犯人，包括我在內。我之後又來了一個農民，一共五個。

等級在二者之間的是老犯人。七個，包括黃胖和天寶橋。天寶橋會推拿，每天睡覺以前，都要給小頭推拿一陣。小頭很喜歡他，讓他睡在他們一邊，但他還是二等。

三個階級之間的森嚴壁壘，吃飯時最明顯。三等人在大鋪上圍成三個圈呈品字形。飯菜來了，先是那四個人分。然後七個人分，最後是我們分。早飯有兩頭蒜，全是那四個人的。七個人中，有人偶獲賜捨。我們就只能聞聞蒜味了。每週一次的肉菜，輪到我們時，菜裡就沒肉了。早飯因爲是鹹菜蒜，另外還有一桶開水。但如果小頭要洗澡，這水就誰也不能喝了。

那兩撥子人吃完飯，都把搪瓷碗很有氣派地往地板上一擲，順手一推，碗就滑到了我們這一撥子人的旁邊，筷子也跟著甩過來了。最後一個進來的犯人一吃完，就得把全體的碗筷洗淨，鋪板擦淨，水泥地面揩淨，茅坑刷淨。監獄裡時間很充分，這些事一點兒也不累人。難受的是，由於無聊，許多人都盯著你看，找岔兒消遣你，甚至打罵你。

平時的每一件小事，都打著階級的烙印。比如一個新犯人在水龍頭前刷牙，老犯人來了，就得停下讓開，等他先刷完才能繼續刷。否則，人家就會叫你「讓一讓。」或者說，「沒看見我嗎？」諸如此類，已成俗習。但是老犯人，包括三個特權階級，家屬探監時送來的食物用品，都要攤在小頭的面前，讓他先挑選一些拿去。其他人更是如此，這也已成俗習。

小頭換下的衣服，有人給洗。他丟給誰，就是誰洗。進來的第二天，我就看見他把一件什麼隨手一丟，落在正在觀棋的黃胖背上。黃胖回過頭，朝他笑了笑，就去洗了，掛在水龍頭上晾著，回來繼續觀棋。自然而然，毫不勉強。但老犯人只給小頭洗衣服，那三個的衣服，只能讓新犯人給洗。這裡面等級的差別，細微而嚴格。

小頭從來不參加輪流抽菸的玩意兒，他的菸抽不完。大家沒菸頭可抽的時候（這是常有的），他也慷慨分贈。有時他把胳膊搭在某個老犯人的肩上，一同觀棋，看不出絲毫特殊。如果犯人們之間出了什麼糾紛，他就是調解人和仲裁者，公正溫和。號子裡誰擁有什麼，他都一清二楚。有時也下令互通有無，令出必行。類似均富，一種小型的社會主義。主義符合國情，號子裡秩序井然。

號子裡的成員，並不固定。但同為「社會渣滓」，面對敵對的世界，自然而然地形成了一種抗衡性的、族類內部的自我調節機制和人際關係的模式，使這個基本秩序，不受成員流動的影響。何況流動也並不經常。這個秩序，不是自覺活動的產物，它是一種歷史中的自然。如同老式家庭或者專制國家，如同一種中國版的《百年孤獨》。

八、魚肉之勇

我接受了這四壁之內的現實，按照它分配給自己的角色行事。洗碗，擦地板，沖洗茅坑，並且努力做到無懈可擊。完了就在水泥地上做一陣子俯臥撐。以前在外面，除了夾邊溝，這件事，我天天必做。文革時在敦煌住牛棚，後來到社科院住辦公室，從未間斷。

然後回到自己的鋪位坐下，盤腿，閉目，舌抵上顎，雙手手心朝上拇指相對，放在腿上。但心裡很亂，無法從現實中超脫，不能放鬆入靜，反成了精神能源的耗損。虛火上炎，積聚起一股子邪氣。那天我就這麼坐著，閉著眼睛生氣。表面上一動不動，如同老僧入定。有什麼東西落到腿上，一看是一條褲衩，吃了一驚。小頭擲過來的，他正朝我看，用下巴指了指水龍頭，示意我去洗。

我耳朵裡嗡的一聲，腦中一片空白。抓住褲衩，擲了回去。

他先是眼睛裡露出驚訝，然後嘴角上浮起一個微笑，溫和地問道，什麼意思？

別無選擇，我回答說，自己洗去。

他旁邊的矮疤臉霍地一下站了起來。他微微抬了一下手，矮疤臉又乖乖地坐下。然後他說，再說一遍。依然溫和。

我已無退路。再說了一遍。

他眉毛一揚，說，好樣的，有種。站了起來，從容不迫。

我也站了起來，慌亂緊張，但沒有忘記側身而立，兩腿前後分開。這是小時候愛打架（見《留級》）養成的習慣，動作已成本能。哪知年過半百，還來得那麼自動。

他用兩手指托住我的下巴，使我頭往上仰。說，只怕你硬不到底。我擺開頭，一記上勾拳，打在他下巴上。他猝不及防，加之我積聚已久的全部鳥氣都出在這一下子上，很有力，他朝後仰去。為免跌倒，退了幾步。退到大鋪邊沿，一腳踩空，跌坐在水泥地上。打翻一摞搪瓷飯盆，咣鐺鐺一陣亂響。

在那聲音招來警察之前，他老虎似地一躍就上了大鋪，我趁他沒站穩又把他摔倒。再起再摔，如是者二，門鏈子就響了。大家迅速坐定，進來兩個警察。一陣左顧右盼之後，問，什麼事？

沒人說話。

警察盯著我看，我是唯一站著的人，正在喘氣，衣服也破了。

小頭閉著眼睛，趺坐不動，如同老僧入定。

什麼事？警察又問，這次是專門問我。我不知道怎麼回答。

他，方臉號長指著我，說，他沖洗茅坑，滑倒了。把這些個碰下來了。警察看了一下一地飯盆，懷疑地又盯著我看了一陣。似乎要問什麼，但又終於沒問。到門口，回頭說了一句，你們放老實些！砰地一聲帶上門，鎖上，走了。

我回到自己的鋪位上，坐下。忽然想到，有一次在大街上，看見運送到飯店去的雞籠子裡，兩隻公雞鬥得羽飛塵揚。

九、因為煩悶無聊

很意外，沒人報仇。相反，他們是保護了我。他們說，如果告我打人，夠我戴三天的背銬。

第二天，吃早飯的時候，方臉碰了我一下，說，這邊來吃。我說這邊一樣的，沒去。

接著，小頭拋過來一頭生大蒜，我接住了。這是提拔我，進入食蒜階級。

大個兒借給我一條床單。這條床單因爲一層又一層的補丁而極爲厚重，比夾被還管用。矮疤臉把一件破襯衣撕成條條，爲我搓成一根帶，用以代替那根被沒收了的皮帶。小頭給了我一副全新的牙刷牙膏毛巾。這樣，我有了坐牢的全套裝備。

特別感謝一個叫李繼富的，他花了一天的時間，幫我把撕破的衣服全補好了。是個健壯漢子，粗手大腳，但針線極細密。他說這是坐牢練出來的，好比做氣功就是了。

大個兒叫趙金保，他的氣功是用圓珠筆在一本練習簿上寫寫畫畫。畫的是龍鳳老虎、豬八戒林黛玉一類。寫的是詩。如「一進牢房／眼淚汪汪／妹妹你想我我知道／我想妹妹心發慌」；如「前有鐵門／後有鐵窗／鐵門外面幾道崗／坐在大鋪上／心把外面想／外面缺吃少穿我不怕／東遊西蕩沒人擋」……有諸內而形諸外，不做弄什麼朦朧，也難得。

我問李寶祥，爲什麼身上有刺青，他說因爲好玩，弄堂裡幾個社會青年互相刺的。「天寶橋」是弄堂所在的地名。原來土法刺青，非常容易，有針和藍墨水就行。由於這次談話，好幾個人想刺。我極力勸阻，說將來出去了，人們看不慣（我錯了，其實未必）。他們不聽，弄得身上傷痕累累。結果好幾個人，都變成了九紋龍史進。

煩悶無聊，也是一種力量，能推動人們做一些非常的事情。高爾基有個短篇，寫西伯利亞一個過往車輛極少的小站，員工閒得發慌，造出各種謠言，拿一個廚娘消遣，以致她上吊自殺了。篇名就叫《因爲煩悶無聊》。我想這些人折磨消遣新犯人的習慣，也和這折磨消遣自己一樣，是因爲煩悶無聊的緣故。

十、不相信眼淚

那天進來一個新犯人，五十多歲了，臉部的結構有點兒什麼不對頭，像是弱智。他們上去要打。我以大家的自己人的身分出來勸阻，左遮右擋，說算了算了。有個人在後面拉我，叫別管。

是那個睡相很苦的長臉。他叫張業平，是個重婚犯。常愛自豪地說，刑庭庭長是他的姑母，只判了他半年，另外兩個和他情況完全相同的人，都判了一年半。他的情婦現在和她的丈夫住在一起，常挨打挨罵。判刑後他買通警察同她聯繫上並見了一面。他問她，弄到這個地步，你不恨我嗎？她回答說，這話，該由我來問你。這個回答，他刻骨銘心。每次一說到這裡，聲音就要高一度，眼眶子就有點兒紅。

他常說起這個，並不是與誰肝膽相照，只不過是宣洩自己的感動與悲哀。對於這種「貓膩」，另一個犯人劉飛（就是我進來的那天叫我寫飛字的那個）毫不同情。說，再漂亮的女人，玩過以後再玩，就沒意思了。不就是個荷爾蒙麼，起什麼膩！他是個體戶，九江三馬路服裝店的老闆。在南京一家旅館，同一個服務員玩了一下，人家要二百，他只給一百，就告他強姦。警察跟人家一頭兒，他就進來了。他說早知道是這樣，她要一千我也給。

那個像是弱智的新犯人，由於我拉架，沒太挨打。天天坐著不說話。別人除了叫他幹活，也不同他說話。那坐姿和臉容我沒法形容，總之看他看久了，會覺得那不是一個人，而是一團愁苦。我坐到他旁邊，想同他說說話。他不理我，微微斜過眼睛，冷冷地瞟了我一下。從那輕蔑的分量，我發現他並非弱智。

一天，他哭起來了，很久都沒人理他。後來正在觀棋的李寶祥回頭吼了一聲，別哭！繼續觀棋。觀了一忽兒，沒回頭，又自言自語地說，要哭就別幹，要幹就別哭。李寶祥是號子裡最有同情心的。這就是同情。

不相信眼淚，是這個小國的同情，也是這個小國的強悍。

十一、沒有告別

後來我才知道，我之所以到了這裡，具有小件寄存的性質。據說我來以前，有個被通緝的學生在隔壁關了一陣，後來被押送到別處去了。我也有個不知道哪裡來的通緝令，十幾天後，也被押送到了別處——成都。那裡的牢獄，和這裡又有不同——那是後話。

這個號子裡關的，都是刑期較短或將滿的刑事犯。以前都曾在下面的拘留所看守所關過幾個月或幾年，都說可怕極了。包括刑庭庭長是他姑媽的張業平，也曾在江寧縣的一個拘留所裡待了半年多（沒在刑期中扣除，否則他該出去了），餓得半死。他說茅坑沒水沖，夏天臭氣熏天，蒼蠅蚊子成堆。冬天冷風倒灌，小便吹到臉上。他們說最難過的是刑警這一關，打得凶。有種子母銬，只把兩個大拇指銬在一起。背銬和老虎椅是把雙手銬在背後……劉飛是背銬著光腿跪在碎磚頭上一夜，承認了強姦的。他們說過了刑警這一關，就算是過關了。來到這裡，都覺得好過多了。他們說還有更厲害的刑，都只是聽說，不曾身受。

當了那麼多年的「階級敵人」，我還沒見過那些東西。也沒有見過這樣的獨立王國和它的民族主義。知識、體驗都是新的。環境陌生，又沒人指點迷津，易犯錯誤。打了小頭，沒想到反而沒事。沒想到在那以後不識抬舉，堅持在第三個攤攤吃飯，是亂了規矩，犯下了第一個錯誤。勸阻調教新人，更加形同反黨，是第二個錯誤。我不自覺，緊接著又犯了第三個錯誤。

那天，一團愁苦給大家洗衣服，很努力，先後順序也完全正確，第一小頭第二方臉第三矮疤臉……無師自通。李寶祥建議我把衣服脫下來，一起也洗一洗，「洗乾淨了穿著舒服」。我脫下來，說，我自己洗吧，一件單衣服，不費事。湊過去，自己洗起來。

「你知道這是誰的洗衣粉嗎？」有人在背後問我。

「這是老頭兒（指一團愁苦）的洗衣粉。」另一個聲音說。

「你要用人家的東西，起碼得打個招呼，對吧。」又有人說。

我回過頭去，方臉盯著我的眼睛，義正辭嚴地問道：「你打招呼了嗎？」

我沒打，沒了言語。就像在鬥爭會上。

「呔，你這個肉頭，」矮疤臉向老頭兒吼道，「你同意他用你的肥皂粉嗎？」

「不，不同意。」老頭兒一個立正，很精神地回答，沒了一團愁苦。

我勢單力薄，又理窮詞拙，不知道怎麼解套。

小頭向我笑笑，拍了拍鋪板，讓我回去坐下。又向老頭兒仰了仰下巴，老頭兒乖巧地拿起我丟下的衣服，努力地洗了起來。

一切又恢復了正常：從容、徐緩、協調、和諧。大家對我，照樣地好。

十幾天以後，我就走了。同來一樣，走得也非常突然。兩公安打開監門，向我勾了勾指頭。給我戴手銬時，門就咣地關上。連個給大家揮一揮手，說一聲再見的機會都沒。

十二、走向混沌

穿過空院長廊，我們進入一條過道，兩邊門上掛著「預審室一」「預審室二」……的牌子。他們讓我進入其中的一個，沒跟進來，帶上了門。房間不大，有一個講台樣的長桌子，很高。後面三張高椅子。下面對著講台，有一木凳，極結實，四條腿插進水泥地裡。那上面放著我們家的一個墨綠色帆布背包，裝得滿滿。旁邊站著兩個警察。一個五十多歲，樸實和善，鼻唇之間的距離較長，略似猩猩。一個四十左右，身壯碩，臉木然。我進門後，年輕的那個拿起木凳上的背包。

高先生，請坐。年長的那個說，很和氣。我姓羅，叫羅興雁。奉上面的命令，來帶你到成都去。我問什麼事情，他說去了慢慢再說。我問我的家屬在哪裡，他說浦老師當天就回家了，請你放心。這是她帶給你的東西，我們先替你拿著。我說我要見她。他說這是不允許的，我作不了主。而且馬上要上飛機，時間也來不及了。

聲調和表情，都極誠懇。但是我不相信。這次無故被捕，和被捕的野蠻過程，使我斷定這個政權，已經墮落到了什麼事都做得出來的程度。把有關契卡、克格勃、蓋世太保之類國家暴力的，和黑手黨之類非國家暴力集團的零星知識，都用來預測前程。把暴力機器上的每一個零件——人，都看作了機器本身。

但是有一件事，我不得不向他們求助。犯人劉慶（方臉號長）即將刑滿，說他出去了可以幫助我，同家屬取得聯繫。說他父親是典獄長，聯繫上了，還可以幫助我們見面。我那時還不知道會被押走，高興得糊塗了，告訴了他家的地址。此人是三進宮的刑事犯，也向別的同監打聽家屬姓名地址，說詞因人而異。我後悔莫及，但又無法可想。

我問羅興雁，這事要緊麼？

他顯然一驚，臉上現出嚴重的神色，說，你們這些知識分子眞是太書生氣了！太不了解社會上的情況了！家裡的地址，是不能夠在監獄裡說的呀！

這幾句不像是警察說的話，和他說這話時的懇切憂慮不像警察的表情，我印象至深。

他問，那個劉慶，現在還沒有出去吧？我說還沒有。他看了看錶，對年輕的警察說，你們上車，說著轉身走了。

一輛吉普在大院裡等著。車上有兩個武警，開車的是個大塊頭，紅光滿面。另一個精瘦蠟黃，一臉的精刁和冷漠，不停吸菸。我們在後座，等了大約半小時，羅才來。在疾馳的車上，他說他見了典獄長了，劉慶不是典獄長的兒子，但即將刑滿是眞的。他給南京大學保衛處打了電話，保衛處說他們馬上去找浦老師。他說，「他們會的，你放心吧。」又說，「這次沒事了，但是以後，你可得吸取教訓呀！」「可得」二字，說得特重。

大塊頭一手放在方向盤上，一手搭著靠背，側身回頭，告訴我他喜歡藝術。說南京有個硬筆書法展覽，正在開，問我看過沒有。說現在是硬筆書法熱，毛筆過時了，書法不能過時，就得有硬筆書法。問我對硬筆書法有什麼看法……我無心討論，敷衍應對。心裡話說，這個人怎麼這麼不知趣？人家哪有心思來同你說這些？他仍很熱烈。直到機場我們下了車，還搖下車窗喊了一聲，高先生再見。樂呵呵的，聲如洪鐘。

下車前，我被卸下了手銬。在飛機上扮演旅客，坐在兩個警察中間。周圍有人看報，有人打盹兒。幾個花裡胡哨的男女，不停地嘻嘻哈哈。大塊頭警察的面影，也融入了他們中間。人間的悲歡是如此地互不相通，我感到了一種存在的虛無。

十三、我叫「九三四」

到成都是夜裡，下飛機，戴手銬，上警車，疾馳。

在市區某處，進入兩道鐵門一個房間以後。兩個警察把我和他們帶來的我的背包，以及南京監獄沒收的我的皮帶餐券等物交給了另外幾個警察。登了記，拿了收據，走了。

再次搜身。包括那個一直由警察拿著，我沒碰過的墨綠色背包，也搜了。都是衣服日用品。牙膏取出來，看了紙盒子裡面。衣服一一抖開，掏了口袋。一部分裝回背包，放進櫃子，一部分用一件衣服包起，放在桌上。

一個白頭髮、穿便服的矮小老頭兒，一直坐在旁邊。完了他叫我坐下，說，這裡是四川省看守所，來了要老實些。監房裡的牆上，貼得有監規，好好看看，不許違反。不許說出自己的名字，你的代號是九三四，以後你就叫九三四。記住了嗎？

我記住了他那陰冷的目光，它使我想起電影裡的某個納粹軍官。他又說，到我們這裡，可以照規定，按身分，給你一些照顧。可以給你一個暖瓶，一條被子。生了病，可以給你做病號飯。指了指桌上那堆衣服，這個，你可以拿去用。別的先放這裡，要用再說。稍停，他又說：別以爲是個教授，就有什麼了不起，我們這裡都是大學生。說著指了指登記和搜查我的那個警察，說，他就是大學生。

那個警察得意地笑了一下，說，領導說的，都聽清楚了嗎？

此人三、四十歲，瘦長佝僂，尖嘴爆眼，長頸，很像是一條黃鼠狼。

老頭走後，他給我卸下手銬，讓我把一張用毛筆寫著高爾泰三個大字的白紙拉在胸前，靠牆而站，先立正，後轉側，給我照了幾張犯人的檔案相。復又戴上手銬，領著我穿過機關大院，進入一道燈光雪亮，有武警崗亭的鐵門。這是來到這裡我經過的第三道鐵門，是看守所機關大院和監獄大院之間的門。不像南京的預審室是在監獄大院之中，這裡的預審室在機關大院。後來每提審一次，我都要被他帶著，進出這道門一次。

裡面也燈火通明。一排一排連棟的平房之間，有長長的花圃，開著許多花。平房隔出一個一個的監牢，都是兩進。第一道門進入一個天井，天井裡空無一物，上面有格子蓋住。透過格子，可以看見被大城市裡的萬家燈火映照成暗紫色的夜空。格子上方，緊靠監房，有一條空中走廊。監房比天井高出很多。但靠走廊這一面的牆，只與天井同高，由一人多高的鐵欄撐住。屋檐伸出，蓋住了空中走廊。武裝警察在空中走廊上面巡邏，不用穿雨衣，裡外一覽無餘。

進入天井以後，黃鼠狼打開第二道門，給我卸下手銬，讓我進入監房，然後就鎖上了門。接著就聽到他鎖天井的門的聲音。除了那句「領導說的，都聽清楚了嗎」以外，這全過程中，此人沒有說過第二句話。

監房裡孤懸著一盞電燈，約六十瓦，蛛網塵封。牆上除了監規一張，麥克風一個，別無他物，也都蛛網塵封。四張床鋪中，有一張空著，草席上有棉被一條，暖瓶一個，搪瓷飯具、牙刷牙膏各一套，就是九三四的。

三個同監都睡下了。我注意到，他們都沒剃光頭。不知道是沒睡著，還是又醒了，都瞪著眼睛看我。沒有敵意，也沒有熱情，如同旅館裡的房客。

十四、一堂晨課

三個新同伴，都是幹部子弟。某公安局長的兒子；某供銷總社黨委書記的兒子；樂山市某首長的兒子。後者叫劉鈞，交通大學汽車機械系學生，自稱學運領袖，是假的，他因「迷姦」而來。但他自稱有「內線」可用，是眞的。他和獄警王超（就是像黃鼠狼的那位），混成了哥們很鐵。他們到這裡，都有一兩年了。同所有的文武公安、老號子、炊事班都混得很熟，沒有不知道的事情。我還沒來得及同他們「串通案情」，他們就已經稱我高老師了。

從他們那裡，我知道了一些這個監獄的情況。四川省看守所，是個老監獄，對外叫文廟西街十六號。當年胡風，還有誰誰誰，都是關在這裡的。那道從機關大院到監獄大院的鐵門，除了獄方的管教幹警，任何人，包括上級派來的辦案人員，都不得出入。武警總隊派來巡邏的武警，只能在空中走廊巡邏，不允許進入監獄。你如果在下面罵他，他除了向領導報告，沒法子拿你怎樣。就像是動物園裡的遊客，沒法子拿動物怎樣。

各排監房，建築結構一樣，但是待遇不同。最前面那一排，每間關十七八個人，開地鋪。糧食標準是二、三、二。就是早上二兩，中午三兩，晚上二兩。很擠很餓，互相關係緊張。另一排關的人略少，糧食標準略高。還有再高一點的，總之分幾個檔次。我們這排，是三、五、四，每週有兩次肉菜，有床，允許抽菸。這是勞改隊的標準，對於待審囚犯，如我們，算是優待。還有一排房，是已經判刑的犯人的監房。一般刑期較長的送勞改隊，較短的就留在看守所。大院裡澆花剪草打掃清潔、伙房裡做飯送飯的都是那些人，比我們愜意多了。更愜意的監房，在最後面一排，吃香喝辣，像賓館一樣。還有電視看。那是爲犯了案子的高級領導人準備的，這陣子空著。

獄方的管教幹警只負看守和監管的責任，不管案情。每天早上來開門，讓我們可以到天井裡轉轉，算是放風，晚上鎖上。天井通向大院的門，是日夜鎖著的。你有什麼申訴或交代的材料，都可以在開關門時遞交，由他們轉給辦案警察。他們雖不辦案，但牢裡是他們的天下，想怎麼樣你就可以怎麼樣你。壞起來比如調個小號[1]，比打一頓還難受。好起來比如王超就可以帶劉鈞出去，到機關大院自己的宿舍喝酒，每次都帶回來好幾本《法制文學》，偷盜搶劫強姦殺人，好看得很。

「三人行，必有我師焉。」從他們，我學到很多東西。沒有調查研究，估計不是編造。這最後一點（警察和犯人是哥們），最使我吃驚。我想，這大概就是物理學上所謂的「熵增」，一種「組織解體」的現象。但是這種解體，同時也是另一種具有相同基因的組織——黑社會的形成。專制政府的「反腐」，其實就是反熵，具有保命的性質。保不住就過繼給黑社會，族譜不會中斷。

一天，我半夜裡醒來。一個執勤的武裝警察，正好從上面走過。當他停下來朝下望時，我低聲問，幾點了？他一言不發，伸出三個指頭。我說三點了？他點了一下頭，又朝下一指。我說三點半？他又點了一下頭，就走了。黎明時分，他往回走。當他停下來朝下望時，我低聲說，謝謝。他大聲問，什麼？我說謝謝你告訴我時間。他又大聲問，什麼？

這時那三個都醒了。一個說，沒什麼，要菸麼？說著在床上站起來，拋上一根菸去，剛好到他的腳下。他兩頭一望，拾起菸，笑了笑，走了。

原來這是另一個武警，不是三點半時經過的那個。

他一走，三個人就開始你一句我一句開導我。他們說，犯人是不允許知道時間的，也是不允許同巡邏的武警說話的。你夜裡問時間，人家告訴了你，本來是不能讓任何人知道的。你剛才那麼一下，不光是暴露了自己，也害了那個警察。要是這個警察向上級報告，那個警察就要倒楣了，你也逃不掉。以後誰還敢同我們說話呢？

我們給了這個警察一支菸，他要了，也是不能讓任何人知道的。這個事不能讓那個人知道，那個事不能讓這個人知道。在外面不也是這樣嗎？這是你運氣好，碰上個愣頭青，要是碰上個精明的，你試試看。

這些武警，大都是農村裡新來的，年齡都小。要是在外面遇見我們，大人說叫叔叔，他就會叫一聲叔叔。給支菸，關係就搞好了。關係搞好了，什麼事都方便。比如我們大白天躺在床上睡覺，這是不允許的。他們睜一隻眼閉一隻眼，也就過去了。要認眞起來，一是一二是二，你吃得消嗎？給菸不給菸，也得看個對象和場合。給錯了，人家不接，白你一眼算是好的。問你什麼意思，叫你少來這一套，歪起來說你腐蝕幹警，你怎麼著？

愈是有關係，愈是要裝作沒關係，關係才能維持。你這樣，等於逼著人家管你。要管你還不容易嗎？

我唯唯，謹受教。

十五、舊時月色

監獄的夜，特別漫長。白天本來就陰暗，雖然有個天井，但是牆太高。頂上又蓋著鋼筋水泥的格子，光線不足，日照率很低。即使正午，也只在南牆上灑下一些細長的光斑，不久就沒了。特別是在成都，晴天少陰天多，經常濛濛細雨。格子上長著苔蘚，時或落下水滴。牆根下苔蘚更厚，聯成綠色一片。晴天是蘋果綠色，雨天翠綠色。

早晨來得特遲，黃昏來得特早。晚飯後天就黑了，燈就亮了。從監房通向天井的門就鎖上了。沒有了徘徊的餘地，又沒有別的事可幹，只有在床上躺下。

這時大約七點，一直要躺到明天早上七點。看頭上徹夜不滅的電燈，照著光禿禿的四堵高牆，以及牆高頭巡邏走廊的鐵欄，全都是直線。剛硬、粗糙、陰冷、絕緣。看著看著神經就不知不覺地緊繃，直到也成了直線。直線與直線共振，弓弦一般顫抖。

很難入睡。睡睡醒醒。醒時常會看到，在燈的上方，有巡邏的武警走過。小時候在山村的祠堂裡上學，好幾次看到頭頂的大梁上，有黃鼠狼悄無聲息地滑過。那個早已忘卻的記憶，忽又浮上心頭。意象在迷糊恍惚中重疊，有一種時空倒錯的感覺。

幸運的是，成都，也和全國各地一樣，經常要停電。白天停電，我們不知道。如果在夜裡，那盞永遠不滅的可惡可恨的電燈就滅了，剎那間一片漆黑，冉冉地呈現出一個透明的、溫柔的夜。緊張的神經隨之鬆弛，整個身心都投入了大自然的懷抱。如同在遙遠的童年，投入了母親的懷抱。

緊接著，崗樓上自動發電的探照燈開始掃描。偶爾有光束從檐下的鐵欄竄進，閃電似地滑過牆壁，留下更深的黑暗，短暫而又驚惶。黑暗中可以聽到武警們喀喀喀的腳步聲，在各處走廊上急促地響。經過我們的監房時，就會有手電筒的光束從我們每個人的身上掠過，也短暫而又驚惶。但，那是他們的驚惶。

感謝上蒼，停電是經常的。這個四十年和平建設的可愛成果，像一條柔軟的大毯，時不時會把我們包裹。

那天夜裡我睡著了，夢見被狗群追逐，逃進一棟老屋，聳身一跳抓住大梁吊在了空中。狗群水一般湧進來布滿地面，一律抬著頭望我，沒有聲音。突然大梁喀喀喀發響，把我嚇醒了。正停電，武警的皮鞋踩過空中走廊的木板，正發出同樣的聲響。我喘著氣，心猛跳，喉乾舌燥，很久都無法平靜。

忽然看到，屋檐下那一角有燈的時候看不到的天空中，一痕微月靜悄悄、怯生生地躲在雲層和鐵格子的後面，好像害怕這建築物的猙獰似地，偷偷地向我致意。我無論怎麼改變角度，都看不到它的全部，它因此顯得遙遠而又深邃。等到眼睛習慣了黑暗，我發現狹小的斗室裡已經充滿著它淡淡的清輝。細碎模糊的光斑，灑滿了我的床鋪，也灑在其他囚犯熟睡的臉上，那麼溫柔，那麼安詳。

它照過我童年的家園和故鄉的湖山。在大西北遼闊的荒原上，撫慰過我創痛酷烈的心靈。它曾經伴隨我和小雨，走過遙遠而又迷茫的道路。無數次在我們家的床頭徘徊，投下圖案一般的樹影，有時是搖曳不定的樹影……我很久很久都沒有看到過它了。而現在，它仍然那麼圓潤，那麼柔和，那麼清新，那麼純粹。好像代表那失去的一切：人間的溫暖和夢幻，世界的廣闊和美麗，到這孤立絕緣的墓窟，來看望我。

一道耀眼的白光，突然滑過牆壁。那是探照燈，我失去視力。空中走廊的腳步聲自遠而近，雜沓而急促。幾支手電筒同時照下來，一陣搖晃。旁邊的誰呻吟了一下，翻了個身，咕嚕了一句什麼，那是夢囈。

等到我恢復視力，再看月亮的時候，它已經更深地躲到鐵格子後面去了，但仍徘徊不去，好像不放心我們似的。

須臾，來電了。剛硬陰冷粗糙絕緣的四壁無情地合圍過來，直線的張力結構又把我嵌入其中。回首那一角天空，唯有昏黃的燈光，在黑色底子上劃出一條一條垂直的鐵欄。

十六、唱歌

我此生一大憾事，就是不會唱歌。

我從小愛聽歌，也愛唱。常扯著脖子直喊，招人嫌。大起來怕丟人，不唱了。有時獨個兒哼幾句童年時代熟悉的歌，會覺得那些早已消逝的美好時光，連同它的各種細節和氣味一下子全活了過來。記得日本投降那陣子，我們全家合唱一支歌，有幾句詞，印象特深：

漫山遍野是人浪
笑口高張，熱淚如汪

當大人唱的時候，我看到，他們都眞的是笑口高張，熱淚如汪。縱然是小不懂事，也同樣有一份深深的感動。

我的有些朋友，歌唱得非常好，我很羨慕。他們所表達的那些情感，我都有，但我表達不出來，就像野獸不會說話，到時候祇能號叫。但是野獸的號叫，別的野獸能懂，我的號叫，沒人能懂。

文革中我在敦煌，和幾個牛棚裡的同儕一起翻地。那天翻著翻著，不知怎麼地就唱起來了：太陽下山明朝依舊爬上來／花兒謝了明年還是一樣地開／美麗小鳥飛去無影蹤／我的青春小鳥一樣不回來……也是小時候唱過的歌。

鄰近的一片地，是前所長祕書李永寧在翻。細高精瘦像一把弓的他，慢慢直起身，向我叫道：高爾泰，那片地有把鐮刀，看見了嗎？我說看見了，幹嘛？他說你拿來把我殺了吧，我實在是受不了啦！

他說的那片地，是考古組的史葦湘在翻，他應聲說，別拿走，別拿走，再唱下去，我要用它自殺。

那以後，從沒有哪一個同事或學生，聽到過我的歌聲。

獄中沒書沒報，禁止任何形式的娛樂。犯人們有時聚攏在一起，小聲唱點歌。大多是流行歌曲，《跟著感覺走》、《大約在冬季》……我都是第一次聽到。

也有祇在監獄裡流傳的歌，更沒聽過：風凄凄／雨綿綿／我手把鐵欄望外面／外面的生活多美好／何日重返我家園／啊，秋梨溝哪，沙松崗……。文謅謅酸溜溜，一股子哭喪調。據說是「文革」

時被監禁的一些文工團員合做的，有個電影裡用過。

更有甚者，像「勞改隊裡溫暖如春，管教幹部親如爹娘」之類，也有人唱。

第一次聽到這些歌，是在南京監獄裡。看著那些狀貌猙獰的彪形大漢，同那些形銷骨立的老弱者一同盪氣迴腸，我有時覺得荒唐，有時又感到悽慘，有時也被歌聲感動，陷入深深的憂傷。

在想念妻子的時候，聽人們唱「漫漫長夜裡，未來日子裡，親愛的請別為我哭泣」，或者「沒有你的日子裡我會更加珍惜自己，沒有我的歲月裡你要保重你自己」……立即就起了共鳴。

在南京，監房是一門一窗。唱歌時，不知道關著的門外有沒有警察，都提心吊膽的。這裡的設備，比較現代化：武警在上面往下俯視，監房和天井都一覽無餘。但是他們看見我們，我們也就看見了他們。沒有他們的時候，可以唱得比較安心。

天一亮，監房通向天井的門就開了。祇要不下雨，一天中的大部分時間，我都在天井裡，沿著牆根走路。七步一拐彎，七步一拐彎，順時鐘方向走幾圈，逆時鐘方向走幾圈，十來平方公尺的天井，永遠也走不完。走著走著，我有時覺得，自己像一隻籠子裡的狼。走著走著，不知不覺地，脫口就唱出了兩句歌：

我們沒見過別的國家

可以這樣自由呼吸

這是五十年代大學校園裡流行的蘇聯歌曲。那時我們班上的文體委員叫唐素琴，特喜歡蘇聯歌，教了我們不少，後來我都忘了。

不知道怎麼地，這忽兒又冒了出來。

記憶的復活是無意識的，對歌詞並無選擇。作爲五星紅旗下成長起來的一代，也沒有選擇的餘地，只能記得什麼唱什麼。包括樣板戲和語錄歌，包括階級敵人在「向毛主席請罪」的儀式上唱的《牛鬼蛇神歌》。歌詞本身並不重要，它的意思是唱者給的，重要的是我在歌唱（姑且稱爲歌唱吧），唱起來會輕鬆許多。

痛苦是一種毒素，唱歌有排毒的作用。

不管多熟的歌，此時此地唱，都有一種陌生的體驗。甚至那些擴音喇叭裡天天反覆播送，聽得耳朵都起了一層厚繭、早已充耳不聞的歌，此時此地唱起來，也有一份親切，一份新意。

越過平原，越過高山

跨過奔騰的黃河長江

寬廣美麗的土地

是我們親愛的家鄉

乘著歌聲的翅膀，飛越大牆，飛越那血跡斑斑的九百六十萬平方公里土地，那各民族人們共同的監獄，就像用殘損的雙手，撫摸著一個親人的遍體鱗傷。有時會可恥地鼻子一酸，像個神經脆弱的小姑娘。這種特殊境況下的心理失衡，這種認知理解想像情感等多種心力組合的機制出現異常，無異歇斯底里。不過發作以後，人比以前健康。

漸漸地這種發作，幾乎成了生理的需要。越唱膽子越大，被巡邏的警察撞見的次數也越多，終於麥克風裡發出了警告：高聲喧譁是違犯監規。再不停止就要查處了。

不能出聲唱，就在心裡唱。別人能看見我右手的五個指頭，依次在一張一合地搖動，沒有聲音：

嚼碎仇，嚼碎恨
嚼碎仇恨強嚥下
仇恨入心要發芽

這是樣板戲，以前從未唱過，不知怎麼地也唱起來了。

歌的本性，是要朝外散發的。倒灌進去，反而更加難受，還不如沉默。回到沉默，回到孤獨，我仍然在那小小的天井，轉著無窮無盡的圈子。

十七、看神仙

天井通向監獄大院的門上，有一個送飯的小方孔，約莫三十二開書本大小。有一塊小木門，門頭在外面。大門和小門之間，有縫隙。眼睛貼著縫，可以望見外面。外面是一條狹長的花圃。花圃的那邊，將近十公尺外，是另一排監房的後牆。從縫中看不到牆的高處和低處，這頭和那頭。但可以看到花圃裡較高枝頭的花。大都是極普通的花，菊花、月季、秋海棠之類。下雨天花枝低垂，看不到多少。晴天花好時，我常臉貼著門縫，看那些開在水泥牆背景上的深秋殘花。辛稼軒詩「殘花悵惘近人開」，寫的是田園景色。這裡是監獄，院裡常空無一人。花所近者，唯我而已。

從門縫裡朝外望，要注意後面的動靜。巡邏的武警走過時，有的不管你，有的會在上面喊一聲，「喂，幹什麼？」我說看花，有的就算了，繼續走路。有的會說，不許看，也是例行公事。你離開一下，他走了再看，也沒什麼。本來麼，只有花草，看看何妨。

偶有兩三個園丁，來除草鬆土噴灑農藥修剪枝葉。園丁是已判刑的犯人，他們能走出監房，享受陽光和風，與花木爲伍，我很羨慕。歐陽修說，「人在舟中便是仙」，我說不，人在外面便是仙。

不知道他們都犯了些什麼事，看他們無憂無慮的勁兒，我想起八三年「嚴打」時被殺的那幾十萬青年（現在已沒人提到他們了），大都在綁赴刑場時滿不在乎。槍決前還要玩一場爭奪較大墳坑的遊戲。那份超脫，莊子難比。我想。如果他們屑於寫作，說不定已經有了一個另類的《死屋手記》：沒有生命意識，沒有宗教情緒，也沒有存在主義。

那天，他們打開送飯的小方孔，把一根橡皮管子伸了進來，大聲命令我們把它接在天井裡的水龍頭上。我知道，這是澆冬水。機會難得，接好龍頭，我立即跑到門前，臉貼著水管，從開著的小方孔往外看。

三個神仙坐在地上，吸菸聊天，帶著泥土的鐵鍬，隨意地橫在腳前。風把他們吐出的煙絲吹亂，飄向四面八方，如同仙氣。

他們中的一個，看見了洞口裡的我，立即厲聲喝道，不許看！

喝罷盯住洞口，見我沒走，更厲聲地又喝。

接著跑過來，從外面貼著門洞，問我是不是不要命了，怎麼敢破壞監規？忘了是社會渣滓了嗎？忘了是在什麼地方了嗎？……如是訓斥約半分鐘，直到上面有武警經過，命令他不許高聲喧譁，才停止，並走開。

據說在奧斯威辛和特萊勃林卡，也有些人養成了模仿蓋世太保的習慣，被稱爲心理異化。我以前寫東西曾經引用。現在看來，這主要不是異化，而是人性。武警不激動，因爲他是辦事。神仙激動，因爲他要做人。就像矮子見了比自己更矮的人，想表現一下自己的高大。

塵心一動，神仙就下凡了。

十八、學政治

五十、六十年代的中國人，不論是關在裡面的，還是放在外面的，天天都要「政治學習」。後來減少到每週兩次，再後來兩次也逐漸流於形式。到八十年代末葉，好像已名存實亡。在南京監獄，沒遇見「學習」。在這裡，四個多月裡有過兩次。

第一次是學習江澤民的國慶講話。監獄大院裡和每個監房牆上，都有麥克風。平時啞著，蛛網塵封。偶爾會響動一下，一陣噪音過後，警告個什麼，通知個什麼。國慶節那天，廣播講話畢，獄方通知學習。討論題是：一，爲什麼說中國共產黨是偉大光榮正確的黨？二，爲什麼說只有社會主義才能救中國？三，爲什麼必須堅持四項基本原則，反對資產階級自由化？四，爲什麼說穩定壓倒一切，必須堅決鎮壓反革命暴亂？

但通知後，沒有具體安排。此事不了了之。

第二次是兩個月後一天晚上，管教來鎖二門時，發給我們每人一份學習材料，和一個記錄本，叫學習討論，討論題和上次的一樣。說每個人必須發言，發言必須記錄，記錄必須上繳。材料是複印的，從版式看，來自《人民日報》。題目叫《論四項基本原則和資產階級自由化的對立》，署名盧之超。翌日早上，典獄長在麥克風裡訓話，要我們這些社會渣滓人民敵人加強政治學習。說這次要反覆學習十天。

學習形式不用教：一個人念大家聽，然後討論。四十年來，裡外都是如此。一想到十天動彈不得，我就發愁。但兩天後，麥克風又響了：叫打掃衛生。蛛網要清除，地面要沖洗，青苔要剷刮淨。打掃後管教們來檢查，說牙刷牙膏碗筷面盆都要放整齊。晚上來鎖門時，叫我們明天起來，一切要保持原樣。次日來開門時，叫把被子摺疊整齊。吃過早飯又來看，告知馬上有首長來視察，叫我們坐端正，學習文件要拿在手上，邊念邊聽邊看。

我們照辦了幾遍，還沒人來，就坐著等。突然間一個管教從空中走廊匆匆跑來，朝下面急促地說，來了來了，快！於是劉鈞拿起學習材料念起來：我們捧起學習材料聽起來。幾個穿黃呢子警服的老頭子，後面跟著一大群，緩緩從上面走過。過完了，放下材料，瘦子兩臂高舉伸了個懶腰，說：啊啊啊！胖子說，輕聲點兒，還沒走遠哩。

十九、學武術

我們監房裡，有一本字典，劉鈞的。我沒事拿來翻翻，很有益。

平生愛看書。不是求學，只圖快樂。能到手什麼，就讀什麼，雜七雜八。日積月累，居然有了一點兒知識，一點兒想法。寫下來，也就有了一點兒文章。文章裡有些字，我會用不會念。常借其半邊或者三分之一讀音，如「愎」念「复」，「矗」念「直」，方便實用。但我只要開口，就難免白字。生逢禍從口出之秋，平時三緘其口，得以遮醜。後來上了講台，就只有盡量利用黑板了——倒也頂事。

在時間太多的壓力下，我把這本字典反覆讀了幾遍。這件在外面絕對不會做的事，確實彌補了不少自己的缺陷，多方面的缺陷。

兒時父親教習書法，識甲骨，辨鐘鼎，認狂草，我都怕怕。後來上美術院校，只教西洋畫，這條線就斷了。這次讀字典，把所有文字的偏旁、部首分類歸納，找出其指事、象形、形聲、會意等古今通假轉變的法則，再聯繫兒時所摹碑帖，所讀書論，知撰者每屬通人，體制每兼眾有，點劃其來有自，豁然貫通。知學書必至此，方能隨心所欲不逾矩，免作尋章摘句老雕蟲。故態復萌，又有了寫字的興趣。

請同監幫忙，讓送飯的弄來一枝舊毛筆。洗淨了，蘸著清水，在牆上苔痕不到處，寫起吳昌碩半臨半創的石鼓文來。任性而爲，未終篇變成了狂草，懷素的那種（見《畫事瑣記》）。狂不幾天，毛筆禿光，恨恨而止。但我因此發現，可以用圓珠筆，在紙上寫狂草，以記事。同伴警察都不識，以爲我是練書法，我因此得以，積累了一點兒《鐵窗百日》。

劉鈞提出，要向我學習書法。此人與我，平時相處得不壞。但從他的鐵哥們王超對我的態度，我知道他恨我。這也難怪，他一直自稱學生領袖。我來自學校，了解學運，幾個問題一問，就知道他不是了。我沒說我知道，但他知道我知道，也知道大家都知道了，後來才說了眞話。儘管無心，總是傷害，他有理由恨我。我勸他別學書法，學了沒用。毛筆又不方便。何況文字改革以後，從左到右橫排的簡體字，已經不適宜用毛筆書寫了。我說的是好話。

他說，你現在用圓珠筆，不是照樣寫嗎？

我一時語塞。

他以爲我是不想教。說他從小習武，得峨眉山一個老道的眞傳，祕不示人，但是可以教我，以換取我教他書法。說著一連做了幾個動作，說了每個動作的用處變化和臨陣禁忌，好像門精[2]。他樂山人，家在峨眉山下，說不定眞有點兒什麼來頭。我想學，就答應教他，讓他先臨帖。他讓王超給弄來毛筆墨汁毛邊紙，還有一本《九成宮》，天天臨。我呢，教頓挫使轉，跟他學武。

但是越學越覺得，盡是花架子，不實用。建議比試比試，把他打倒了。連我都打不過，這種武術，學了還有什麼用！

不，還是有用的——它打發了時間。

二十、第一次審訊

九月份的一個上午，監房的門嘩啷啷開了，管教王超陰著臉進來。像往常一樣，微駝著背，背著手，在室內轉了一圈。一句話沒說。臨出門時，轉身朝我，把側過來的頭微微向外一搖。這是叫我跟著他出去。他鎖門的時候，指了一下地面，這是叫我站在那裡等著。鎖上門，一擺頭，讓我在前面走，他在後面跟著。到要拐彎的地方，我回頭看他一下，他就向該去的方向努一努嘴。

在機關大院看守所辦公室裡，他把我交給了兩個辦案警察。然後拿出一個大本子，讓他們簽字，他自己也簽了字。我瞟了一下本子，我的名字後面，寫著年月日，幾點幾分，經手人等等。審畢交還時，又簽了一次字。原來辦案的來提審人犯，就像向看守所借東西，借和還都要登記。

預審室同南京的差不多，只是大些，好像只有講台沒有課桌的教室。講台下犯人的座位旁邊，放著幾把摺疊椅。中間茶几上，有茶水香菸。坐著兩個警察，都五、六十歲了。裡面有到南京帶我的羅興雁。他微笑著站起來，說，高先生，請坐。我坐下時，想移動一下凳子，但是移不動。低頭去看，才發現它是栽在水泥地上的。

羅問抽不抽菸，說不抽就喝點兒茶吧。不要緊張，我們隨便聊聊。

他指著到辦公室帶我並簽字的兩個警察中年老的那個，說，他姓馬，以後就叫他老馬好了。此人花白頭髮，狹長的臉上皺紋深刻，兩隻眼睛相距較遠，叫「老馬」很像。

羅旁邊坐著的一個姓李，更年長，可能有六十多了。臉扁，鼻短，花白的頭髮鬍子眉毛都粗硬而濃密。大黑邊框的圓眼鏡，下緣比鼻子還低。使我想起貓頭鷹。此人很少說話，別人說話時，總是憂鬱地看著地面。往後的每次審訊，大抵都是如此。

另一個四十多，胖墩墩的，精力充沛，像個小熊。跟老馬到辦公室裡帶我的，是他。他面前放著錄音機，記事本，和圓珠筆。

羅手心朝上，劃了個半圓，說，我們四個人，奉上面的命令（這是他第二次說這句話了），負責你的問題。

我問什麼問題，他說會弄明白的，你放心好了。但是，你得同我們配合才行。

「放心」二字，好生奇怪。「配合」二字，什麼意思？

羅又說，我們已經把你的下落，告訴了浦老師。浦老師已經到成都來了。住在四川師範大學，在藝術系教課。正在爭取探監，上面還沒批准。

我問「上面」是誰，他說這個，你就不要問了。浦老師託我帶給你一些衣服和日用品，還有幾本書、一封信，我已經交給看守所了。還有一個紙摺的小鹿，也交給看守所了。

我說，什麼小鹿？他說自從我「走了」以後，小雨每天摺一隻紙鹿，連起來掛在天花板下，越來越長。我一聽就知道，這是眞的，放心了。他說他向她要了一個，想帶給我看看。這次帶來了。

以前來事，都是本單位的人辦案，很善於以家人爲人質。逼供之凶，只差沒有用刑。聽夠了警察暴行，我意象中警察就是刑具。否則，有了那麼多革命知識分子和革命群眾，還要警察做什麼？這次綁架，更刑具化了警察的臉譜，以致他們越是不像刑具，我越是警惕。不斷提醒自己小心些，再小心些。我只怕被打一針喪失智力，小心不了。我眞沒有想到，他們會眞的讓我放心，內心裡有一份感動。但我沒因此信任他們。我時刻都沒有忘記，是他們綁架了我。在一個如此巨大的野蠻下面，任何小小的文明都顯得可疑。

問話很一般：姓名籍貫年齡單位經歷之類檔案裡都有答案的問題之後，是北京認識誰上海認識誰之類不著邊際的問題，答完了會提醒我漏掉了誰誰誰，表明他們知道得比我多。沒有咄咄逼人的壓力，但我弄不清楚，他們爲什麼抓我。

完了讓我看記錄，簽字。記錄上寫著，審訊員李奇明、羅興雁、馬丁壽，記錄員沈杰。馬、沈二位帶我到看守所辦公室辦理歸還手續時，還是王超接收。我向王索要辦案警察帶進來的東西，王的回應是，盯著我看了一陣。

這些東西，我一直沒有收到。稍後我才知道，正如那三個人所說，辦案警察和管教幹警不是一回事。雖在同一系統，著裝時制服相同，但分屬於兩個單位，誰也管不著誰。按照規定，辦案警察無權給被審問者帶進來或帶出去任何東西。不論帶什麼進來，只能交給獄方，再由獄方轉交給犯人。獄方有權轉交，也有權扣留。

我原來以爲，國家機器各部件之間的權力制衡，是民主制度的要素。提審幾次後，我才知道，它也可以是專制機器的故障保險裝置。道理很淺顯（獨裁者搞權力平衡，不也是這樣嗎）。我沒想到，是腦子簡單。

二十一、錯位

後來的幾十次審訊，除少數幾次例外，基本上是來兩個人。記錄員沈杰以外，有時是老馬，有時是羅興雁，有時是李奇明（像貓頭鷹的那位），有時是李德明，一個瘦高個兒，很有文化教養。談話氣氛寬鬆，往往像是閒談。內容與案子無關。

有一次，來的是馬丁壽和沈杰，我談到在南京監獄裡打架的事，他們哈哈大笑。沈說，眞想不到你高先生，還有這麼一段生活體驗呀。馬丁壽說，小頭那種人，叫獄霸。各處監獄都有，很普遍，很難解決。這個問題，首先是監獄管理工作方面的問題。管理和偵查，完全是兩碼事。偵查工作，也像你們搞學術研究一樣，要大量占有資料。然後分類排比，去蕪存精，去僞存眞，還事物以本來的面貌。

我說，你們把我抓起來，也是還我以本來的面貌嗎？

他說，你認爲你本來的面貌是什麼呢？

五七年右派，六六年黑幫，八六年「有突出貢獻的國家級專家」，八九年坐在這裡，怎麼說呢？

他的回答，使我大吃一驚：五七年，我也是右派。

我的每根神經都警惕起來，心想這是套近乎，得小心些。

沈杰接著說，老馬也挨過整，吃的苦可多啦。

我更加警惕了，心想配合得這麼好，可見有計畫，得再小心些。

出獄後我才知道，這些都是眞話。但在當時，我沒法相信。

四十年來，人們已習慣於用制式套話交往。眞話幾已絕跡，何況是在警察和犯人之間。

我很小心，但又困惑。是引我上鉤嗎？語言裡並無陷阱。是玩貓捉老鼠的遊戲嗎？眼睛裡也沒有那種冷光。是歷史進步了嗎？我在獄中。

冷場片刻，沈說，前天，浦老師到公安局來了，給你送東西，打聽你的情況。我們告訴她你在裡面很好，讓她放心。東西也都交給典獄長了。

馬說，我們說你很好，她還是不放心，最好你自己給她寫個信，讓她放心。她一直沒有收到你的信，很著急。

我說我寫過好幾封信了，她怎麼會都沒收到？我說你們幾次說帶了她的信和東西給我，除了一套棉衣一雙棉鞋，我怎麼一樣也沒收到？

馬說，是嗎？這有可能。看守所有他們的考慮，我們去問也不好。這樣吧，你現在就寫，寫了交給我。這次我不通過他們，直接交給浦老師。

我說那不是違紀的嗎？馬說，他們不會知道的。知道了也不怕。推過來紙和筆，說，你寫吧，我們可以等一等。

說著他站起身，在預審室裡踱起圈子來。沈杰往椅背上一靠，點上一支菸。

我又大吃一驚。不相信會有這樣的事。我也不相信他們來是為了聊天，而不是迂迴戰術。是不是想從我的信上分析出什麼？是不是要用我的信取得小雨的信任，以便從她口中得到我的什麼？……否則，他怎麼敢於說「不怕」？越想越覺得，這信不能寫。

踱著方步的馬，站下來又說了一句，你要看什麼書，也可以寫上，我們給你帶來。

我把寫了個開頭的信揉成一團，塞進口袋，說，我今天腦子很亂，寫不了信。

冷場片刻，馬說，那也行。語音遲緩。聽得出來，他有點兒失望和傷心，看得出來，沈杰也有點兒惋惜。

但我不為所動，警告自己，別犯傻：這是什麼地方？面對的是什麼人？

另一次羅興雁來，給了我一個紙包，說是小雨給的。我裹進棉衣，帶回了監房，打開來是一袋荷蘭奶粉，封口是拆過了重新封的。開視有異色，嗅之有異味，心裡犯疑，倒掉了。但留下一小包，想將來有機會時，化驗一下。

出獄後才知道，是小雨把人參磨碎篩成細粉和在裡面了。辦案警察對她說，監獄裡嚴禁帶入藥品，發現了要沒收。小雨說我身體不好，要求他們幫助，他們就避開獄方，直接給了我。我打開留下的小包一嘗，沒錯，人參味兒。可惜已經倒掉了。

在獄中，我有時胃痛。有一次審訊時，馬丁壽和沈杰帶我到華西醫科大學附屬醫院去看。在汽車上告訴我，他們找的醫生，是醫大著名的教授，腸胃病權威專家，很少到門診部看病，他們是提前半個月，預約掛號的。

一週後，診斷報告出來，是輕度淺表性胃炎。同以前北京醫院的診斷（中度萎縮性胃炎）不同。我懷疑，警方爲了不讓我保外就醫，做了手腳，把病情說得輕些。我想，說不定「醫生」是假的，或者是和警方配合的。

出獄後打聽，權威醫生是眞的。後來在美國檢查，也證明他診斷無誤。

警察糾正了北京醫院的診斷。這種事情，誰能想到？

二十一、順位

弄不清什麼是眞，什麼是假。摸著石頭過河，錯位的時候很多。這樣幾次以後，有一次，突然來了十幾個警察，個個鐵青著臉，怒氣沖沖。「坦白從寬抗拒從嚴」、「頑固到底死路一條」之類，都來了，一掃詭譎。我舒了一口氣。心裡想，終於玩完了，來眞格的了。刀俎和魚肉的關係，終於正常化了。

有些問題，只有五十年代的水平。如：哈佛大學（邀請我去講學）是什麼企圖？我說邀請外國專家講學，是他們的常例。有人吼道，正面回答！我說我被禁止出境，沒去。又有人吼道，正面回答。

有些問題，好像與「動亂」有關：「爲什麼說要吸取緬甸的教訓？」「爲什麼說沒有有組織的工人農民參加就沒有希望？」我說那是潑冷水，不是煽風點火。又有人說，正面回答。仇恨的目光，像許多手電筒的光束一般，集中地在我身上徘徊。

更多的問題，是與《新啓蒙》有關。從辦刊的宗旨，編委名單（問的時候，手裡拿著鉛印的編委名單），到去上海開會誰給的機票，誰到機場接機，住在哪個飯店，與誰同住一室之類的細節，都問到了。顯然，他們知道的比我多。我想我也許因此，摸到了他們的一點兒底，猜到了一點兒，他們在千百萬人遊行請願聲中，找出一個沉默的、遠離人群的我，究竟是爲了什麼。我不是那個圈子裡的人，僅僅因主編個人的友誼，才參加了該叢書的編輯（見《王元化先生》）。官場裡沒背景，新聞界沒關係，孤立無援，關殺沒人管，是個薄弱環節。如果抓反黨集團，從這個點突破最好……。

但是這樣的審問，次數不多。兩種審問方式，看不出互相配合的跡象。又使我猜想，可能警察們內部有矛盾，他們中凶惡者的凶惡不是衝著我，而是衝著內部的不凶惡者而來。也不排除中央政法系統和行政系統，甚至黨務系統高層的矛盾，表現爲黑箱深處對八九民運六四事件意見不一的可能……也都只是猜想，全都無法證明。隔絕在大牆深處，沒任何信息干擾，反而可任意亂想，不需對誰負責。這是另類「自由」，但我不想擁有。

二十三、家信

這以後，有兩次，來的人較多，氣氛較肅殺。後來又恢復了只來兩個人，氣氛較輕鬆。

那天來的，又是老馬和沈杰。老馬從公文包裡掏出一封信遞給我，說，這是浦老師給你的信。這是我入獄以來，第一次收到家信。信上說，以前帶給我許多信和東西（附有清單，內有我在南開大學所帶的幾個研究生的畢業論文提綱），怎麼都沒有回音？說我很好，高林在江蘇也很好，可以放心。說探監的事，沒批下來。常去公安局，聽說你在裡面，生活還好是嗎？說看了電視連續劇《李大釗》，很感慨，如何如何。《讀書》雜誌上評論夏衍《懶尋舊夢錄》的文章值得一讀，如何如何……。

我問老馬，這信你看了麼？他說看了。我說，她說得太多了吧？他說可能，這要看看守所裡怎麼看了。他說他經手轉交給看守所的那些信和東西，應該說都沒有問題，他們為什麼扣下他不知道。「那是他們權力範圍以內的事，我們去問也不好。但是你一定得給她寫個回信。現在就寫，寫了給我，我直接交給她。」

像上次一樣，又推過來紙和筆，說，你寫吧，我們可以等一等。

我給小雨寫了個回信，告知所有她的信，我一概都沒有收到。以後寫信，三言兩語報個平安就行，別寫那麼多，免得被扣留。所有帶來的東西，除了棉衣棉鞋，我也都沒有收到，以後就別送了。我很好，每當從窗格子裡看到薔薇色的天空，就想起獅子山上的黎明和黃昏，祝願你在那裡，能享受一下這難得的孤寂和寧靜。照顧好你自己，就是照顧我。我也是。我很會照顧自己，每天做俯臥撐和仰臥起坐，你放心。

老馬看了，也給沈杰看了，裝進公文包裡。

這是「分別」以來，小雨收到的我的第一封信。

她的信，我帶回監房，看了幾遍。當天夜裡，王超打開門鎖，帶劉鈞去喝酒。他們走後，我如廁，把信撕碎，沖了。

深夜裡劉鈞醉醺醺歸來，後面跟著王超，惡狠狠叫我起床，抖被子，掀草席，摸了每一件衣服的口袋。說，信呢？

我說什麼信？你們從來就沒有給過我信。他沒回答，鎖上門走了。

二十四、洞中方七日世上已千年

在獄中，本來可以看報。南京監獄裡看到的是《新華日報》，四川省看守所看到的是《四川日報》。永遠是十幾二十天以前的和殘缺不全的。管教幹警們看過以後，傳給勞改隊看了，再從各個監房傳過來。我們看過，還要傳給別的監房。傳遞的方式，是由伙房的人在送飯時交接。隔幾天一次，天數長短不定。每次好幾份，份數多少不定。有時看過以後傳出去了的報紙，幾天以後又傳回來了。

報紙不管多舊，於我都是新的。我以前從不看報，獄中無事，看得就特別地仔細。透過謊言和宣傳，也可以過濾或分析到一點什麼，從而得到一些樂趣。那三個人看得比我還細。我不看的他們也看。比如廣告、啓事、影視等等。看完了還互相考試。徵婚廣告第幾名何人？電影明星某某最近與誰「拍拖」……不過是消磨時間。論樂趣，還是我的更大。

但是後來，報紙就不傳到我們這個監房來了。這件事很奇怪。一天早上，王超來開二門時，我向他提出要求看報。我說報紙是黨的喉舌，怎麼能看不到報？他盯著我看了一陣，從頭看到腳，又從腳看到頭，沒有回答，鎖上門走了。劉鈞非常開心，說，沒有報看，憋得慌吧？似同情，又似幸災樂禍。於是我知道了，這件事是他幹的。我想，這種形式的獄霸，比小頭那種，厲害多了。

我在體育界的朋友郝勤，認識看守所副典獄長陳波（武術家）的師傅，拜託陳的師傅，囑咐陳照顧我。因此陳有時開門進來，問一聲我怎麼樣。我胃痛期間，他每天來給我推拿按摩，發氣治療。並教給我一套健胃氣功，頗管用。慢慢地胃也就不痛了。但是我向他提出看報的要求時，他表示無能爲力，說這個，你得給王幹事說，他分管你們。

辦案警察干預，要獄方讓我讀書和看報。獄方答應了，但沒兌現。只轉交了一本已經扣留很久的《訂正六書通》。我每天寫一張「九三四要求看報」的字條，交給來開關二門的管教。從無回應。

幾個月後，我出獄時，獄方發還了全部扣留的物品。其中有一大摞書。每本書上，小雨都用報紙包了封皮。大都是用《參考消息》包的，其中有蘇聯和東歐的消息，她急於讓我知道，但我全都沒有看到。那本《訂正六書通》上，也有報紙包的封皮，他們在轉交該書時，把包皮紙取掉了。心思之細密，難以想像。

我因此遲了好幾個月，才知道蘇聯東歐發生變化。那是二十世紀最重大的歷史事件。可謂洞中方七日，世上已千年。

二十五、又見臘梅

從一九八九年九月初到一九九〇年春節前夕，我在監牢裡蹲了一百三十八天。

最後一次審訊，是在大除夕前三天。審訊員李奇明，記錄員鄭偉。

李告訴我，他們將爭取讓我回家過春節。但是這要做多方面的工作，不知道來不來得及。

我當時以爲，這不過是說說而已。

大除夕，陳波來，通知我已被釋放，讓我收拾收拾，準備出獄。

他找了一個會理髮的犯人，給我理了髮，刮了鬍子。這是他個人的好意。但小雨很遺憾，她本想給我照一個，頭髮鬍子很長的囚犯照片，留作他日的紀念。

一百三十八天沒刮鬍子的臉是個什麼樣子，我沒法知道。看地上一大堆黑白相間長長短短的狗毛，很吃驚。

同大家握別後，他帶我走出監房，回頭又鎖上了門。

這個動作，讓我心裡一緊。

四川師範大學保衛處處長帥希望（一個非常正派的人，平時只管治安，盡可能不問政治），開了一輛車來接我，說是書記袁正才和校長王鈞能讓他來的。鄭偉陪同我到辦公室，取回了被扣留的全部信件書籍物品。

李奇明說他也去學校，見一下小雨。鄭偉跟著他，四個人一同上了車。李的駕駛員開著他的空車，跟在後面。

鄭偉在前座回過頭來，用臉指了一下李奇明，給我說，這是我們的領導，省公安廳二處的處長。周旋了那麼長的日月，我竟然一直沒有看出，這個人是辦案警察們的領導。

帥希望說，李處長在文革的時候，坐了十年大牢，吃的苦可大啦！要不然，哪裡還是個廳級處長。李沒說話，憂鬱地看著腳下，如同在審訊我時那樣。

車子一直開到雨舍跟前，小雨在門前等著，拿著一大把臘梅。這花，我小時候很熟悉，自從離開家鄉，已經四十年沒有見過。

李奇明下車後，同她握手，指著我，給她說：「我把他好好地交給你了啊。」

原來他要見一下小雨，就是爲了，說這麼一句話。

二十六、如是我聞

出獄後，從各個方面聽到的一切，使我十分吃驚。

來自文化教育界的告密材料多如牛毛。反而是警察們的客觀調查，排除了大量不實的指控。

南大校長曲欽岳先生曾就我被捕一事，向江蘇省委抗議。省委的回答是，他們不知道這事。但四川省委的朋友告訴我，直到要放我的那天，省委書記顧金池還打電話給省公安廳，教等一等。說他已向上請示，等有了回話再說。省公安廳回答說，已經放了，要是不行，可以再抓回來。

小雨也曾在南大校園，見過那個穿便衣戴墨鏡的傢伙。我被綁架的那天她也被帶走，剛被釋放回家，那人就帶著幾個警察來搜查，讓她在「搜查證」上簽字。她告訴他，高爾泰是個病人，需要照顧。他譏諷地說：看來，你還挺同情他的嗎？小雨說，爲什麼不？要是你坐了牢，你太太不同情你嗎？

他斷然說，她不會的！話一出口，似乎自覺不妥，忽然尷尬起來。

小雨感到奇怪：這種東西，居然還會尷尬。

羅興雁參加搜查，發現了那本裝滿了小字紙的照片簿。是我五十年代被勞動教養時偷偷寫下的記錄。字極細小。他辨認了一忽兒，低聲給小雨說，這對你們，很重要是吧？

幾十年來，我爲保存隱藏這些記錄，付出的精力和承擔的風險比寫它們還大。在北京三年，是小雨替我保管。有多要緊，她和我同樣知道。面對警察，不知怎麼說。

這時戴墨鏡的過來了，羅把它丟到已看過的東西一邊。

他們把要帶走的東西，登了記，分別裝進了印著「南京市刑警大隊物證袋」的牛皮紙袋。有個清單，讓小雨簽字。

小字紙照片簿不在其中。爲防可能有的第二次搜查，小雨聽從系主任許志英的勸告，把它寄存在中文系辦公室的保險櫃裡，直到我出獄。

沒有它，我就寫不出《尋找家園》中的許多篇章。

小雨常說，「警察也是人」。這使得她在同他們打交道時，不像我那樣一再錯位。當馬丁壽給她說，「有落井下石的麼，也有下井救人的麼」。她立即就聽懂了。這話，飽經風霜的老狼如我是聽不懂的，必以爲這裡面隱藏著什麼陷阱，一聽到就要叫自己小心。

事實上，如果他們眞要怎麼樣我，再容易不過了：權力是天賦的，材料是現成的。無須拐彎抹角，更無須我這個土腦子所能想像得出來的那些下策。之所以有所不爲，是因爲馬、熊、猩猩和貓頭鷹們，都有一顆眞正的人的心。

去國十幾年，與不同語言、膚色、異俗殊風的各國人等交往，最深的一個體驗，就是人性的善惡。人這個物種的個體差異，和種族文明、文化傳統、宗教信仰、知識技能、社會制度和職業身分都沒有關係。對於那些承擔著制度的罪惡，戴著刑具的臉譜，在力所能及的範圍之內盡量減少無辜者的痛苦，而又不爲外界所知，甚至不爲受益人所知的人們，我一直懷著深深的敬意，和謝意。一直很想，不僅代表我和我的家人，也代表無數在絕境中因他們的看不見的、困難的和危險的努力而減輕了傷害的人們，衷心地說一聲，謝謝。

只因爲怕我的感謝，反而會給他們造成麻煩，沉默至今。忽忽十五年就過去了。文中提到的諸位，該都已告老還鄉，安全了吧？我在地球的另一邊，頭髮也已經白了。但是每想起那些遙遠的往事，仍然強烈地感到，那種對話的錯位、那種人與人之間的隔膜之中，有一份深深的悲哀在。

1 小號：懲罰犯人用的特別監房。

2 門精：北京方言，門兒精，門門道道都精通的意思。

王元化先生

一

八十年代初，我甫出深淵，很少朋友。特別是與名流大家，更距離遙遠。帶著底層的傲慢，孤狼一般遊蕩。

《論美》出版以後，《讀書》雜誌的董秀玉大姊建議我寄一本給王元化先生。給了我一個上海他家裡的地址。說，「王元化先生，很好的。」

回信長達六頁，批評極其中肯。指出了許多具體錯誤，某個概念不明確，某個提法不周延，甚至錯字別字，「應屬手民誤植」。沒有應酬性的讚美，但很鼓勵我的探索。還問及身世，有一種對命運的關切。我很感動，也很敬佩，從此開始通信。

那時言路乍開，容易出轟動效應。人們習慣於用假套話交往，已經太久。說一句簡單的眞話，就成了深刻思想。擺一個平凡的事實，就成了重大發現。並且這是犯上，好像也算得上勇敢。又碰上美學熱，書賣得可以。先生提醒我，忽冷忽熱，是不成熟的社會的特徵，當不得思想價值的量度。讀之深自警省。

在西單牆和民間報刊被取締以後，官方媒體上依然熱鬧。兩個凡是和眞理標準的爭論、生產目的和黨史禁區的爭論，還有其他一些爭論，都是本來不成問題的問題。那麼多社科院、中宣部、中央黨校、《人民日報》、《紅旗》雜誌和首都高校的大人物出來表態，我覺得像黨內鬥爭。先生提醒我，別小看了黨內鬥爭。有時候，我們都只能寄希望於黨內鬥爭，讀之深受啓發。

先生治古代文論，學貫中西。其文其書，土厚水深。作爲那個方面的權威專家，他同時也有一份公民的責任感。關心國事，致力反「左」。筆下有雷聲，發聾振聵。（自毛「反右」以來，「左」「右」截然兩分，概念顚倒模糊。但其引申義已被普遍接受，吾從眾。）是周揚那個導致全國「清污」運動的報告的三個起草人之一。後又親自撰文，「爲五四精神一辯」，凌厲磅礴。

以爲人如其文，也凌厲磅礴。後來接觸多了，才知他性格寬和，爲人厚道。他曾被打成「胡風分子」二十多年，吃盡苦頭。有一次偶然談起舒蕪（因「揭發」「胡風集團」而被眾人辱罵）。先生說，人言可畏，舒蕪其實是被人利用。個中委屈詳情，非當事人不能盡知。輿論對他的懲罰，超過了他所應得，實際上很不公平。

馮友蘭先生逝世，我收到宗璞女士一信，說她父親生前囑咐，墓碑要我書寫。我生也晚，無緣見一代宗師。唯讀其書，高山仰止。聽說他文革中支持毛、江，文革後成眾矢之的。不明就裡，打電話問元化先生。先生說亂世做人很難，馮友蘭更不容易。設身處地，其情可恕。許多人（說了幾個名字）都是那樣，現在仍被尊敬。一邊廂積毀銷骨眾口鑠金，一邊廂開口大師閉口文豪，也很不公平。

公眾輿論，往往人云亦云。個人身在其中，須得特別警醒。我恭敬書寫了墓碑，和墓碑反面的「三史釋今古，六書紀貞元」十字，從此成了宗璞大姊和她的先生蔡仲德教授共同的朋友。時至今日，二位每有新著，必惠贈。文章觀海波瀾闊，學問遊山泉脈多，受益匪淺。

且喜燕南園裡，三松依舊龍蟠。

先生對我的教益，諸如此類還多。不止學問，也包括做人，我為人（據朋友們說）心胸狹仄脾氣暴躁，言行乖戾不近人情。在先生的幫助下，起碼許多事情，處理得比較得體。

先生是國務院學術委員，頂尖名流。也做過宣傳部長，周旋官場。沒有沾染上那兩個圈子裡的腐朽習氣，已屬難能可貴。如此對待後進，更令人肅然起敬。

他不光是對我如此，對別的青年也是一樣。每看到可取的文章，必欣欣然逢人便說。即使作者是邊遠省份藉藉無名的小人物，也總要找到下落，去信鼓勵幫助。陝西師範大學青年教師尤西林，甚至得到一幀他的親筆書法：「健筆凌雲」。

四個字元氣淋漓。

此四字，後生小子尤西林當之無愧。

除了王元化先生，有誰肯說？

二

第一次見到先生，是一九八七年的事了。

那年我在成都，去了一趟北京。為北師大的文藝美學博士研究生羅剛、劉曉波的畢業論文進行答辯。先生是答辯委員會主任。成員除我和他們的導師童慶炳、張紫晨外，還有北大的謝冕、人大的蔣培坤等。一般來說，委員會五六個人夠了，通過論文和授予學位以後，即自動解散。羅剛的答辯就是這樣。

但劉曉波離經叛道，不受控制，國家教委想治他一下，安排了幾個他們認爲是忠於黨和馬列的學者進入答辯委員會，使委員會的人數增加了一倍。消息傳出去，來旁聽的很多，有好幾百人。以致不得不把答辯的地點，由會議室搬到了小禮堂。先生的學問人格，受到「左」、「右」兩派共同的尊敬，經由他的整合，委員會事先取得了共識。會上氣氛和諧，劉曉波順利過關。

在會上我讀完評語，多說了幾句話。我說現在不是五四時期，但仍然有一個救亡的問題。那時是救國家，針對外國侵略。現在是救自己，針對國家壓迫。所以現在的文化運動，需要更多的劉曉波。這種能獨立思考而且勇於犯上破禁的人才，越多越好。兩年後形勢逆轉，劉曉波出事，有人在《文論報》（一九八九年六月十五日）上揭發我說了這幾句話，記性可眞是好。

那天散會以後，王元化先生約我晚上到他房間裡談談。他說啓蒙問題，不能光講勇氣。關鍵是啓什麼蒙，用什麼來啓。五四成分複雜，也未可一言蔽之。事實上早在一九一九年之前，中西文化論戰、新舊文學論戰、問題與主義論戰、國故論戰、科玄論戰等等，都已經有了萌芽。也不光是民主主義和民族主義，那時國家主義、社會主義、無政府主義、基爾特社會主義等等，也有其國際國內背景。他舉了幾個例子，說明政治文化之脈絡交錯，都很典型。他說我們回顧以往，可以從工具理性的角度來認同科學與民主，但現在更需要強調的，是自由與人權。

我說，是。

他說比方說多數和少數的關係，國家主權和個人的人格獨立之間的關係等等。這些關係不講清楚，其他的問題都很難講清楚。現在有些人一講民主，就說民主是目的，不知道民主只是實現個人自由的手段；有些人一講自由，就熱衷於反邏輯和非理性，不知道自由只能與規範共生，就是因爲這裡面的關係，沒搞清楚。

我說，是。

我說，現代自由主義不同於古典自由主義之處，在於它以個體爲本位，而後者以群體爲本位。但是承認特殊性和偶然性的價值，承認個體要求的合理性，哪怕是存在主義意義上的合理性，同時也就必須承認，個體利益之間的衝突是不可避免的，它需要某種制約和平衡。需要某種普遍性，哪怕是形而上的普遍性。反邏輯和非理性的思潮，恰恰是以不承認普遍性爲前提的。消解了普遍性，也就消解了文明的內在結構，並且把自由問題，由外向的條件開拓，變成了內向的意義追尋。由向強權挑戰的政治，變成了向虛無挑戰的哲學，這是個新問題。

先生說，是個麻煩。但是尋找普遍性，或者說重建普遍性，弄不好就是本質主義，回歸古典，甚至回歸宗教文明，更要小心。

我說，是。

三

答辯完畢，我們在北京滯留了幾天，各自看望朋友。先生在回上海以前，約我和小雨，還有

《人民日報》的王若水夫婦，到西單的豆花飯莊吃飯。說這次來，見了幾個老朋友，誰誰誰，都建議他辦一個刊物。說誰和誰那裡，還有一點兒錢，加起來也夠了。建議我們一起來做，辦一個以知識分子爲對象，以理論研究爲主軸的學術性刊物。不媚時阿世，不屈從權力。但適度保持與政治的距離，適度保持低調，以期起一種長遠的作用。

那時隨著商業大潮的興起，人文精神正在急劇衰落。知識分子們也相應地愈來愈重學問輕思想，重科技輕人文，有如乾嘉盛時。正需要一種人文努力，來賦予學問以思想，賦予思想以學問，以免二者偕同淪入市場，成爲商業的附庸和政治的裝飾。先生的想法，正符合時代的需要。雖然很難實現，我們都願意試試。

刊物叫個什麼，頗費思量。「問路人」、「拓荒者」太文學化；「思想家」、「門」端著架子；「文化中國」過於專業；「啓蒙」有古典味。那時我主編的《大時代》叢書出不來了，問就叫「大時代」如何，先生說，空泛了些。先生傾向於叫《時與潮》。不久又來信，問改爲《新啓蒙》如何。

這就是後來鬧得沸沸揚揚的所謂「新啓蒙事件」的原來。

不久，「反自由化」開始，期刊登記困難。先生在上海，想了很多辦法，都不行。最後只得以叢書的形式登記，叫《新啓蒙》論叢，由湖南教育出版社出版和發行。這中間的曲折艱辛，一言難盡，都是先生一個人承擔了，我在成都，若水在北京，一點兒忙都沒幫上。

先生獨力準備就緒，並試編了創刊號《時代與選擇》以後，於一九八八年十一月，在上海師範大學召開了一次爲期三天的編委會，叫「新啓蒙筆會」。參加者有邵燕祥、金觀濤、于光遠、于浩成、李洪林、戈揚、阮銘……等大約二十多人。有人捅給香港報刊，被報導爲「國內民主派的大結集」。立即就無法「低調」，也無法「與政治保持距離」了。先生十分生氣，但已不能補救。

散會後，先生留我和小雨，還有王若水夫婦在上海多住了幾天，商量具體的編務。我們一致同意，刊物要有個性，但須合法。要勇敢眞誠，但不硬闖雷池。商定我負責第二期和第三期，王若水負責第四期和第五期。先生轉交給我一批稿子，都是他約來的。裡面有不少好文章，挑選一下，基本上夠兩期用了。

事後發現，會議記錄和錄音磁帶神祕失蹤。緊接著國家安全部和中宣部聯手，派了兩個人到湖南，祕密調查湖南教育出版社與《新啓蒙》叢刊的關係。該社編輯龍育群先生從湖南省委得知消息，連夜趕到上海，告知先生此事。先生打電話給他的朋友、時在中共中央書記處管文宣的芮杏文詢問，芮說他不知此事，可幫了解一下。緊接著湖南省委宣傳部的一個什麼人，因洩密受了處分。

但先生作爲刊物的創辦人和主編，我們作爲他的協助者，都一直未受干擾。編務仍照常進行。我們都更加小心翼翼。爲了免得引起猜疑，先生還謝絕了一切來自海外的贊助。時值一九八九年春天，民主運動風起雲湧。我盡量保持低調，避免被潮流帶著走。第二期《危機與改革》、第三期《論異化概念》，都總算是出來了。說來慚愧，我只是選了一下稿子。繁重的具體編務，主要還是先生和他的幾位才華橫溢的博士研究生承擔了。

王若水是一位溫和的勇者。待人眞誠，謙虛、平實，而又意志堅定。他辦報經驗豐富，但身在歷史大潮的漩渦中心（北京），大學生走上了第一線，學者們要沉住氣，太難了。他執編的第四期，名爲《廬山會議實錄》，很政治。出版時遍邀政界、學界和新聞界的明星名流，以及各大國際媒體的記者一百多人，在北京都樂書屋舉辦了一個《新啓蒙》發行會。風雲際會，引起轟動。

那個會，我沒參加。後來看到會上一些發言記錄，火藥氣味很濃，就有要出事的感覺。果然，

《新啓蒙》被迫停刊，第四期成了最後一期。但是我沒有想到，「左派」的批判文章會說，《新啓蒙》是全國反動思想的總根源。中共中央委員陳希同會在「平息暴亂」的報告裡，指控它「煽動暴亂」。

四

更沒有想到的是，在同仁們都沒事的情況下，我會被抓進監獄，以「反革命宣傳煽動」的罪名，關押和審訊了一百三十八天（見《鐵窗百日》）。

尤其沒有想到，出獄以後，國家教委會把我趕出南京大學。南大頂了一陣，後來不頂了，收回了我的住房。我走投無路，再一次飽嘗了人情冷暖，世態炎涼的滋味（見《回到零度》）。先生卻不避嫌疑，邀我和小雨到上海他家，住了幾天。

先生的夫人張可大姊，是翻譯和研究莎士比亞的專家。一場大病以後，一直沒完全康復。很少說話，多數時間只是靜靜地坐著，聽先生和我們說。白髮如雪，面帶微笑，把優雅高華的氣息，溫馨親切的感覺，散播到整個客廳。這種感覺，這種氣息，給我們留下難忘的記憶。平時很少出門的她，也和先生一起，陪我們參觀上海市博物館、玉佛寺和龍華寺。還時不時指點我們，留心一些值得留心的東西。

龍華寺住持明暘法師是全國政協委員，素食招待，並送了我們每人一本他的詩集。素食好吃極了。詩呢，大都是歌頌黨的偉大，俗情更比僧情濃。我給先生說，沒想到蘭若精舍，也可以是終南捷徑。先生說我少見多怪，說他的朋友某某是共產黨員又是佛教協會的主席，人很好。台灣的國民黨裡也有和尚。美國歷屆總統，好幾個是基督教徒。我說美國價值和基督教價值有其一致性，佛教和共產黨則不。他問我研究過沒，我說沒。他說，還是的麼。

我小時候喜歡十九世紀俄國文學，受十九世紀俄國民主主義的影響很深，也因此，對經常翻譯俄國文學及其理論的滿濤和賈植芳這兩個名字，熟悉而且喜歡。在那個只許用馬列闡釋政策或者古典的時代，傑出者通過翻譯表達自己（序言中聲明是供批判用的），無形中拓寬了狹仄的思維空間（我想這也是大陸那時的翻譯水平，整體上高於現在和港台的原因）。我曾經把一些翻譯家當作精神導師，包括滿濤、賈植芳。說起來，才知道滿濤是張可大姊的弟弟，賈植芳也是先生的親戚。先生早年也喜歡俄國文學。給我們看了他那時寫的小說。散文詩一般地優美。湖北農村泥土的馨香裡面，摻雜著一股子契訶夫式的憂傷。我想，也許，正是這種沒有說出來的、感覺方式和思維方式的同一，是我們之間心靈親近感的來源。

五

在人與人之間，心靈的親近比觀點一致重要。有些人一見面就能信任；有些人交往幾十年，依舊知面不知心。這個差別，和立場觀點無關。反之亦然，心靈的親近，並不意謂著觀點沒有分歧。

說到我的入獄，先生教我以平常心待之。說它只是人生一頁，已經翻過去了。我說不，是翻過去了的一頁又翻回來了。但我的體驗已經不同。從前在夾邊溝，雖然與世隔絕，總覺得由於自己的價值觀，我必然地和文化人類保持著某種看不見的聯繫。現在，我已經不這麼看了。

先生提到第一次見面，我曾把個體存在的意義，歸結為同某種普遍性的聯繫。我說是。但我沒找到這個價值本體。我說所謂「信仰」，所謂文明的內在結構，不也就是一個和價值本體的聯繫嗎？如果除了通過外在的、人為的途徑就找不到聯繫的線索，如果這線索只不過是舞台角色和道具之間的配合，所謂價值就成了虛擬的座標，就像西西弗斯的石頭。我說我有時候覺得，所謂意義的追尋，就像是被那個石頭推著走，比之於我推它，更加要不得。

先生說，這可是虛無主義呀。

我說不是主義，是自然。就像人生的無常一樣，我不得不與之面對。

先生說，這只是你一時的想法，說不定你還會改變。

我說是，思想是活東西，我只能聽其自然。

這是臨走的前一天的對話。那天，他請了一位烹飪高手，來家裡為我們做了一頓特別豐盛的晚飯。飯桌上還點上了蠟燭。誰也沒有想到，這會是我們逃亡以前，一起吃的最後一頓飯。

六

轉眼十幾年，一直沒有和國內的朋友聯繫，怕影響大家的安全。同先生，也只是通過在香港的王承義先生（先生和張可大姊的公子），偶爾報個平安。好在中美之間，時有共同的熟人往來，情況並不隔膜。聽說他仍每天讀書寫作，不斷有新作品出來。很欣慰，也很感動。聽說他已「重評五四」，觀點略趨中道，我想這是好事。思想的發展變化，正是它生命力的確證。八十高齡，依然和時代潮流同步，更難得。這不僅是先生永不老去的探索精神使然，也和他寬厚仁慈的天性有關。

九十年代中國學術思想的主流，已經由主張和平進化，反對激進變革，發展到重評歷史。從崇尚英美模式，否定法國模式，發展到認爲沒有五四運動更好，沒有辛亥革命更好。我飄流異國，久居山野，日與草木鳥獸爲伍，已經落後於這個潮流很遠。紐約一家雜誌的記者遠道來訪，問我對這些問題有什麼看法，我竟答不上來。只能說，我沒有那樣想過。

我說，要是那樣想，應該說沒有抗日戰爭也更好。因爲在日本人的奴役之下，中國也會有繁榮和穩定。記者說妥協是手段，進步是目的。我說問題在於成本。爲維持沒有社會正義的穩定所付出的長期痛苦代價，是否應該作爲歷史的生產性開支放在一起核算，這是一個價值觀的問題，而不是術與道的關係問題。

他說現在大家都在說，以延長痛苦作代價，分期付款買民主，比較便宜。我說這就要看占便宜的和付代價的是不是同一群人了。還有，歷史無序，誰來保證支票兌現？如果代價付了，支票不能兌現，或者兌現的是土耳其、南亞甚至南美的那種民主，又當如何？那時再來反思，豈不又是一個百年？

百年不過一瞬，但是人生幾何？

採訪錄發表以後，很多人又罵我極端。困惑之餘，不免要想，如能有機會再次向先生請教，深入討論一下這些問題，該有多好。

何日歸舟橫怒海，蒼顏白髮叩師門。

我的岳母

一

我結過三次婚，有過三位岳母。

第一位岳母，名字叫王淑眞。甘肅武威人。武威古稱涼州，我們都叫它涼州。邊陲絕塞，歷來兵家必爭。兩千多年間屢毀屢建，直到二十世紀中期，依然荒蕪小城。風沙兵燹抹去了建築物上的一切華飾，只留下不同層次的灰黃和黑褐兩種顏色，望中一派蒼涼沉鬱，土厚水深。

不知道什麼時候，基督教傳進了這個地方。五四運動的那年，一九一九年，我岳母出生在一個基督教家庭。我的岳父李瑤圃醫生也是基督徒，比她大十多歲，抗戰中從河北淪陷區逃難至此。逃難途中，前妻死於日軍的空襲，留下五個孩子。最大的十一歲，最小的不到兩歲，都成了我岳母的孩子。在我岳母同他又生了兩個女孩之後，他當隨軍醫生走了，一去無消息。

爲養活七個孩子，岳母學會了各種生計。裁衣服、做鞋子、補鍋補碗、磨刀磨剪、盤爐盤灶……許多男人的行當，她都幹得麻利漂亮。還擺過地攤，賣自製的工藝品，兼代寫書信。直到文革前夕，她們家箱子底下，還有一些那時候做了沒賣掉的背袋、馬褡、繡荷包之類。在厚實的、布滿線疙瘩的灰黃色土布上以白麻線縫成的圖案，粗獷古樸。配以黑、棕兩色，沉靜裡略帶憂鬱，使人想起那個小城。

我的妻子李茨林，是她親生的兩個孩子中大的一個。不記得小時候吃過什麼苦，也不記得受到過什麼特殊的照顧。她說那時候，哥哥姊姊們都上學，晚上回來，媽媽幫他們溫課，完了還教背一段《聖經》。每餐飯前，八個人圍桌而坐，一齊低頭低聲祈禱，感謝上帝的恩賜，求上帝保佑爸爸。她和她妹妹茨恩兩個，從未穿過新衣，都是穿哥哥姊姊們穿剩的衣服。從未感到委屈，大家都歡歡喜喜。

四九年秋天，李醫生回來了。受過重傷，成了跛子。到人民醫院當門診大夫，拿國家的工資，由國家調配。十年間武威、蘭州、隴西、張掖、平涼、慶陽都幹過。幾度妙手回春，逐漸聲譽鵲起，成了河西一帶的名醫。但工資依然低微，難以養活十一口之家（回來後又生了一男一女）。我岳母竭力拉扯，得以維持溫飽，並讓老大老二到蘭州上了大學。隨著李醫生的調動，全家也跟著搬來搬去。搬家的事全是我岳母的。關塞蕭條，道路艱難。她一次又一次地，帶著大包小包和一群孩子，在滾滾黃塵裡上下汽車火車牛車馬車。

五八年出酒泉，過玉門，到了敦煌，生活才安定下來。敦煌和涼州同樣古老，秦時明月漢時關。但是更加邊遠，平沙莽莽黃入天。初到的那幾年，正碰上全國饑荒，那裡更慘。她帶著孩子們到城外挑野菜，挖草根，剝榆皮。回來仔細加工，摻和在配給的糧食裡，照樣地正式開飯。開飯前照樣地全家圍桌默禱，感謝上帝的恩賜。那時，茨林的小弟弟、小學生李武生問道，咱們找來的，咋說是上帝給的？她回答說，上帝不給你力量，你怎麼找？上帝不給你野菜，你到哪裡去找？

後來（六二年）李醫生當了敦煌醫院的院長，大些的孩子們已在外工作，各有了自己的家，生活才開始改善。茨林、茨恩上高中，小弟上初中，妹妹念小學，成績都優秀。爲了他們的前途，父母親都早已不再管他們的信仰。聽任學校裡所教的一切，天大地大不如黨的恩情大，爹親娘親不如毛主席親之類，去指導他們的思想。開飯前的祈禱，也早已經取消。但岳母仍然堅持，全家要低頭默坐片刻。

六四年夏天，茨林跟著她爸到莫高窟敦煌文物研究所出診。她爸看病時，她獨自亂闖，好奇地在無數陰暗的洞子裡穿來穿去，不知道害怕。我憑借著鏡子的反光，在一個洞子裡畫壁畫，天天面壁，都快變成達摩了。偶然相逢，成了朋友。第一次到他們家去，對她的母親——我未來的岳母印象很深。她是西北人的形象，穿一身黑色的土布衣服，式樣很涼州。出門繫一條棕色頭巾，結法也很涼州。說普通話，略帶涼州腔。長圓臉，剪髮頭，古銅色皮膚，手大腳大。雖只四十五歲，看上去有五十多了。臉上深深的皺紋刻畫著往日的風霜。目光沉靜安詳，動作從容，質樸裡透著優雅。她很少說話，只是微笑，在她跟前很自在。

六六年初春我和茨林結婚時，李醫生已在六五年的四清運動中，被打成了歷史反革命，不再是院長了，但還是醫生。兩個月後，文革爆發，我被揪鬥抄家，茨林帶著我的文稿，到娘家避風，發現她父親正被重新算帳，歷史反革命升級爲現行反革命，加上基督徒是帝國主義的走狗，掛黑牌，戴高帽，牽著遊街，被打得死去活來。十幾歲的李武生被捕入獄，判刑十年。這批人剛抄了家，那批人又來了。一直折騰到六七年秋天李醫生被押送農村，交貧下中農監督勞動，家裡才沒人來了。

家中少了兩個人，但是多了一個人——我和茨林新生的女兒高林。孩子在六七年元月初降生，正是恐怖的高峰時期，家裡人來人往，革命群眾紅衛兵亂翻亂砸鬼叫狼號。混亂中岳母一直抱著初生的嬰兒，輕輕撫拍，不斷耳語，不讓受到驚嚇。孩子在她懷裡，一直都很安靜。岳母沉靜的目光、鎮定的語音，成了全家的慰藉。茨林說，嚇人勁兒的時候，只要看看她媽的眼睛，她就不那麼害怕了。那種處變不驚、每臨大事有靜氣的境界，我很佩服，也很想學，但是學不到。

人潮過後，是冷寂。老爸小弟走了，生活無著，沒人上門。鄰居同學遇見，躲著走不罵一聲狗崽子的，就該算是好人了。岳母帶著茨林姊妹三個，清理劫後，檢點殘餘，該洗的洗，該修補的修補，該放在哪裡的放在哪裡，一掃狼藉。窗格子拼湊復原，糊上了新的白紙。到我出了牛棚，可以請假進城來看望她們的時候，屋裡窗明几淨，又有了生活的氣息。吃飯前，大家仍然低頭默坐片刻，無聲地，感謝上帝的保護，爲受苦的親人祈禱。

姊妹三個，都失學在家。岳母叫她們別急，說別人上學，也是白上。都革命去了，串聯去了，好老師都打倒了，還學什麼學？她每天教三姊妹學做鞋，學裁剪，學編毛衣，學炒菜做飯補鍋補碗各種家務。還爲了織毛毯，打造了一個木架子。但是生活無著，前途茫茫，也不知道受害的親人們現在都怎麼樣了，再忙也蓋不住心焦。一天中我好幾次看到，三姊妹中的這個或者那個發呆。岳母說她們被慣壞了，禁不起摔打。要不是她們離不開她，她就要到農村照顧岳父去了。她說，她爸一輩子治病救人，就是幹不來個農業活。六十多歲了，又瘸著一條腿，沒人做個飯洗個衣服，怎麼能行？

不久，黨中央搞下放知識青年的運動。不知道有沒有政策精神，實際上反革命家屬首當其衝。三姊妹都被送到了農村。茨林帶著高林，到了沙漠邊緣東方紅公社的向陽大隊。兩個妹妹到了躍進公社的延安大隊。岳母不是知青，本可以留在城裡。她主動向「下放辦」提出要求，把她安排到紅旗公社李醫生所在的長征大隊。那時街道里弄村莊，都是這一類名字，現在回想起來，幾乎分不清哪裡是哪裡了。只知道她那一帶，原名郭家堡。

在河西走廊，敦煌算是個物產豐富的縣，郭家堡也算是縣裡比較富裕的地區。社員的勞動工分，屬於全縣最高標準。從敦煌到玉門的公路（據說原先就是陽關古道）打那裡通過。長征大隊離公路不是很遠，交通也可謂方便。隊裡給了李醫生兩間土屋，門窗炕灶齊全。不會幹農業活，就安排他放牛。隊裡有十幾頭牛，他每天趕到野外放牧，早出晚歸。風吹日曬很苦，但是自由。可以在光天化日之下，向上帝禱告。

不料有一天，一頭老黃牛跌斷一條腿。大隊支部看成階級鬥爭的新動向。第二天收工以後，開了個全大隊的鬥爭會，把他吊在籃球架上批判，打擊反革命分子破壞生產的氣焰。受傷的牛，大隊宰了分了，沒他的份兒。但要他賠一頭牛，賠牛的錢，從他每日的工分中扣除。扣多少，扣多久，都不知道。總之他繼續放牛，除了口糧再沒工分。

我岳母去後，為掙一份工分，和隊裡的勞動力一同出工。收工回家，洗衣做飯之餘，自製土坯，改盤了爐灶，增建了雜物間，養了一群雞、一頭豬。哪個雞豬有病，自己針灸治療。屋前屋後，都種上了蔬菜。最不可思議的，是一點一點地，挖出了一口井，從此用水不必跑遠。還挖出了一個地窖，可以把蔬菜儲存在裡面過冬。她常說，完了要到茨林那裡和茨恩那裡，都住些日子，也幫收拾一下。她常說，她們被慣壞了，二十多歲了還嫩生得很，怕她們吃不來這個苦。

茨林帶著高林，到那個沙漠邊緣的小村，沒能堅持下來，竟然一病不起。我從酒泉趕到時，她剛剛停止呼吸。岳母已幾天幾夜沒睡，告訴我遺體尚溫，要我摸一摸。我剛摸過，又要我再摸。一次一次，幾乎不許我的手離開。聲音裡帶著哀求，眼睛裡固有的沉著冷靜全沒了，有的只是絕望和驚恐。我也絕望，我也驚恐。這時我才知道，悲痛是不能分擔的。岳母所承受的，不會因爲我也承受而減輕。反之，我也一樣。每個人都必須承擔自己的全部，爲了曾經有過的愛。

入殮時，她把茨林生前較好一點的衣服鞋襪全都放進了棺材。但細心地剔除了所有的動物毛皮製品。她擔心那些動物的鬼魂，會在地下向女兒索取。這種同她的宗教信仰完全沒有關係的想像，其強度也就是愛的強度。我是無神論，也受了她的影響：事後想起茨林的皮帶沒換，不由得大吃一驚。

喪事畢，我帶著高林，要趕回酒泉。她半夜裡起來，烙了些餅，給打在包裡。趕著一輛隊裡借來的驢車，送我們進城搭汽車。我勞改時學會了趕車，要求執鞭。趕了半里把路，她說這樣不行，還是我來吧。我剛從她手裡接過高林，還沒坐好，就聽見鞭梢在空中噼啪一響，車子一下子就加快了很多。此後她一動不動，只偶爾吆喝一聲，驢兒乖乖地直跑。時值殘冬，寒風夾帶著細沙，撲面尖利如刀。我們都緊緊地裹在老羊皮大衣裡面，一句話不說。風聲嗚嗚，蹄聲得得，只覺得道路漫長。

到得敦煌城，剛剛趕上汽車。高林睡著了，她囑咐我小心，「別讓孩子醒了，要哭。」車行漸遠，回頭望，她一直在目送我們。一動不動站著，鐵鑄一般。風沙漠漠，白楊蕭蕭，一片孤城萬仞山。

那年夏天，她給高林和我做了幾件衣服，到酒泉來看望我們。我事先不知道，正在放了暑假的酒泉師範禮堂，給地區革委會主辦的農業學大寨展覽畫畫。她先到地區革委會打聽到我的下落，一路問了來。帶著高林，在一個教室裡，把課桌拼在一起，住了幾天。給我們把所有的髒衣服破衣服都洗淨補好，才回敦煌去。

八十年代中期，八十高齡的李醫生獲得平反，在敦煌城裡開了一家私人診所。名醫懸壺，門庭若市。那時我在成都，茨林的妹妹茨恩來看我和高林，說她媽常叨叨，要是茨林還在，跟她爸學醫多好。

二

我的第二位岳母，名字叫陳艾木。在我出生的那個江南小城——江蘇省高淳縣淳溪鎮上，陳姓是第一大宗。陳家祠堂是城裡有名的建築，進去要先上很多石頭台階。重門深院，雕梁畫棟。有不少狐仙鬼怪的傳說。隔壁又是城隍廟，小孩子都不敢一個人在裡面。我岳父姓樊，名字叫樊×卿，中間一個字記不清了。在城裡開了一家藥店，叫存仁堂，譽滿江南。他早已去世，我從沒見過。

我只見過那藥店。小時候每天上學，都要經過一條深長的窄巷。青石板地面，兩邊是灰色磚牆，牆根滿是綠苔，叫陳家巷。一進巷就聞到絲絲藥香，是牆那邊在炮藥。七裡拐彎上了大街，就是店面。櫃台和貼牆的藥櫃都是深色的，光線很暗，濃烈的藥香瀰漫到街上。店那邊還有同樣的一條巷，叫陳家水巷，一直通到河邊。沿著河走，我也可以回家。一九五〇年我出外上學，想家。在故鄉的憶象中，總有那藥店，那巷，頗親切。但是，十幾年後再回去時，門巷依稀，藥店已不存在。變成了「高淳縣文化館」。那個陳家祠堂和城隍廟也都不存在了，變成了「高淳縣委招待所」。

如果我沒有記錯的話，岳母生於一九一八年。她從小受儒家教育，熟讀經書。眞率誠實，思想正統，視忠孝貞節如天經地義。結婚不久，剛生了一個女兒，丈夫就去世了。家中有多少親朋故舊，固不甚了了，繼承了多少鄉下的田產，城裡的房產，店裡的資金庫存，也都沒處捉數。母女倆深居藥店後院，一切由本家帳房料理。她最大的憾事是沒有兒子，不能延續夫家香火。給女兒取名繼卿，算是一種彌補。頂住改嫁的壓力，親自教育女兒。空院深庭，孤燈繼晝，集慈母嚴父於一身。

院牆外，是四十年代的中國。內亂外患，遍地烽火。深重的民族災難，萌生出不計其數撫慰人心的民間宗教。這些四十年代的民間宗教，也像八十年代的各種氣功流派，掌門人都有一套宇宙人生的宏觀理論，力圖提供一個精神的家園，一種救劫的法門，來安頓人們飽歷滄桑的驚魂。層次各有高低，儀式五花八門，但又都共同地謹守著古老的傳統價值觀念。講道德，重仁義，尙忠恕慈悲，信善惡有報。犖犖大者如一貫道，標榜儒釋道三家精義，吾道一以貫之，信徒逾千萬。同善社、無極門、先天道、聖賢堂……等等，也都有數百萬、數十萬之眾。除去帶有黑社會色彩的袍哥、青、洪幫之類不算，較小的地區性會道門，更多如牛毛，遍布全國各地。

所有這些民間教派，都少不得要通過商業的途徑設壇拓荒。有許多機會傳到重門深院裡索居獨處的我岳母那裡。孤寂中，她正需要一種心靈的寄託。終於在抗戰勝利的前夕，接受引度，參加了一貫道。非常誠信。以謹守儒家教義的那份虔誠，心無旁騖，致力於自度度人。文雅沉靜，不苟言笑。使命感強烈到懾人心魄。很快得到道長和道親們一致的敬重，不到三十歲就當上了只有老前輩才有資格擔當的點傳師。隨之她名下的存仁堂藥店後院，也成了本地教門的道場。

自古以來，每一個民間宗教，都是一個民間社會的凝聚力中心。都藉由某種神祕（夢、星象、童謠、扶乩、占卜、預兆……等等），自稱受命於天，而不是受命於國家權力。因此是專制王朝的天然異端。自黃巾、白蓮以來，歷代朝廷都把民間宗教，視爲異己的力量而力圖剿滅之。明、清皇朝如此，國民黨、共產黨亦如此。共產黨掌權後，把取締會道門和鎮壓反革命結合在一起同時進行，更是掃窟犁庭。岳母在一九五〇年被捕。政府把她所有的財產，全部沒收歸公。只在藥店後院留了一間半房子，給她十一歲的女兒樊繼卿居住。發一點兒生活費，讓孩子自己管自己。

岳母出獄後，身體極爲虛弱，視力銳減。在那間半屋裡，和女兒同住。四面是階級鬥爭，親友迴避，鄰里側目，求告無門。用一張小桌子，在陳家巷口擺了個香菸攤，做一點兒進城鄉下人的小本生意，供女兒上學。每天中午，女兒放學回來，吃過飯，都要替她看一陣攤子，換她吃了飯，才去上學。這樣一直熬到女兒初中畢業，當了鄉村小學教師。絕境中不向任何人求助，默無聲息地保持著做人的尊嚴。這份看不見的崇高，早已被歷史塵封。

後來政府要用房子，把她遷到北門外陳家山墳地高淳醫院後面居住。房門離醫院的高樓只有三公尺，陽光全被擋住。她在陰影中出沒，無聲無息，也像個影子。也好。那些年大躍進、大煉鋼、公社化、公共食堂、全民皆兵……折騰得人人直喘。她是專政對象，不准參加群眾運動，不准享受公共食堂，反而生活比較平靜。

女兒想念她，每個星期六下午，都要步行二十幾里路，進城來與她同過一夜。這是無比珍貴的時刻，母女倆都極爲重視。饑荒年代，碰到有什麼好吃些的，各自都要留著，直到這時，才一同吃。不管有多麼大的風雨和泥濘，都擋不住這每週一夜的相聚。女兒在學校裡除了上課，寡言少語。只有在回到家中，別來多少事，同母親說個沒完，後來女兒得到一位同學好友（丈夫是公社祕書）的幫助，調回城裡，到縣農機廠當電工。依然獨往獨來寡言少語。文革中人們互相鬥得不可開交，她們暫被遺忘，生活更加平靜了，一種隱身人的平靜，也算是因禍得福。

反而是我的到來，破壞了她們的平靜。

七一年，我在甘肅酒泉的五七幹校勞動。請了一個月的探親假，帶著四歲的女兒高林，從西北來到江南，看望我的母親。自從父親死於勞改，家裡的房子被沒收，母親一直住在政府留給她的兩間破舊小屋裡面。被打成右派下放農村的姊姊，爲了孩子們能上學，到城裡和母親同住，算是「黑人黑戶」。亂世闊別，且喜重逢。但是想起死去的親人（父親和高林的母親），欣喜中不免滲透著更深的悲哀，笑臉上又都帶著淚痕。

母親和姊姊，都想把樊繼卿介紹給我，她們都喜歡她。說現在像那種正派誠實、賢淑孝順的人，已經再也找不到第二個了。何況也是受害家庭出身，政治上不會歧視我們。樊在農機廠的電工師傅邢東泳，是我上小學和初中時的同班同學，也誇她多好多好，熱心地要促成此事。我想見見。但母女倆聽說我結過婚，有一個孩子，就不想見。岳母還批評我守喪不滿三年，續弦是一種不敬。責怪老邢把我這種人介紹給她的女兒，是瞧不起她們。

老邢極力爭辯。精誠所至，金石爲開。半個月後，他終於獲准，帶我去給她們看看。這是我第一次見到我岳母。她五十來歲，瘦高個。穿一身淡灰色的、布鈕扣在側面的那種大襟衣服。寬額深目，眉宇間有股清氣，如方外人。女兒三十左右，形象氣質作派都像她。穿一套洗得發白的勞動布工作服，毫無華飾，一掃凡庸，活脫就是她的複製。在十五瓦的電燈光下，四個人圍著一塵不染的小方桌，喝上好的涇縣新茶，聽老邢說些鄉下瑣事，倒也不覺得拘束。繼卿倒茶和把桌上的茶水擦乾淨的動作，舒緩從容。

這次見面，我留下溫馨的感覺。第二天，老邢來，說岳母態度很明確：做個朋友吧，婚姻就免談了。她說，他們兩個人不合適。他是個烈性子，繼卿也是個烈性子。一個要吃鋼，一個要吃鐵。兩烈必相剋，不是魚死，就是網破，免了吧。我說，我一句話也沒說，她怎麼就說我烈性子？老邢說，那我就不知道了。不說話也不好，說是「沉沉不語者不可輸心」。他說這件事，恐怕只好算了。繼卿本人倒是挺喜歡你的，印象非常好。但是她對老娘百依百順，這事看來不成。

我請老邢幫我約繼卿出來，單獨談談。談了幾次，互相喜歡，決定結婚。岳母堅決反對。繼卿堅決不聽。老邢說，這可是第一次，繼卿對老娘不孝順呀。我去拜見岳母，岳母仍然堅決。說，我是爲你們好，與其將來後悔，不如現在死心。繼卿也很堅決，請人幫弄到一張農機廠革委會的證明，寄到酒泉，讓我在酒泉辦結婚證。有了結婚證，就算是夫妻了。當她把這個既成事實告知岳母時，岳母意外地平靜。說，我知道你，你是說一不二，早晏會有這麼一著棋的。天命難違，我認了。結了婚就得好好地過。終身大事，不是試著玩的。不可以使性子，不可以說一不二。有事要商量著辦，才能夠逢凶化吉，知道了嗎？

從那時起，岳母接納了我。七二年我回家探親時，關心愛護我就像我母親。

結婚後，繼卿提出，要到我們家去住。我家兩間屋，老得快散架了。緊靠汽車路（泥土路面），很髒很吵。除母親和高林以外，還住著姊姊一家三個，根本擠不下。我勸她別去。她堅決要去。說，「誰家的媳婦不進門呀？」說姊姊一家應當分開，「這麼窩在一起，不像個正式人家。」我說現在是非常時期，而且一年只有一個月的探親假，先湊合一下，將來再想辦法。她說，這是不把人當人呢。

我以前寫了許多文章，要求把人當人。現在聽說，我自己也不把人當人了，吃了一驚。但是牽扯到姊姊一家，分辯不清。她是純粹的理想主義，名分大於實際。我是俗人，實際大於名分。這種名實之辯，只能「說一不二」。年復一年，繼卿一直想改造我，我也一直想改造她。誰都達不到目的，就像青石板上釘釘。我向岳母求助，說光講道理，不顧實際行嗎？岳母說，你們一個要吃鋼一個要吃鐵，叫我能說個什麼？人心別說是肉做的，就是個鐵秤鉈，在胸門裡頭吊了這麼多年，也該有點兒人氣了，怎麼就這樣子地一竅不通？實際要講，道理也要講。道理是根本，實際是枝節。人懂道理才是人。別人越是不拿我們當人，我們越是要活得像個人樣，你說對吧？

我提出要求離婚，岳母根本不信。說，吵歸吵，這種氣話，以後誰都不許再說。我要求協商解決，但是無法協商。岳母告訴我，人有良心才是人。不可以想結婚就結婚，想離婚就離婚。一切由著自己，不拿別人當人。這個硬道理，我不能反駁。面對銅牆鐵壁，決心逃避崇高。繼卿堅決不離，事情拖了多年。我向法院起訴，纏訟又是多年。一九八七年法院判決離婚以來，繼卿一直沒有再婚。事實上岳母和她兩個，從來都沒有承認過，法院的判決是算數的。

我和繼卿生了兩個十分可愛也十分聰明的女兒，但除了一年一個月的探親假期，十五年間從未共同生活。她們很不容易。我和高林在外，也很不容易。那一切無可奈何，轉眼已成歷史。但是歷史，有時候也很沉重。她們母女兩個那種超凡脫俗的理想主義，那種在虛擬的世界裡追求完美的努力，使我每念及之，都不免肅然起敬。同時又有一份，對於悲劇性崇高的恐懼。每想起她們爲我所受的一切痛苦，以及孩子們因父母離異所受到的一切痛苦，我都有一份深深的負罪感。

三

我的第三位岳母，名字叫紀宇。一九二八年出生在北京城裡一個基督教家庭，祖上有羌族血統。日本入侵、華北淪陷時，全家逃難，經武漢、西安，到了蘭州。住在黃河邊上的一個果樹園裡，日夜河聲浩蕩。她晚年寫的回憶錄，從這裡開始。第一句是，「濃密的樹林，遮斷了漫天烽火。」

她從小沒心眼，大大咧咧。別的孩子很容易地就可以把她手裡的食物哄過去吃掉。常丟東拉西，常獨自爬上搖搖晃晃的羊皮筏子，或率先走上喀喀作響的冰河，不知道害怕。父母親曾經擔心，她是不是有點傻。後來上了學，功課很好，才放心。

父親在美孚石油公司做經理，常帶她到他們的交易場所——茶館、酒樓，有牌桌和大煙榻之類的地方吃飯。說等她長大了，要送她到美國留學。她都不感興趣。戰時後方，共產黨地下組織活躍，學校裡私底下流傳著不少禁書。她到手就讀，很投入。常床頭點支蠟燭，一讀就是大半夜。終於把「自由平等博愛」的共產主義理想，和為實現這個理想而改造世界的事業，當作了新的上帝。十六歲那年，和幾個要好的同學一起，搞了個讀書會。莫名其妙地，被國民黨特務抓進了監獄。還是不知道害怕，同審問她的人對嚷。女監裡有兩個共產黨員，一個叫王方玉，一個叫樊桂英，都對她關心愛護無微不至。從她們那裡，她學到很多東西。也以小孩子的身分，用各種方法，幫她們同獄中的其他黨員聯絡。大家都喜歡她照顧她，她對黨更有了感情。解放後，王方玉當了鐵道部勞資局長。烈士的遺孀樊桂英當了右派，帶著在獄中出生的女兒黎黎，吃盡了苦。八十年代我在北京大北窯岳母的家中，見過這兩個人。命運雖迥異，一樣都是，平平常常的老太婆。絲毫也看不出，那個英雄時代的傳奇歷史。

父母親用金條上下打點，把她救了出來。半年多的鐵窗生活，損害了她的健康，卻堅定了她參加革命的意志。康復後告別父母，一個人到了北京。一面上學，一面尋找地下黨。後來做了學工委（中共地下組織學生工作委員會的簡稱）書記宋汝棻（後來當了全國人大法制委員會副主任）的祕密交通員。就這樣，一個沒心眼大大咧咧的女孩子，變成了一個在敵占區做地下工作的共產黨員。與學工委男同事李昌紹成了朋友，生死與共的那種。但是不久，她就同其他幾個年輕人一起，被組織上送到解放區，上華北聯大去了。

去革命根據地，要偷越封鎖線。大家都很興奮，特別是她。乘車時把座位讓給別人，步行時搶著幫掉隊的同志揹行李。休息時集體唱歌，她站著打拍子。歌詞激動人心：「前進前進前進／我們的隊伍向太陽／腳踏著祖國的大地／背負著人民的希望……」「要推倒三座大山／填平苦難的深淵……」唱得熱血沸騰，打拍子的兩手，不覺都握成了拳頭，緊得發痛。

但是到達目的地以後，一切和想像的不同。土改鬥爭會的血腥場景，同志之間的批評和自我批評（她覺得像是互相監督）。供給制食堂分大、中、小灶。高級領導吃小灶，時有龍蝦河蟹，都是專門遠道採購來的；一般領導吃中灶，也不乏魚肉細糧；一般幹部和普通學員一年吃到頭的陳年倉底小米飯，都使她無法理解（不是說要消滅階級嗎？）。女同志統一的剪髮頭，她的辮子被說成小資產階級的尾巴。喜歡蕭邦莫扎特，也受了不少批評……不是她一個人的問題，不少同學情緒低落。不久以後，在黨的無微不至的關心教育下，一一打通了思想，又都振作起來。

四九年學校隨軍進京，改名為中國人民大學。校園裡一股子理想主義氣氛。教職員工無分尊卑，都是革命大家庭的一分子。浸沐在勝利的喜悅之中，個個意氣風發。她隨學校回到北京，聽聞昔日男友已另有情人，大病一場，幾乎死去。學校把她送到協和醫院，同志們輪流值班看護。每次需要輸血，都有滿滿一卡車人來排隊驗血，更使她深深感到，革命大家庭的溫暖。出院後，與一位在病中照顧她無微不至的同事陸迅結婚，得一子一女。女兒小雨，後來是我的妻子，至今保存著一些父母當年的老照片。男女都穿著一式四個口袋的寬大軍服。透過發黃的陳跡，依然看得出來，那時生活雖然簡單，精神卻很充實。

陸在經濟系，她在哲學系。五七年反右時，她是系總支副書記。經手把一個個同自己從前一樣百無禁忌的青年送往京西煤礦勞改，開始感到不安。昔日男友李昌紹是忠誠的共產黨員，也在外交學院（現在的外語學院）教授任上被打成極右派，更使她感到困惑。特別是到回龍觀精神病院去看望右派學生劉大驍，回來後更有了一種負罪感，歷久常存。

幾十年後在人大哲學系建系三十周年的慶祝會上，她作爲嘉賓上台講話，卻是向大家道歉。說在座的各位，有許多是反右運動擴大化的受害者，我當時盲目執行政策，傷害了許多無辜，一直十分內疚，請求大家原諒。說著向台下深深鞠了一躬，在熱烈的掌聲中頻頻拭淚。下來有兩個人找她，一個是主持會議的人大副校長羅國杰，一個是中宣部理論局局長盧之超，都是她當年的學生。他們說，紀老師你今天不應該這麼說，我們沒必要向他們道歉。她回答說，我不那麼認爲。那是後話。

丈夫是好黨員，原則性很強，不愛聽她的牢騷。五七年以後，兩個人越來越沒有話說。生活和工作變得乏味，精神上也越來越苦悶壓抑。一天夜裡，她作了一個夢，夢見在一輛長途汽車裡坐著些不知什麼人，外面風雪茫茫。她裹著棉大衣，縮在後座，要到東北大興安嶺勞教農場，去找李昌紹，只爲了說一聲，她相信他是好人。車不停地開，變成一間屋，沒門沒窗，一地小動物，嚇醒了。在回憶錄中，她寫道，分手幾年，同李已毫無聯繫，夢揭開的祕密，把自己都嚇了一跳。

幾年後，她離婚了。同哲學系同事齊一結婚，雙雙調離了人大。她調到北京師範學院（現在的首都師範大學）。齊調到中國社會科學院哲學研究所。家也先後搬到了永安里八號樓和大北窯一號樓。新生活並不更好，唯物主義者和理想主義者之間的種種差別，使他們相處日久，相違日深。她之間，不知捨此安歸？

依然寂寞。常假期裡帶著孩子，到各地走走看看。來回於鄉土中國的苦難，和學院生活的單調壓抑之間，不知捨此安歸？

文革開始時，她「靠邊站」，安排一個被打得很慘的親人，逃到她的一個朋友在山西的老家躲藏。親人一到那裡，就有村幹部和民兵來問這問那，很害怕，又跑回北京，瞞著她，向紅衛兵自首，把一切都招供了。她被揪鬥時毫不知情，矢口否認一切。直到造反派說出她的朋友烏子瑞（前北京市鐵路局局長）和他的老家、太行山深處那個偏僻小村的名字，才傻了眼。面對革命群眾的怒火，當年在國民黨監獄裡英勇不屈的她，低著頭彎著腰任人推來搡去，跌倒了又爬起來，重新站好，像換了一個人。

但是本性難移，依然沒心眼，依然大大咧咧，依然生活在別處。「撥亂反正」以後，我初到社科院哲學所時，她先生是我的上級領導，常邀我到他們家吃飯，我因此認識了她和她的女兒小雨。她頭髮已經花白，目光依然單純，雖然閱盡世態，待人依然眞誠。凡有進京鳴冤的熟人或學生來訪，她都鼎力相助。或供食宿盤纏，或代申訴陳情，忙得不亦樂乎。但是這忙，並不能充實信仰和愛情破滅以後留下的眞空。我好幾次發現，她只要一靜下來，就陷入憂鬱之中。眼瞳裡映著，那個精神宇宙中的黑洞。

我和小雨結婚時，她告誡我不要涉入政治，說政治太骯髒了，書呆子摻和不起。說小雨身體單薄，承受能力差，出了事也擔當不起。我們走後，她提前離休，和先生分居，開始寫回憶錄。孤燈繼晝，廢食忘寢。寫到寫不動，就喝濃茶。手指寫麻了，揉一揉繼續寫，像一種自我施加的刑罰，但她覺得快樂。我們每次回去，她都有新東西給看。歷史資料豐富，個體經驗獨特。文字清澈透明，就像她純淨的目光。但是讀著讀著，我忽然感到悲哀：這分明是爲了抗拒黑洞的引力，在尋找失落的自我。她那個生活在別處的別處，已經從原先的虛擬戰場，變成了一張張掩蓋黑洞的字紙。

八九年秋天，我在南京大學被捕（沒有涉入政治，是政治涉入了我），不准探監也不准同外界聯繫。在獄中最著急的，也還是小雨的承受能力。出獄後才知道，這期間她每天給小雨寫一封長信。家常瑣事、往日經歷、讀書心得、傳奇故事、剎那間的感覺、夢……除了政治（怕郵檢）無所不談。兩紙箱信十幾萬字，正是小雨極需的精神支持。那年她骨折臥床，請了個保母做家務。這些信都是在床上寫的。為不讓小雨著急，信上都隻字未提。

我出獄後和小雨去北京看她時，她還在臥床。人瘦了許多，眼睛更大了，但神采已不復奕奕。一直在床上寫作，近四十萬字的回憶錄，已經接近完成。她說精力不濟，越寫越慢了。樓窗外一面是立交橋工地，一面是國貿大廈工地，噪音轟鳴，瀝青煤煙機動車廢氣和塵土混合的氣味透牆而入，濃得化不開。只有在她的書稿裡面，才能聞到清新的空氣：奔河，秋林，萬樹梨花一片香雪海，沉沉雪夜裡爐火的溫暖；和漫長而又崎嶇的獻身路上，號角聲聲，紅旗飄飄，馬鳴風蕭蕭……

我們走後不久，我的一個在報社工作的好朋友，帶著新婚的太太去看望她。太太拿走了她剛剛完成的書稿，說是要幫忙潤色，看能不能找個地方出版。這以後，太太單獨來過兩次，第一次要求她補充人大反右部分的材料。第二次取走補充的材料。從此沒了下文。家裡沒電話，又下不了床，無法可想。一年後，一九九二年五月，她借助安眠藥，告別了這個世界。我們從成都趕到北京，見到的已是遺體。

擺脫了黑洞的壓力，她似乎感到輕鬆。遺容安詳，嘴角上遊走著，一個形而上的微笑。遺書也很平靜，說我是自我解放，你們不要悲傷。還想到囑咐我們，代她要回書稿。我帶著遺書，去找我的朋友。多年來肝膽相照，朋友真誠依舊。訴說了許多外界不知的苦楚，讓我直接找他的太太。比他小三十六歲的太太，記得書稿已經歸還。我請她再仔細想想。好在大北窯離金台西路不遠，那些天我一次又一次地找她，難爲她終於「找到」。並說，找不到的那些，肯定是已經還掉。

好在這事，已經於岳母無損。寫作把她的人生，高揚到了抒情詩的境界，這就夠了。手段大於目的，過程大於結果。意義的追尋，大於意義本身。正如她小時候獨自遠行，投身於不可知的命運。那份一往無前的獻身精神，早已把她所獻身的那個烏托邦的幻滅，作爲一個被揚棄的環節，變成了她的自我實現。那麼美麗，又那麼神聖。

沒有地址的信

一

孩子，我在給你說話，你聽得見嗎？

我希望你能。但又怕，你不能。

記得嗎？你母親下葬後的第二天深夜，我抱著你，到沙漠邊緣她的新墳上探望。我們等了很久，她沒來。

我了解她，相信她只要地下有靈，一定會來。她沒來只能證明，人死如燈滅。沒有陰魂，沒有輪迴，物質的運動和熵潮的漲落就是一切。

因此我怕。

那時，你只有三歲。眼睛裡含著，一種和年齡不相稱的嚴肅，和憂鬱。我至今記得你那眼神。我相信，你也一定記得，那清冷清冷的月光，和蘊含在月光中的、無邊無際的荒涼。

那時我在酒泉搞展覽，匆匆趕來。辦完喪事，就得回去。我們搭便車，從敦煌出發，經安西、玉門、嘉峪關回到酒泉。路上都是戈壁，川原一望蕭索。車子顛簸得厲害，你被震得頭疼，暈車、嘔吐、不吃不喝，又睡不安穩，夜裡醒來，直哭。

在展籌處熬過了一段亂哄哄的日子，我們到了五七幹校。

五七幹校是大人們接受思想改造的地方，做什麼都是集體行動。你沒有玩伴，沒有玩具，沒有圖書，沒有好吃的東西，沒有好玩的地方可去，每天屁顛兒屁顛兒跟著我們跑。我們出工你跟到地邊玩沙子和石頭，灰頭土臉像個泥人。我們開會你在會議室裡鑽來鑽去，呼吸濃稠的二手菸……

就像生長在鐵皮屋頂上的一葉小草。

開飯時你跟著我們進食堂，一個月難得吃上一、兩次肉菜。有時菜裡肉少，我把我碗裡的肉往你碗裡夾，每次你都要說，別，爸爸，你也吃。旁邊的人聽了，都要誇你懂事。

西北常颳大風，黃埃漫天。那種日子，你就不能同我們一起下地了，自個兒在寸草不生的大院裡東站站西轉轉。天黑下來，就到路邊等我。收工路上，我老遠就望見你垂著手朝隊伍的方向眺望，小小的身影在蒼茫的暮色裡一動不動。近了就跑過來，仰起臉，張開手，要我抱。

一次，我抱起你時，發現你嘴裡含著一塊肉，以爲那是拾來的，不問情由大發雷霆。說你不怕髒嗎不怕病嗎不怕丟臉嗎……惡狠狠吼叫一通，喝令你立即吐掉。你一直靜靜地看著我，吐掉以後你說，肉是中午我給你吃的，最後一塊，含著吮吮滋味，玩玩麼。

我向你道歉，請你原諒，你哭了。哭得那麼委屈那麼傷心，嘴唇都烏了。我一手抱著你，一手握拳在自己頭上擂，說，爸爸壞！打爸爸！你哭著連連遮擋，說別打別打，反而哭得更凶了。

我想，我眞是個渾蛋！

二

後來幹校領導照顧，給了我一個單間，有台子板凳，還有一個爐子。用你的話說，那就是我們的家了。雖然簡陋，我們在裡面製作玩具，講童話故事，畫彩色連環畫，倒也快樂。可惜牆是土牆，那些畫不能上牆。可惜早出晚歸，能待在家裡的時間太少。

有一次，小秋收回來的路上，我們捉到一隻小刺猬，只有拳頭那麼大，臉和腳都是粉紅色的，眼睛大而亮，鼻子能動，一聳一聳的。給什麼都愛吃，可愛極了。牠長得很快，養了兩個月，忽然不見了。門窗沒破壞，地上和牆上也沒打洞，不知道怎麼地就沒了。你猜是屋裡有個無形的東西把牠吃了，從此不敢單獨在家。

那年年底，幹校排歌舞，出牆報，布置會場，準備慶祝元旦。沒個會畫畫的不行，我也得去幫忙，跟著熬夜。我不睡你就不睡，在那裡添亂。夜深了，我送你回家，你直到我答應了不再回去才上床。我和衣躺著拍你，你問我爲什麼不脫衣服，是不是等你睡著了還要出去？我說不會不會，等你睡著了我就睡。你相信我，不久就睡著了。我輕輕地起來，輕輕地封上爐子，滅了燈，穿過兩個大院，又回到會議室。會議室的窗玻璃上，結著厚厚的一層冰花。雖然燈火通明，人聲鼎沸，又燒著兩個紅紅的大煤爐，煙囱呼隆隆吼叫，大家還是覺得，從門窗縫裡鑽進來的夜風，像剃刀片一般地鋒利。突然大門洞開，湧進團團白霧，你大哭著衝進來，渾身上下光溜溜連鞋都沒穿。滿屋子人聲頓息。我大吃一驚，瘋狂暴怒，抓住你狠打屁股，狂叫著問你爲什麼找死。你哭得張大嘴巴，好半天出不來氣。

幾個阿姨上來開交，批評我脾氣太壞。我不答，用大衣包起你，抱著在爐邊烤。你堅持把手伸出來，捉住我的一個手指。透過老厚的羊皮，感覺到你在一陣陣顫抖。後來你睡著了，小手仍捉著我的手指。望著你凍得青紫的小臉，和微微地一動一動的手指，我想我眞是個渾蛋。我想，深夜裡一個小女孩赤身露體光著腳丫在冰天雪地裡奔跑的景象，即使天上的星星見了，也定會駭然驚心。

好在那一次你沒感冒生病，也是大幸。

第二天一覺醒來，你又說又笑，把這事忘了。我仍然感到慚愧和痛心，自稱壞爸爸。你回答說，不，不是，爸爸好，爸爸好得很。

那時的我，好像有點兒神經兮兮，不知怎麼地，眼睛裡就有了淚水。

三

你是一九六七年元月出生的，正逢災難的高峰。暴政的原則已經推行到了極端，似乎隧道已到盡頭。你的名字高林，取自陸游《殘冬》詩中的一句：「已見微綠生高林」。是祝福，也是判斷。歷史是許多偶然因素的隨機遇合，無法預測。主觀願望影響客觀判斷，無異自欺。

我不知道，你在母腹之中，是否能感受到母親的焦慮和驚恐？是否能聽見外面的吼叫和呻吟？我不知道，在你新來乍到混沌未開的心靈中，那些噩夢般的鏡頭，那些猙獰的笑，快樂的圍毆，黑夜裡在手電光下一閃一現的鮮紅的血，以及每次試爆原子彈以後，那些戴防毒面具穿密封服、在大街上測量放射性微粒濃度的防化兵，會留下怎樣的意象？你的幾張嬰幼兒時期的照片，我們逃亡時都帶到海外來了。每當我凝視它們，都要注意到你那不像是兒童的眼神：那麼嚴肅，那麼憂鬱。我不知道，那是不是，意象集合的折光反映？

原以爲把你送回江南故鄉，有祖母和姑媽照顧，有表哥表姊作伴，你會過得舒適快樂一些。不料你一去就生病。疥瘡、腎炎、腎盂腎炎、鼻炎、鼻竇炎、囊腫、頭疼，接連不斷。祖母和姑媽一趟趟趕長途汽車，帶你上南京鼓樓醫院。每天揹你進揹你出，爲你另做無鹽而又營養的飯菜。由於有病，你比表哥表姊得到更多的關心。也由於有病，你不能像他們那麼快樂。每年一次的探親假，我回到高淳，帶你們到野外去玩兒，看到他們奔跑叫喊而你在後面慢慢地走，心裡很難過。

我的第二次婚姻，帶來無數矛盾衝突。原以爲這只是大人們的悲劇，沒想到也是你的。我一年有十一個月在外地，那些爭吵都聽不見。到高淳捲進去，一個月都受不了。而你一年到頭，不知要受多少！封閉小城，沒有隱私，街頭巷尾流言蜚語不知凡幾，更沒有人想到要迴避小孩子。我一句都聽不得，而你一年到頭，不知要聽多少！記得那年回去，祖母姑媽爲了息事寧人，要你改叫我舅舅，你不肯，堅持叫我爸爸，我很感動。但是這一切會使你多麼傷心，卻沒好好想過。

四

祖母姑媽萬不得已，帶著你們離開淳溪鎮搬到鄉下。又是一番風雨，一番狼藉。好在到你能上學的年齡。除了有時頭疼，病都好了，能每天帶著午飯到城裡上學。來回十幾里地，大風大雨都不怕。

那年我回淳探親，在城裡借了一輛自行車騎到鄉下。你們正放寒假，個個爭著學騎。大人的車，小孩騎不上去。抱上坐位，兩腳懸空，沒法教。你們天天把車子拖到稻場上，同幾個鄰居的孩子一起折騰。回來時別的孩子都好好的，只有你跌得皮青肉腫渾身土，臉上手上一條條擦痕透著血絲。叫你別去了，不聽，賴著要去。舊傷剛好又有了新傷，這裡那裡塗著紅汞像個大花臉。過年穿的新衣，也撕了幾個破口。

五六天後你能騎了。我到稻場去，見你握著把手站在踏板上，一隻腳從車槓底下斜伸過去蹬另一個踏板，一扭一扭蹬著飛轉。別的孩子都沒練會，只能看著你騎。我想這就是不怕痛不怕跌的結果。有一天你離開稻場越騎越遠，在田間小路上衝進一個池塘。回家來渾身濕透冷得直抖，堅決不許你再騎，你還是要騎。我和祖母都很欣賞你的勇敢頑強，但是祖母囑咐，不要稱讚你，免得你越加沒個遮攔。

我嘴上沒說，心裡爲你驕傲。更爲你驕傲的是，你在學校裡，雖然有時頭疼，總在班上名列前茅。祖母逝世後，你跟著我東奔西跑，進出陌生的城市和人群。北京十一學校，蘭州大學附中，甘肅師大附中，四川師大附中，都是名牌重點中學，進度大於一般，中途插班很難，你都能很快趕上，並擠入前三名去，我眞爲你驕傲。

五

你仍然有時頭疼，四處求治，找不到原因。北京天壇醫院，據說是國內腦科最好的醫院，××大夫，據說是國內最權威的腦科專家，他們沒查出器質性病變，診斷爲神經性頭疼。但久治無效，也令人生疑。後來你精神分裂症發作，頭疼就好了。不知道這二者之間，有沒有什麼聯繫？

一九八五年夏天，一個悶熱的黃昏，果果來幫我們修理電爐。你一直在旁邊看，同他又說又笑。他走後，你叫我到三樓窗口，指著他肩膀寬闊的高高背影，說你看他，好英俊哦。我吃了一驚，好像是突然地發現，你長大了。

那年你十八歲，在川師附中上高二。

果果的父親蘇恆教授是我的朋友。我知道，他們全家都喜歡你。就問你是不是喜歡他，要不要我替你通個氣？你說別別別，我不愛他。我要是愛他，我自己會說。我說我也覺得他很英俊。你說男人的價值不在英俊，而在頭腦。我又吃了一驚：完全沒想到你會說出男人的價值之類的話。

你喜歡《約翰克利斯朵夫》和《簡愛》，介紹你看了一篇評論它們的文章。文章寫得非常好，作者是我的一個朋友，在北京社科院研究馬斯洛，年逾四十，頭頂微禿，既矮且胖。以前來訪，你從沒在意。因爲這篇文章你愛上了他，我覺得不可思議。

我告訴你，他在北京有女朋友。我說即使他沒有，而且也愛你，文章如何也不等於人就如何。「千古高情閒居賦，爭信安仁拜路塵」，這不是說他也那樣，而是說他是不是那樣你得先弄清楚。你不聽，一封又一封給他寫信，直到他同別人結了婚，仍然失魂落魄傷痛欲絕。我很心疼，但幫不上忙。幸好那時你高中畢業，即將去天津南開大學讀書，明朗的前景沖淡了災難的陰影。隨著行期的臨近，你洗補衣被添置用品收拾行李，臉上漸漸有了笑容。我很高興。

我完全不知道，在「反自由化」運動中，有人整理了我的材料，向國家教委告狀。開學前夕，南開組織部長王堃和中文系辦公室主任劉福友先生先後告訴我，南開由於錄取你，受到國家教委的批評，不得不取消了你的名額。你拒絕接受事實，堅持要去上學。幾天後突然失蹤。在車站找到你時，目光呆滯，言語異常，送醫院檢查，診斷爲精神分裂症。

六

第一次到精神病院去探望你時，你已清醒。臉有些浮腫，眼神憂鬱，反應遲鈍。兩個後腳跟都破了，血肉模糊。

問你腳怎麼破了，你說你不知道。

去問醫生，說是你要衝出院門，他們抓住你打了一針，拖你回病房時，在地上和樓梯上磨的。

我咬緊牙關，沒有出聲。

記起那年你母親下放去世，我帶你離開敦煌農村，公社幹部不給轉糧戶關係，說小孩子長大了是個勞動力。我據理力爭，才辦成了。「遷移證」上的「原因」欄裡，用褪了色的墨水，潦草地寫著「投父」兩個字。雖是公文詞彙，仍使我感動莫名。

想不到「投父」的結果，竟然如此。

「投父」以來，我一直沒能好好照顧你。「平反」後雖把你帶在身邊，但基本上是你上學，我寫作和教書，各自努力。我日夜寫呀寫，招來一連串新的迫害，離婚官司一打幾年，生活一團糟，讓你也跟著受罪。

你是個好孩子，刻苦用功，成績優異，我為你驕傲。但是你有什麼煩惱，有什麼心願，我都沒想到應該知道。生活上更是馬虎。我不會做飯從不做飯，等你放學回來，就一起到學校食堂吃大鍋飯。從來都沒問過，你愛不愛吃這個。有一次你告訴我吃饅頭吃膩了，我都沒往心裡去。

記得那年在蘭大，聽說師大附中的升學率比蘭大附中要高，你堅持要我找關係給你轉了學。師大很遠，臨走前夕，你一件一件檢查我的衣服。把所有的破口都縫合了，所有缺失的鈕扣都釘上了，所有肘、膝、領口、袖口磨爛之處，也都補上了顏色近似的布。看到你薄暮時分坐在開著的窗前一針一針縫補，我竟然沒有想到，說一句感謝的話。

許多年就這麼過來了。甚至你出院歸來，我痛心疾首之餘，也還常要忘記，督促你遵醫囑按時服藥。

醫生囑咐，閒在家裡不行，得做點工作分心。川師人事處瞞著我以照顧你的名義，向勞動局要了一個工作名額給了別人。這事我到南大以後才知道。南大答應給你安排工作，由於我被捕入獄，他們也沒有兌現。這事我出獄以後才知道。

知道了也沒辦法，只能怪自己無能。只能抱著深深的歉意，說一聲：孩子，對不起！

七

曾經一度有過，你完全康復的希望。

一九八七年夏天，法院在拖了七年之後，終於判決，許我離婚。那年年底我和小雨在成都結婚，她也從北京調到了成都。在你母親去世十七年之後，我們終於，又有了一個共同的家。

你閱歷淺，但直覺非常好，評論我的朋友很準。在北京第一次見了小雨，你就說寶姑姑這個人信得過。那時我和她，還僅僅只是朋友。你在玉泉路十一學校上學，我在建國門社科院哲學所上班，她在國子監街首都博物館上班，三地相距遙遠。你有什麼困難，總是給她打電話，而不是給我打電話。我很高興你能識人。

你發病時她在北京，一直想給你找個心理醫生。華夏研究院有個郭樺，自稱專業心理醫生並答應到成都給你治病，要了她很多錢。臨走還把她的皮大衣、呢子大衣和毛衣毛褲全借走了。天冷起來她沒有寒衣，只好穿她母親的。但那人沒來成都，不知去向。找到該院負責人謝滔，說人已失蹤，他們也在找。

你出院後，靠藥物控制，倒也能維持清醒。藥是抗憂鬱劑和鎮靜劑，有副作用。久服傷肝，也使智力遲鈍。你怕，常自動減藥，病情難得穩定。我也怕你變笨，不知何去何從，任由你以身試藥。甚至有時候，事情一多家裡一亂就煩得不行，批評你這個那個，而不體諒你是個病人。

知道小雨要來，你也非常高興。那天我去車站接她，到家一進門，就看到原先空白的牆上，貼著「熱烈歡迎寶姑姑」七個大字。一個字一種色，熱烈而歡樂。我意外驚喜，小雨高興得直跳。

一天三次，她要你遵醫囑服藥。你的情緒穩定下來。家裡也收拾整齊，窗明几淨像個家了。我回來有熱飯吃，你也有個人可以談談心。你愛談心，她在藝術系教課，回來就同你一起，邊做家務邊聊天。同她說出那些給誰也沒有說過的心裡話，你好像有一塊鬱積多年的堵塞物在胸中逐漸消散。那個由黑色閃電般的憶象，凝固的意識流，來自世外的呼喚，形而上的痛苦，顛倒的夢和絕望的深淵之類組成的心靈的地獄，由於曝光淡化而失去深邃，變成了一個個模糊的斑點。

逐漸地，你願意重新開始學習了。你仍然異常聰明。英語、電腦、繪畫、鋼琴，都學得很快。雖然煩躁難以持久，常要更換課程，但既已學過的都不會忘記。隔了一段時間，仍可從中止處繼續。隨著時日的推移，中止期越來越短，學習也漸漸有了興趣，我們都很高興。

一次，我們談到你將來想做什麼，你的回答，石破天驚。你說你病好了要學醫，將來當一個心理醫生，專治精神分裂症。你說你病了才知道，這個病有多痛苦多可怕，好了才知道怎麼出來。你說你立志要幫助別的病人，少受痛苦和早些出來。你說弗洛伊德、榮格和阿德勒都了不起，但又都缺少切身體驗，讀他們的書，總覺得隔著一層。你說你將來要寫一本書，補充他們的不足。

再一次爲你驕傲，這次是我們兩個。

那是快樂的日子。每天傍晚，我們出去散步。在校外的山野裡，三個人齊步走踏著拍子，邊走邊唱歌。有些歌是我們臨時胡編的，自己喜歡，就天天唱。記得嗎：

走過了東山坡
走過了西山坡

東山個西山
咱們哪三個
笑那麼笑呵呵
笑那麼笑呵呵

很可惜，到南京大學以後，校外就沒有這樣的山野了。

八

一九八九年「六四」以後，大逮捕浪潮席捲全國，大學校園裡人人自危。怕你受驚嚇，送你到高淳二姑媽家暫住。我被捕後，警察搜查了我們在南大的家。我先是被關在南京娃娃橋監獄，後來又押解到成都四川省看守所。小雨爲了探監，也從南京趕到成都。我的罪名，叫「反革命宣傳煽動」。第二年把我放了，但無結論。不是無罪釋放，叫「結束審查」。

小雨身體單薄，禁不起這一番折騰，我一出監獄，她就病倒了。住院三個月，瘦得皮包骨。這期間，在國家教委的壓力下，南京大學不要我了，收回了我們那套住房。我們再到南京，已經無家可歸。能重回四川暫住，把你從高淳接到成都，繼續那中斷了的生活和學習，繼續那每天黃昏山野裡的散步，得力於師大的照顧。

想不到命運又來敲門。

兩位被通緝的作家——北明、鄭義不期而至。他們被警察追捕，身無分文，走投無路。鄭還有病，必須開刀。幫助他們的事，本應絕對保密，但爲了替他們籌錢、尋找安全的住處和可靠的醫生，不得不多方找人，騎著自行車整天在城裡跑，碰了不少釘子。當這些問題解決，他們平安上路以後，我們已失去安全。

不是不相信朋友們。但我清楚地記得，在獄中警察問到的事情，有許多除了朋友，沒有別人知道。要是再進監獄，就不知道什麼時候能再出來了。何況這一次是小雨和我一同「作案」。她的健康狀況，斷不能經受肖雪慧阿姨出獄後所談的女監的情況。

逃亡是冒險，但等待是更大的冒險。我想與其寄希望於敵人的疏忽、朋友的謹愼或者忠誠，提心吊膽過無能爲力的日子，不如投身於不可知的命運。生存能力差，不敢上路，拖了又拖。後來兩位作家逃到香港，把我們處境的信息帶到那邊。那邊來人帶我們走地下通道，才下了走的決心。

拜託三姑媽照顧你。她是我親妹妹，交給她我們放心。問題是她和三姑父都要上班，平時白天家裡沒人。所以又拍電報給高淳的二姑媽，請她來成都陪你。在這命運攸關的時刻，你關心的只是我們的安全，一再叫我們路上小心。一再叫我們一到那邊就來個信，好讓你放心。

不能照顧你，我們很歉疚。聽你這麼說，心裡更難過。只能囑你注意保重，只能希望，到那邊能早些安定下來，把你也接過去，開始新的人生旅程。

九

雖然一直在想，眞要走又覺得突然。

行期行程都由營救者決定。二姑媽接到電報就上了路，路上要走三天，我們不能等。前途中轉換乘，已有人買好票等著。來不及收拾家裡，慌忙就上了路——跟著一個從未見過面的陌生人。

臨走那天，寶姑姑準備行裝，我送你到三姑媽家去，囑你在路上別東張西望顯得緊張。班車上有幾個熟人，你又說又笑若無其事，下車後還批評我笑得不自然緊張兮兮，怕我在路上出事。我說沒那麼嚴重，你放心。

我們在三十八路終點站雙橋子下車。換乘三路車，要步行到牛市口。你搶著要提那個包，我說我力氣大還是我提吧。你不肯，兩個人抬著走。

那段街沒店鋪，房屋路面一色灰不溜湫孔孔窪窪，車過處塵土飛揚污水四濺，行人都不駐足。走著走著，你突然說：爸爸，你大難不死，必有後福。

我說但願是那樣吧。

你說：你最大的福，就是有寶姑姑。

我說是。

你說：你有她，我就放心了。

我說你完全可以放心。話剛出口，突然有一種異樣的感覺襲來：似乎剛才的交談，有一種訣別的意味，不由得心裡一沉。

把提包扛到肩上，我說，我們一到那邊，就馬上給你來信。

你說：我等著。

「我等著」，這三個字，至今在我的耳邊回響。

那一段偏僻的街路，也常在我的憶夢中出現。那地方，我以往只偶爾路過，疏遠感都很強烈。打那天以後它變得非常親切，連那滲透一切浸潤到心底的灰色，也透著一股子土厚水深的鄉土憂鬱：好像「故鄉」這兩個字的全部涵義，都集中到這個小小的點上。

那天，是一九九二年六月二十八日。

十

七月十一日深夜，我們到達香港。船靠岸處，不是碼頭。營救行動的負責人朱牧師，一位虔誠的基督教徒，開車來接我們，安排我們住在立法局議員張文光先生家中。招待非常熱情，一連十幾天，夫婦兩個把臥室讓給我們，自己在客廳沙發上過夜。素不相識，落魄中厚愛如此，我們誠惶誠恐感動莫名。

沒給你寫信，也沒給任何人寫信。主人要求我們，不要出門不要和外界聯繫。因爲營救必須保密，沒通過港英當局，我們是非法入境，不能暴露身分。爲要轉換身分，得先去投案自首，通過監禁審查才有可能。這是法律程序，朱牧師叫我們放心。他說，執法人員了解情況，一定會盡快處理。等你們休息幾天，材料準備好了，我派人送你們去。

就這樣，我和寶姑姑一同，進了香港北郊的新屋嶺監獄。好像是命中注定要再坐一次牢，逃脫了一個又進了另一個。寶姑姑是第一次，我則是第三次了。三次坐牢，境遇都不相同。前後的對比差異，豐富經驗不少。

十幾天後出獄，拿到兩張合法居留的身分證。

朱牧師接送我們，到海邊一個度假村暫住。他說香港地接大陸，形勢複雜嚴峻。在獲得美國政府的政治庇護之前，安全仍無保障。雖可合法居留，還是不能曝光。除了他和他的助手，絕不能同外界有任何聯繫，特別是同大陸的聯繫。我們要求寫一封簡短的家信，他說不可以，這不光是爲了你們的安全，也是爲了我們和其他人的安全。

住處離市區很遠，我們難得進城，常在海邊散步，常常談起你。對於臨別那天你在雙橋子到牛市口路上說的那些話，小雨特感動特感激。她說她總覺得對不起你，她說：我常常問自己，如果我是她的親生母親，我會丟下她跑這麼遠嗎？望著海那邊隱隱一髮青山，我們默默祝願，一切都會好轉，團聚的日子快些到來。

十月初進城購物，遇到在大陸見過面的王承義先生。他是我極爲尊敬的一位師長的兒子。我請他以他的名義，給你打個電話。幾天後他來到我們的祕密住處，告訴我們你已不在人世。

整整三個月，你在家裡天天望信，愈等愈焦躁，舊病復發，來不及送院，突然失蹤。第二天在郊外的樹林中，找到你歸還給大自然的軀殼，才知道你已在前一天走了。

那年你二十五歲，和你母親同年。

十二

二姑媽把你的牌位，供在了九華山地藏菩薩的身邊。

流光如水，我們來到美國，轉眼已經五年。五年中我們換過不少住處。不管到哪裡，我們房裡的櫃子上，總是立著一幀你的照片。小雨常拂拭鏡框，使保持光潔明淨。照片旁邊的瓶花，也常常更換，使保持新鮮。每到清明，她都要給你點一炷香，表達我們的感謝（為了你給我們的愛），我們的負罪感（沒能好好照顧你），我們的深深的遺憾和無盡的思念。

謹守著遙遠祖國古老的風俗，在清明那天，我們也要給你的母親、小雨的母親，還有我的父親和母親點香。他們大家，直接和間接地，都是專制暴政的犧牲者與受害者。記著他們的恩情，但已不能報答。記著他們的苦難，但已無從復仇。「上國隨緣住，來途若夢行」，苟能如此，我們已感激命運。倘大家地下有知，也都會比較放心。

我們不知道，有沒有所謂「地下」？如果有，那必定是通向另一個世界的隧道，從那裡也可以回到這個世界來。在現代物理學所描述的多維度宏觀宇宙中，時間箭頭的趨向取決於熵潮的漲落，因此它是可逆的。我想既然時間可逆，所謂「輪迴」也並非絕對不可想像。也許什麼時候，我們會再度相逢。

至少，我們可以，存著這個希望。

畫事瑣記

一

我生之初，碰上日軍侵華。全家逃難，避居大遊山中，轉眼八年。頭幾年，我常生病。沒醫沒藥，不知何病。並無大痛苦，只是沒力氣，有時一連幾天十幾天下不來床。床頭羅列著姊姊們採來的毛栗子覆盆子一類山果，母親和祖母做的蜜餞楂糕一類小吃，還頗享受。特別是還有一塊畫板，和紙墨筆硯水，父親放的。紙是那種棋盤一般大小的灰黃色草紙。戰時山中，除了過年的紅紙和描紅的竹紙，平時只買得到這種紙。農家包東西，做冥錢，上茅房，捲火媒子，都是它。厚薄不勻，粗糙吸水，易留飛白，宜書宜畫。且價格便宜，不怕浪費。我一天要畫掉很多。

把畫板放在腿上，憑記憶，加想像，胡塗亂抹。不在乎像不像，主要是追求那種胡塗亂抹的快感。把濃濃淡淡的墨痕，想像成山、水、雲、樹……一張復一張，有滋有味。陽光透過木櫺的小窗和棉紗的蚊帳，照在我的床頭，模糊的樹影，在畫上搖曳。冉冉轉移，由明轉暗，一天就過去了。晚上父親回來，一張一張地看。總是說我廢筆太多，要我用最少的筆墨畫出最多的東西。他說這個東西不必是實物，比方說這張柿子，你畫成方的了，可以。但是沒畫出它的山野的氣息、秋天的氣息，這就沒意思了。

氣息、意思這些詞，我似懂非懂。但我相信，有這些東西。我感覺到古詩詞中有些句子，就氣息很濃。「斜光照墟落，窮巷牛羊歸」、「平林漠漠煙如織，寒山一帶傷心碧」，讀著就像看見了一樣，就想畫。但是畫了一遍又一遍，結果出來的東西，完全不是那麼回事。以前畫畫，結果不重要，過程本身就是目的。現在過程變成了手段，怎麼也達不到目的，不免沮喪。父親說，詩詞中許多東西，小孩子不會懂，所以也畫不出來。古時候有個大畫家，別人出了個題目，叫「手揮五弦，目送歸鴻」，要他畫。他回答說，「手揮五弦易，目送歸鴻難。」這個「目送歸鴻」的問題，不光是個技術問題，還有個人生閱歷在裡面，所以難。大畫家都難，小孩子哪能？畫沒有感覺到的東西，就是做作，要不得。

我有感覺，更沒做作，感到冤枉。幼小幸福，不等於無憂無愁。我怕黑夜，怕大陰天，怕太陽快要落山的時候。那時如在外面，就特別地想家，有一種害怕失去家的恐懼。如在家裡，就要關緊門窗，害怕有什麼危險可怕的東西要鑽進來。因此古詩詞中那些人生如夢、世事無常、離愁別恨一類的東西，讀之感同身受。「暝色入高樓，有人樓上愁。」愁什麼，人家沒說，我填上了自己的。這種神經質心理，可能同我身體單薄有關。後來病好了，逐漸強壯，神經也變粗變硬，就沒有那麼多感覺了。聽說某處鬧鬼，照樣去捉黃鱔，深夜裡提著風燈，在水田裡蹚來蹚去。

還是喜歡畫畫，但已無紙。戰時的自然經濟，常調劑失靈。草紙難買了，每天只給一張練字，不許再浪費。門前有一塊打穀場，地方上叫稻場，「新磨場地鏡面平，家家打稻趁霜晴」的那種。收穫季節一過，我就用小刀和銅筆帽，在上面畫起來。筆帽畫穿了，刀尖畫圓了，破碗碎石一樣好用。滿稻場縱橫交錯，都是我留下的線條。線條宜畫人物，不宜畫風景；宜敘事，不宜抒情。工具材料的更換，也同身心健康的變化一樣，可以改變繪畫的形式、內容和性質。先是根據《西遊記》、童話故事裡的插圖，畫神仙妖怪。後來自己編故事，畫想像出來的怪物，依然樂在其中。

因爲場地大，畫也越畫越大。後來嫌自家的場地小了，就到山下村上去畫。村上有幾塊共用的稻場，大的有籃球場那麼大。我把鐮刀尖按在地上，倒退著往後小跑，留下一條一條的刻痕，組成畫面。往往一個怪物，頭在這邊，腳在那邊，我只能在想像裡看到它的全貌。村上的人過來過去，有的說，畫的什麼呀你？有的說，累不累呀你？

這些大畫，最多存在三天，三天後就模糊了。要是下一場雨，立馬全都沒了。但是我不在乎，我快樂過了。依然是過程大於目的，過程本身就是目的。後來到父親辦的村學裡上學，每天放學以後，都要畫上一陣子才回家。父親說，你那不是畫畫，是玩兒。我提醒他他自己說過，畫畫是玩兒的東西。父親說那不等於說，一切玩兒的東西都是畫畫。我也糊塗了，不知道畫是個什麼東西。不管它是個什麼東西，我喜歡，我就去弄，如此而已。

二

戰後回到老家，不好好上學，打架、逃學，滿街塗鴉，還留級，丟死人了。解放那年，才上到初中二年級，但是得了個全校美術比賽的第一名。學校裡配合土地改革運動，搞了個「白毛女」劇團，到各地巡迴演出。沒人畫布景，就叫我畫。幕布很大，但不比小的稻場更大。我把它鋪在地上，覺得很容易對付。排筆代替鐮刀，色塊代替線條，照樣倒退著畫。乾了掛起來一看，楊白勞躲債大雪紛飛，王大春還鄉紅霞滿天，倒也像是那麼回事。老師誇同學讚，略減了當留級生的恥辱。

然後跟著劇團到處跑，上下火輪船、雙桅船、卡車。畫海報，寫標語，打雜。好處是不必上課、做習題、考試；壞處是也沒意思。後來就獨自離開家鄉，專門學畫去了。這件事的發生，不完全是自己的決定。父親一直反對我專門學畫，他常說，寫詩作畫、吹笛子拉琴這些，根本上都是業餘的東西，靠它吃飯就沒意思了。他要我好好讀書，說將來學問事業有成，畫著玩玩，反而能出東西。我不聽，他說我是野狗耕地，不是正路牲口。

我不明白，正路牲口有什麼好，野狗有什麼不好，依然故我。他無可奈何。後來是政治形勢的發展，使他覺得我應該盡快離家。我得以到丹陽和蘇州，學了五年畫，那是一九五〇年秋天的事。我們國家的一切，包括文學藝術，都在走向統一。畫也是：獨尊寫實。從素描學到油畫，都要求客觀地描述對象，有一套嚴格的操作程序。蘇聯的教學法，成了經典。水墨畫雖然被邊緣化了，也按照徐悲鴻的路子，納入了這同一個模式。

最後兩年，我在蘇州，解剖學課的掛圖是生物系借來的，透視學課的講義就像投影幾何。有一次考透視，試卷是一張街景，教改錯。我不及格。老師說，許多錯誤我都沒改。比如街上有人挎著個籃子，籃子的口面沒有消失在視點上，錯了，但我沒改。我說籃子不是一碗水，可以傾斜著拿。籃子口也未必渾圓，可以七歪八扭，憑什麼說它錯了？老師說不可以用個別的特殊現象，來否定共同的普遍規律。教我要學學理論，不可以純技術觀點。

系上有一門理論課，叫《藝術概論》，教材是《在延安文藝座談會上的講話》。授課老師是蘇州市委宣傳部長，看在我們的系主任蔣仁先生的面子上，每週來給我們講兩節課。蔣仁先生是著名的油畫家，從法國回來的。他常說他走過許多彎路：印象派達達派立體主義都試過，都是頹廢沒落的東西，還是現實主義最有活力。他說我們這一代人，一起步就有一個正確的方向，他很羨慕。那時師生同學之間，關係都非常好。先進帶落後，共同進步（見《唐素琴》）。在大家的關心幫助下，我終於也——用大家的說法——跟上了時代。無論靜物風景肖像人體，都全力追求逼眞。那時還沒有彩色照相，畫得栩栩如生，也有一種樂趣。

想不到的是，隨著這種合法的樂趣逐漸取代了原先那種胡塗亂抹的非法的樂趣，我居然成了班上的尖子。蔣先生上油畫課，還常常拿我的作品作範本，講塊面分析，講質量感和空氣感，講環境色和固有色……大家都爲我高興，因爲後進變先進，不光是個人的，也是集體的成功。更加想不到的是，這種嚴格的技術訓練，也改變了我的感覺方式和思維方式，並且不可逆轉。從此觀察力日增，想像力日減，許多往日頻頻來訪的激情和靈感，再也沒出現。從此我除了這種單向度的、現實主義的畫，再也畫不出別樣的畫來。

從那以後，我一直在尋找失落的自我。一直沒有找到，有一種飄泊之感。很多年後，回想起來，我才發現，接受那種技術訓練，進入那個話語系統，等於是通過了一次靈魂的改鑄。事實上，早在公安部門強迫我脫胎換骨之前，我已經在學校裡被柔性地和無痛地脫胎換骨過一次了。只不過這一次是成功的，後來那次失敗了。

我不知道，這次成功是好，還是不好。

八年後，在敦煌，看到智利壁畫家萬徒勒里（他畫過許多只有在海上才能看到全貌的大壁畫）

帶來的幻燈片，我想起那個在稻場上倒著小跑的孩子，覺得他那麼一路跑下去，出來的東西必會更好。四十年後，在美國，看到畢卡索、馬蒂斯、梵谷、康定斯基等人的原作，特別是米羅、盧梭和克勒的充滿童心的原作，我又想起那個在稻場上倒著小跑的孩子，覺得他那麼一路跑下去，也會跑這麼遠。可惜那個孩子已經死了，變成了我——一個以栩栩如生為務的俗物。

這麼說，並不是抱怨命運。哀悼一個沒有出生的嬰兒是毫無意義的事情。更何況，縱然那嬰兒出生，也早已經死在大荒原中的夾邊溝右派農場裡了。沒有人能夠知道，幾年間在那裡死亡殆盡的數千名右派分子之中，有沒有未來的貝多芬和托爾斯泰，邱吉爾和愛因斯坦。我沒死，就因為我不是。憑著那一手俗套故技，被押送到蘭州，為籌備中的「建國十年成就展覽」畫大油畫，得以免死（事見《出死》）。

這是好？還是不好？

三

六二年到敦煌文物研究所，主要任務是臨摹和研究壁畫。技術上是另外一套，有許多東西要學，都不是很難。眞正難的，是要畫出原作的格調：高古，舒緩，安詳。這是敦煌壁畫的基調。魏窟的飛揚流動，唐窟的恢弘華麗，宋窟的清曠蕭散，千百年來技法和風格的變遷，都統一在這基調之中。即使飛天樂舞，也從容而有靜氣。局部看金碧重彩纓絡珠飾，整體看超凡脫俗不食人間煙火。這個境界，最難將息。

臨摹什麼，在所務會議上決定。下達到美術組，再分配給個人。分到的，不一定是自己喜歡的。比如莫高窟北端第四百六十五窟，是元代的密宗洞子，陰森壓抑，我不喜歡，但在裡面耗費了整整一個一九六三年。不論喜不喜歡，我都全力以赴，爭巧拙於毫釐，直到自以爲幾可亂眞，才交差。但是在敦煌多年的老同事看了，不約而同，都說像現代人。我不覺得，怎麼看都看不出來。好在幾年後，就沒人再說我了。幾年後，中央美院姚治華、張同霞，西安美院的劉文西等人，帶著畢業班來敦煌實習，我看他們的摹本，都像現代人。說給他們，他們也看不出來。我說等到你看得出來的時候，你就是入門了。

臨摹不是畫畫，這個門很難入。古人作畫，就像一個人走過雪地，留下了腳印。後人臨摹，每一步都得把自己的腳放到人家留下的腳印裡，就不是走路了。我們看漢晉竹帛之遺，如樓蘭出土殘編斷簡，大都是普通人隨意寫下的實用記錄，何嘗有書法之求。但歷經百代興亡，後人觀之，哪怕是一角借條，都覺高古不可企及。姑不論有何意義，生爲今人，爲做到古淡風姿近六朝，不惜把鐵硯磨穿，也算是一種追求。裡面樂趣很多，只對內行人存在。可惜我入門不久，剛結婚，文革就來了。

被揪鬥、抄家，關牛棚。妻子李茨林被下放農村，「接受貧下中農的再教育」，死在那裡（見《天空地白》）。帶著三歲的女兒高林，到酒泉地區五七幹校勞動。集體勞動，集體「學習」，睡公共宿舍，吃公共食堂。食品定量，不見葷腥。大人都難忍受，何況孩子（見《沒有地址的信》）。從前在夾邊溝，不管多苦，都是自己承擔。現在有一個孩子跟著受罪，就完全是另一回事了。那份焦灼，憶來驚心。

我在夾邊溝能死地生還，全靠學校裡教的一套。想不到這一次，還是那一套，幫助我解脫了困境。當時毛澤東的標準像供不應求，特別是廣場禮堂使用的那種特大號，根本買不到。幹校應各地方各單位的要求，派我去畫。是政治任務，沒有報酬。但是不管到哪裡，都是請來的客，可以不參加「政治學習」，可以單獨活動，可自由支配時間，還好吃好喝招待。孩子的臉上，很快就有了血色。

以前沒畫過毛像，要先打格子。兩至三公尺高的一個，磨磨蹭蹭，大約七至十天出來。事先要開一個清單，讓他們採購油畫材料、定做內外木框、繃布、打底。畫完以後，單位頭兒要驗收。驗收後多少得加工一下。每到一處，平均一至兩個月交差。有一次給酒泉地區革委會畫毛像，用的是粗帆布，布上有許多線疙瘩。地委書記、前省政府專員馬汝貴驗收時，要求把疙瘩去掉。我說遠一點兒就看不見了，他說那也不行，毛主席的臉上，怎麼能有疙瘩？有一次給酒泉軍分區畫毛像，司令員吳占祥驗收，叫他的通信員站在像跟前比臉色，說不夠紅光滿面。要求紅一點，再紅一點。

任何要求，我都照辦，畫熟了手，就不用打格子了。再後來稿子也不用起了，油彩直接上布，一天可畫一個，維妙維肖，紅光滿面，皆大歡喜。雖然一天可畫一個，我還是分十天畫完，一兩個月交差。這樣，從這個單位畫到那個單位，從七二年畫到七六年，除了領工資，難得回幹校。像個打短工的油漆匠，一把刷子吃四方。甚至吃到了阿克塞哈薩克族自治縣、肅北蒙古族自治縣、肅南裕固族自治縣、天祝藏族自治縣。有些地方，不是畫毛像進不去，比方八四七〇一野戰軍坦克師，金塔的導彈基地。沒接觸到什麼機密，但看到許多民俗、風景，交了不少朋友。工人、農民、牧民、幹部、軍官、士兵都有，從他們那裡，學到不少東西。

更大的收穫是時間。一兩個月只幹一兩天的活，等於是從被別人整個兒奪去的生命之中，偷回來了一星半點。雖只一星半點，用處卻大。可以教孩子識字畫畫，講故事做玩具畫連環畫。還可以關起招待所的房門，寫點兒自己想寫的東西。我在七十年代末和八十年代初發表的那批文章，包括《關於人的本質》、《異化現象近觀》、《異化及其歷史考察》的初稿，都是那時寫的。早就想寫了，積累了很多寫滿小字的紙片。除了在文革前的敦煌（見《寂寂三清宮》），一直沒有一個敢於把它們同時鋪在一張桌子上加以整理的機會。現在可以了。多少年來，我還從來沒有這麼價子感到安全和自由過。

至於省下的飯錢和糧票頂了一大半的工資，今天看來雖不足掛齒，那時也很重要。正是大動盪的時代，關河一望蕭索。憑什麼我那麼特殊？憑什麼我那麼囂張？不光是憑手藝匠師的俗套故技，主要還是——用幹校一位校友的話說，沾了毛主席他老人家的光了。毛死以後，沒得畫了，不得不又回到幹校。好在幹校氣氛已經寬鬆，勞動和學習都少了。大家沒事時，打撲克下象棋聊天，等待回本單位。人越來越少，我和高林有了一間屋，床底下塞著一大堆剩餘畫材，時不時發出一股子油畫顏料氣味。一聞到那氣味，就有一個門一般大的胖臉，衝著我笑不像笑，終於忍不住，把那些顏料畫筆全扔到垃圾堆上，下決心以後不再畫畫了。

那時母親還在世，替我著急。她說我一寫文章就招災惹禍，一畫畫就逢凶化吉。現在不畫了，又來寫，凶多吉少。

四

整個八十年代，我一直在教書和寫作，沒有碰過畫筆。母親的話，不幸言中。一九八九年初秋，我在南京大學被捕，從娃娃橋監獄轉移到成都四川省看守所。一肚子火氣沒處發洩，就唱歌。後來不准唱了（見《鐵窗百日》），就用毛筆蘸著清水，在大牆上書寫狂草。懷素的那種。昔懷素題壁，「忽然絕叫三五聲，滿壁縱橫千萬字」，快意可知。我雖不能叫喊，鬱積直瀉筆端，快意亦如之。成都天氣陰濕，大牆更濕。水寫的字，可以留存十來分鐘，然後就消失了。這無所謂，我快意過了。依然是過程大於目的，過程本身就是目的。就像童年時代，在荒山野村裡那樣。惜乎牆上寫字，毛筆易脫。獄中一筆難求，此事無以爲繼。但由此喚起的童心，時時來復如夢。鐵窗絕地，居然童心來復，亦是前緣。

出獄後，住在四川師範大學（妻子小雨在該校藝術系教書），很受注意，什麼事也不能做，就又買了毛筆宣紙氈毯，想胡塗亂抹起來。但是經過五年的專業訓練，幾十年的「美術工作」，我已經失去了胡塗亂抹的能力，下筆就落入俗套，圓熟甜膩，不堪入目。以致畫畫這件事，變成了一場同自己的搏鬥。我想了許多辦法，用左手，用禿筆，倒著畫，反著畫，書法從紙的末端，從字的最後一筆寫起……總之怎麼生疏就怎麼弄，一發現圓熟的筆跡和甜膩的造型就撕紙。結果「廢畫三千」，倒也得到一些好東西，稚拙木訥，元氣淋漓。都是偶然效果，像路上撿來的寶物。

比較喜歡的畫上，順手寫了些字句。題秋瑾圖「讀書無用思劍芒，地黑天昏一吐光。英雄豈以成敗論，秋風秋雨憶秋郎」。題鍾馗夜飲圖「魑魅魍魎何其多，一個鍾馗奈若何。畢竟人窮鬼不窮，醉裡似聞擊壤歌」。題孤狼圖「塵滿毛血傷滿身，回頭無處不驚心。極目故園家何在？風雪關山一氈輕……」。題孤舟圖「客愁點點滿江湖，扁舟一葉歸何處？彌來歷盡風波惡，駭浪驚湍似坦途」……都無非情緒宣洩。如果作爲思想，也許禁不起分析（暴力革命論？犬儒主義？什麼什麼）。好在我追求的是美，而不是正確。聽從美感的引導，我體驗到一種在不自由中失重的自由，類似飄泊。孤狼圖、孤舟圖中一股子飄泊之感，好像是預示著未來的逃亡。

興致愈好，又在一五〇公分正方形的粗麻布上，畫了八幅大油畫《中國古代神話》系列。一疙瘩一疙瘩火氣很大的顏色，和刀砍斧劈的筆觸，給夸父、后羿、精衛……這些圖騰式象形符號，輸入了某種當前的信息。像深遠麻木裡一星悸動的知覺，無機星球上一痕不癒的傷口，或者火山灰裡爬出來的一個形象模糊不知道是什麼的活東西……紛紅駭綠，百怪惶惑，都無非在某種原始意象中呈現出來的、歷史大潮深層的個體經驗。輸入和呈現，同樣無意識，有如兒童扶乩。我得之，驚訝多於歡喜。油畫不作興題詞，但我還是想題。用稀釋的顏料，寫在《盤古開天》上面：

髹采圬鬘事半生
諂紅媚綠轉眼空
那知重結丹青緣
下筆蒼茫吐白虹

字跡在乾硬顏料的尖角深孔之間艱難曲折地爬行，呈現出一種力和阻力搏鬥的張力結構，恰好同畫中那些在巨大強暴的客體中堅持存在的主體相呼應，也還是書畫一體，可遇而不可求。

但我更喜歡的，還是一個雕刻，和一個半裝置型的油畫《窗》。所謂雕刻，不過是在一段帶結疤的木頭上釘了一些鐵釘。簡單得不能再簡單了，但是表達了我的一種複雜的感受，是我幾十年來一直有的。所謂半裝置，不過是給油畫釘上了一個綠苔斑駁的朽木窗框。窗框上有今天的日曆。窗外擁擠的民居，展現成一片荒原，直到天邊，天是一堵老牆，破洞裡透進天光。也很簡單。也因同一原因，我很喜歡。

我出獄之初，小雨曾大病一場。病好後康復緩慢，但一直在堅持上課。課餘也畫點兒畫，敦煌風格的佛畫。壁畫形式，畫在紙上。我們稱之爲「紙本壁畫」。主要是菩薩、飛天和伎樂。不是臨摹，很隨意，比我在敦煌的摹本瀟灑。她本有童心，宗教情緒濃厚，下筆眞純。加上是劫餘病後，畫境散淡清空，天然大氣，爲我所不能及。兩年二十多幅，都是天籟，同我的畫放在一起，恰好爲那些躁氣和火氣降溫，成了反面的平衡。

所有這批作品，且不說製作過程，僅僅它們的存在，就是我們快樂的源泉。快樂的源泉，來自一場意外災難。這個事實，不可思議。

五

但是災難並未過去，以另一種形式發展（見《回到零度》）。我們不得不逃出中國。兩位受雇於海外民主力量，前來帶領我們經由地下通道離開國境的大俠，看到我們捨不得丟棄這批畫作，都願意幫我們拿上。我們把油畫、水墨畫、壁畫分別捲成三卷。他們各拿一卷，我們除了文稿筆記，拿上了一卷紙本壁畫，和一幅七十年代在幹校時唯一爲自己畫的油畫，戈壁灘上的一棵老樹。樹皮幾被剝光，但是依然活著，在大風裡搖曳。那樹使我感動，畫也捨不得丟棄。

但是我最喜歡的那個雕刻和半裝置，太重太大，不得不留下，很痛心。幸虧留下了。到達香港以後，兩卷畫要不回來，永遠地失去了（個人所致，與組織無關）。與之相反，那個雕刻和半裝置得到好朋友戴光郁和張煒的幫助，輾轉運到了香港。面對這劫火餘燼，悚然於人算不如天算。失去珍愛的東西，於我已是常事，但還是不能習慣。痛心疾首，下決心根據記憶，把它們再畫出來。

東道主爲保證安全，把我們藏在海邊的一個漁村，要求地點保密，不與外界聯繫。時間充分，正好畫畫。但是時過境遷，已不再能從時代的重心吸取能源，沒了那激情靈感。許多偶然效果，也都無法重複。油畫一次次刮掉重畫，水墨畫一次次團掉重畫，都無非「知其不可爲而爲之」，很苦很累。出來的東西，和原來的沒法相比。就像鳥的標本，和鳥沒法相比。鳥不會再來。鳥如稻場上那些刀畫，鳥如監獄牆上那些水字。

東道主的關心，無微不至。在我們得到美國政府的政治庇護，即將離開香港的前幾天，九三年的五月下旬，在香港大會堂爲我們舉辦了一次「中國夢」畫展。除了這些標本，新畫了兩幅紀念六四的大畫。其中小雨用銀線畫在黑色底子上的一尊千手千眼觀音，每隻手裡拿著一枝蠟燭，燭光明滅，如同曦微的晨星，如同那些呼喚黎明的英靈。我們的好朋友盧沉和周思聰來香港看了，說是這次展覽中他們最喜歡的一幅。除此之外，還展出了我們適應自由社會消費文化的需要，爲謀生而畫的十幾幅靜物風景山水。兩種畫放在一起，苦澀凝重和甜美輕鬆形成鮮明的對比。

媒體廣泛評論和報導的是前者，賣出去的都是後者。報導評論很善意，但多不確切。見仁見智，本無所謂。但我沒見過世面，賊認真，在《信報》和《明報》各發了幾篇文章，說明本意，反而顯得迂腐可笑。商業社會各行各業爭奪注意力的戰爭，早已經把人們的感覺麻痹了。滔滔信息滾滾文字之中，任什麼都是過眼煙雲，何況畫展畫評。留存下來的，唯有那賣畫所得的兩萬五千美金。只有它，才是我們安身立命的基礎。

這個如此薄弱的基礎，仍然是建立在學校裡學到的那一套技巧之上的。還是它，比較地能滿足一般消費者的品味，可以有一定的銷路。有這手藝，只要足夠勤奮，又有一個好的經紀人，生活不成問題。但是接受市場的要求，爲經濟動物製造精神快餐，也如同當年接受權力意志，爲政治動物複製膜拜的偶像，都是一種屈服，一種自我否定。這種生存的困境，由於事先沒有想到（只能怪自己笨），毫無思想準備，更感到難以承受。

有時我們坐在海邊，沐著大風，面對自由遼闊，面對即將到來的美國之行，談話都憂思重重。小雨提到我以前寫過，「人生的歸宿在路上，而不是在深深的沙發之中」（《美是自由的象徵》）。我提到七十年代末遇見她的時候，在她的手抄本上讀到一首萊蒙托夫的短詩，也是我在學生時代抄過的：茫茫海上／孤帆閃著白光／它在尋求什麼／在這遙遠的異地／它拋棄了什麼／在那自己的故鄉／大風大浪／桅杆軋軋發響／它要的就是這個／它這樣才得安詳／

我說，我們不約而同，都抄了它，很像是一個預言。她說不像，我們沒有安詳。

六

到美國不久，有幸見到佛教宗師星雲上人。一見投緣。承蒙垂愛，指點迷津，並邀請我們到洛杉磯西來寺門下的滿地可精舍居住，以每幅一千美金的潤格，爲他們畫一百幅禪畫。

是很大的恩惠。我們得以免費住進位在山上、四周風景優美的一棟獨立豪宅。既自食其力，又無須爲了擠上藝術市場或者思想市場早已琳琅滿目的貨架，去拚命地包裝和叫賣自己，這是我們最怕也最沒有能力做的事情。同時，作爲政治流亡者，也得以避免捲入海外民運尖銳複雜你死我活的內部鬥爭，這是我們更怕也更沒有能力處理的問題。

懷著感恩的心情，我們決心把畫畫好。傳統佛畫，多爲工筆重彩，這是小雨的特長，但於禪宗不宜。禪宗史上本有北漸南頓之說，北尚漸修，或可金碧寫之。但唐安史亂後，南宗成爲主流至今，都首重頓悟。「公案」不落言筌，「話頭」無跡可求。一旦圖像化，機鋒就死了，工倍愈拙爲道日損，幾乎是背道而馳。我想最好還是水墨渲淡，以意寫之。相馬遇以神，解牛游乎虛，或可得些禪機。我們商定這批畫我一個人完成，小雨利用這段時間，集中精力學英語。

這種畫只能用中國生宣，美國的藝術用品店裡沒有。後悔沒有從香港帶一些來。很多天跑來跑去，才在一家中國畫廊看到一批有安徽涇縣印章的宣紙。用舌頭一舐，卻是假的。就像吃中國餐館，菜名是中國的，味道是美國的。每到這種時候，身在異國之感就特強烈。有位李歐梵先生來訪，帶我們到一家「馬家館子」吃了一頓羊肉燒餅，地道的中國北方風味。我想文具店裡，必也有個馬家館子。下決心再找，幾乎找遍了整個大洛杉磯，終於以貴得離譜的價錢，買到了一些勉強可用的生宣，以及中國的毛筆墨汁。

如獲至寶，回來天天試。就像小小小的時候，在荒山野村中的病床上胡塗亂抹。就像監獄中出來的那年，怎麼生疏就怎麼弄。也還是「廢畫三千」，才得到一些禪意。但是拿到廟裡，眾僧尼，眾護法，眾信徒一致搖頭，說看不出是個什麼東西。這是達摩面壁？怎麼像塊石頭？這是野鴨飛空？怎麼像些水漬？……太粗糙了，太簡單了。美國的好紙多得很，幹嘛偏用這麼單薄，見水就化的紙……。星雲上人開示，這些都是外行話，二位不要介意。但是弘揚佛法，爲的是普度眾生，還得讓廣大眾生喜聞樂見，才能起到作用，你們說對吧？我回答說，知道了。

知道了三個字一出口，我就吃了一驚：三十多年以前，我從夾邊溝被押到蘭州，爲宣傳「建國十年偉大成就」作畫。省委書記張仲良要我把畫上的筆觸去掉。說顏色不勻，人民群眾不愛看。說別管學院裡那一套，要人民群眾說好才算好。我的回答，是同樣的三個字。三個字的重複，意味著轉了一個大圈子之後，又回到了原來的出發點。幾十年的掙扎，幾萬里的奔逃，政治、經濟、社會歷史背景的重大變換，都毫無意義。荒謬感，魔幻感，無力感，無意義感，一時雲集。

集成一朵更加沉重的、飄泊的雲。

要迎合大眾的趣味不難，俗套故技，駕輕就熟。但很費時間，還是得兩個人合作。數量大，也帶來另外一些問題。如僧尼都無鬚髮，又服裝一律，畫多了容易雷同。鳩摩羅什菩提達摩都是西域形象，慧能支遁百丈希遷皆有大德威儀……弄不好就分不清誰是誰。雖寺裡沒要求分清，我們還是想做到百幅畫數百人各有特點。總得有點兒追求，工作才有樂趣。完成任務時，一九九四年已經過去了。對開大小的一百幅，亮麗整齊，拿到廟裡，皆大歡喜。在台灣展覽以後，出了本精印畫冊，星雲上人親自作序，並題寫書名。銷路很好，報酬也豐厚。十萬美金，夠用好幾年了。

但是我們兩個，都沒有成就感。畫冊到手，都不好意思給朋友看，自覺俗氣。口袋裡有了一點兒錢，就想下山走走，看看世界。星雲上人誠懇挽留，說這房子你們可以無限期地住下去，山上有做不完的事情要做。我們知道，這樣一直畫下去，必定發財。我們知道，這樣的機會，不會再有。上人的深恩厚澤，我們確實感激不盡。但是奔逃萬里，卻以這樣一種形式的自我放棄作爲終點，總歸是心有戚戚。無意義感不是空無，它壓得我們在美景豪宅裡寢食不安，決心拜辭。別無長物。爲了表示深深的感激，我們在臨走以前，把逃亡時自己拿著因而沒有丟失的畫作，包括我們最爲珍視、朋友們幫助運到香港的那個雕刻和半裝置，一併呈獻給了星雲上人。

從西部的太平洋海岸，驅車到了東部的大西洋海岸。輾轉到了新澤西州的海洋郡杉谷湖，買了棟林中小屋，圓了幾年在祖國圓不了的隱居夢（見《雨舍紀事》）。苟能如此，都是星雲之賜。我們常飲水思源。三年後再次應上人之邀，到台灣佛光山雷音寺畫了一堂長三十公尺，高五點五公尺的壁畫。本想畫成傳世之作，但也像那一百幅禪畫，仍只能以俗套故技了事。畫上神、人三百多身，鳥獸樓觀無數。我們快快地畫完，只用了五十多天時間。《中國時報》藝文版用通欄標題，評爲「栩栩如生，滿壁生風，宏偉壯觀，如臨佛國」；說「完成的速度之快，顯出兩位畫家雄厚的功力」。十分善意，十分誇獎。雖時評如過眼煙雲，總算是爲我們苦味的台灣之旅，圈上了一個甜美的句號。

其實，畫得快，不單是因爲我們厭煩俗套故技，還因爲不喜歡雷音寺，想盡快離開那裡。這個廟使我們想起官場。看到星雲這位開創了佛光山和人間佛教的一代偉人，在年老多病生活不能自理以後，如何被門徒欺騙捉弄，陷入百年孤獨，不禁感慨莫名。愛莫能助，我們臨時決定，將此畫呈獻給星雲上人。對於這位尊者和智者，我們在原先的敬愛和感激之上，又增加了一份深深的同情。

離開台灣之前，在台北的佛光緣美術館看到一套四本《當代名家藝術精品義賣》畫冊，齊白石、張大千、于右任、徐悲鴻……的鼎鼎大名，和許多陌生人的混在一起。我們捐獻的那批作品也在其中，都賣掉了。其中小雨的一幅黑色觀音，被「蔣家」後人以二百二十萬台幣買去，是我們的畫中賣價最好的一幅。但畫冊上小雨的名字前面，加上了我的名字。據說這是因爲，知名度比技藝値錢。但是我名下的那個雕刻和那個半裝置都沒人要。枯木鏽釘，後來被當作垃圾，丟棄了。

至此，這兩隻偶然歸來的靈鳥，也飛了。如同地上的刀畫，牆上的水字。如同它們那些在劫火中飛散的同伴。感謝羅青，在九一年訪問大陸時光顧寒舍，爲這兩件作品拍了反轉片，並在三民書局出版他所主編的我的文集時，印在了卷首，這是那兩件作品留下的唯一痕跡。雪泥鴻爪，益增川上之思。

七

據說要想打開局面，就得進入主流。我辦不到。從西到東一路過來，看了許多畫廊、美術館、博物館、設計學院之後，感到我這個出自另類生態的野鳥，要學會在這個自由競爭所形成的複雜湍流中游泳很難。不光是技術問題，還有個語義場和文化基因的問題。加上笨。這些抽象、裝置、行爲、現成物、聲光組合、概念設計等等存在的價值、意義和理由，都植根於一個話語系統。離開了這個系統，杜尙的馬桶只是馬桶，勞森柏的紙箱只是紙箱，此外什麼也不是。反過來也一樣，紐約的博物館裡開過中國水墨畫百年回顧展，也開過八大山人原作展。聽與會的外國專家用流暢的中文談中國書畫和八大山人，除了背景知識以外，於字畫本身，可以說完全外行。這不奇怪，也無關對錯。杜尙的後裔和八大的後裔，是兩個不同的物種。

而我，屬於我們這個物種中最笨的一類。說杜尙打破了生活與藝術的界限，取消了視覺的審美要求，是美術史上偉大的革命等等，挺有理。但我還是做不到喜歡，比方說那個馬桶。喜不喜歡，無需理由。波普早期有人收集包裝著名藝術家的糞便，受到達利的稱讚。近期有人收集世界各國不同人種婦女用過的月經帶作爲藝術品，被認爲很有創意。我就感覺不到，所有這些妙處。至於把一座大樓包起來，或在兩山之間拉一塊布，「造成視覺震撼」之類，在我看來，也和某廚師爲打破金氏紀錄而做的特大蛋糕類似。魚有魚的樂趣，未必野鳥可知。但如果野鳥鎩羽，要來學魚，那就慘了。

何況技術方法可學，動力能源不可學。學到了，又如何？這裡是市場，作品是商品，所謂成功就是賣得出去，賣得越貴越成功。收藏是投資，貴賤取決於行情。行情靠炒，得要世事洞明、人情練達才行。許多具有波西米亞氣質、並且早已扎根美國本土的歐洲畫家出手不凡，現在連二十年前的蘇荷廠房（已變成了富裕雅痞精品店式的社區）都住不起了，只能在東村窄巷的小酒吧裡終其一生，就因少了這畫外功夫，何況我們。少數能超越畫廊，經由美術館、博物館，進入美術史的人們是幸運的。但是即使他們，一陣輝煌之後，就被新潮淹蓋，前衛冷淡，在稠人廣眾中寂寞。彼猶如此，我何以堪？

像兩隻遲飛的笨鳥，「繞樹三匝，無枝可依」。來到這海邊林中，就像是再一次逃亡。生計成了問題，但體驗到一種解放。寫了些文章，畫了些畫，小雨還翻譯了一些童話。換不來錢（稿費極低，有等於無），只為喜歡。這是過分奢侈，玩一場玩不起的遊戲。中國古人隱居，都是回到故鄉。「百畝耕桑五畝宅，先生歸去未必非」。即使貧窮如陶潛，也有個將蕪的田園可守。他因腳踏實地，所以能此心悠然。我們存款無多，蟄居異鄉，天天要吃飯，月月要付帳單，錢越來越少，想悠然也難。朋友們都勸我們搬到紐約去住，說那裡機會多些。這是真的。但在這海風松濤裡面，我們有一種與外間世界同一的感覺，害怕那異己的樓群，拖了又拖沒去。

想把在香港畫不出來的《中國古代神話》系列再畫出來。只因材料太貴，沒敢動手。一位人權活動家，在西單牆時期被捕，坐過十年大牢的朋友和他的夫人來訪，想找個有辦法的人給我們幫點兒忙。不久他們帶來一位深得美國政要大亨歡心的「學生領袖」。不久後者又帶來一位銀行家羅倫斯先生，商定三年內羅倫斯每年給我們三萬元，我們給他畫三十幅畫，內容形式不限。三年後他們爲我們辦一個大型展覽，出一本大型畫冊，打開局面。他們一走，我們就到紐約採購材料，將近五千元，咬著牙都付了。把沙發桌椅都塞進書房和臥室，騰出客廳做畫室。動起手來，滿屋子松節油的氣味，好像生活變了樣。

不久以後，「學生領袖」打來一個電話，說他不能光讓別人幫助我們，他自己也要幫。我說這個忙實際上是你幫的，我們已很感謝，不用再幫了。他堅持要幫，讓我們給他本人也畫一批畫，每幅用了多少時間，多少材料，都記下，他付錢。我說我可以送你一幅作爲感謝。他堅持要畫一批，要付錢。說不付錢不公平，影響也不好。我說藝術價值不是可以用計時工資計算的，同材料貴賤也沒關係，你要公平……他打斷說，什麼藝術價值，梵谷的畫，他生前不過是廢紙一張……我沒聽完，掛上了電話。接著電話鈴響，還是他，說，告訴你一下，羅倫斯不幹了。

人權活動家來電話，說「學生領袖」讓他勸勸我，要我遵守協議，不要說好了的事又不幹了。羅倫斯帶著他的侄女兒來我們家玩，看到滿屋子畫，很驚訝，說你不是說不幹了嗎？知道了事實，他一再道歉，說他只是出錢，別的都沒過問。我問可不可以不經過「學生領袖」，我們直接合作。他說不可以，人家是天安門的大英雄，他出面辦畫展，許多大亨政要好萊塢巨星都樂於捧場，會來花大錢買畫，畫價一下子就上去了。我不過是個商人，起不了那個作用。

他回紐約以後，寄來一張一萬美元的支票，「賠償損失」。小雨要退回去，說不是他的責任。我賴著臉皮收下了。後來他又寄來一張五千美元的支票，是「新年禮物」，我們沒去兌現，支票留作紀念。

八

接到一個電話，是一位已故大詩人（我喜歡他早期的詩）的女兒打來的。她從日本來到美國，已經很多年了。聽說我們手頭有一批字畫，想幫找個出路。要我們寄點兒反轉片、畫歷給她。說辦畫展，一開始就要在最高檔次的畫廊辦。要是在低級畫廊裡辦過一次，以後所有高級畫廊都不會理睬你了。她說紐約的日本畫廊，和相鄰的韓默畫廊，都屬於最高檔次的畫廊。日本畫廊有九十七年的歷史，上萬名會員，全是大亨，名氣特牛，挑選展品也特嚴。她和日本畫廊有聯繫，可以幫我們打進去。以後的路，就好走了。

我們沒有反轉片，她說那就照片也行。沒有畫歷，她說那就簡歷也行。一個在敦煌工作十年，一個在首都博物館工作十年，都是資格，不說是浪費本錢。寄去照片簡歷不久，她告知審查已經通過。日本畫廊將在十月份舉辦一次《高爾泰浦小雨雙人聯展》。說這是日本畫廊近百年來第二次為中國人舉辦畫展，非常難得。讓我們準備字畫三十多幅，九月下旬帶到紐約。已經是九月中旬了，我說時間太緊了，下次吧。她說已經簽了約，不能改期了。十月金秋是辦展覽的黃金時段，畫家們都爭著要，我好不容易才搶到手，你們怎麼能放棄？

日本畫廊位在曼哈頓中城五十七街一座咖啡色玻璃摩天大樓的底層。展廳收租金和管理費，字畫的裝裱買賣由畫家自己負責。裝裱合格才收。需自費印刷兩千份賀卡那樣的雙頁彩色請柬，印上作品一幅，畫展年月日，署名日本畫廊。自己一一裝進信封，封好，貼上郵票，交給他們。他們有個名單，可以幫寄一下，但要另收服務費。需自費辦一個酒會，要有各種名酒（品牌很具體），要雇一個調酒師（時薪八十元）……每一項都是大錢，我們花不起。詩人之女說，廢約賠償的錢更大。我問爲什麼事先不告訴我們，她說辦畫展就是投資，這是常識，凡畫家都知道的，你們怎麼會不知道？

還需自費雇請一個接待員和講解員，男的須西服領帶，女的還要化妝。爲了省錢，我們自己充當（未著裝也沒化妝，算是畫廊讓步）。在布魯克林那種二戰前造的三層連棟屋裡租了一間房住，早出晚歸，像上班族一樣。上下班坐地鐵，來回三個多小時耗在路上。

住處的一邊，街上有水窪，牆上滿是塗鴉。有些鴉也塗得眞好，如驚蛇走虺，如奔浪崩雷。那些無名天才，不知今安在哉？再過去是海。沿海是廢棄的工廠，空寂荒涼，一派灰色的憂鬱。住處的另一邊，越走越繁華。過去是八大道，熱鬧髒亂的程度，不亞於法拉盛。在那裡乘地鐵，到五大道五十七街出來，像穿過時光隧道進入了另一個世界。無數深色玻璃的摩天樓互相映照著藍天白雲，而眞正的藍天白雲只在高空冥冥一線。樓底深谷裡草坪碧綠樹木欣榮，街道整潔秩序井然，名牌商店的櫥窗，比的是格調品味。

如果從地面上過來，你會覺得這個城市，好像千百個不同社區的結集。它們各持固有的習性和交往方式，而從不互相影響。你會發現許多紐約人可以很自得地，在一個比與世隔絕的偏僻村鎭還要狹窄閉塞的區域中度過一生。我不知道，爲什麼政治、經濟的一體化，網路資訊的普及，地理上無藩籬的連接，以及它們各自的文化息壤的水土流失，都未能改變這種狀況？我想像當年杜尙們宣布格林威治村從美國獨立出去時的景象，就像看見了一樣。我怕未來的地球村，很可能也是那樣。有時不免覺得，辦展覽是一種荒唐。各國觀眾進出展廳，不知道誰有什麼感想。

十月下旬的一天，進來一位中國老人，注意什麼忽略什麼，一看就是內行。旁邊有人碰碰我，低聲說，這個人就是周方。我問周方是誰，他很驚訝，說，你怎麼能不知道周方。周是前大都會博物館亞洲藝術部主任，赫赫有名。他看得很細，完了過來握手，說都是好東西，問怎麼進來的。我們說了詩人之女幫助聯繫的經過。他搖頭，問合約怎麼簽的。我說不知道，是詩人之女代簽的。他又搖頭，說他看《畫廊指南》，今年十月份日本畫廊展出的是李庚，怎麼會是你們？我說不知道，什麼是《畫廊指南》？他說回頭我寄一本給你，你得弄清楚是怎麼一回事。沒有本人簽字，哪裡來的合約？沒有宣傳造勢，畫怎麼賣得出去？畫賣不出去，花的錢怎麼回來？

我拿著《畫廊指南》，堅持要看合約，終於沒能看到。詩人之女代理的是李庚，人在日本，不知何故沒來。我們被臨時抓住，當了替身。我據理力爭，把開銷降到一萬二千美元，不能再低了。這期間，很意外地，先後賣掉了兩幅字畫。一幅小雨畫的菩薩，四千美元。一幅我寫的心經，五千美元。彌補了大部分損失。打電話告知周方，不知道怎麼感謝。他說，在紐約地面上行走，你得要學會保護自己才行。

來時三十幾幅一卷的字畫，裝上鏡框以後，變成了一大堆笨重的貨物——我們的愚蠢的象徵。畫展閉幕時，沒法子再隨身帶走。友人詹益文開了一輛箱型車，來幫我們拉。在車流裡停停開開幾個小時，才到了哈德遜河邊。一上了華盛頓橋，望見新澤西遼闊的天野，我和小雨，都長長舒了一口氣。不用問也知道對方的感動：像囚犯獲得釋放，像遊子回到家鄉，像小船從驚濤駭浪裡出來，斷桅破帆，駛進了平靜的港灣。

楓樹佳時已過，葉尖略顯憔悴。橡樹還在燃燒，展示著不同的華美與蒼涼。朱紅、褐紅、金紫、赭黃……色澤都高雅而又熱烈。到家已是黃昏，野花一片銀藍。高空遲歸的鷹隼，翅膀上明滅著夕陽。

靜下來，相對無言。多少事，欲說還休。不能不承認，正如父親所說，我們是「野狗子耕地，不是正路牲口」。

爲了生存，先是小雨考取了美國郵局，到那裡掙一份工資，當正路牲口，來養活我這個野狗去了。後來我接受國際作家議會的資助，到了拉斯維加斯大學，也變成了個正路牲口。我想這就是所謂，「去國十年，老盡少年心」吧？

但是老盡少年心，並不就是飄泊的回歸。相反，以權宜爲正路，飄泊感更深了。

離開新澤西前不久，紐沃克博物館來挑了一批字畫，到他們那裡展出。開幕式上，不知道該說些什麼。只能說我這些，都是純中國的東西。

有記者問，爲什麼到美國十年了，還純中國？我說不爲什麼，只是喜歡。

答得不好，博物館的專家卡爾曼女士插話，說越是民族的就越是人類的，越是古典的就越是現代的。

這話該由我說，我笨得沒有想到。

我們的許多故事，也都是笨出來的。

代跋：餘生偶記

我的老家高淳，三湖環繞，可稱水鄉澤國。我家住在大河邊，河上有一七孔石橋，橋上石欄約半人高，厚度像平衡木。欄柱上有石獅，隔三步一個。家家父母，都不許小孩爬上欄杆。欄杆下臨奔河，有幾丈高，跌下去沒命。我小時候，愛瞞著家裡，在橋欄上行走。先是平舉兩手，慢慢地走，後來就能跑了。跳過一個一個的石獅，從這邊跑到那邊，再從另一邊跑回來。一年四季，以此爲樂。最是冬季，水落石出，橋愈高，險愈甚，我樂愈大。

一個冬天的晚上，月白霜濃，我精神特好，不想做作業，偷偷溜去跑橋。跑到橋頂，突然滑倒，從欄杆上摔了下來。恰巧摔在橋面一邊，膝蓋手掌都破了，血透棉褲。事情暴露，被大人狠狠責打了一頓。很久以後，母親還嘮叨這事，說菩薩保佑你，撿到了一條性命。我想想，也不免後怕。

小時候除了跑橋，還喜歡游泳。和漁民的孩子一起，於水深流急處，玩潛水找銅板。一日，逃學到湖邊，偷得一小船，划到湖中遊玩。陽光燦爛，水平如鏡，遠處白帆點點，高興得大叫。脫光衣服，翻身入水，恣意地撲騰。見船已漂遠，急去追趕，忽覺身上有物。是一條很細的繩子，上有鐵鉤，爲漁民們布放的漁具（水面上有警告浮標，我沒看見）。這東西一排排拉過去，有好幾里長，若被纏住，魚都難逃。

也許是本能，生死關頭特別清醒。我立即停止動作，弄清了來龍去脈，慢慢地撥開鐵鉤，慢慢從繩套滑脫，慢慢地游到了浮標以外，才划水追船。上得船來，已累得半死。沒力氣划槳，躺著任其漂流。迷糊多時，才知道後怕。

吾鄉東門城外，爲東晉古叢林遺址。廟已不存，唯留兩塔，一名文星，一名赤烏。塔上長滿雜草，塔下藤蔓牽纏，一派荒涼無人問。那年有老鷹兩隻，在文星塔頂做窩。小鷹出世，想要捉來飼養。沿著嘎嘎發響的木梯，掠開聚滿塵埃的蛛網，小心盤旋而上，到第七層，頂著風，爬出窗外。忽聽得腳下喀喀幾聲，以爲塔要倒了，一下子仰進窗裡，連滾帶爬下來，逃到外面。喘未定，回望塔頂，依然風搖亂草。檐鈴丁丁，小鷹啾啾，什麼事也沒。想重新再上，天已黑，祇得暫且回家。次日再來。做了個籠子，又抓了些小魚養著。次日再去時，塔下擠著一大堆人，說有個孩子上塔去抓小老鷹，檐角斷裂，跌下來摔死了。父母正哭得死去活來。我不敢擠進去看，祇是後怕。

反右前不久，甘肅省文聯安排我到甘南藏區森林草原地帶「體驗生活」。當地政府派了一個懂藏語的漢人給我做嚮導和翻譯，帶著我深入牧區，遊轉了一陣。騎馬、打獵、睡帳篷、喝奶茶、聽民歌……爲時三週。回到蘭州，聽說甘南發生了「叛亂」。各地藏人同時突然起事，殺死了那裡包括縣委書記在內的所有漢人。那時間，正好是我離開後的第二天。想那時人家在暗中準備起事，極緊張。對我笑臉相迎，而我懵然無知，不免後怕。

「文革」時，我在敦煌莫高窟，作爲「牛鬼蛇神」，得到「從寬處理」。工資降三級，但沒戴回「帽子」，算是被「解放」了。宣布那天，沒有便車，爲了讓妻子盡早知道好消息，抄近路走老君廟，步行穿過沙漠戈壁，到敦煌城裡去看她。天黑下來時，迷了路，在七高八低的紅柳墩和流沙沒踝的蘆草灘裡走了一通夜。天亮了才找到路。到了家才知道，那一帶時有狼群出沒。我沒碰上，純屬偶然。

敦煌的北面，是阿克塞哈薩克族自治縣。哈薩克人驍勇善戰，直到一九五三年，才通過談判，「和平解放」。所以他們那裡沒有「國慶」，衹有「縣慶」。六三年他們隆重慶祝縣慶十周年時，我正在敦煌，和研究所裡十幾個同事一起，應邀去作客，熱鬧了幾天。草原上搭著大帳篷，牧民們從四處遷來，環繞大帳篷搭著許多小帳篷。在大帳篷裡盛宴、歌舞、賽馬摔跤，五彩繽紛。七三年我在酒泉，他們籌備二十年大慶，請我去畫宣傳畫，又去了一趟。這次是到縣城、一個雜亂的小鎮。到處灰濛濛的，氣氛憂鬱。機關裡大都是漢人，軍代表袁政委，陰沉粗暴，如太上皇。縣委宣傳部長木斯托發，是原先的頭人，據說打槍百發百中，殺人很隨便。和平解放後，當了自治縣的縣長，穿漢族服裝，學講漢族語言。文革中被打倒，成了反革命。進山獵得五隻猞猁，剝了五張皮獻給袁政委，又成了宣傳部長。那次我去，他負責接待。親自陪著我，到牧區轉了一趟。

哈薩克人剽悍魁偉，膚色紅黑，濃眉毛，大顴骨，高鼻深目。目光之陰沉粗暴，顧盼之王者氣象，不亞於軍代表袁政委，我喜歡。男女皆穿著馬靴，服裝頭巾，多為紅、黑，若警戒色，桀驁不馴，我也喜歡。我同樣喜歡他們的用品，皮馬鞍牛角刀柄；銀洗壺氈布阿雅卡……都做工精細，鑲嵌或刺繡著美麗的圖案。而掃地用的掃帚，卻是一隻山鷹的翅膀，毫無加工，自然天成。

阿克塞草原，不同於甘南、青海的草原，更不同於蒙古草原，談不上「風吹草低見牛羊」。草短而稀疏，大野空闊，騎馬走一整天，還像在老地方。待望見一個帳篷了，就有猛犬四五隻，小牛般大，遠遠奔過來，繞著馬蹄狂吠，窮凶極惡。主人熱情，獻奶茶畢，立即架上大銅鍋，拉來一隻肥羊，當面宰了剝了，卸成幾大塊下鍋。待肉半熟，即銀壺洗手，隨意割食。據說這是他們最隆重的待客之道。期間天已全黑，放牧的人都回來了，悉皆彪形大漢，健壯婦人。男人席地圍爐，同我們一起吃喝。女人們添酒倒茶，在背後忙碌。酒盛在一個大碗裡，輪流喝。

通常這種場合，必有喧譁，必有大笑，必有歌。默默吃喝，有異常之感。木斯托發用阿克塞語同他們說話，我聽不懂。但鑒貌辨聲，也知道他們不快樂。沒人理睬我，也沒人正眼看我。看我都是斜睨，鷹視狼顧，目光裡有一種敵意。酒愈喝愈多，眼白愈來愈紅，敵意也愈來愈明顯。我覺得，它正與爐火一同跳躍，同帳篷上的陰影一同跳躍，同那些在陰影裡靠著的沉重的步槍一同跳躍。直到一覺醒來，第二天騎在馬上，還覺得太陽穴裡，存留著那個跳躍。

所到之處，大抵如是。回到縣招待所，許多漢族幹部來玩兒，都說我此行等於玩命。說哈薩克仇恨漢人，招待的是木斯托發，不是我。如果不是木斯托發帶我去的，我很可能就回不來了。講了許多故事，我越聽越後怕。

後怕之餘，唯有慶幸。現在流落異國，撲面征塵。世路之崎嶇，人心之詭譎，不異當時。而仍能有幾個眞誠的朋友，和一個溫暖的家。並且仍能寫作，我感激命運。

INK PUBLISHING 文學叢書 237
尋找家園

作　　者　高爾泰
總 編 輯　初安民
責任編輯　陳思好
美術編輯　黃昶憲
內頁書法　高爾泰
校　　對　吳美滿　陳思好　浦小雨

發 行 人　張書銘
出　　版　INK印刻文學生活雜誌出版股份有限公司
新北市中和區建一路249號8樓
電話：02-22281626
傳眞：02-22281598
e-mail：ink.book@msa.hinet.net
網　　址　舒讀網http：//www.inksudu.com.tw

法律顧問　巨鼎博達法律事務所
施竣中律師
總 代 理　成陽出版股份有限公司
電話：03-3589000（代表號）
傳眞：03-3556521
郵政劃撥　19785090　印刻文學生活雜誌出版股份有限公司
印　　刷　海王印刷事業股份有限公司

港澳總經銷　泛華發行代理有限公司
地　　址　香港新界將軍澳工業邨駿昌街7號2樓
電　　話　852-27982220
傳　　眞　852-27965471
網　　址　www.gccd.com.hk

出版日期　2009年 11 月　初版
2023年 11 月 8 日　初版六刷
ISBN　978-986-6377-22-8

定　價　450元

國家圖書館出版品預行編目資料

尋找家園／高爾泰著；
－－初版.－－新北市中和區：INK印刻文學，
2009.11　面；　公分.--（文學叢書；237）
ISBN　978-986-6377-22-8（平裝）
855　　98016898